Die Feuer von Erenor

Im Schatten des Araaken

Stephan Lössl

Impressum

Die Feuer von Erenor

Fantasy

© 2016 Cuillin Verlag Lössl Stephan

2. Auflage 2017

Printed by Create Space, an Amazon company

ISBN 978-3-941963-17-7

Cover-Design: Daniela Roith, Design-Studio, Langenzenn

www.emotions4web.de

www.stephan-loessl.de

In Gedenken an Claudia

Mar Chùimhneachan air Aileen P. Roberts

Arbeitet, und ihr werdet vielleicht Reichtum erlangen.

Träumt, und ihr werdet weise.

Alter Spruch der Ananeki

Prolog

Schottland, Isle of Skye 10 v. Chr.

Noch lag das samtene Tuch der Dunkelheit über dem Land, doch im Osten deutete bereits ein dünner roter Streifen auf die Geburt eines neuen Tages hin. Ob ihr dieser Sicherheit und Zuflucht bringen würde, wusste sie nicht. Allerdings war es auch weniger sie selbst, um die sie sich sorgte, als vielmehr das Kind, das sie in den Armen trug. Doch damit nicht genug, denn unter ihrem Herzen reifte bereits ein weiterer Beweis einer ungewöhnlichen Liebe heran, wurde zusehends für jeden erkennbar. Sie hatte ein gutes und stolzes Leben gehabt, doch das Recht, dieses weiterzuführen, hatte sie nun endgültig verwirkt. Die Ehre und der Respekt, die man einer ihrer Art gewöhnlich entgegenbrachte, waren damit versiegt. Doch dies war ihr gleichgültig, denn um ihrer Kinder willen klammerte sie sich nun an eine alte Legende und kämpfte sich schwer atmend den letzten Aufstieg empor. Hektisch wandte sie sich um, doch in dieser düsteren Nacht war nichts hinter ihr auszumachen. Der kalte Wind blies ihr heftig gegen die schweißnasse Stirn, und sie versuchte, das Frösteln mit ihrem Umhang zu bekämpfen, den sie besorgt um sich und das kleine, wimmernde Bündel schlang.

Immer wieder sah sie sich nach Verfolgern um. Doch weder konnte sie verdächtige Geräusche vernehmen noch bot sich ihren Augen irgendein Hinweis auf Gefahr. Nur der Wind pfiff unablässig, säuselte sein einsames Lied. Etwas Drängendes lag in ihm, als sie sich den ersten Felsen näherte. Gehetzt suchte sie nach einer Öffnung, einem rettenden Spalt, der sie und ihre Kinder vor dem anschwellenden Sturm und der Kälte, die er mit sich brachte, schützen sollte. Unablässig hastete sie an der dunklen Felswand entlang, betastete mit einer Hand den kalten, rauen Stein, der selbst in der Finsternis feucht glänzte. Regentropfen peitschten ihr ins Gesicht. Dann huschte plötzlich ein Leuchten durch die Nacht. Aufgeregt hüpfte es an der Felswand entlang und stoppte abrupt. Erleichtert folgte sie dem Licht, lief darauf zu, versuchte, es mit ihren Augen festzuhalten, aus Angst, es könnte ihr für immer entwischen. Doch das Licht verharrte regungslos, und als sie sich ihm näherte, erkannte sie, dass jene Stelle, die wie ein mannshoher Schatten aussah, in Wahrheit ein Durchgang im Gestein war. Mit einer Hand das Kind umklammernd und in der anderen einen kleinen Lederbeutel haltend, huschte sie erleichtert hinein. Dann begann es auch schon zu knirschen, als ob die gewaltigen Kiefer eines ausgehungerten Riesen nach langer Zeit endlich wieder etwas zu kauen bekämen. Die Felswände, die zu beiden Seiten aufragten, schienen weiter oben aneinander zu reiben. Steine polterten herab, einer davon traf sie schmerzhaft am rechten Oberschenkel. Sie strauchelte, doch gerade noch rechtzeitig stützte sie sich mit einer Hand ab, wobei sie den Lederbeutel fallen ließ. Rasch hob sie ihn wieder auf und kämpfte sich weiter durch die sich windende und drehende Welt, bis der Berg sie endlich freigab. Nachdem das Rumoren in ihren Ohren verhallt war, sah sie sich ängstlich um. Sterne blitzten ihr vom Himmel entgegen, kalte funkelnde

Diamanten am Firmament einer fremden Welt. Ob diese ihr freundlich gesinnt war, wusste sie nicht. Doch als sie die Landmarke erkannte, die düster und verheißungsvoll zugleich einen Steinwurf weit rechts von ihr in den Nachthimmel aufragte, sank sie erleichtert nieder und weinte vor Freude. Sie hatte ihr Ziel erreicht.

1) Das Lachen der Blätter

Deutschland heute, Reichenberg

Es war ein trüber Herbsttag, genauer gesagt war es der achte November. Leiser Nieselregen warf einen nassen, grauen Schleier über die Gräber des alten Friedhofes am Rande des kleinen Ortes Reichenberg in der Nähe von Würzburg. „Kara Rabenstein" stand auf dem hellen Grabstein, den Alexander Rabenstein nachdenklich betrachtete. Sein Blick fiel auf die Blumen, die auf der feuchten Erde lagen und die vermutlich seine Eltern bereits heute Morgen hier niedergelegt hatten. Zwei Jahre war es nun her, dass seine kleine Schwester Kara nicht mehr von der Schule heimgekehrt war. Stattdessen hatte ein Streifenwagen vor dem Haus ihrer Eltern angehalten und eine Polizistin mit Tränen in den Augen die schreckliche Nachricht überbracht. Die fröhliche Kara mit den lockigen, braun Haaren war auf dem Nachhauseweg von einem Auto erfasst worden.

Wieder versuchte Alexander sich auszumalen, wie es war, dort, unter der Erde. Wie man wohl aussah, nach zwei Jahren in der kalten Dunkelheit? Nicht zum ersten Mal gingen ihm solche Gedanken durch den Kopf, doch er wollte diese Überlegungen gar nicht zu Ende führen. Deshalb riss er sich davon los und blickte stattdessen nach Westen. Es musste etwas anderes geben, etwas, das über das Ende hinausging. Irgendwo musste noch etwas sein, das auf einen wartete, um die Sehnsucht, die, wie Alexander glaubte, in allen Menschen schlummerte, endlich zu stillen. Und wo sonst könnte das sein, wenn nicht dort im Westen, wo der Himmel immer ein wenig heller und verheißungsvoller aussah als anderswo? Selbst an einem Novembertag wie heute glaubte Alexander ein Leuchten durch den grauen Schleier erkennen zu können.

Seine Gedanken kehrten zu seiner Schwester zurück und nun ging er in die Hocke, legte eine weiße Rose, die er mitgebracht hatte, auf die Erde. Erst jetzt bemerkte er, dass sich einige der Dornen in seine Hand gebohrt hatten. Einzelne Tropfen roten Blutes bildeten sich, aber Alexander schenkte dem keine Beachtung. Stattdessen strich er über die Erde, die sich feucht und kalt anfühlte. Ein Schauer lief ihm über den Rücken und er erhob sich rasch.

Alexander, den seine Freunde meist nur „Alex" nannten, verließ den Ort, an dem sich immer eine unsichtbare Hand um seine Kehle legte.

Mit einer geübten Handbewegung band er sich die langen, braunen Haare zurück. Seine Eltern, nein, genau genommen sein Vater, würden es gerne gesehen, wenn er einen ordentlichen Kurzhaarschnitt tragen würde. Doch ihm gefiel es so. Seine Schwester Kara hatte seine langen Haare auch gemocht, und als 17-Jähriger tat man ohnehin nicht immer das, was die Eltern von einem so erwarteten.

Als Alexander wenig später nach Hause kam, stellte er fest, dass das Auto seines Vaters noch nicht in der Garage des am Rande der Kleinstadt gelegenen Hauses stand. Vermutlich waren er und seine Mutter noch einkaufen oder gingen anderen Erledigungen nach. Wie auch immer, er war nicht wirklich traurig darüber, denn die langweiligen Geschichten, die sein Vater Robert aus der Bank, in der er arbeitete, mitbrachte, interessierten ihn ohnehin nicht. Da konnte er mit dem, womit seine Mutter Susan ihre Zeit verbrachte, schon eher etwas anfangen. Sie schrieb nämlich Fantasybücher, Geschichten wie Harry Potter oder Herr der Ringe eben, wenngleich sie damit auch nicht ganz so erfolgreich war.

Ansonsten verbrachte sie ihre Freizeit im Karateverein, wo die sportliche Susan es immerhin bis zum zweiten schwarzen Gürtel gebracht hatte. Nach Karas Tod hatte sie sich ganz besonders intensiv dem Kampfsport gewidmet, so als könnte sie dadurch alles vergessen. Alexander hoffte, dass es ihr wirklich half. Allerdings war es auch seiner Mutter zu verdanken, dass sie über Weihnachten nach Schottland fuhren, um dort einen besinnlichen Urlaub, fernab vom Lärm der Zivilisation, wie sie das Leben hier zu bezeichnen pflegte, zu verbringen. Gewiss, bei der Frage nach einem geeigneten Urlaubsort war es sein Vater Robert gewesen, dem Schottland über die Lippen gekommen war. Was sein Vater sicher nur als Scherz gemeint hatte, hatte seine Mutter Susann sofort aufgegriffen und ihrer Begeisterung freien Lauf gelassen. Sie wolle die Gedanken schweifen lassen, hatte sie gesagt, wolle auf die Stille lauschen. Als ob man Stille hören könnte! Schottland – dieses Wort kreiste unablässig in Alexanders Kopf wie ein Ventilator in einem stickig heißen Zimmer. Er konnte es nicht fassen. Schottland lag im Norden, nicht im Westen, wie etwas in ihm plötzlich bemerkte, und meist war es dort kalt und es regnete. Außerdem fuhren die Schotten auch noch auf der falschen Straßenseite, nämlich links. Männer trugen angeblich Röcke, und das Essen schmeckte ohnehin nicht. Seine Klassenkameraden zweifelten sogar daran, dass es in Schottland solche Annehmlichkeiten wie einen Supermarkt, Kino oder auch nur einen Bäcker gab. Dass die Schotten obendrein auch noch als geizig galten, ließ einen entbehrungsreichen Urlaub erwarten.

Nachdem Alexander sein Fahrrad sicher in der Garage untergebracht hatte, ging er hinauf in sein Zimmer, öffnete die Schublade seines Nachttischkästchens und kramte eine eckige Metalldose daraus hervor. Lange Zeit blickte er auf den kleinen Behälter, der nun kühl in seiner Hand lag. Dann öffnete er den Deckel und befreite laut raschelnd einen Gegenstand, den seine Schwester Kara so häufig in der Hand gehalten und verträumt betrachtet hatte.

„Das ist ein ganz besonderer Gegenstand", hallten Karas Worte durch seinen Kopf. Seine Schwester war der Meinung gewesen, es handle sich um ein magisches Artefakt, das ihr der Grüne Mann irgendwann einmal gegeben hatte, als sie am Waldrand unweit des Elternhauses gespielt hatte. Gehüllt in einen Mantel aus Blätter, die auch sein freundliches Gesicht umgeben haben sollen, sei er raschelnd auf sie zugetreten. Dann habe er ihr den magischen Gegenstand in die Hände gelegt. Dabei soll er gelacht haben, und sein Lachen sei überall in den Bäumen zu hören gewesen, so als habe der ganze Wald gelacht.

Wie Alexander – dem Internet sei Dank – wusste, war der Grüne Mann eine heidnische Sagengestalt, und die war in Karas recht lebendiger Fantasie eben auferstanden. Seine Mutter hatte Karas Ausführungen damals sehr aufmerksam gelauscht und war so fasziniert gewesen, dass sie dem Grünen Mannes sogar ihren schriftstellerischen Odem hatte einhauchen wollen.

Eingehend betrachtete Alexander das kleine Stundenglas und musste zugeben, dass es tatsächlich etwas Besonderes war. Es schien ihm mehr zu sein als nur eine einfache Sanduhr, die einem mitteilte, ob die Eier nun gekocht waren oder nicht. Das Glas selbst, welches den Sand enthielt, wirkte so zerbrechlich, dass Alexander sich nicht traute es überhaupt zu berühren. Das obere und untere Ende des Glases war in einen dunklen Ring aus Holz gefasst, in dessen Rand Schriftzeichen eingeprägt waren. Diese fand Alexander genauso merkwürdig wie die fünf winzigen, metallischen Schwerter, deren Spitzen sich in den unteren Ring eingruben, während die Knäufe im oberen Holzring befestigt waren, sodass es aussah, als würden die Klingen diesen wie Säulen abstützen. So bildeten die Schwerter zugleich auch einen schützenden Ring um das Stundenglas. Alexander überlegte, wo es

12

herkam oder wer es angefertigt haben mochte.

„Ist doch eh alles Made in China", hatte sein Vater behauptet, doch einen Beweis für seine Behauptung war er ihm schuldig geblieben.

Nach einer Weile wickelte Alexander die kleine Sanduhr vorsichtig wieder ein und steckte sie zurück in die schützende Dose, die er wiederum in der Schublade seines Nachttischkästchens verstaute. Seufzend sah er aus dem Fenster, und als er erfreulicherweise feststellte, dass es aufgehört hatte zu regnen, entschied er sich dafür, noch ein wenig spazieren zu gehen, um seinen Gedanken nachzuhängen. Eigentlich hatte er noch in den Reitstall fahren wollen, denn Reiten war neben Mountainbiken das einzige Hobby, dem Alexander nachging, was ihm eine gute Kondition verschaffte. Heute jedoch, an Karas Todestag, verspürte er wenig Lust dazu.

So schlenderte er kurze Zeit später am Waldrand entlang und ließ seine Füße absichtlich geräuschvoll durch das feuchte Laub schleifen. Es waren viele Dinge, über die er nachdenken wollte. Kara und das seltsame Stundenglas, die Schule, sein Pflegepferd und vor allem der drohende Urlaub in Schottland. Warum ausgerechnet Schottland?, dachte er ein wenig gereizt. Schottland war der letzte Ort, an den er reisen wollte, aber seine Eltern hatten darauf bestanden, vor seinem 18.Geburtstag noch einmal gemeinsam Urlaub zu machen. Er hob den Kopf und blickte hoffnungsvoll nach Westen. Der Abendhimmel sah nicht gerade

vielversprechend aus, denn schwere, graue Wolken hingen wie
grimmige Riesen am Himmel. Alexander wurde jäh aus seinen
Gedanken gerissen, als hinter ihm etwas laut raschelte.
Erschrocken fuhr er herum, doch es war nur der Wind, der mit
dem Laub spielte und es in einer Windhose herumwirbeln ließ.
Fasziniert betrachtete Alexander den Tanz der bunten Blätter, die
sich gegenseitig zu jagen schienen und immer schneller wurden.
Beinahe wirkte das Ganze schon absurd, denn jedes einzige der
roten, gelben oder rostbraunen Blätter erweckte den Anschein, als
wäre es zum Leben erweckt worden. Die Blätter rauschten im
Kreis herum, immer schneller, immer rasanter, wie von
unsichtbarer Hand geführt. Augenblicklich überkam Alexander
jedoch ein mulmiges Gefühl, und für ein paar Sekunden meinte er
sogar Stimmen in den Blättern zu vernehmen. Oder war es ein
Lachen? Es klang wie das fröhliche Lachen eines Kindes, und
Alexander wurde das Gefühl nicht los, es schon einmal gehört zu
haben. Als er dann auch noch ein Gesicht in den Blättern zu
erkennen glaubte, wich er entsetzt zurück.

Doch es war vermutlich nur Einbildung, denn die Blätter
tanzten noch ein wenig herum und fielen dann in sich zusammen.
Stille kehrte ein, eine düstere und schwere Stille, wie sie es nur im
November geben konnte und – da war er sich ganz sicher – in
Schottland. Allmählich kehrte er dem Wald den Rücken zu, denn es
würde gleich dunkel werden, und so schlenderte er zurück nach
Hause. Dennoch, etwas war anders, und er wusste auch, was es

war. Es war das Lachen. Das Lachen im Tanz der Blätter. Es ließ ihn nicht los, und er hatte das Gefühl, als würde das Lachen durch seinen Kopf wirbeln wie eben das Laub durch die Luft. Schlagartig blieb er stehen, als ihm bewusst wurde, wessen Lachen es war. Ein kalter Schauer lief ihm über den Rücken. Das Lachen, er kannte es nur zu gut. Es war Karas Lachen gewesen.

„Jetzt leg schon die Börsenkurse zur Seite, Robert", beschwerte sich Alexanders Mutter Susan, die gerade das Essen auf den Tisch stellte. Ohne eine Antwort abzuwarten, nahm sie ihrem Mann die Zeitung aus der Hand, und ehe der entsetzte Familienvater, der schützenden Deckung seiner Finanznachrichten entrissen, antworten konnte, drückte sie ihm auch schon einen Kuss auf den Mund und verwirbelte ihm die schwarzen Locken.

„Die Kurse sind ohnehin schon wieder veraltet, in dem Moment, wo du die Zeitung aufschlägst."

„Es geht ja nicht um den Kurs, der gerade da drin steht, sondern um den Trend", versuchte Robert zu erklären, zuckte dann aber mit den Schultern, als er in die braunen Augen seiner Frau blickte und erkannte, dass sie ihn ohnehin nur aufziehen wollte. Susan warf die Zeitung achtlos in die Ecke, strich sich eine ihrer langen, dunklen Haarsträhnen aus dem Gesicht, das viele Männer als sehr attraktiv bezeichnen würden, und setzte sich.

„Ich weiß nicht, was du an diesem Börsenkram findest", wunderte sich Susan, nicht zum ersten Mal. „Diese ganzen Zahlen, die existieren doch eh nur in den Computern. Zieh den Stecker raus und alles ist weg."

Alexander konnte sich ein Grinsen nicht verkneifen. Wenngleich dies nicht die erste Diskussion dieser Art war, so amüsierte er sich doch immer köstlich über die Ansichten seiner Mutter.

„Weißt du, Susan", entgegnete Robert und warf einen Teebeutel in seine Tasse, „es ist nicht schlimm, dass du damit nichts anfangen kannst. Genaugenommen ist es sogar besser so. Ich kenne mich wenigstens mit Wertpapieren und Geldgeschäften aus, du nicht!"

Susan stellte einen Topf mit dampfendem Gulasch lautstark auf den Tisch, dann beugte sie sich zu Robert herab und tippte ihm mit dem Finger auf die Nase. „Da hast du recht, ich brauche Greifbares und Wertbeständiges."

„So wie den Land Rover?", schnaubte Robert.

„Zum Beispiel ja. Man kann damit fahren, drin schlafen und wie du dich vielleicht erinnerst ..." Sie brach ab, warf einen raschen Seitenblick auf Alexander und schmunzelte nur.

„Dazu braucht man aber keinen Land Rover", gab Robert nüchtern zurück.

Susan schürzte die Lippen, bedachte ihren Gatten mit einem vielsagenden Blick und verteilte großzügig das Essen.

Ja, der Landy, Alexander erinnerte sich. Seine Mutter hatte vor einigen Jahren einen Teil der Ersparnisse in Form eines Land Rovers angelegt, und das hatte richtig Zoff gegeben. Sein Vater war sehr wütend geworden und hatte Susan einen langen Vortrag über wesentlich sinnvollere Anlagemöglichkeiten gehalten. Doch am Ende hatte sich seine Mutter durchgesetzt, wie so oft. Alexander mochte den Land Rover ohnehin viel lieber als den langweiligen Firmenwagen seines Vaters. Auch Kara war damals hellauf begeistert gewesen und hatte es sich nicht nehmen lassen, das urige Gefährt zusammen mit ihrer Mutter vom Händler abzuholen. Nur zu gut erinnerte sich Alexander an Karas Lachen, als sie vor ihrem Haus vorgefahren waren, um die neue Errungenschaft zu präsentieren. Es war ein fröhliches Lachen gewesen, genauso wie jenes heute im Blätterwirbel. Das hatte er sich natürlich nur eingebildet, dessen war er sich mittlerweile sicher, jetzt, da er zusammen mit seinen Eltern beim Abendessen saß.

„Abendessen an Alexander, bitte iss mich, bevor es ein anderer tut!" Nur langsam drang die Stimme seiner Mutter an sein Ohr. „Und mach dir mal die bunten Blätter aus den Haaren! Flowerpower war im letzten Jahrtausend", fügte sie mit einem herzhaften Lachen hinzu.

Mehr als nur verwirrt blickte Alexander zuerst seine Mutter an und tastete dann zögernd nach seinen Haaren, die einigen Blättern tatsächlich Asyl gewährt hatten. Vorsichtig zog er sie heraus und legte sie neben sich auf den Tisch.

„Guck mal, das hier hat ja sogar ein Gesicht", sagte Susan erfreut, nahm eines der Blätter und drehte es amüsiert in den Händen.

„Wirklich, lass mich mal sehen." Rasch griff Alexander danach und betrachtete es.

„Tatsächlich", murmelte er mehr zu sich als zu seinen Eltern. Schon immer war er von außergewöhnlichen Dingen fasziniert gewesen und verschlang Berichte über unbekannte Flugobjekte, geheimnisvolle Steinkreise oder mysteriöse Erscheinungen wie ein hungriger Wolf seine Beute. Aber irgendwie hatte er solche Sachen immer woanders vermutet, fern von hier, fern von ihm selbst. Westen, ja, Westen wäre ein guter Ort für solche Dinge. Den Küchentisch seiner Eltern dagegen hielt er für höchst unpassend.

„Ich dachte, wir wollten essen." Sein Vater riss ihn unsanft aus seinen Gedanken und Alexander legte das Blatt zur Seite, doch das fröhliche Lachen, das seit seinem Spaziergang am Waldrand in seinem Kopf umherspukte, blieb. Sein Bauch machte sich grummelnd bemerkbar, und er stürzte sich mit dem Hunger eines 17-Jährigen auf das Gulasch.

„Ich habe übrigens im Supermarkt Frau Simmel getroffen", erklärte Robert. Alexander zog misstrauisch eine Augenbraue hoch. Frau Simmel war nicht nur seine Deutsch-, sondern obendrein auch noch seine Klassenlehrerin, die trotz offensichtlichen Übergewichts auf hochhackigen Schuhen über den Pausenhof stöckelte. Den Schülern ging sie meist mit ihrer piepsigen Stimme und der übertriebenen Korrektheit wegen ziemlich auf die Nerven.

„Und, wie bist du ihr entkommen?", fragte Alexanders Mutter. Ein wissendes Lächeln umspielte ihre Lippen. „Ich kann mich noch gut an den letzten Elternabend erinnern. Mir glühen heute noch die Ohren von ihrem verbalen Amoklauf."

„So schlimm ist sie nun auch wieder nicht", entgegnete Robert.

„Im Grunde genommen haben wir uns sogar nett unterhalten."

„Nett? Mit Frau Simmel?" Alexander konnte sein Unverständnis nicht verbergen. „Die ist genauso nett wie ein wilder

Stier, dem jemand ein rotes Bettlaken an den Hintern tackert."

„Alexander! Also wirklich", entgegnete sein Vater entrüstet, während seine Mutter laut lachend in ihre Tasse prustete.

„Die Vorstellung gefällt mir irgendwie. Vielleicht sollte ich beim nächsten Elternabend ..."

„Susan, nun hör aber auf!", unterbrach Robert sie barsch. „Manchmal könnte man meinen du wärst gerade erst 15. Du benimmst dich wie ein aufgekratzter Teenager."

„Ich bin Schriftstellerin", entrüstete sich Susan amüsiert. „Ich brauche manchmal ein wenig Fantasie und Anregung."

„So richtig zu Geld verhilft uns deine Fantasie aber nicht", stellte Robert fest.

„Jetzt werd' mal nicht frech. Man kann schließlich nicht alles mit Geld bemessen", beschwerte sich Susan. „Immerhin habe ich endlich einen Fantasyzweiteiler bei einem einigermaßen vernünftigen Verlag untergebracht."

„Hm", Robert hob die Schultern, „na gut, aber was ist mit den drei Einzeltiteln und der Trilogie, die du zuvor geschrieben hast? Vier Jahre hast du daran gearbeitet, ohne auch nur eine deiner Geschichten irgendwo unterzubringen."

„Das liegt daran, dass ich echt neue Ideen hatte und kein Verlag den Mut fand, diese zu veröffentlichen. Ein Buch wurde gar abgelehnt, weil ich den Mond als rötliche Sichel, gleich einem grimmigen Auge, beschrieb."

„Was ist denn daran so schlimm?", wollte Alexander wissen.

„Nun, für den Verlag war dies gleichbedeutend mit dem Auge Saurons aus Herr der Ringe. Die hielten das ganze Buch deswegen gleich für abgekupfert.“

„Siehst du“, meinte Robert und wischte sich mit einer Serviette über den Mund, „das kann ich fast noch verstehen, dass da ein Übereiliger Parallelen zieht. Aber wenn du angeblich was wirklich Neues in deinen Büchern hättest, würde doch kein Verlag dies ablehnen, oder?“

„Leider doch, lieber Gatte“, erklärte Susan. „Ich habe so das Gefühl, die meisten Verlage folgen nur Trends, die andere gesetzt haben, und hoffen, auf der gleichen Welle mitreiten zu können.“

„Aber ist es nicht viel klüger, selbst einen solchen Trend zu schaffen?“ Fragend blickte Alexander seine Mutter an.

„Das meine ich auch“, bestätigte sie.

„Na ja, ich bin ja nicht wirklich bewandert im Business der Schreiberlinge, aber was du da so von dir gibst, erinnert mich an einen Kalender, der im Besprechungszimmer einer Firma hing, in der ich mal gearbeitet habe.“

„Aha.“ Susan sah Robert abwartend an.

„Nun“, erklärte Robert, „auf dem Kalenderblatt war ein Bild mit Fußabdrücken im Lehm zu sehen und darunter stand: ›Wer immer nur in die Fußstapfen anderer tritt, wird nie eigene hinterlassen.‹“

„Siehst du“, Susan tippte mit der Spitze ihres Zeigefingers auf die Nase ihres Gatten, „das ist ein Spruch nach meinem Geschmack.“

„Dachte ich mir schon.“ Robert schmunzelte und wandte sich wieder dem Essen zu.

„Ich bin froh, ein wenig fantasiebegabt zu sein", freute sich Susan.

„So wie Kara", warf Alexander plötzlich ein. „Auch Kara hatte immer eine lebhafte und blühende Fantasie gehabt."

Augenblicklich wurden alle still und wie immer, wenn Karas Name fiel, machte sich eine bittersüße Stimmung breit. Süß war die Erinnerung, doch bitter der Schmerz. Alexanders Mutter nickte bedächtig und ein trauriges Lächeln zeigte sich auf ihrem Gesicht. Ihr Blick schien in die Vergangenheit zu entschwinden.

„Ja, das hatte sie. Viele meiner Bücher wurden durch ihre Ideen irgendwie lebendiger, und immer wieder habe ich mich gefragt, woher sie all diese Einfälle hatte." Susan schob den Teller von sich, Tränen glitzerten in ihren Augen. Sie lehnte sich zurück und seufzte. „Seit sie von uns gegangen ist, fällt mir das Schreiben schwer. Neue Ideen sind nur noch vage Schatten in meinem Kopf, die ich nicht greifen kann."

Robert nickte zustimmend. „Sie hat in uns allen eine Leere hinterlassen, die zu füllen niemand im Stande ist."

„Doch, Robert, ich habe diese Leere mit Erinnerungen an sie gefüllt", entgegnete Susan und legte ihrem Mann eine Hand auf den Arm. „Jedes Mal, wenn sie nach Hause kam, wusste sie irgendwelche seltsamen Geschichten zu berichten, glaubte Elfen oder Kobolde gesehen zu haben."

Robert lachte plötzlich auf. „Als unser werter Nachbar Henkelmann seinen alten Apfelbaum umgesägt hatte, kam Kara ganz aufgeregt zurück und behauptete, die Elfen weinten und trauerten um den Baum."

„Das war doch die Sache mit dem Hexenschuss, nicht wahr?",
warf Alexander ein.

„Richtig", bestätigte Susan. „Kara sagte, sie habe den Elfen
gesagt, sie sollen Herrn Henkelmann einen Pfeil in den
Allerwertesten schießen."

„Genau, und er hatte kurz darauf tatsächlich einen
Hexenschuss."

Susan nickte und Robert verschluckte sich beinahe an seinem
letzten Bissen.

„Tatsächlich hieß der Hexenschuss in alter Zeit auch
Albenschuss", wusste Susan zu berichten. „Erwies man der Natur
nicht den nötigen Respekt und fällte beispielsweise Bäume, die dem
kleinen Volk als Behausung dienten, so schossen die Elfen den
Bösewichtern ihre Pfeile in den Rücken."

„Wie auch immer", meinte Robert. „Auch wenn das
Ammenmärchen sind, dem alten Henkelmann hätte ich sogar gerne
persönlich einen Pfeil in den Hintern geschossen."

Susan schüttelte betont langsam den Kopf. „Also, Robert,
manchmal könnte man meinen, du wärst gerade erst 15."

Robert schnitt eine Grimasse und füllte nun endlich seine Tasse
mit heißem Wasser auf.

Susan deutete indes auf die Blätter, die Alexander mitgebracht
hatte. „Jedes Mal, wenn Kara erzählte, mit dem Grünen Mann
gesprochen zu haben, kam sie mit Blättern in den Haaren zurück,
so wie du heute, Alex."

Nachdenkliches Schweigen machte sich breit. Alexander

runzelte nur die Stirn, sagte aber nichts und musste unwillkürlich an das Stundenglas denken. Vielleicht sollte er es mit nach Schottland nehmen, dachte er aus einem Impuls heraus. Er verwarf den Gedanken dann jedoch wieder und beendete sein Abendessen.

„Vergiss dein Gesicht nicht", rief Susan, als Alexander sich gerade erheben wollte. Er runzelte die Stirn und sah seine Mutter fragend an. Die deutete jedoch nur auf die Blätter.

Als Alexanders Blick darauf fiel, wäre er beinahe zusammengezuckt. So wie das Laub da vor ihm auf dem Tisch lag, formte es doch tatsächlich ein Gesicht, und dieses Gesicht sah nicht einmal böse aus, nein, es wirkte durchaus fröhlich.

„Ja, mach ich", gab er schnell zurück und pflückte das bunte Gesicht vom Tisch, um es schnell in seine Taschen zu stecken. Sein Vater hatte das Blättergesicht gar nicht erst bemerkt, aber ihm wäre es selbst dann nicht aufgefallen, wenn es direkt vor ihm gelegen hätte. Robert hätte eher noch eine trockene Aneinanderreihung irgendwelcher leblosen Finanzzahlen in den Blättern gesehen als irgendetwas nicht Alltägliches.

In seinem Zimmer angekommen, legte Alexander die Blätter in die Metalldose, in der sich auch das kleine Stundenglas befand. Warum er das tat, wusste er selbst nicht. Gerade als er die Dose zurück in die Schublade legte, klopfte es an der Tür.

Ein gedankenloses „Hmm" kam über seine Lippen und seine Mutter trat ein.

„Hier sieh mal, Alex", sagte sie mit einem Lächeln und legte ein Buch auf seinen Schreibtisch. „Ich dachte, du könntest schon mal ein wenig darin schmökern".

Alexander betrachtete das Buch und zog kritisch die Augenbrauen zusammen. Es war ein Reiseführer über Schottland, auf dessen Cover eine Herde von Schafen, die auf einer Heidelandschaft grasten, zu sehen war. Gelangweilt blätterte er in dem Buch herum und blieb an Landschaftsbildern hängen, die, wie er zugeben musste, durchaus beeindruckend waren.

„Sieht doch toll aus, oder?", fragte seine Mutter und stupste ihn aufmunternd an. „Na komm schon, guck nicht so desinteressiert drein. Gib schon zu, dass das eine faszinierende Landschaft ist."

„Hmm."

„Aaaalex", kam es genauso lang gezogen von Susan zurück.

„Na ja, dieser Felsen hier", er deutete auf ein Bild, auf dem eine Felsnadel zu sehen war, die sich wie ein riesiger Finger vor einer Felswand erhob, „der sieht schon irgendwie cool aus."

„Das ist der Old Man of Storr und der liegt auf der Isle of Skye. Genau dorthin werden wir fahren und zum Old Man werden wir dann ganz sicher auch hinaufwandern."

„Mama, dieses Bild hier wurde im Sommer aufgenommen. Wir werden im Winter da sein", erinnerte er seine Mutter, „Winter! Das ist die Jahreszeit mit Schnee und jede Menge Kalt, Kalt, Kalt!" Alexander untermalte seine Worte mit ausladenden Handbewegungen. Susan musste lachen und zog ihn am Ohr, was ihm natürlich gar nicht gefiel.

„Dafür haben wir ganz viel Jacke, Jacke, Jacke, mein Sohn! In Schottland gibt es kein schlechtes Wetter, nur falsche Kleidung, und dagegen kann man etwas tun. Also", Susan klopfte ihm auf die

Schulter, „ein wenig mehr Begeisterung bitte. Es reicht schon, wenn dein Vater andauernd lamentiert und darauf besteht, in seiner buckligen Managerkiste in den Urlaub zu fahren."

Susan setzte ein beinahe schon listiges Grinsen auf. „Aber das Thema ist durch, wir werden im Land Rover durch die Highlands juckeln."

„Aha", entgegnete Alexander. „Wie hast du ihn denn überzeugen können?"

„Ach", sie schürzte die Lippen, „als Frau hat man da so gewisse Möglichkeiten, aber da du ja noch nicht volljährig bist, geht dich das überhaupt nichts an" Susan lachte, floh dann aber in Richtung Zimmertür, denn Alexander war gerade im Begriff, den Reiseführer über Schottland als Wurfgeschoß zu missbrauchen, beließ es dann aber bei einer leeren Drohung.

„Ich werde kommenden März 18", rief er, doch in diesem Augenblick schloss seine Mutter die Zimmertür hinter sich.

Die folgenden Tage verliefen eher unspektakulär. Weihnachten und damit auch die Verwandtschaftsbesuche rückten unaufhaltsam näher. Hatte er noch vor wenigen Jahren dem Geschenkerausch freudig entgegengefiebert, so empfand er mittlerweile die alljährlichen Pflichtbesuche als äußerst beschwerlich, ja sogar lästig. Glücklicherweise würden ihm durch die Abreise nach Schottland, die seine Eltern für den 26.12. geplant hatten, wenigstens einige Begegnungen der verwandtschaftlichen Art erspart bleiben. Dass sie überhaupt schon am zweiten Weihnachtsfeiertag fuhren, war einzig und allein seiner Mutter zu verdanken, denn während Robert die heiligen Tage im heimatlichen Kreise hatte verbringen wollen, hatte es Susan sehr gedrängt, dem ganzen Trubel möglichst rasch zu entfliehen. Seine Mutter hatte gesagt, sie brauche die Stille des schottischen Hochlandes zum Entspannen, doch Alexander vermutete, dass sie Karas Tod noch immer nicht überwunden hatte, sofern einer von ihnen das überhaupt jemals konnte, und sie deshalb vor dem ganzen Trubel fliehen wollte. Oft, wenn Alexander nachts wach lag, hörte er sie weinen.

Am ersten Weihnachtsfeiertag war es schließlich so weit und die unvermeidliche Hektik brach aus. Wanderausrüstung, Reiseproviant und Koffer mussten gepackt und in den Land Rover verfrachtet werden. Die Tickets für die Überfahrt mit der Fähre waren verschwunden und Alexander fand sie schließlich in einem Stapel Manuskripte seiner Mutter. Da sich Susan geweigert hatte, für die Überfahrt von Frankreich nach England den Tunnel zu benutzen, hatten sie sich für die Fähre entschieden. Diese wäre gemütlicher und man könne in Ruhe ein Guinness an Deck des Schiffes trinken, während sich die weißen Klippen von Dover langsam näherten. Das zumindest war Susans Argumentation gewesen. Robert hatte nur mit den Schultern gezuckt, ihm war es offensichtlich egal.

Irgendwann hatten sie endlich alles gepackt, wenigsten glaubten sie das, und der Land Rover stand im Hof bereit. Alexander ging zu Bett. Obwohl ihn dieser Tag sehr müde gemacht hatte, konnte er nicht einschlafen. Wie wild gewordene Hornissen, nein, eher wie vom Wind aufgewirbelte Blätter, kreisten ihm die Gedanken durch seinen Kopf. Weihnachten war diesmal nicht besinnlich, sondern äußerst turbulent gewesen, und sämtliche Tanten und Onkel hatten ihm und seinen Eltern Ratschläge erteilt, wie der Schottlandurlaub am erträglichsten werden würde. Ja, einige hatten gänzlich davon abgeraten, in ein derart verregnetes und kaltes Land zu fahren. Tante Augusta war gar der unumstößlichen Meinung gewesen, in Schottland gäbe es nur strohgedeckte Hütten. Als Susan dann auch noch erklärt hatte, die Schotten würden mittlerweile Schafskacke verwenden, um daraus Dachziegeln zu machen, war die resolute alte Dame schnaubend davon gestapft. Auch Susans Beteuerungen, dies sei nur ein Witz gewesen, hatten die Stimmung nicht mehr retten können.

Ein Grinsen überzog Alexanders Gesicht, als er darüber nachdachte, wie Augusta reagieren würde, wenn sie wüsste, dass seine Eltern, genau genommen war es sogar sein Vater gewesen, der sich der Buchung angenommen hatte, eine strohgedeckte Hütte als ihr Feriendomizil ausgesucht hatten, oder wenn Augusta gar selbst unter einem mit diesen speziellen Ziegeln à la Susan gedeckten Dach nächtigen müsste.

Dann musste er an den Spaziergang denken, den er an Karas Todestag vor wenigen Wochen unternommen hatte, und unwillkürlich kam ihm das Stundenglas in den Sinn. Er tastete nach der Schublade in seinem Nachttischkästchen, öffnete diese und zog andächtig das Stundenglas aus der Metalldose. Wieder einmal betrachtete er den fein gearbeiteten Gegenstand, und da fiel ihm etwas auf, was er bislang noch gar nicht bemerkt hatte.

„Das sieht ja gar nicht nach feinem Sand aus, sondern eher wie feuche Erde", murmelte er vor sich hin. „Seltsam. Ein Wunder, dass da überhaupt was rieselt."

Alexander blickte auf ein Bild seiner Schwester, welches auf seinem Schreibtisch an der gegenüberliegenden Wand stand. „Tja, Kara. Du hattest recht. Die kleine Sanduhr muss tatsächlich etwas Besonderes sein."

Eine außergewöhnliche, aber zufriedene Müdigkeit überkam ihn plötzlich, und er legte das Stundenglas auf den Nachttisch. Da er bald einschlief, bemerkte er nicht, dass das kleine Stundenglasüber den Rand des Nachttischkästchens rollte und direkt in seinen Rucksack fiel, den er am nächsten Tag mit auf die Reise nach Schottland nehmen würde.

2) Die Reise beginnt

Schottland heute, Isle of Skye.

Unaufhaltsam schloss sich der schwarze, nasse Fels um sie, der Gang wurde immer enger. Überall knirschte und rumpelte es und kleine Steinchen fielen ungewöhnlich laut polternd von oben herab, wo auch immer oben sein mochte. Die Welt schien sich zu drehen, und die Öffnung des Ganges, durch die bis vor wenigen Augenblicken noch das Abendrot zu sehen gewesen war, sozusagen das letzte Aufleuchten eines sterbenden Tages, hatte sich geschlossen. Nun gab es kein Zurück mehr, sondern nur noch den Weg nach vorn. Sie hechtete weiter, entging um Haaresbreite einem Stein, der laut krachend auf einen hervorstehenden Felsen direkt neben ihrem Kopf einschlug. Das Rumpeln nahm zu und sie war der Panik nahe. Die Enge, die bedrohliche Enge raubte ihr die Luft zum Atmen und schnürte ihr die Kehle zu. Sie erwartete, jede Sekunde von berstenden Felsen erschlagen zu werden, doch irgendetwas packte sie, riss sie unvermittelt mit einem Ruck nach vorn und schleuderte sie ins Freie, wo sie im feuchten Gras liegen blieb. Einen Moment lang wagte sie nicht, sich zu bewegen. Der entrüstete Ruf eines aufgescheuchten Raben verhallte in der Nacht. Schließlich blickte sie heftig atmend auf. Eine große Felsnadel zeichnete sich düster vor einem sternenübersäten Nachthimmel ab. Hohe Bergwände erhoben sich hinter bizarren Felsformationen. Sie war da. Sie war wirklich da. Die Landmarke war eindeutig und unverkennbar und stellte tatsächlich das exakte Ebenbild der

Felsnadel am anderen Ende des Ganges dar. Langsam richtete sie sich auf, streckte sich und ihre Finger schlossen sich um das Holz ihres Stabes. Eine Mischung aus Stolz und Furcht machte sich in ihr breit. Stolz, weil sie es entgegen vieler Erwartungen doch geschafft hatte, und Furcht, weil sie nicht die geringste Ahnung davon hatte, was sie hier erwarten würde.

Neugierig blickte sie sich um. Die Landschaft wirkte durchaus vertraut, weit unter sich konnte sie einen langgezogenen See erkennen, in dessen Mitte das Mondlicht silbrig glänzte. Die Luft roch frisch und klar, aber auch etwas salzig, was vermutlich an dem Ozean lag, der unweit von hier rauschte. Dennoch blies ihr der kühle Wind einen Geruch entgegen, der ihr fremd und sogar ein wenig unangenehm war, irgendwie stechend, so als würde ihr jemand eine giftige Pflanze zu dicht an die feine Nase halten.

Deutschland heute, Reichenberg

Die Tür wurde laut krachend aufgerissen, so zumindest kam es Alexander vor. Verschlafen blinzelte er über den Rand seiner wärmenden Bettdecke hinweg.

„Komm, Alex, du Schlafmütze. Lass uns dem Ruf der Highlands folgen." Den verheißungsvoll gemeinten Worten seiner Mutter konnte er zu so früher Stunde gar nichts abgewinnen.

„Was, jetzt schon?", stöhnte er und sah blinzelnd auf die Leuchtanzeige seines Weckers. „Es ist gerade einmal 2Uhr morgens."

„Natürlich, das hatten wir doch besprochen", kam Susans

fröhliche Antwort zurück. „In einer Stunde geht die Fahrt los, damit wir um zwei am Nachmittag rechtzeitig die Fähre nach England erreichen, dann geht's weiter, direkt nach Norden."

„Norden", brabbelte Alexander und langsam erinnerte er sich an ihren Plan. Sie würden den heutigen Tag mit Fahren verbringen und auch der Folgetag würde neben weiterem Autofahren keine wesentlichen Aufregungen zu bieten haben. Erst am späten Abend hofften seine Eltern dann endlich das kleine Cottage auf der Isle of Skye zu erreichen.

„Noch fünf Minuten", meinte er und streckte sich schwerfällig.

„Wehe du sitzt nicht spätestens in einer Stunde im Landy", drohte seine Mutter, kitzelte ihn an den Füßen und verschwand dann schleunigst aus seinem Zimmer.

Nach viel zu kurzen fünf Minuten schälte sich Alexander schließlich aus seiner Bettdecke und machte sich, ein wenig fröstelnd, auf den Weg zum Badezimmer.

Als er wenig später die Küche betrat, roch es bereits nach Kaffee, den nur seine Mutter trank und den sie gerade in eine Thermoskanne goss, während sein Vater Robert die Koffer in den Land Rover packte. Dabei war er peinlichst darauf bedacht, jeden noch so kleinen Spalt des Laderaums optimal auszunutzen. Alexander beobachtete seinen Vater wie er die schweren Koffer in das Auto wuchtete. Robert tat dies mit behänder Leichtigkeit und manchmal wunderte sich Alexander darüber, dass ein Mann, der Bankangestellter war und den ganzen Tag nur saß, so sportlich sein konnte, auch wenn er 1,85 Meter groß war. Seine schwarzen Locken hatte er bereits frisch frisiert und seine dunklen Augen blickten für diese Uhrzeit erstaunlich wach drein.

„Na, Alex, gut geschlafen heute Nacht?", fragte Susan.

„Geht so", antwortete Alexander wortkarg, und genehmigte sich ein Glas Leitungswasser. „Ich schlaf im Auto weiter, weckt mich einfach, wenn wir da sind." Nachdem er das Glas geleert hatte, schleppte er sich zurück auf sein Zimmer, um seine Sachen zu holen.

Alles verlief wie geplant und wenig später befanden sich die Rabensteins auf der Autobahn in Richtung Frankfurt. Die Fahrt verlief relativ unspektakulär. Als das Licht des neuen Tages allmählich über den östlichen Horizont kroch, wachte Alexander auf. Das Gefährt seiner Mutter war nicht gerade leise, und er hatte schon vermutet, die schottischen Winde um das Auto heulen zu hören, doch tatsächlich überquerten sie gerade erst die belgische Grenze. Die Autobahn führte unweit eines größeren Waldstückes entlang. Schläfrig blinzelte er in Richtung der Bäume, die zu einem schnell dahinziehenden graugrünen Schemen verschmolzen.

Umso mehr fuhr ihm der Schreck in die Glieder, als er glaubte, etwas gesehen zu haben, was nicht so recht in die Landschaft passen wollte. Ruckartig schoss er hoch, die Verspannung im Nacken ignorierend, und starrte in den Wald.

Noch immer huschten die Bäume vorbei, als ob sie einander verfolgen würden. Alexander blickte suchend in das Gehölz. Da war es wieder, ganz kurz nur, wie das Aufflackern eines Irrlichts im Dunkeln. Es verschwand, kam zurück, verschwand erneut.

Alexander bemerkte kaum den Schauer, der ihm über den Rücken lief und ihm eine Gänsehaut bescherte. Er hatte nur noch Augen für das Gesicht im Wald. Doch gerade als ihm klar wurde, dass es tatsächlich ein Gesicht war, wie aus grünen Blättern gemacht, verschwand es wieder.

„Alles in Ordnung dahinten, oder hast du gerade von Frau Simmel geträumt?" Die Stimme seiner Mutter holte ihn in die Wirklichkeit zurück. Als der Wald dann endlich endete und sein Blick plötzlich über einem brauen Acker ins Leere ging, wandte er sich Susan zu.

„Frau Simmel ... äh ... nicht direkt", erklärte er. „Ganz so furchtbar war es dann doch nicht."

Er hörte sich selbst wie aus weiter Ferne sprechen, so sehr beschäftigte ihn noch immer das Gesicht im Wald. Seinen Eltern war sicherlich nichts an seinem Verhalten aufgefallen, denn seine Mutter, wissend, dass er so früh am Morgen alles andere als redselig war, achtete bereits wieder auf den dichter werdenden Verkehr. Sein Vater kämpfte vermutlich noch damit, die letzten niederschmetternden Finanzzahlen aus dem Kopf zu verbannen.

Am frühen Nachmittag rappelten sie dann endlich die steile Rampe einer der riesigen Autofähren empor, schlossen den Land Rover ab und folgten den engen Treppen hinauf in die Räumlichkeiten des Schiffes, wo sich der Gast diversen Vergnügungen wie Essen, Shoppen oder dem Glücksspiel hingeben konnte.

„Welch lasterhaftes Treiben, selbst auf diesen Schiffen", stellte Robert nüchtern fest.

„Du kannst ja unten im Auto bleiben, Schatz", hielt Susan zuckersüß dagegen und drückte Robert einen Kuss auf die Wange. „Ich geh schon mal aufs Deck", unterbrach Alexander das Geturtel seiner Eltern und lief los.

„Ist gut, wir kommen gleich nach", hörte er seine Mutter rufen, während er in wenigen Sätzen nach oben hechtete. Lasterhaftes Treiben, dachte er. Sein Vater konnte manchmal so – Alexander suchte nach Worten –, so spießig sein. Auch wenn spießig ihm irgendwie nicht treffend genug zu sein schien, ein besseres Wort fiel ihm nicht ein.

Als er das Deck erreichte, empfing ihn eine kalte Brise, in die sich neben dem Geruch von Seetang auch jener von Öl und Diesel mischte. Hier und da kreisten Möwen, welche die Luft mit ihrem Gekreische erfüllten, während sie darauf warteten, ein Stück von einem Fisch, der in die Schiffsschrauben geraten war, zu erhaschen. Irgendwo weit unter sich konnte er die Schiffsmotoren dröhnen hören. Alexander blickte nach oben, und was ihn erstaunte, war das Wetter. Hatte es auf der Fahrt doch meist geregnet, so war der Himmel über ihm nun von endlosem Blau, während sich am Horizont, egal in welche Richtung er dabei sah, dunkle Wolken auftürmten.

Ganz leicht nur schwankte der Gigant aus Metall im Wasser, wiegte seine Fahrgäste und deren Mageninhalt sanft hin und her. Alexander schloss den Reißverschluss seiner dicken Winterjacke und blickte aufs Meer, in jene Richtung, in die die Fähre bald schon ablegen würde. Das Wasser weit draußen glitzerte im Sonnenlicht und weiße Schaumkronen tanzten auf den Wellen.

„Ganz schön kalt, nicht wahr?" Seine Mutter lehnte sich lässig neben ihn an das eisige Metall der Reling, einen Becher mit heißem Kaffee in den Händen haltend.

„Kein Guinness?", fragte Alexander.

Sie schüttelte den Kopf. „Kein Guinness. Ist zu kühl dafür."

„Wo ist Vater denn?"

„Ihm war es etwas zu frisch draußen", erklärte seine Mutter. „Er hat sich eine Zeitung geschnappt und sich in irgendein langweiliges Eck zurückgezogen."

Mit einem Lachen fügte sie hinzu: „Mal sehen, ob er Schottland überlebt."

„Mal sehen, ob ich Schottland überlebe", entgegnete Alexander und rümpfte die Nase.

Susan musterte ihn nur und nippte schweigend an ihrem Kaffee. Alexander beobachtete geistesabwesend zwei Männer, wie sie die langen Schiffstrossen lösten. Die Fähre würde jeden Augenblick auslaufen.

„Na ja, zumindest mal raus aus all dem Grau und Trübsinn der letzten zwei Jahre", sagte er irgendwann.

Seine Mutter verstand, worauf er anspielte, und legte ihm mitfühlend eine Hand auf die Schulter. „Genau aus diesem Grund wollte ich ja nach Schottland", erklärte sie, wobei sie immer wieder einige Haarsträhnen aus ihrem Gesicht strich, die ihr der Wind unablässig um den Kopf wirbelte.

„Aber doch nicht, um zu vergessen?"

„Natürlich nicht. Mir ging es nur darum, mal Abstand zu

gewinnen und das, was geschehen ist, aus einer anderen Perspektive zu betrachten."

„Du meinst, wie ein Bergsteiger, der auf den Gipfel klettert, nur um festzustellen, wie schön es unten war?", fragte Alexander und entlockte seiner Mutter damit ein verständnisvolles Lächeln.

„Ist, Alex", korrigierte Susan. „Wie schön es immer noch ist." Alexander bemerkte das Rumoren der Motoren kaum, welche die Fähre nun langsam in Bewegung setzten, als er seiner Mutter antwortete. „Glaubst du an ein Leben nach dem Tod? Also ich meine, dass irgendetwas bleibt und überlebt? Etwas, das für immer ist?" Das „Ist" betonte er dabei ganz besonders.

„Ja, das glaube ich. Um ehrlich zu sein, ich kann es mir gar nicht anders vorstellen, als dass es weitergeht und ein Teil von uns auch über den Tod hinaus Bestand hat."

Alexander legte den Kopf auf seine über der kalten Reling verschränkten Arme und beobachtete eine Möwe, die über ihm schwebte, so als wollte sie das Schiff aus dem Hafen hinausbegleiten. Er sagte nichts, ließ sich die Worte seiner Mutter noch einmal durch den Kopf gehen. Dabei wurde ihm langsam klar, warum sie mit Karas Tod mittlerweile so gefasst umgehen konnte, zumindest glaubte er in ihren Worten den Grund dafür zu erkennen.

„Weißt du, auch wenn ich selbst mit dem christlichen Glauben groß geworden bin, so kann ich mich dennoch mit einem Gott, der, gleich einem römischen Caesar", sie streckte den Arm aus und wackelte mit dem Daumen, „am Jüngsten Tag die gebeugten

Sünder zu ewiger Hölle oder ewigem Himmel verdammt, nicht wirklich anfreunden." Susan sah hinaus auf das Meer, doch Alexander hatte den Eindruck, ihr Blick schweife über einen ganz anderen Ozean.

„Alle Dinge unterliegen einem Wandel", fuhr sie fort. „Die Vorstellung von Himmel und Hölle hat etwas so Endgültiges, etwas, das diesem beständigen Wandel widerspricht und einem jede Chance auf Weiterentwicklung und Besserung verwehrt." Sie musste nun schmunzeln und wirbelte ihm dabei durch die Haare.

„Auch wenn eine Mutter dies ihrem Sohn nach dem Empfinden der Allgemeinheit vermutlich nicht sagen sollte, aber Himmel und Hölle sind für mich nichts anderes als Zuckerbrot und Peitsche der Kirche."

Alexander konnte sich ein Lachen nicht verkneifen. Dieses war jedoch weniger durch die Vorstellung von Zuckerbrot und Peitsche ausgelöst als vielmehr von dem Gedanken, seine Mutter könne sich überhaupt jemals etwas aus dem Empfinden der Allgemeinheit machen.

Eine Weile blickten sie beide aufs Meer hinaus. In weiter Ferne konnten sie sogar schon die Silhouette der weißen Klippen von Dover erkennen.

„Nichts ist vergessen, Alex. Kara bleibt geborgen in unserer Erinnerung und im Kreis des Werdens und Vergehens, so wie wir alle. Ich weiß, dass das ungewöhnlich klingt, aber ich sehe das nun mal so, und es hilft mir den Schmerz zumindest ein kleines bisschen zu lindern, auch wenn er mich den Rest meines Lebens begleiten wird."

Sie wischte sich rasch über das Gesicht und wandte sich um, wobei sie ihm noch einmal zuzwinkerte und meinte: „Spätestens in einer Stunde möchte ich dich am Auto sehen."

Dann ging sie unter Deck, während Alexander noch eine Weile tagträumerisch in die Ferne sah, bis die sich nähernden Klippen seine Aufmerksamkeit auf sich zogen.

Von der Sonne strahlend weiß erleuchtet, zeichneten sich die Kreidefelsen von Dover vor dem immer noch blauschwarzen Himmel ab, während die Möwen kreischten, untermalt vom unablässigen Pochen der Wellen, die gegen den Rumpf der großen Autofähre rollten. Nichts ist vergessen, dachte Alexander und der Gedanke gefiel ihm.

Nach der Überfahrt traf er seine Eltern wie vereinbart am Autodeck. Es knarrte und ächzte im Rumpf des Schiffes, und kurz darauf verließen jede Menge Autos und LKWs die Ladedecks der großen Fähre. Bald schon fuhren sie Richtung London. Mit dem Linksverkehr schien seine Mutter keine Schwierigkeiten zu haben und überhaupt floss der üppige Verkehr erstaunlich gelassen und stressfrei dahin, sodass sie gut vorankamen.

3) Die schottischen Highlands

Schottland heute, Glen Coe Richtung Isle of Skye,

„Glen Coe, das Tal der Tränen", klärte Robert seine Familie auf. Neugierig spähte Alexander aus dem Fenster hinaus. „Ein passender Name für diese Gegend."

Bedrohlich und düster erhoben sich die mächtigen Hügel links und rechts der wenig frequentierten Hochlandstraße, wobei sie vermutlich näher wirkten, als sie tatsächlich waren. Die Fahrt durch England war Alexander erstaunlich kurz vorgekommen. Sie hatten die letzte Nacht in einem Motel verbracht, waren früh aufgebrochen und sich in Glasgow ein wenig verfahren, was einige derbe Flüche seiner Mutter zur Folge gehabt hatte.

Mittlerweile war es Nachmittag geworden. Sie hatten eben eine verlassene Hochebene durchquert, die nun in ein gewaltiges Tal mündete –Glen Coe.

„Warum Tal der Tränen?", wollte Alexander wissen.

Robert wandte sich zu seinem Sohn um und gab sein Wissen zum Besten. „Weil hier im Jahre 1692 beinahe 40 Männer, Frauen und Kinder der MacDonalds von den Campbells niedergemetzelt wurden."

„Was, einfach so?", fragte Alexander ungläubig.

„Nein, natürlich gab es einen Grund, wenn auch einen, den man wohl kaum als solchen bezeichnen kann", setzte sein Vater an und schien plötzlich regelrecht aufzublühen. „Es war Februar 1691, als alle Oberhäupter der schottischen Clans aufgefordert wurden, König William III. Loyalität und Treue zu schwören. Sie waren angehalten worden, diesen Eid bis spätestens zum 1.Januar 1692 zu unterzeichnen, ansonsten drohte ihnen der Verlust ihrer Ländereien, die Zerstörung ihrer Häuser oder sogar der Tod. Angesichts solcher Aussichten entschieden die Clanoberhäupter, dass es vernünftiger sei, den Eid zu leisten. So auch Alastair MacIain, der daraufhin loszog, um seinen Eid zu schwören, in der Hoffnung, durch die Unterzeichnung für die Sicherheit seiner Leute zu sorgen. Wohlgemerkt, mein Sohn", Robert hob Aufmerksamkeit gebietend den Zeigefinger, „es war Winter. Unter diesen unwirtlichen Bedingungen mussten sich die MacIains, die übrigens zum Clan der MacDonalds gehörten, durch die Highlands schleppen.

Unglücklicherweise hatten sie falsche Informationen erhalten und marschierten zum falschen Treffpunkt. Dort erfuhren sie, dass sie zum 40 Meilen entfernten Inveraray hätten gehen müssen. Also machten sie sich auf nach Inveraray, wo sie ein oder zwei Tage nach dem gesetzten Termin schließlich ihren Eid leisten konnten."

„Und?", Alexander zog fragend eine Augenbraue in die Höhe, „damit war doch dann alles klar, oder? Ich meine, durch diese Quälerei und den langen Marsch haben sie sicher ihre Loyalität bewiesen. Letzten Endes war es doch der Eid gewesen, der zählte."

Roberts Kopfschütteln bestätigte seine aufkeimende Ahnung, dass man dies damals etwas anders gesehen hatte.

„Nun, es soll einige Regierungskreise gegeben haben, denen

diese Verspätung gerade recht kam, um den gesetzlosen und wilden Hochländern eins auszuwischen. Anfang Februar wurden zwei Kompanien von insgesamt 120 Mann bei den MacDonalds, unter der Führung eines Robert Campbells, in Glencoe einquartiert und genossen die Gastfreundschaft der MacDonalds, wie sie im Hochland heute noch üblich ist. Einige Zeit lang wurden die Soldaten bestens bewirtet, bis Robert Campbell schließlich den Befehl erhielt, die rebellischen MacDonalds – und zwar alle, die das 70.Lebensjahr noch nicht überschritten hatten – hinzurichten."

Alexander riss entsetzt die Augen auf. „Wer hat denn einen solch grausigen Befehl gegeben?"

„Der Befehl war angeblich im Auftrag des Königs selbst erteilt worden, und so wurden fast 40 Clanmitglieder getötet. Mindestens 40 weitere starben an den Folgen der Zerstörung von Haus und Hof."

„Was für eine grausame Geschichte. Glücklicherweise reisen wir heute hierher. Dennoch kann ich mir dieses blutige Gemetzel in dieser rauen und einsamen Landschaft irgendwie gut vorstellen."

Auf den mächtigen Hügeln hatten sich tiefhängende Wolken niedergelassen. Beinahe glaubte Alexander, die Schreie der Sterbenden gedämpft vernehmen zu können. Er spürte, wie sich ihm die feinen Nackenhärchen aufstellten.

„Sag mal, Robert", mischte sich seine Mutter nun ein, die die historische Untermalung schweigend mit angehört hatte und den Land Rover mit sichtlichem Vergnügen über die lang gezogene Hochlandstraße dirigierte. „Woher weißt du das? Das stand doch sicher nicht in der letzten Ausgabe der Financial Times, oder?"

„Wenn man ein fremdes Land bereist, dann sollte man wenigstens ein paar Dinge über dessen Kultur wissen", stellte Robert aufgeräumt fest, so als wäre es das Selbstverständlichste der Welt. Vielleicht war es das ja auch, dachte Alexander.

„Na, dann haben wir hier ja einen belesenen Führer. Wir werden dein Wissen später noch ein wenig auf die Probe stellen müssen", war Susans schelmische Antwort, wobei sie Robert den Oberschenkel tätschelte.

„Tja, Schatz, es gibt jede Menge Literatur, und mit den entsprechenden Büchern kann man sich rasch ein wenig in die schottische Geschichte einlesen." Er warf Susan ein herausforderndes Grinsen zu. „Natürlich findet man so etwas nicht in einfachen Fantasybüchern."

„Sag mal, geliebter Gatte, möchtest du nicht die schottische Geschichte ein wenig zu Fuß erkunden? Du weißt, ich habe den schwarzen Gürtel."

„Nein, lass mal gut sein. Dann ziehe ich doch deinen bockigen Landy vor."

Alexander wusste, dass Kritik an Susans Büchern gefährlich ausufern konnte, doch entgegen seiner Erwartung musterte seine Mutter seinen Vater nur mit hochgezogener Augenbraue, ehe sie sich wieder auf die kurvenreiche Straße konzentrierte.

Es dauerte nicht lange und sie erreichten Fort William, wo sie eine kurze Rast einlegten und das Auto nochmals volltankten. Gerade als sie wieder losfahren wollten, fiel Alexanders Blick auf ein junges Mädchen, das einen halb durchgeweichten Karton in den Händen hielt. „Isle of Skye" stand in halb verwaschenen Lettern darauf geschrieben. In diesem Augenblick kam es auch schon näher, wobei es hoffnungsvoll auf das Autokennzeichen der Rabensteins blickte. So wie es den Karton schützend vor sich hielt, wirkte das Mädchen ein wenig unsicher.

„Fahren Sie zufällig auf die Isle of Skye?", fragte sie schüchtern.

„Äh, ja." Mehr brachte Alexander nicht heraus, da er nicht erwartet hatte, dass sie deutsch sprach.

„Steig ein", rief Susan fröhlich und schenkte dem Mädchen ein aufmunterndes Lächeln, sodass sich dessen Gesichtszüge deutlich erhellten.

Noch bevor Alexander etwas von sich geben konnte, kletterte sie auch schon auf die rechte Seite der Rücksitzbank ins Auto, wo Robert sie eines prüfenden Blickes unterzog, ehe er den Land Rover startete.

4) Über das Meer nach Skye

Schottland heute, Road to the Isles

Mittlerweile hatte es begonnen, wie aus Eimern zu schütten, und immer wieder pflügte der Landy durch große Pfützen. Riesige Wasserfontänen spritzten auf und ergossen sich in die am Straßenrand wachsenden Ginsterbüsche.

„Wie heißt du eigentlich?", fragte Susan ihre neue Mitfahrerin.

„Anna-Sophie. Allerdings nennen mich meine Freunde nur Anna."

„Und woher kommst du, Anna? Ich finde es schon ein wenig ungewöhnlich, dass ein junges Mädchen, ich nehme an, du bist gerade mal 15, durch die ..."

„16", korrigierte Anna, „bald werde ich 17."

„Also gut, 16. Du bist gerade mal 16 und trampst alleine durch die schottischen Highlands."

Nach einem vorsichtigen Blick auf Alexander wandte sich Anna wieder seiner Mutter zu. „Ich lebe in Hamburg und bin von dort nach Edinburgh geflogen. In Portree werde ich mich mit meinem Bruder Sebastian treffen."

„Und warum reist du nicht gleich mit deinem Bruder, oder trampt der auch durch das Hochland?", wollte Robert wissen, dessen Neugierde nun ebenfalls geweckt worden war. Ein wenig misstrauisch musterte er das Mädchendurch den Rückspiegel.

„Sebastian ist schon vor zwei Wochen nach Schottland geflogen, da hatte ich noch Schule. Mein Bruder besitzt einen Whiskyladen in Hamburg und kauft hier in Schottland meist einige Raritäten auf, wie er es nennt." Sie zuckte mit den Schultern. „Eigentlich hätte ich den Bus nehmen sollen, der von Edinburgh nach Skye fährt, doch den habe ich leider verpasst, und einen weiteren Tag wollte ich nicht warten."

„Nun gut, in etwa zwei bis drei Stunden sollten wir auf Skye sein, dann werden wir dich in Portree abliefern", meinte Susan und stellte keine weiteren Fragen mehr.

Alexander hatte Anna währenddessen unablässig beäugt und musste sich eingestehen, dass ihm das Mädchen gefiel, da es etwas Natürliches an sich hatte. Anna war nicht so aufgestylt wie die meisten seiner Klassenkameradinnen, dennoch war sie hübsch und hatte ihre blonden, schulterlangen Haare zu einem Zopf zurückgebunden.

Anna war zwar nicht schlank wie die berühmte Reitgerte, aber als dick mochte er sie keineswegs bezeichnen. Zwar wirkte sie auf ihn ein wenig schüchtern und unsicher, dennoch lag ein fröhliches Glitzern in ihren braunen Augen.

„Was ist?", fragte sie plötzlich, und da erst wurde Alexander bewusst, dass er Anna die ganze Zeit über angestarrt hatte.

„Nichts, ich hab mich nur gefragt, wie alt dein Bruder ist", stammelte er, da ihm nichts Besseres einfiel und er von sich ablenken wollte.

„28", klärte Anna ihn auf, und wieder war da dieses Strahlen in ihren Augen, während sich kleine Grübchen auf ihren Wangen bildeten.

„Hmm, dann darf er ja auch schon Whisky trinken."

Als Alexander diese Worte ausgesprochen hatte, hätte er sich am liebsten selbst gegen die Stirn geschlagen oder besser noch in seinem Rucksack verkrochen. Das Grinsen seiner Mutter, das bis zu deren Ohren reichte, half ihm in seiner misslichen Lage auch nicht wirklich.

„Ja, das darf er", meinte Anna, und wenn sie seine Bemerkung komisch fand, so ließ sie es sich zumindest nicht anmerken.

Alexander nickte nur und sah aus dem Autofenster. Er ließ seinen Blick über den lang gezogenen See schweifen, der kein Ende zu haben schien und aussah, als würde er kochen, so hart prasselte der Regen auf die Wasseroberfläche nieder.

Mehr schweigend als redend legten sie die Strecke zur Isle of Skye zurück, was nicht zuletzt an der atemberaubenden Landschaft lag. In Invergarry, kurz vor dem berühmten Loch Ness, bogen sie links auf die A87 ab, der „Road to the Isles", wie ihnen Susan erklärte, und folgten dem Verlauf einer steilen Straße nach oben, wo sich ihnen ein fantastischer Blick in ein weitläufiges Tal namens Glen Garry bot. Erstaunt beobachtete Alexander, wie der Wind den Regen durch die ausgedehnten Senken schleuderte, als würde ein über den Wolken wohnender Riese eine gewaltige Gießkanne hin und her schwenken, deren Wassermassen einen grauen Schleier über das Land warfen. Ihr Weg führte sie weiter am Ufer eines riesigen Sees entlang und wand sich schließlich durch Glen Shiel.

So sehr die Landschaft mit ihrer Urtümlichkeit und Wildheit beeindruckte, so sehr hatte Alexander das Gefühl, es gäbe keinen düstereren Ort auf der Welt als diesen. Bald schon folgte die Straße dem Verlauf der Westküste, und plötzlich tauchten vor ihnen die Lichter eines alten Schlosses in der zwischenzeitlich hereingebrochenen Nacht auf. Das alte, dunkle Gemäuer schien das Licht der modernen Beleuchtung regelrecht zu verschlingen; ein äußerst gespenstischer Anblick.

„Die Highlander Burg", rief Anna unvermittelt, und Alexander zuckte zusammen. Dabei beugte sie sich so weit zu ihm herüber, dass er für einen kurzen Moment ihren Atem auf seiner Wange spürte.

„Eilean Donan Castle", stellte Robert richtig und erntete einen verwunderten Blick von seiner Frau.

„Ich weiß das", betonte sie, „und mir ist auch bekannt, dass dort der Film „Highlander" gedreht wurde. Aber woher kennst *du* dieses Schloss?"

„Ich sagte doch schon, dass ich mich kundig gemacht habe", gab Robert großspurig zurück und warf Susan ein süffisantes Lächeln zu. „›Eilean Donan‹ ist gälisch und bedeutet so viel wie ›Donans Insel‹, benannt nach einem Einsiedler, der angeblich im 6. Jahrhundert dort mal gewohnt haben soll. Die Burg selbst wurde zu Beginn des 13. Jahrhunderts vom schottischen König Alexander II. gebaut und im – lasst mich überlegen", Robert machte ein bewusst angestrengtes Gesicht und legte einen Finger an die Lippen, „frühen 18. Jahrhundert von englischen Fregatten zerstört. Aufgebaut hat man die Burg wieder zwischen 1912 und 1932, und ich fand sogar einen Artikel, in dem geschrieben stand, dass der damalige Burgherr einen Traum hatte, der ihm das Aussehen der Burg vor deren Zerstörung offenbarte. Er ließ so die kläglichen Überreste des einst stolzen Bauwerks neu errichten, und später fand man bei Ausgrabungen sogar die alten Pläne, aus denen ersichtlich wurde, dass der Bau nach dem Traum des Burgherrn die Realität keineswegs verfehlt hatte."

Sie hatten Eilean Donan Castle längst hinter sich gelassen, als Robert seine Ausführungen endlich beendete, das besserwisserische Grinsen, welches sich auf sein Gesicht geschlichen hatte, immer noch zur Schau stellend.

„Angeber", schoss Susan zurück. „Dann weißt du ja sicher auch, dass nicht nur ›Highlander‹ dort gedreht wurde, sondern dass dieses schicke Schlösschen auch in dem James Bond Film ›Die Welt ist nicht genug‹ zu sehen war."

„Ja, dein geliebter Angeber weiß sogar das, auch wenn mir James Bond überhaupt nicht liegt."

Als Alexander bemerkte, dass Anna still vor sich hin grinste, zuckte er nur mit den Schultern. Sie blinzelte ihm zu und schenkte ihm ein schüchternes Lächeln, wobei ihre Augen ihn irgendwie festhielten. Ein nicht ganz unangenehmes Prickeln machte sich in seinem Bauch breit, und er suchte krampfhaft nach einer Ablenkung. „Wo übernachtest du?", fragte er schließlich.

„In der Jugendherberge in Portree. Sebastian schläft auch dort."

„Und was habt ihr morgen so vor?", hakte Alexander nach, wobei er die Frage im gleichen Augenblick schon wieder bereute, da Anna jetzt sicher dachte, er wolle etwas mit ihr unternehmen. Vielleicht will ich das ja, polterte es ihm durch den Kopf.

„Ich begleite meinen Bruder in die Talisker-Destille. Sebastian will dort eine neue Whiskyabfüllung testen und vielleicht sogar kaufen", erklärte sie und blickte ihn aus dem Halbdunkel des Autos heraus an. „Und ihr, was habt ihr für morgen geplant?", fragte sie schließlich. Die Frage klang in Alexanders Ohren auffällig beiläufig.

„Keine Ahnung. Bei dem Wetter gibt's nicht viel, was man tun kann."

„Oh doch, mein Sohn", mischte sich seine Mutter ein. „Morgen werden wir nach einem gemütlichen Frühstück erst einmal nach Portree fahren und einkaufen. Übermorgen wandern wir hinauf zum Old Man of Storr. Du erinnerst dich doch noch an die Felsnadel aus dem Reiseführer, oder?"

„Natürlich", bestätigte Alexander, „aber bei dem Wetter?" Nach wie vor prasselte der Regen heftig auf das Autodach und die Scheibenwischer hatten alle Mühe, mit den Wassermassen fertigzuwerden.

„Du hast doch hoffentlich deine Regenjacke eingepackt?" Susan drehte sich um und sah Alexander mit einer hochgezogenen Augenbraue an.

„Ja, schon, aber …"

„Dann ist ja alles in Ordnung. Der Old Man of Storr ist gesichert", unterbrach ihn seine Mutter, während Robert etwas Unverständliches murmelte. Alexander konnte sich nur schwer vorstellen, dass seinem Vater eine Regenwanderung behagte, und tatsächlich warf er Susan einen skeptischen Blick zu.

„Meinst du nicht, wir sollten erst einmal abwarten, wie das Wetter wird?"

„Du sitzt das ganze Jahr über in deinem Büro, Robert, da schadet es bestimmt nicht, wenn es dir mal den Bürostaub aus den Ohren wäscht." Herausfordernd kraulte sie ihn hinter dem Ohr.

„Falls es regnet, könnten wir auch das Schloss in Dunvegan besuchen und uns die Fairy Flag ansehen", beharrte Robert.

„Die Fairy Flag?", fragte Alexander.

Susan verdrehte die Augen. „Achtung und aufgepasst! Gleich folgt eine weitere hochtrabende Ausführung zur Feenflagge."

„Ja genau, die Feenflagge", begann Robert. „Eine alte Legende auf der Isle of Skye. Es heißt, vor vielen Hundert Jahren hatte sich der Clanchef der MacLeods, die ihren Hauptsitz im Schloss von Dunvegan auf Skye haben, in eine Prinzessin aus dem Feenreich verliebt und sie sich in ihn. Der Vater des Mädchens, der zugleich der König der Feen war, wollte ihr diese Liebe verbieten, um seiner Tochter ein gebrochenes Herz zu ersparen."

„Woher wollte der König denn wissen, dass der Clanchef ihr das Herz brechen würde?" Neugierig beugte sich Anna nach vorn und lauschte gespannt.

„Nun", fuhr Robert fort, „Menschen sind sterblich, das Volk der Feen hingegen lebt ewig. Der Tod ihres Liebsten wäre ein zu schrecklicher Verlust für das Mädchen gewesen, etwas, das er seiner Tochter niemals zumuten wollte. Die Prinzessin jedoch brach in Tränen aus, und schließlich gewährte ihr der König ein Jahr in der Welt der Menschen. Überglücklich heiratete sie den

Clanchef und neun Monate später bekamen sie einen Sohn. Allerdings war das Jahr schon bald vorüber und sie musste zurückkehren."

„Sie hat sich doch sicherlich geweigert", meinte Alexander, aber Robert schüttelte den Kopf.

„Nein. Sie hatte versprochen zurückzukehren und wusste, wenn sie ihr Versprechen nicht einlösen würde, würde die Fairy Raide, die Armee des Feenkönigs, über den ganzen Clan der MacLeods kommen und ihm Leid zufügen. An einer kleinen Brücke, die man heute noch die ›Fairy Bridge‹, also ›Feenbrücke‹, nennt, traf sie ihren Vater und kehrte zurück in das Reich der Feen, jedoch nicht, ohne ihren Ehemann zu bitten, immer auf ihren Sohn zu achten, damit dieser niemals weinen müsse, denn dies würde sie bis ins Feenreich hören und würde es nicht ertragen können."

„Wie traurig", sagte Anna. „Sie muss sich innerlich schrecklich zerrissen gefühlt haben."

Alexander betrachtete Anna von der Seite und ihm war, als würde sie bei der Geschichte richtig mitleiden, so traurig blickte sie drein. Robert indes nickte. „Der Clanchef blieb zurück, war verbittert, und so wurde ein Fest veranstaltet, um ihn aufzuheitern. Während des Festes sollte ein Kindermädchen auf das Baby achten. Die Frau wurde allerdings vom Tanzen und Singen und dem fröhlichen Treiben derart abgelenkt, dass sie ihn kurz aus den Augen ließ. Der Kleine fing an zu weinen, und plötzlich hörte das Kindermädchen einen lieblichen Gesang. Als sie in das Kinderzimmer kam, sah sie nur noch eine schöne Frau in einem feinen, leuchtenden Nebel verschwinden." Robert machte eine ausladende Bewegung mit der rechten Hand. „Voller Entsetzen rannte sie zu dem Kind, das wohlauf in der Krippe lag. Allerdings war es nun eingewickelt in ein Tuch aus gelber Seide."

„Die Fairy Flag?", flüsterte Anna.

„Die Fairy Flag", bestätigte Robert. „Jahre später, als das Kind heranwuchs, erzählte der Junge seinem Vater, dass er sich an den Besuch seiner Mutter, der Prinzessin aus dem Feenreich, genau erinnern könne. Auch enthüllte er ihm, es handle sich bei dem Tuch um einen magischen Stoff, der, wird er dreimal wie eine Fahne geschwenkt, die Fairy Raide zu Hilfe ruft."

„Hat man jemals versucht, sie zu benutzen?" Alexander blickte gebannt auf seinen Vater.

„Oh ja, das hat man, aber erst viele Jahrhunderte später. Im 16. Jahrhundert griff der Clan der MacDonalds an und sperrte die Bewohner von Trumpan in deren Kirche ein, die sie anzündeten. Der damalige Clanführer der MacLeods bemerkte den Rauch und schwenkte die Fairy Flag. Als die MacLeods schließlich an den Ufern der Ardmore Bucht, wo ihre Feinde gelandet waren, ankamen, flohen diese bereits, und den MacLeods gelang es, sie alle zu töten."

„Eine schreckliche Geschichte, so viel Blutvergießen", sagte Anna.

Alexander musterte Anna. Das Mädchen wirkte so traurig, als hätte es diese alte Geschichte gerade selbst erlebt.

Robert fuhr fort: „Es heißt weiterhin, dass die Hilfe der Flagge insgesamt jedoch nur drei Mal gewährt wird und die MacLeods geben zu, bereits ein zweites Mal darauf zurückgegriffen zu haben, auch wenn niemand mehr mit Sicherheit sagen kann, zu welcher Gelegenheit dies war. Interessant ist auch, dass Flora MacLeod während des zweiten Weltkrieges die Fahne in viele kleine Stücke schnitt und denjenigen MacLeods mitgab, die im Krieg als Piloten dienten. Keiner der Piloten wurde damals abgeschossen." Robert schwieg und ließ die Worte wirken. Für kurze Zeit hörte man nur das Rauschen des Regens untermalt vom dumpfen Motorengeräusch des Land Rovers.

Susan blickte Robert verwundert an. „Ich bin überrascht, Robert, ich bin wirklich überrascht", gab sie zu. Auch Alexander betrachtete erstaunt das Gesicht seines Vaters im Rückspiegel.

„Wie schon gesagt, ich halte es für falsch, in ein Land zu fahren, ohne sich mit dessen Geschichte, Legenden und Sagen ein wenig vertraut zu machen. Aber mehr als eine Sage ist es eben auch nicht." Ein breites Grinsen überzog sein Gesicht. „Natürlich kann ich auch etwas über die schottische Wirtschaft vor dem Hintergrund der gegenwärtigen Wechselkursschwankungen zum Besten geben. Oder euch meine Meinung zur Unabhängigkeit Schottlands im Hinblick auf…"

„Verschon uns!", riefen Alexander und seine Mutter gleichzeitig, und Anna lachte auf.

„Sag mal, Anna", begann Susan. „Hast du nicht Lust, mit uns zum Storr zu kommen?"

Alexander konnte nicht glauben, was er da hörte, und verdrehte die Augen. Er befürchtete, Anna könne glauben seine Mutter wollte einen Verkupplungsversuch starten. „Nun, na ja, ich weiß nicht so recht", antwortete sie unschlüssig.

„Na, komm schon, das wird bestimmt lustig, und Alex hat sicher nichts dagegen, jemanden in seinem Alter dabeizuhaben, mit dem er quatschen kann."

Alexander hatte sich am liebsten versteckt, denn eine unangenehme Hitze breitete sich auf seinen Wangen aus. Er hoffte inständig, dass Anna nicht bemerkte, dass er rot wurde.

„Ich kann ja mal mit Sebastian reden, er hat da sicher nichts dagegen", entgegnete Anna schließlich, nicht ohne Alexander erneut mit einem dieser zurückhaltenden Blicke anzusehen.

„Gut, dann sprechen wir mit deinem Bruder", schloss Susan und drehte sich wieder nach vorn.

In diesem Augenblick überquerten sie auch schon die große Brücke, welche die schottische Westküste mit der Isle of Skye verband. In einem geschwungenen Bogen erstreckte sich das imposante Bauwerk von Küste zu Küste, wodurch der Eindruck entstand, geradewegs in den Himmel hinaufzufahren. Auf der anderen Seite ging es wieder bergab, und die Brücke endete so abrupt direkt vor einem Kreisverkehr, dass Robert diesen beinahe übersehen hätte und heftig bremsen musste. Alexanders Rucksack, der sich zwischen ihm und Anna befand, wurde dabei von der Sitzbank geschleudert, während Anna ihren eigenen gerade noch rechtzeitig festhalten konnte.

„Das Ding hat aber auch einen Bremsweg", beschwerte sich Robert.

„Es lebe, wer vorausschauend fährt", verteidigte Susan ihr

Auto.

Alexander bekam den verbalen Schlagabtausch seiner Eltern kaum mit, da er beinahe mit Anna zusammengestoßen wäre, als sie sich gleichzeitig vorbeugten, um den Rucksack aufzuheben. Umständlich nahm er ihn hoch, während Anna den Boden abtastete und diverse Gegenstände zusammenkramte.

„Was ist das denn?" Sie hielt etwas hoch und betrachtete es eingehend. „Sieht aus wie eine Eieruhr", sagte sie und drehte den Gegenstand in ihren Händen, um ihn von allen Seiten zu mustern. „Ist ziemlich schwer."

Alexander traute erst seinen Ohren, dann seinen Augen nicht, als er Karas Stundenglas erkannte. Ohne nachzudenken, griff er hastig nach dem kleinen Artefakt und riss es Anna regelrecht aus der Hand.

„Entschuldigung, ich wollte es nicht …", setzte sie an, brach dann aber ab, während Alexander wie entgeistert das Stundenglas beäugte, als sehe er es zum ersten Mal.

„Das ist keine Eieruhr", erklärte er beleidigt. „Das ist ein …ganz besonderer Gegenstand." Er wunderte sich über seine eigenen Worte. Hatte er früher seine kleine Schwester immer damit aufgezogen, wenn sie von dem Gegenstand so geheimnisvoll gesprochen hatte, so war er es jetzt, für den das Stundenglas wertvoll geworden war.

Was ihn jedoch noch viel mehr irritierte, war die Tatsache, dass es sich in seinem Rucksack befunden hatte. Es muss zufällig hineingefallen sein, dachte er und warf einen verstohlenen Blick zu seinen Eltern. Die sahen jedoch geradeaus und hatten entweder nichts von all dem mitbekommen oder ließen sich nichts anmerken. Annas irritierten Blick ignorierend, packte Alexander das Stundenglas eilig zurück in den Rucksack und hing dann seinen Gedanken nach. Unablässig kreisten diese um die kleine Sanduhr, das Lachen in dem merkwürdigen Blätterwirbel und das Gesicht, welches er gestern im Wald unweit der belgischen Grenze gesehen hatte.

Während der restlichen Fahrt nach Portree herrschte die meiste Zeit Schweigen, und endlich erreichten sie das kleine Städtchen, wo sie direkt vor der an der Hauptstraße gelegenen Jugendherberge anhielten.

Mühsam zerrte Anna ihren Rucksack aus dem Auto, wobei Susan ihr die Tür aufhielt.

„Danke fürs Mitnehmen."

„Gern geschehen, Anna", sagte Susan und zog sich ihre Kapuze über den Kopf. „Wie sieht's aus, sollen wir dich übermorgen hier abholen, sagen wir so gegen 10 Uhr?"

Alexander bemerkte, dass Anna ihm einen zögernden Blick zuwarf, dann jedoch zeichnete sich ein Anflug von Trotz auf ihrem Gesicht ab. Vermutlich hatte sie gesehen, wie Alexander die Augen verdreht hatte.

„Ja, warum nicht? Ich warte dann hier", sagte sie.

„Super, du bist spontan, Anna. Das mag ich", freute sich Susan.

„Gut, bis dann. Tschüss, Alex", sagte Anna und flitzte in die Jugendherberge, noch bevor Alexander etwas erwidern konnte.

Knapp eine halbe Stunde später erreichten die Rabensteins das kleine Cottage, welches nördlich des Örtchens Uig auf der Halbinsel Trotternish einsam und verlassen in der Dunkelheit lag und ihnen während der nächsten Tage als Zuhause dienen würde. Alexander warf dem strohgedeckten Dach einen misstrauischen Blick zu. „Na ja, immer noch besser als ein Dach aus Schafskacke", murmelte er.

„Was sagtest du?", fragte sein Vater.

„Ach … äh, nichts", entgegnete er und schickte sich an, dabei zu helfen, das Gepäck ins Haus tragen. Er wunderte sich, dass die Tür nicht abgeschlossen war.

„Die Reinigungsdame sagte mir, sie werde die Tür offen lassen und die Schlüssel auf den Küchentisch legen", erklärte Robert auf Alexanders fragenden Gesichtsausdruck hin und trat ins Haus. Alexander stellte das Gepäck ab und schaute sich etwas genauer um. Das Cottage war äußerst gemütlich eingerichtet. Es gab eine Küche, zwei kleine Schlafzimmer, ein Bad und ein Wohnzimmer. Der Boden war mit Parkett und einigen Läufern ausgelegt; an den Wänden hingen Aquarelle und Bilder, die von Hütehunden bewachte Schafe und Hochlandrinder oder historische Persönlichkeiten in schottischer Tracht darstellten. Im Wohnzimmer zierten ein altes Wagenrad und einige weitere landwirtschaftliche Gerätschaften die Wände. Ein Fernseher und ein DVD Spieler fehlten genauso wenig wie ein Regal, in dem eine Vielzahl englischsprachiger Bücher stand.

Zu Susans Freude gab es einen offenen Kamin, in dem noch die Reste eines gemütlichen Feuers glühten, das die freundliche

Vermieterin bereits vor einiger Zeit entzündet hatte. Robert machte sich daran, die Flammen erneut zu entfachen, und bald schon breitete sich wohlige Wärme, gepaart mit einem eigenartigen Geruch, aus.

„Torf", erklärte er. „Den stechen sie hier oben schon seit einer Ewigkeit, um ihn als Brennstoff zu verwenden."

„Und, Alex, was meinst du?", fragte Susan und breitete dabei zufrieden ihre Arme aus. „Ist doch gemütlich, oder?"

Alexander sah sich um, so als müsste er das Ganze einem zweiten prüfenden Blick unterziehen, nickte dann aber. „Okay, ich geb's zu. Das hier ist ein wirklich schickes Häuschen."

„Das sehe ich genauso", bestätigte Robert. „Wenn deine Mutter jetzt auch noch den Regen abstellen könnte, wäre es perfekt."

„Ich kann dich auch gleich vor die Tür setzen, mein geliebter Angeber", hielt Susan dagegen und schlang ihrem Mann die Arme um den Hals. „Draußen könntest du nachsehen, ob du einen Wasserhahn zum Abstellen findest."

„Nicht nötig. Ich werde mich in den nächsten Tagen ohnehin meist nur mit den Finanznachrichten befassen und ..." Robert brach ab, als ihm Susan die Nase zuhielt. „Schon gut, war ja nur ein Scherz", brachte er nasal zwischen den Zähnen hervor.

5) Der grüne Mann

Schottland heute, Isle of Skye

Es dauerte nicht lange, und die Reise forderte ihren Tribut, Müdigkeit machte sich breit; die Rabensteins gingen schlafen. Gerade als sich Alexander in das Bett seines kleinen Schlafzimmers gelegt hatte und das Licht ausknipsen wollte, fiel sein Blick auf ein Bild an der Wand und der Schreck fuhr ihm durch alle Glieder. Er konnte sogar spüren, wie ein Schauer seine Wirbelsäule hinablief. Langsam hob er die Bettdecke an und ging auf das Gemälde zu, um es aus der Nähe zu betrachten. Eingerahmt von hellem Holz zeigte es einen See, um den herum einige Bäume wuchsen. In der Mitte des Bildes verdeckte ein kreisrunder Ausschnitt die Sicht auf das Gewässer. In diesem Kreis war ein offensichtlich männliches Gesicht zu sehen, das die Form und die gezackten Konturen eines großen, grünen Blattes hatte. Die Köpfe einiger Frauen, eine davon mit Ästen und Blättern im Haar und Tränen auf der Wange, waren dem Gesicht zugewandt.

„The Green Man", stand unter dem Bild. „Der Grüne Mann", flüsterte Alexander. Unwillkürlich musste er an das Gesicht im Wald nahe der belgischen Grenze und an die Blätter auf dem Esstisch zu Hause denken. So sehr er auch versuchte es zu leugnen, die Ähnlichkeit war nicht von der Hand zu weisen. Unter dem Gemälde befand sich ein Text, geschrieben in englischer Sprache:

In forests dark and deep and emerald green

A creature of olden glory can be seen

His laughter in the wind it blows

His smile in golden leaves it grows

With rustling twig and branch so strong

With eye so wise and leg so long

In secret places he roams and strides

A knight of green though no horse he rides

Hatte Alexander in der Schule immer Schwierigkeiten mit Fächern wie Mathematik, Physik oder Chemie gehabt, so war er nun froh, dass Englisch nicht nur sein Lieblingsfach war, sondern dass er diese Sprache wirklich gut beherrschte. Sein Vater sprach fließend Englisch und hatte ihn schon frühzeitig als Kind damit vertraut gemacht.

Langsam, den Blick auf das Bild gerichtet, ging er zurück ins Bett. Als er das Licht ausknipste, hatte er immer noch das Gefühl, der Grüne Mann würde ihn beobachten, weshalb er trotz seiner Müdigkeit nicht gleich einschlafen konnte. Stattdessen lag er wach in seinem Bett und lauschte dem Wind, der um das alte Steingemäuer des Cottages jagte und nach wie vor den Regen gegen die Fenster peitschte. Beinahe klang es so, als klopfe nicht der Regen an das Glas, sondern die Knöchel hölzerner Finger.

Freundlicherweise hatte die Besitzerin den Kühlschrank mit Essbarem gefüllt, und so wurde Alexander am nächsten Morgen

vom Duft von gebratenem Schinken, Spiegeleiern und frisch
gebrühtem Kaffee geweckt. Gemächlich stieg er aus dem Bett und
zog den Vorhang zur Seite.

„Ich glaub es nicht, die Sonne scheint", murmelte Alexander. Er
wusste nicht, was er erwartet hatte, aber sicherlich keinen strahlend
blauen Himmel, der sich schier endlos über ein ebenso blaues Meer
wölbte. Möwen, deren weißes Gefieder in der Sonne leuchtete,
erfüllten die Luft mit ihrem Gekreische, und in der Ferne glaubte
er die gezackte Küstenlinie weiterer Inseln erahnen zu können. Als
er seine Augen endlich von der, wie er zugeben musste,
faszinierenden Szenerie lösen konnte, betrachtete er erneut das Bild
mit dem Grünen Mann, und plötzlich erschien ihm das Gesicht
weniger düster und bedrohlich als noch am Abend zuvor.

„Irgendwie habe ich das Gefühl, du verfolgst mich", sagte
Alexander und rückte das Bild gerade, das, wie er meinte, schief an
der Wand hing. „Erst der Blätterwirbel, dann das Gesicht in der
Küche und im belgischen Wald und jetzt du." Mit dem Finger
tippte er dem Grünen Mann auf dem Gemälde auf die Nase.

„Alex, wie wär's mit Frühstück?" Die Stimme seiner Mutter riss
ihn aus seinen Gedanken.

„Bin schon unterwegs." Gut gelaunt zog er sich an, band seine
Haare zu einem Pferdeschwanz zusammen und schlenderte in die
Küche. Während seine Mutter gerade die Teller füllte, kam ihm
sein Vater ein wenig verloren vor, so ganz ohne Tageszeitung und
Internetanschluss.

„Nicht mal das Handy funktioniert hier", beschwerte sich
Robert, hielt das Mobiltelefon hoch und lief kreuz und quer durch

das Haus, in der Hoffnung, doch irgendwo Empfang zu finden.

„Jetzt komm schon, Robert", rief ihm Susan hinterher. „Leg endlich das lästige Ding weg, sonst füttere ich es an die Fische."

„Untersteh dich!", raunte er, schaltete aber mit einem resignierten Seufzen das Handy ab, ehe er sich an den Tisch setzte. Er goss sich heißes Wasser in eine Tasse und tauchte einen Teebeutel hinein, nur um ihn kurz darauf wieder herauszuziehen.

„Dein Vater erschreckt mal wieder den Teebeutel mit heißem Wasser", lachte Susan.

„Es kann nicht jeder nur Kaffee trinken", verteidigte sich Robert. „Schon gar nicht deinen."

„Nur die Harten kommen in den Garten."

„Eigentlich komisch, oder?", mischte sich nun Alexander ein.

Robert sah seinen Sohn neugierig an. „Was ist komisch?"

„Du bist Banker, und Banker arbeiten im Büro. Jeder im Büro trinkt doch Kaffee, oder etwa nicht?"

„Nein, nicht alle. Manche machen auch Weißwürste in der Kaffeemaschine heiß", korrigierte Robert.

„Das ist nicht dein Ernst, oder?"

„Natürlich, warum denn nicht? Wenn man plötzlichen Besuch aus München bekommt, muss man halt ein wenig Fantasie besitzen."

„Und da habt ihr die Würste in die Kaffeemaschine gestopft?"

„Richtig! Und keine einzige ist aufgeplatzt", freute sich Robert.

Ein Grinsen machte sich auf Alexanders Gesicht breit.

Susan hingegen zuckte nur mit den Schultern. „Versteh einer

die Banker."

Nach dem Frühstück, es war fast schon Mittag, fuhren die Rabensteins in das malerische Städtchen Portree, um ihre Vorräte im dortigen Supermarkt einzukaufen.

Erfreut stellte Alexander fest, dass es an der Kasse weniger hektisch zuging als in Deutschland. Wo man zu Hause die Ware schon fast auffangen musste, weil sie von einer gestressten Kassiererin regelrecht durch den Scanner katapultiert wurden, half hier in Portree sogar eine nette ältere Dame den Kunden beim Einpacken.

Mit einem Bummel durch die Läden des Städtchens vertrieben sie sich die Zeit am Nachmittag.

„Du siehst, Alex", meinte seine Mutter irgendwann und legte ihm eine Hand auf die Schulter, „deine anfänglichen Befürchtungen, es gäbe weder Supermarkt noch Bäcker oder sonstige ähnliche Annehmlichkeiten in Schottland, sind völlig unbegründet."

„Tja, wer hätte das gedacht, selbst ein Kino ist den Schotten nicht fremd."

„Somit hätten wir ja die wichtigsten Bedürfnisse eines Teenagers abgedeckt und können uns gute Eltern nennen." Sie zwinkerte Alex fröhlich zu und schlenderte weiter. Die Sonne schien nach wie vor vom Himmel, aber ein kühler Wind wehte.

Alex' Eltern lieferten sich weiterhin einen regelrechten Wettstreit im Wissen über Schottland, und er wusste nicht, ob er sich darüber freuen oder die Flucht ergreifen sollte. So gab Robert zum Besten, dass der Name Portree von dem gälischen „Port Righ" abstammte, was so viel wie „Hafen des Königs" bedeutete. Susan wusste sogar, dass es sich um König James V. handelte, der dem Städtchen seinen Namen gegeben hatte. Am späten Nachmittag saßen sie dann im Isles Inn, einer gemütlichen Kneipe mit Restaurant und offenem Feuer. Den ganzen Tag über hatte Alexander sich umgesehen, in der Hoffnung, irgendwo Anna ausfindig machen zu können, sie jedoch nirgends entdeckt. Fast schon tat es ihm leid, dass er am gestrigen Abend so überreagiert hatte.

Nach einem deftigen Abendessen – seine Mutter hatte ein Steak in Whiskysoße verspeist, während sein Vater sich mit einer Suppe und einem Salat begnügt hatte, was Alexander schon fast peinlich war –, wechselten sie vom Restaurant in den Kneipenbereich. Sie hatten Glück und Susan ergatterte im letzten Augenblick einen Platz am knisternden Feuer, bevor dieser zwei holländischen Touristen zufiel, denen sie kurzerhand den Weg abgeschnitten hatte. Da es draußen mittlerweile sehr kalt und die Nacht sternenklar war, wussten sie die Wärme des prasselnden Feuers zu schätzen.

Mit der Zeit wurde es immer voller in der Kneipe, und eine ausgelassene Schar unterschiedlicher Gäste genoss schottischen Single Malt, Ale oder Cider. Wie ihnen der Barmann bereits erklärt hatte, gab es auch in der Winterzeit zwischen den Weihnachtsfeiertagen und über Silvester noch einige Touristen in Portree. Gerade als Alexander glaubte, es würde nun wirklich niemand mehr in die Kneipe hineinpassen, öffnete sich die Tür und ein Mann und eine Frau quetschten sich hindurch.

Schnell erkannte er, dass es sich dabei um Anna handelte, und er vermutete, der junge Mann an ihrer Seite müsse ihr Bruder Sebastian sein. Noch ehe er sich entscheiden konnte, ob er ihr zuwinken sollte oder nicht, hatte seine Mutter sie schon zu sich gerufen. Anna lächelte erfreut und kämpfte sich durch die Kneipe, während Sebastian an der Theke etwas zu trinken bestellte. Susan rutschte auf der Holzbank zur Seite und deutete auf den Platz neben sich.

„Setz dich."

„Danke", sagte Anna und warf Alexander einen scheuen Blick zu.

„Ist das dein Bruder?", wollte Robert wissen und deutete ein Nicken in Richtung Annas Begleitung an.

„Ja, das ist Sebastian", bestätigte sie. „Wir waren eben Fisch essen und er wollte sich hier noch ein Bier genehmigen.

Alexander musterte Sebastian neugierig. Er sah Anna nicht wirklich ähnlich, wie er fand, denn während das Mädchen glatte blonde Haare hatte, waren die von Sebastian dunkelbraun und gelockt. Anna war eher mittelgroß, hatte weiche, fast noch kindliche Gesichtszüge, Sebastians Gesicht hingegen war eckig und wirkte beinahe hart. Die leichte Hakennase, die manche Frauen als attraktiv bezeichnen würden, verstärkte diesen Eindruck. Alexander schätzte Sebastian auf 1,85 Meter, womit er zwei oder drei Zentimeter größer war als er selbst.

„Sag mal, Anna", Susan legte dem jungen Mädchen eine Hand

auf die Schulter, „wir wollten doch morgen zum Old Man of Storr gehen. Ich hoffe, du hast es dir nicht anders überlegt?"

Anna warf Alexander einen raschen Blick zu und schüttelte dann den Kopf. Eine Reihe weißer Zähne blitzten auf, als sie lächelte. „Nein. Ich komm gerne mit."

Alexander versuchte, ein möglichst nichtssagendes Gesicht zu machen, und fummelte abwesend an seinem Haarband herum. Inständig hoffte er, dass niemand diese Verlegenheitsgeste bemerkte.

„Schön, dann holen wir dich morgen so gegen 10 Uhr ab. Passt dir das?"

Anna nickte.

„Wer holt meine kleine Schwester morgen ab?", ertönte eine tiefe Stimme. Sie hatten Sebastian beinahe schon wieder vergessen. Der junge Mann nahm sich einen Stuhl und setzte sich.

„Hier, Anna, für dich", sagte er und stellte ein Glas Wasser vor seine Schwester, während er sich selbst ein Guinness gönnte.

„Ich bin Sebastian Wittmann", stellte er sich vor. „Und Sie sind die Rabensteins?", fragte er. Alexander betrachtete ihn nur eingehend, seine Eltern nickten.

„Anna hat mir schon von Ihnen erzählt. Danke übrigens, dass Sie meine Schwester mitgenommen haben, nachdem sie ja dummerweise", er zog Anna lächelnd am Ohr, „den Bus verpasst hatte."

„Schön, Sie kennenzulernen", sagte Robert. „Wir haben Anna morgen zu einer Wanderung eingeladen. Natürlich nur, wenn Sie nichts dagegen haben."

Sebastian runzelte die Stirn und blickte Robert abschätzend an, und kurz hegte Alexander schon die stille Befürchtung, er würde nicht zustimmen.

„Ich habe bereits zugesagt", sagte Anna keck.

„Hast du das?", entgegnete Sebastian, immer noch mit dieser ernsten Miene, in der Alexander eine Spur von Ablehnung zu erkennen glaubte.

„Nun gut, warum nicht", meinte er schließlich, und ein strahlendes Lächeln machte sich auf Annas Gesicht breit.

„Ich habe morgen ohnehin einiges zu erledigen, was Anna sicher nur langweilen würde."

„Ihre Schwester hat uns schon erzählt, dass Sie mit Whisky handeln", erzählte Susan.

Sebastian nahm einen Schluck von seinem Bier und wischte sich den Schaum von den Lippen. „Ja, in der Tat", bestätigte er. „Ich habe morgen einen Termin in der Talisker Destille, wo ich einige spezielle Abfüllungen erwerben möchte."

„Waren Sie da nicht heute schon?", hakte Robert nach.

Sebastian runzelte die Stirn und zuckte mit den Schultern. „Ja, aber ich muss noch mal hin. Es geht um die Endverhandlung der Preise."

„Lohnt sich das Geschäft mit Whisky denn überhaupt?"

Natürlich musste Robert diese Frage stellen, und selbstverständlich war es Susan, die daraufhin die Augen verdrehte.

„Ich meine, die Kosten für die Reise, Flug, Mietwagen und so weiter", fuhr Robert fort, „das muss doch alles von den

Einnahmen gedeckt werden."

„Ja, muss es, und wird es auch." Sebastian schob den Unterkiefer vor und warf einen Blick in die Kneipe, bevor er fortfuhr. „Man wird dabei zwar nicht reich, aber man kann davon leben."

„Es gibt ja auch noch andere Dinge im Leben", unterbrach Susan die Konversation, bevor Robert Sebastian in eine Finanzdiskussion verstricken konnte.

„Eben", bestätigte Anna, nippte an ihrem Glas und wandte sich dann Alexander zu. „Was machst du in deiner Freizeit?"

„Na ja", begann er, „entweder reite ich auf meinem Pflegepferd oder fahre mit dem Mountainbike durch die Wälder."

„Cool, reiten wollte ich schon immer mal lernen", entgegnete Anna. „Leider haben meine Eltern es nie erlaubt. Meine Mutter wird schon beim bloßen Gedanken an Pferde nervös."

„Man kann hier geführte Reittouren buchen", meinte Susan.

„Eins nach dem anderen", warf Sebastian ein. „Wir werden ja noch eine Weile hier sein."

Anna zuckte nur mit den Schultern.

Robert und Susan unterhielten sich mit Sebastian über allerlei Belangloses. Dabei versuchte Robert erneut, mehr über die Rentabilität des Whiskyhandels in Erfahrung zu bringen, doch Susan wusste auch dieses Gespräch rasch zu unterbinden.

„Also, das mit dem Reiten", Anna beugte sich zu Alexander, „vielleicht könnten wir das ja wirklich mal machen?"

„Von mir aus gerne", entgegnete er. „Die schottischen

Hochlandponys, die sie hier so haben, sollen ja recht entspannt sein."

Ein süßes Lächeln zeigte sich auf Annas Gesicht und sämtliche Geräusche der Kneipe traten in den Hintergrund, Alexander konzentrierte sich nur auf sie.

Ein wenig verlegen strich sie eine Haarsträhne nach hinten, während die Flammen des Kaminfeuers sich in ihren dunklen Augen spiegelten. „Ich liebe so ein offenes Feuer", meinte sie verträumt. „Das strahlt etwas Gemütliches aus."

„Ja, da hast du recht", sagte Alexander. „Du magst Schottland, oder?"

„Ja, irgendwie schon." Sie schlang die Arme um den Körper und legte den Kopf zur Seite. „Dieses Land ist sehr rau und dennoch so schön, als läge ein Zauber darüber."

„Würdest du gerne hier leben?", wollte Alexander wissen und rückte etwas näher an Anna heran. Die Hitze des Feuers hatte seinen Rücken mittlerweile mehr als genug erwärmt.

„Ich weiß es nicht. Für eine Zeitlang könnte ich es mir schon vorstellen." Sie sah ihn an. „Und was ist mit dir?"

„Weiß nicht." Alexander zuckte mit den Schultern. „Eigentlich wollte ich eher nach", er schürzte die Lippen und überlegte, „nach Westen oder so."

„Westen?"

„Ja, klingt so verheißungsvoll, findest du nicht?"

Anna lachte auf, dann wurde sie wieder ernst. „Westen", flüsterte sie. „Ja, tatsächlich. Es klingt, als könnte man dort etwas finden, was man sich sehnlichst wünscht, obwohl man nicht weiß, was es ist. Ich denke, auf seine Weise ist vielleicht jeder auf der Suche nach Westen."

Alexander runzelte die Stirn und betrachtete Anna nachdenklich. Sie war in der Tat anders als andere Mädchen.

„Anna, es tut mir leid, ich …" Alexander brach ab, da er nicht recht wusste, wie er es ausdrücken sollte.

„Was tut dir leid?"

„Das ich gestern so barsch war. Ich meine wegen der Eieruhr."

„Eieruhr? Ach, die hübsche, kleine Sanduhr." Annas Grübchen zeigten sich auf ihrem Gesicht. „Schon gut, ich bin dir nicht böse. Vergiss es."

Alexander war erleichtert. Zumindest schien Anna nicht nachtragend zu sein.

„Ich glaube, ich hab da einen wunden Punkt erwischt, nicht wahr?"

Alexander presste die Lippen aufeinander und nickte nur. Anna bohrte nicht weiter nach.

Trotz des angeregten Gespräches mit Anna kam Alexander nicht umhin, Sebastian hin und wieder misstrauisch zu beäugen. Er wusste noch nicht wirklich, was er von Annas Bruder halten sollte, und ihm fiel auf, dass er sich häufig in der Kneipe umsah, als würde er etwas suchen und gleichzeitig hoffen, es nicht zu finden.

Irgendwann verabschiedeten sich Anna und Sebastian, und auch die Rabensteins machten sich auf den Rückweg. Als sie die Behaglichkeit der Kneipe verließen, empfing sie eine kalte Nacht mit einer schier überwältigenden Sternenpracht.

„Anna ist wirklich ein nettes Mädchen, oder, Alex?", fragte Susan, als sie zum Auto gingen.

„Ja, Mama", antwortete Alexander ein wenig genervt. „Du musst nicht versuchen, uns zu verkuppeln. Ich krieg das schon alleine hin." Er runzelte die Stirn und fügte etwas leiser hinzu: „Wenn *ich* das möchte."

„Okay", neckte ihn seine Mutter. „Mein Sohn kommt endlich aus seinem Schneckenhaus heraus." Sie legte ihm eine Hand auf die Schulter und zwinkerte ihm anerkennend zu. „Finde ich gut."

„Ich weiß nicht so recht, was ich von diesem Sebastian halten soll", meinte Robert plötzlich.

„Das liegt wahrscheinlich daran, dass du nicht genug über seine finanziellen Verhältnisse in Erfahrung bringen konntest."

„Woran du ja nicht unwesentlich beteiligt warst", beschwerte sich Robert. „Nein, mal im Ernst", beharrte er. „Ich habe das Gefühl, an ihm ist mehr bemerkenswert als nur sein Whiskyladen."

„Stimmt. Ständig hat er sich in der Kneipe umgesehen, als hätte er Angst, entdeckt zu werden", pflichtete Alexander seinem Vater bei.

Dieser deutete bestätigend mit dem Zeigefinger auf seinen Sohn. „Genau. Das ist der Punkt, mir ist das auch aufgefallen."

Susan zuckte nur mit den Schultern. „Mag sein, aber das kann uns doch egal sein."

Damit ließen sie dieses Thema auf sich beruhen und fuhren zurück in ihr Cottage.

6) Am Old Man of Storr

Schottland heute, Isle of Skye

Am Morgen des nächsten Tages fuhren sie nach Portree, um Anna wie vereinbart abzuholen. Von Sebastian fehlte jede Spur, vermutlich war er bereits unterwegs.

Alexander konnte es nicht glauben, doch auch heute schien die Sonne und nur wenige Wolken zogen, von einer frischen, aber nicht unangenehmen Brise getrieben, über den Himmel. Für sein Empfinden war es für die winterliche Jahreszeit ausgesprochen mild, was sich aber bei diesem wechselhaften Klima sicherlich schlagartig ändern konnte. Sie verließen Portree in nördlicher Richtung, und schon bald folgten sie einer sogenannten „Single Track Road", einer Straße mit nur einer schmalen Fahrbahn und gelegentlichen Ausweichbuchten, durch die hügelige Heidelandschaft. Während sich zu ihrer Linken eine imposante, gezackte Bergkette erhob, die durch ihre wuchtige Urtümlichkeit beeindruckte, glitzerte rechts von ihnen, unterhalb der Klippen, das Meer in der Sonne. Die Bergwand wurde immer zerklüfteter, und bald schon gab die Landschaft den Blick frei auf eine gewaltige Felsnadel, die Alexander aus seinem Reiseführer unter dem Namen „Old Man of Storr" kannte, und die sich weiter oben vor einem Felsmassiv erhob. Er hatte nicht den Eindruck, dass die Felsnadel aussah wie ein alter Mann. Vielmehr fühlte sich Alexander an einen gewaltigen Hinkelstein aus seinen Asterix-Heften erinnert oder besser noch an einen ganzen Hinkelfels, wie selbst Obelix ihn nicht hätte tragen können.

Kurz darauf steuerte seine Mutter den Land Rover auf einen kleinen Parkplatz, auf dem sich kein einziges Auto befand.

„So da wären wir", rief Susan. „Wanderschuhe an die Füße, Rucksack auf den Rücken und dann geht's los." Sie scheuchte alle regelrecht aus dem Wagen, und so dauerte es nicht lange, bis die vier sich an den Aufstieg machten. Sie folgten einem kleinen Pfad, der sich durch ein Nadelwäldchen wand, und nach knapp einer Stunde traten sie aus dem Gehölz heraus, wo sie ein faszinierender Anblick erwartete. Hinter sich blickend konnten sie weit hinaus auf das Meer sehen und sogar die im zarten Dunst liegende Küstenlinie des Festlandes erkennen. Ein steiler Pfad, der hinauf zum Old Man führte, erwartete sie, und Alexander erschien die Felsnadel noch beeindruckender als vor wenigen Augenblicken, ja es kam ihm vor, als wartete die Felsnadel und gemahnte ihn, sich zu beeilen. Ein Schaudern lief über seinen Rücken, während er ehrfürchtig hinaufspähte, beinahe selbst zu einer Felsnadel erstarrt.

„Möchtest du dem alten Mann dort droben etwa Konkurrenz machen?", rief ihm seine Mutter zu.

Anna lachte auf und Alexander warf ihr einen säuerlichen Blick zu. Er wollte etwas entgegnen, doch Anna blickte ihn auf eine Art aus ihren dunkelbraunen Augen an, die ihm auch noch das letzte laue Lüftchen aus den Segeln nahm. Unerwartet machte sie einen Schritt auf ihn zu, legte ihre Hand an seinen Rücken und strich ihm im Vorbeilaufen über seine Finger.

„Komm schon, Alex", sagte sie. „Der Ausblick von dort oben

wird sicher überwältigend sein."

Alexander hatte das Gefühl, als würde der Schauer, der eben seinen Rücken hinabgerieselt war, bei ihrer Berührung wieder nach oben laufen. Kurz sah er dem Mädchen hinterher, beobachtete, wie dessen blonder Zopf beim Laufen auf und ab hüpfte, und folgte Anna schließlich.

„Sie bringt unseren Sohn ganz schön in Verlegenheit, meinst du nicht?", flüsterte Robert seiner Frau zu. Die beiden waren ein Stück vorangegangen. Auf Susans Gesicht machte sich ein amüsierter Ausdruck breit. „Ich bezweifle, dass sie sich ihrer Wirkung auf ihn bewusst ist."

Robert legte den Kopf zur Seite und auch er musste schmunzeln, als er auffällig unauffällig zu seinem Sohn und dessen Begleitung zurückblickte. „Sicher nicht", bestätigte er.

„Sie hat so eine kindliche Unschuld an sich", gab Susan mit dem Wissen einer Frau zurück, „eine ansteckende Unbekümmertheit und Natürlichkeit, dass sie das aufgetakelte Getue der meisten Mädchen ihres Alters gar nicht nötig hat."

Anna wandte sich an Alexander: „Bist du zum ersten Mal in Schottland?"

„Ja", entgegnete er. „Es war die verrückte Idee meiner Mutter, hierher zu fahren, mitten im Winter."

„Gefällt es dir etwa nicht?", fragte sie, als sei es für sie unvorstellbar, dass sich jemand der Faszination Schottlands entziehen konnte.

„Doch, schon."

„Aber?"

„Na ja, ich werde bald 18, da sollte ich eigentlich nicht mehr mit meinen Eltern in den Urlaub fahren."

„Warum denn nicht? Die beiden sind doch nett. Besonders deine Mutter find ich klasse.

„Ja, meine Mutter ist cool. Mein Vater ist mehr so ein Bürolurch."

„Ein bitteschön was?", prustete Anna los und verfiel in ein derart ansteckendes Lachen, dass Alexander nicht umhinkam, sich ihr anzuschließen.

Ist schon komisch, dachte er. Ich mache einen Witz, doch sie ist diejenige, die mich zum Lachen bringt. „Na ja", erklärte er, „ein Bürolurch ist jemand, der meist im Büro sitzt, Anzug und Krawatte trägt und ungeheuer wichtig tut."

„Aha, ich verstehe, daher die geschäftstüchtigen Fragen am gestrigen Abend." Erneut brach Anna in dieses herzliche, warme Lachen aus, wurde aber kurz darauf wieder ernst und schien nach Worten zu suchen.

„Deine Eltern", begann sie zögernd, „wollten sie nicht ein kleines Picknick machen, wenn wir oben sind?" Sie deutete hinauf zur Felsnadel, der sie sich langsam näherten. Dann sah sie ihn von der Seite her an, wieder mit dieser Schüchternheit, wie ein junger Vogel, der einen Blick über den Rand seines Nestes warf, nur um dann vor seiner eigenen Courage zurückzuschrecken. „Was meinst du, sollen wir später die Gegend etwas erkunden und uns ein eigenes Plätzchen suchen, so ganz ohne deine coole Mutter und

…“, sie grinste erneut, „… ohne den Bürolurch?“

„Gute Idee, warum nicht“, stimmte Alexander grinsend ihrem Vorschlag zu.

Er fühlte sich in Annas Gegenwart wohl. Sie befreite ihn von dem düsteren Schleier, der sich nach Karas Tod um sein Inneres gelegt hatte, enthüllte etwas in ihm, auf sanfte Art.

Die letzten Meter zur großen Felsnadel, dem Storr, erwiesen sich als steiler und anstrengender als angenommen. Alexander schwitzte, während seine Mutter nie ihre Beschwingtheit zu verlieren schien. Sein Vater hielt sich ebenfalls erstaunlich gut, ja er beklagte sich nicht einmal. Annas Stirn glänzte leicht und ihre Wangen hatten sich rot gefärbt, was ihrem Gesicht einen verführerischen Ausdruck verlieh.

Oben angekommen sah sich Alexander um. Mächtig ragte der Old Man of Storr vor ihnen auf, ein Gigant, der allen Widrigkeiten trotzte, die Zeit und Wetter aufzubieten vermochten. Hinter der steinernen Nadel erhob sich eine äußerst massive Felswand, zu deren Füßen zahllose Felsbrocken lagen, welche die häufigen schottischen Stürme stumm bezeugten. Die Landschaft hier hatte ihren eigenen Reiz, wirkte wild und urwüchsig. Ein Eindruck, der von Raben und ihren krächzenden Rufen unterstrichen wurde.

„Wenn es Drachen gibt auf dieser Welt, dann hier“, rief Susan und ihre Augen strahlten.

„Drachen?“, entgegnete Robert und Verwirrung spiegelte sich in seinem Gesicht wider, mehr als es sonst üblich war, wenn seine Frau solche Einfälle hatte.

„Du denkst immer nur an die Arbeit, kannst du das nicht mal sein lassen?", beschwerte er sich.

Susan blies entrüstet die Backen auf, stürzte sich auf Robert und wirbelte mit beiden Händen seine Haare durcheinander, was bei dem Wind kaum einen Unterschied machte. „Das sagst ausgerechnet du?", beschwerte sie sich. „Du bist doch immer derjenige, der unablässig von Aktien und Börsenentwicklung faselt."

Ein hinterhältiges Grinsen machte sich auf Roberts Gesicht breit, und sie gab ihm einen Klaps auf den Hinterkopf, wohl wissend, dass er nur einen Spaß gemacht hatte.

„Ich kümmere mich eben gerne um Menschen, das ist alles", verteidigte sich Robert.

„Menschen mit Geld."

„Na und, auch das sind Menschen", hielt Robert dagegen.

„Ja, aber eine seltsame Spezies", erklärte Susan. „Dumm wie Stroh, aber Geld wie Heu."

Anna und Alexander blickten sich an, und bei beiden reichten die Mundwinkel bis zu den Ohren.

Robert verdrehte die Augen und hob hilflos die Hände. „Ist ja schon gut, ich geb's auf", rief er. „Mit dir kann man genauso wenig über Geld reden, wie du damit umgehen kannst."

„Hey, was soll das denn heißen?"

„Ich sag nur „Landy"."

„Also bitteschön, Robert. Jetzt wärm bloß nicht diese alte Geschichte wieder auf, es sei denn", ein spitzbübisches Grinsen zeigte sich auf Susans Gesicht, „mein süßer Geldhirte möchte zu

Fuß die Insel erkunden?"

„Lass mal gut sein. Ich denke, wir verfolgen unseren ursprünglichen Plan und suchen uns ein nettes Plätzchen, essen etwas und genießen das überraschend angenehme Wetter, solange es noch anhält", meinte Robert, der offenbar weitere Gespräche über seinen Job vermeiden wollte.

„Ähm", setzte Alexander an, „Anna und ich wollen uns noch ein wenig umsehen."

„Ja, ich dachte, wir könnten mal dort hinüber laufen." Anna deutete auf einen schmalen Pfad, der unterhalb des Berges auf eine weitere Anhöhe etwas abseits der riesigen Felsnadel führte.

„Das ist doch eine nette Idee", freute sich Susan und zwinkerte Robert zu. „Dann kann ich in Ruhe meinen Ehemann hier belästigen."

„Hallo, Herr Rabenstein?", rief Susan, als sie bemerkte, dass Robert nicht so ganz bei der Sache war. „Du wirkst ein wenig abwesend."

„Äh, was? Ja, gute Idee."

Susan schüttelte den Kopf. „Sag ich doch."

„Gut, wir gehen dann mal", meinte Alexander und stapfte zusammen mit Anna davon.

Sie folgten dem schmalen Pfad, der sie unterhalb des Felsmassivs durch eine hügelige Landschaft mit vereinzelten kleinen Wasserlöchern und Felsen führte. Der Wind war kühl, doch die Sonne schien vom Himmel herab, und das gelegentliche Blöken von Schafen machte den Ort noch idyllischer. Alexander hörte den Wind durch die Gräser streichen und vernahm das wiederkehrende und klagende Krächzen der Raben, für die Wanderer und Touristen eher Eindringlinge darstellten. Eine Stille umgab sie, die wie ein leichtes, durchsichtiges Tuch jeden einhüllte, der diesen Ort aufsuchte. Bald schon sahen sie einen größeren, hervorstehenden Felsen, dessen Rückseite mit Gras bewachsen war und der nach unten hin steil abfiel. Sie folgten einem schmalen Schafspfad nach oben und fanden so etwas wie ein kleines Plateau vor, gerade groß genug für zwei Menschen. Anna warf sich regelrecht ins Gras, legte sich auf den Rücken und blickte in den unendlich blauen Himmel.

„Ein perfekter Platz", seufzte sie. „Auf dem Felsen hier fühlt man sich wie auf einem Thron."

Alexander sah sich um und sein Blick schweifte über die fantastische Landschaft, bestehend aus Heidekraut, Schafen und Gras. Hier und da war sie von Seen durchzogen, in der Ferne glitzerte das Meer und rechts von ihnen ragte der Old Man of Storr wie ein stummer Wächter in den Himmel. Schottland fing an, ihm zu gefallen.

„Ist doch schön hier, oder?", fragte Anna.

„Ja, ganz nett", erwiderte er. Dann blickte er zu Anna, wie sie so frei und leicht im grünen Gras lag. „Wunderschön sogar", flüsterte er.

Anna betrachtete ihn kurz, ehe sie sich ruckartig aufrichtete und nach ihrem Rucksack griff. „Lass mal sehen, was uns deine Mutter eingepackt hat. Ich hab einen Riesenhunger."

Sie wühlten beide im Rucksack herum und förderten frische

Brötchen und Croissants aus dem Supermarkt in Portree zutage, außerdem Wurst, Marmelade und Käse. Unwillkürlich musste Alexander an seine Tante Augusta sowie diverse Verwandte und Bekannte denken und wie fern der Realität deren Vorstellung von Schottland doch war.

„Sag mal, Anna", durchbrach Alexander schließlich die Stille, „du hast mir noch nicht verraten, ob du zum ersten Mal in Schottland bist. Du wirkst, als wäre dir das alles hier vertraut." Er machte eine ausladende Handbewegung, die die weitläufige Landschaft samt dem imposanten blauen Himmelsgewölbe umfasste.

„Ich war schon einige Male während der letzten Jahre hier, meist mit meinem Bruder", erklärte sie.

„Und deine Eltern, haben die nichts dagegen?"

Anna zuckte mit den Schultern. „Meine Eltern sind seit 14 Jahren geschieden. Ich lebe bei meiner Mutter, und meinen Vater habe ich seit der Scheidung nicht mehr gesehen."

Sie legte traurig den Kopf zur Seite. „Ich habe meinen Vater nie richtig kennengelernt. Bevor sich meine Eltern scheiden ließen, war er meist unterwegs, um in verschiedenen Ländern Antiquitäten aufzukaufen, die er entweder selbst behielt oder weiterverkaufte."

Anna blickte zum Himmel. „Mein Vater war immer rastlos, meinte meine Mutter. Als würde er ständig etwas suchen. Zu meiner Mutter selbst hatte ich noch nie eine gute Beziehung. Daher habe ich mich schon immer an Sebastian gehalten und bin froh, wenn er mich mit auf seine gelegentlichen Einkaufstouren nach

Schottland nimmt."

„Du und Sebastian, ihr seht euch gar nicht ähnlich."

„Ich weiß", lachte sie. „Genau genommen ist Sebastian mein Halbbruder und stammt aus der ersten Ehe meiner Mutter."

„Dein Bruder, der Whiskydealer", folgerte Alexander und hoffte, mit seinem Humor beeindrucken zu können und tatsächlich lachte Anna.

„Ja, genau. Ich hab nur den einen." Sie schmunzelte. „Besser ein Whiskydealer als ein Bürolurch, findest du nicht?"

„Allerdings", gab er ihr recht und machte sich über ein Croissant her. „Diese Wanderung hat mich ganz schön hungrig gemacht."

„Hmm, ist meist so, wenn man an der frischen Luft ist." Anna biss herzhaft in ihr Brötchen und musste lachen, weil sie den Mund zu voll genommen hatte.

„Du bist lustig", meinte Alexander.

Anna hielt beim Kauen inne. „Lustig?"

„Ja, also ich wollte sagen nett. Ich meine …"

„Schon gut", entgegnete sie. „Lustig ist gut. Und immerhin ist es ein Fortschritt."

„Fortschritt? Wie meinst du das?"

Sie zuckte mit den Schultern. „Na ja, bis vor Kurzem haben mich meine Klassenkammeraden noch als pummelig bezeichnet und davor", sie langte mit einem breiten Grinsen im Gesicht nach einem Croissant, „sogar als fett."

„Was?", wunderte sich Alexander, „du bist doch nicht pummelig und schon gar nicht fett."

„Jetzt nicht mehr, aber vor einem Jahr war das noch anders."

„Kann ich mir nicht vorstellen."

„Doch, wirklich", beharrte Anna.

„Hast du dann viel Sport gemacht oder eine Diät?", wollte Alexander wissen.

„Ein wenig, aber mit der Zeit gingen die Pfunde von selbst weg." Sie hielt inne, runzelte die Stirn und sah ihn an. „Seltsam, findest du nicht?"

„Ja, schon. Dafür siehst du jetzt wunder…" Alexander brach ab und blickte verlegen zu Boden.

„Was?", bohrte Anna nach. „Was wolltest du sagen?"

Erwartungsvoll sah sie ihn an, hielt seinen Blick gefangen.

„Wundersam."

„Wundersam?"

„Ja, also nein, ich meinte …" Alexander seufzte und konnte seine Augen nicht mehr von Anna lösen. „Wunderschön", stieß er schließlich hervor und wurde mit einem süßen Lächeln belohnt.

„Danke", sagte sie leise, dann wurde sie rot und schaute rasch weg. „Wenigstens konntest du in einer richtigen Familie aufwachsen", meinte sie, als wolle sie vom Thema ablenken, und schnitt sich ein großes Stück von dem Orkney Cheddar ab, der so ganz und gar nicht zu ihrem Croissant passen wollte.

Alexander wurde ernst, was Anna bemerkte und ihn besorgt ansah. „Konntest du doch, oder?", hakte sie vorsichtig nach, doch er presste nur die Lippen aufeinander.

„Ja, schon", sagte er nach einer Weile.

Anna lehnte sich zurück und drängte ihn nicht weiter. Alexander wollte auch nicht darüber reden, er zog sich meist zurück, wenn es um Karas Tod ging. Doch wie sanfter Regen kleine Steinchen aus den Steilwänden des Storrmassivs gelockert hatte, löste Annas schlichte Natürlichkeit etwas in ihm. Anna drängte ihn nicht. Und so ließ Alexander seinen Blick erst eine Weile über das wilde Schottland schweifen, ehe er ihr erzählte, was vor etwas mehr als zwei Jahren geschehen war. Er sprach sehr ausführlich über Karas Tod, die Sache mit dem Stundenglas erwähnte er aber nicht. Anna hörte aufmerksam zu und aufrichtige Trauer legte sich auf ihr Gesicht.

Nachdem er geendet hatte, hingen seine Worte noch eine Weile in der Luft, bevor Anna schließlich das Schweigen brach.

„Das tut mir leid", sagte sie und legte ihm mitfühlend eine Hand auf die Schulter. „So etwas ist bestimmt viel schrecklicher als eine Scheidung der Eltern."

Alexander zuckte nur mit den Schultern und senkte den Blick.

„Du vermisst sie sicher sehr, oder?", fragte Anna.

Alexander schluckte schwer, dann nickte er. Er wollte etwas sagen, doch es ging nicht. Plötzlich kämpfte er mit den Tränen – einen Kampf, den er verlor. Er vergrub den Kopf in seinen Händen und fühlte, wie sich Arme warm und weich und tröstend, unglaublich tröstend, um seine Schultern legten. Sein Schluchzen vermischte sich mit dem leisen Säuseln des Windes, der es davontrug.

„Tut mir leid", meinte er nach einiger Zeit und hob den Kopf. „Ich wollte nicht …"

„Schon gut", unterbrach ihn Anna. „Es ist in Ordnung, außerdem fühlt es sich danach besser an, glaub mir."

„Es ist nur so", versuchte Alexander zu erklären, „ich habe deswegen noch nie geheult. Nicht einmal auf der Beerdigung. Ich konnte es nicht, verstehst du?"

Anna blickte ihn aus diesen dunkelbraunen Augen einfach nur an.

„Ausgerechnet jetzt, wo ich mit dir hier sitze, bricht es aus mir heraus."

„Es ist in Ordnung. Das ist nichts, wofür du dich schämen müsstest."

Alexander seufzte tief und nickte schließlich. Anna hatte recht, es fühlte sich jetzt tatsächlich besser an.

Noch eine ganze Zeit lang saßen sie nur da, dösten vor sich hin oder plauderten über alles Mögliche. Sie genossen die Stille, was für junge Menschen wie ihn und Anna nicht ganz selbstverständlich ist, und jeder freute sich über die Anwesenheit des anderen.

Mittlerweile hatte der Wind etwas aufgefrischt und einige Wolken zogen über den Himmel. Leicht und ohne Hast flogen sie dahin, wie die Zeit an diesem Tag.

„Ist es um diese Jahreszeit immer so mild?", wollte Alexander irgendwann wissen.

Anna lachte. „Nein. Das letzte Mal, als ich im Dezember hier war, wehte ein eiskalter Wind, der einen Hagelschauer nach dem anderen über das Land getrieben hat."

„Schätze dann wir haben gerade Glück."

„Ja, das haben wir." Anna erhob sich und streckte ihre Glieder ausgiebig. „Ich denke, wir sollten langsam zurückgehen."

Auch Alexander stand auf und wollte schon losmarschieren.

„Warte", rief Anna plötzlich. Sie rannte einige Meter den Hang hinauf, bückte sich und als sie zurückkam, hielt sie freudestrahlend eine violett leuchtende Distel in der Hand. „Hier, die Blume Schottlands. Sie blüht im Herbst und manchmal bewahrt sie ihre Schönheit über den Winter."

Interessiert griff Alexander nach der Distel, betrachtete sie und hauchte Anna plötzlich blitzschnell einen Kuss auf die Stirn. Eine Sekunde später war ihm sein Verhalten unendlich peinlich, und so versuchte er schnell abzulenken. „Warum heißt sie ›die Blume Schottlands‹?", fragte er eilig.

Anna grinste, blickte verlegen zu Boden und hob dann wieder den Kopf. „Angeblich wollten einst einige Wikinger eine Gruppe Schotten angreifen", erzählte sie. „Einer von ihnen ist dabei barfuß auf eine Distel getreten. Sein Schmerzensschrei alarmierte die Schotten und so konnten sie die Angreifer in die Flucht schlagen."

Alexander lachte auf. „Dann hat die Distel ihr Leben gerettet."

„Und wurde zur Blume Schottlands, genau", schloss Anna.

Alexander blickte noch einmal auf die Blume in seinen Händen und steckte sie schließlich in seinen Rucksack. „Danke."

„Lass uns jetzt gehen", meinte Anna.

Es war bereits Nachmittag. Um diese Jahreszeit wurde es schon gegen 16 Uhr dunkel, außerdem waren nun doch einige Wolken aufgezogen und sie hatten noch gut zwei Stunden Fußmarsch vor sich. So verließen sie das Plateau und folgten dem Schafspfad in

Richtung der Felsnadel. Der Weg wand sich schlangengleich zwischen großen Findlingen dahin und gerade, als sie durch zwei dieser mehr als mannshohen Felsbrocken traten, nahm Alexander aus dem Augenwinkel eine Bewegung wahr und blieb stehen.

„Was hast du?", fragte Anna.

„Da war jemand", antwortete er und deutete nach oben, wo weitere Felsbrocken verstreut herumlagen.

„Wo? Ich kann nichts erkennen." Angestrengt suchte Anna die grauen Felsen ab.

„Mir war, als hätte ich eine verhüllte Gestalt gesehen, die schnell hinter den nächsten Felsen verschwunden ist." Da er aber selbst nichts erkennen konnte, zuckte er nur mit den Schultern und lief weiter. Plötzlich legte sich eine Hand auf seine Schulter. Alexander erschrak, doch es war nur Anna.

„Was …?", setzte er an, brach jedoch ab, als er sah, dass sie auf etwas deutete, genauer gesagt auf jemanden.

Hoch droben, hinter einem mit Moos bewachsenen Felsen, stand eine Gestalt, die in einen langen, schwarzen Umhang gehüllt war. Das Gesicht war nicht zu erkennen, Alexander spürte jedoch, dass sie aus dem Dunkel der Kapuze heraus beobachtet wurden.

„Komm, lass uns mal nachsehen", meinte er, aber Anna hielt ihn am Arm fest.

„Ich weiß nicht", sagte sie und blickte unsicher auf die Gestalt, die regungslos neben dem Felsen verharrte. „Mir ist das Ganze irgendwie unheimlich."

Alexander musste zugeben, dass auch ihm ein wenig mulmig

zumute war.

Die Wolken verdeckten zunehmend die Sonne. Licht und Schatten schienen die Gegend um den Storr der Realität zu entreißen. Dennoch, Alexander wollte mutig sein und vor allem wollte er vor Anna keine Angst zeigen.

„Na komm schon, Anna. Ich geh' vor. Bleib du hinter mir", sagte er, um den Beschützer zu spielen.

„Na gut, vielleicht ist es ja ein verletzter Wanderer", entgegnete sie, wirkte aber nicht überzeugt.

Langsam näherten sie sich dem Findling. Vor ihnen ragte das gewaltige Storr-Plateau auf, das seine Umgebung in kühlen Schatten tauchte. Als sie den vermeintlichen Wanderer beinahe erreicht hatten, konnten sie sehen, wie sich dieser anspannte.

„Hallo", grüßte Alexander.

Die Gestalt kam auf sie zu. Zur Überraschung von Alexander und Anna hielt sie einen langen, dunklen Stab in den Händen, der mit fremdartigen Schriftzeichen versehen war. Auf dem Rücken trug sie ein zusammengeschnürtes Bündel.

„Guten Tag", versuchte nun Anna, ein Gespräch zu beginnen. Als ihr Gegenüber immer noch kein Wort von sich gab, sondern nur aus dem Dunkel der Kapuze hervorstarrte, erinnerte sich Alexander daran, dass sie in Schottland waren, und so versuchte er es nochmals in englischer Sprache.

„Hallo, sind Sie verletzt?", fragte er auf Englisch.

Endlich regte sich die Person. „Nein", antwortete sie knapp, ebenfalls in der Landessprache.

Alexander ging einen Schritt nach vorn, versuchte einen Blick unter die Kapuze zu werfen, doch erneut bemerkte er, wie sich sein Gegenüber anspannte. Die schlanken Finger der Gestalt schlossen sich fest um den merkwürdigen Stab mit den fremd aussehenden Intarsien. Der Fremde deutete damit auf den Weg, den Anna und Alexander eben gekommen waren. „Folgt dem Pfad, die Schatten werden länger."

Sowohl Alexander als auch Anna fiel auf, dass das Englisch der Gestalt von einem eigenartigen Akzent untermalt war, doch was ihnen in diesem Augenblick viel wichtiger erschien, war die Tatsache, dass es sich eindeutig um eine weibliche Stimme handelte.

„Wie ist dein …?", setzte Anna an, doch ihr Gegenüber unterbrach sie vehement, indem es ihr mit dem langen Holzstab auf die Schulter tippte und mit dem Kopf erneut in Richtung des Pfades wies.

„Schatten und Dunkelheit enthüllen die Nacht, geht jetzt", sagte die Fremde mit einer Stimme, die klarmachte, dass es ihr ernst war.

„Lass uns gehen." Alexander fasste Anna am Arm, wobei er der Gestalt einen finsteren Blick zuwarf. Anna zuckte nur mit den Schultern und wandte sich ebenfalls ab.

„So was Unfreundliches", schimpfte Alexander.

Anna runzelte nachdenklich die Stirn. „Sie war seltsam", meinte sie. „Man konnte nicht einmal ihr Gesicht unter der Kapuze sehen."

„Vielleicht eine schottische Ureinwohnerin", grinste Alexander, und auch Anna musste lachen.

„Wie auch immer. Kann uns ja egal sein. Lass uns mal nach deinen Eltern sehen, die wundern sich sicher schon, wo wir so lange bleiben." Sie warf Alexander einen schelmischen Blick zu. Er räusperte sich verlegen und fummelte wieder mal an seinem Haarband herum.

Kurz bevor sie den Old Man of Storr erreichten, kamen ihnen Alexanders Eltern entgegen.

„Da seid ihr ja endlich", begrüßte sie Robert, während Susan den beiden einen Arm um die Schultern legte.

„Wir dachten schon, die Raben hätten euch gefressen", scherzte sie.

„Mama, du lässt dich eindeutig zu sehr von deinen Fantasyromanen beeinflussen."

„Meinst du also, ja?" Sie zwinkerte ihm zu. „Die Gegend hier inspiriert mich einfach."

„Kann ich gut nachvollziehen", stimmte Anna ihr zu. „Es gibt hier viele Orte, die total mystisch sind."

„Anna, ich denke, wir verstehen uns", freute sich Susan. „Du musst mir unbedingt noch ein paar Tipps geben." Alexanders Mutter hakte sich bei Anna unter, nicht ohne ihrem Sohn und ihrem Mann noch einen dieser herausfordernden Blicke zuzuwerfen, wie es ur Frauen tun können.

Bald ging es steil bergab und jeder musste seinen eigenen Weg zwischen den unzähligen, schmalen Pfaden finden.

Der Nachmittag schritt rasch voran, und die Nacht wartete nur darauf, über die Hügel zu kriechen. Als sie schließlich den Pfad erreichten, der durch ein dichtes Nadelgehölz nach unten führte, wurde die Luft zunehmend feucht und kühl.

„Langsam wird es kalt", meinte Anna und schlang die Arme um sich.

„Da hab ich etwas für dich", rief Susan, fasste in ihren Rucksack und warf Anna einen Umhang zu. „Hier, mein alter Regenponcho."

„Du wolltest wohl sagen deinen Mittelalterumhang,,, warf Robert ein. „Dass du das alte Teil auch überall mitschleppen musst."

„Hey, so alt ist der nun auch wieder nicht", entrüstete sich Susan. „Den hab ich mir selbst aus teurem Loden geschneidert, als ich mit 16 meine erste Fantasy Kurzgeschichte geschrieben habe. Ich wollte authentisch gekleidet eine Nacht am Lagerfeuer mit Brot, Wildschweinbraten und dunklem Bier verbringen. So wie es Zwerge immer machen."

„Wow, dann ist das also ein geschichtsträchtiges Kleidungstück." Mit einer geschickten Bewegung warf Anna sich den Umhang über.

Susan nickte anerkennend. „Ein wenig zu groß, aber ansonsten steht er dir."

„Schatten und Dunkelheit", sagte Alexander plötzlich, wobei er seine Hände geisterhaft und bedeutungsschwanger um Annas Kopf kreisen ließ.

„Enthüllen die Nacht", ergänzte sie und lachte auf. Dann schnappte sie sich einen am Wegesrand liegenden Stock und schritt voran.

„Du siehst aus wie die Gestalt oben bei den Felsen", stellte Alexander fest.

„Schatten und Dunkelheit enthüllen die Nacht, geht jetzt", wiederholte Anna die Worte der fremden Frau mit gruseliger Stimme. Dabei tippte sie Alexander mit ihrem Stock auf die Schulter.

„Ihr werdet höchstens Schatten unter den Augen bekommen, wenn ihr nicht einen Zahn zulegt und hier oben übernachten müsst", rief Robert, der zusammen mit Susan vor Anna und Alexander ging. „Wir haben noch ein ganzes Stück Weg vor uns."

Mittlerweile war der Wald in Dämmerlicht getaucht und die ganze Umgebung erschien immer schemenhafter. Plötzlich knackte es im Gehölz neben ihnen und Anna zuckte zusammen.

„Was war das?", fragte sie.

„Ein Kaninchen vielleicht?", versuchte Alexander sie zu beruhigen, auch wenn ihm selbst nicht ganz wohl zumute war. Robert spähte angestrengt in den Wald.

„Das muss ein großes Kaninchen gewesen sein." Susan fing sich als Erste, doch gerade als sie Robert eine Hand auf die Schulter legen und ihn voranschieben wollte, kamen sechs Männer um die Wegbiegung vor ihnen. Allesamt wirkten sie düster, ihre Gesichter waren kaum zu erkennen. Als sie an ihnen vorüberliefen, bemerkte Alexander, dass sie neugierig und verstohlen zu ihnen herüberschielten. Er hatte das Gefühl, ein Ruck gehe durch einen der Männer, als dessen Blick auf Anna fiel. Rasch steckte er das Stundenglas in seinen Rucksack zurück.

Gleich nachdem die Männer sie passiert hatten, drehte

Alexander sich um, um ihnen nachzusehen. Zu seinem Erstaunen waren die Männer stehen geblieben und unterhielten sich leise miteinander. Dabei behielten sie ihn und ganz besonders Anna im Auge. Ein flaues Gefühl machte sich in Alexanders Magen breit. Irgendetwas stimmte nicht.

„Seltsame Touristen", meinte er.

„Geh einfach weiter." Susan schob ihn vorwärts.

Dass die Männer keine Touristen waren, bemerkten sie rasch, denn urplötzlich folgten sie den Rabensteins und Anna mit raschen Schritten. Prompt sprang der Erste von ihnen mit einem Satz auf Anna zu. Noch ehe diese reagieren konnte, hatte Susan dem Angreifer einen Tritt in die Seite und kurz darauf einen weiteren in die Weichteile verpasst. Der überraschte Mann sank zu Boden. Ein anderer attackierte Alexander. Alexander wich zur Seite, der Mann bekam jedoch seinen Rucksack zu fassen und riss ihn ihm vom Rücken. Ein Teil des Inhalts inklusive der Sanduhr rollte über den Boden. Der Mann stutzte kurz, wollte dann nach dem Stundenglas greifen, da streckte ihn Susan mit gezielten Tritten nieder.

Währenddessen packten zwei der Männer Anna und zerrten sie ins Unterholz.

Alexander sah, wie seine Mutter herumwirbelte, und offensichtlich erwartet hatte, dem vierten der Angreifer gegenüberzustehen, doch der lag bereits bewusstlos am Boden. Blut floss aus einer Platzwunde an seinem Kopf.

Susan sah Robert fragend an, doch der zuckte nur hilflos mit den Schultern. „Ist gestürzt", sagte er.

Anna schrie auf und Alexander hechtete ihr hinterher. Seine Angst war in diesem Moment wie weggeblasen.

Aus dem Augenwinkel sah er noch, dass zwei der Männer am Boden lagen. Der Schreck jagte ihm durch die Glieder, als er erkannte, dass sich die verbliebenen Angreifer gleichzeitig auf seine Eltern stürzten. Alles ging so schnell, und Alexander fühlte sich hin- und hergerissen, wollte zu seinen Eltern zurück, wollte aber auch Anna retten. Er zögerte, entschied sich dann für Anna. Sogleich rannte er los, schneller als sich seine Augen an die Dunkelheit zwischen den Bäumen gewöhnen konnten.

Schemenhaft sah er Gestalten vor sich, hörte sie mehr, als dass er sie sah. Äste peitschten ihm ins Gesicht und er stolperte über eine Wurzel. Der Geruch des Waldbodens drang intensiv in seine Nase. Er rappelte sich wieder auf und hastete voran.

„Anna", schrie er, aber der Wald verschluckte seinen Ruf. Alexander stolperte weiter, kämpfte sich einen Abhang hoch und einen anderen nach unten. Gehetzt sah er sich um. Anna war verschwunden. Er wollte erneut rufen, doch es fehlte ihm an Atem. Außerdem war sein Mund so trocken, als hätte er eine Schüssel voll Mehl gegessen.

Plötzlich sah er eine Bewegung zu seiner Rechten, die ihn innehalten ließ. Es war nicht Anna, es waren auch nicht die Fremden und schon gar nicht seine Eltern. Irgendwer – oder irgendetwas – bewegte sich auf ihn zu. Zwischen den Bäumen erkannte er ein Gesicht, von grünen und rötlichen Blättern umrahmt, die gleichzeitig Stirn, Ohren und Bart bildeten. Arme und Beine glitten durch den Wald, über den weichen Boden, über

Moos und Stein. Dann stand er vor ihm, groß, aber nicht bedrohlich, mächtig, aber nicht herausfordernd. Er blickte auf Alexanderaus dunklen Augen herab, die tief in einem herbstlichen Blätterwirbel verborgen lagen, überragte ihn um einen ganzen Meter.

Alexander erinnerte sich plötzlich an das Gesicht in den Blättern auf dem Küchentisch zu Hause, er sah das Gesicht im Wald nahe der belgischen Grenze und zuletzt jenes auf dem Bild in dem alten Cottage. Er erkannte die Gestalt vor ihm. „The Green Man" schoss es ihm durch den Kopf, „der Grüne Mann", flüsterte er.

Eine wellengleiche Bewegung ging durch das Wesen vor ihm, als würde der Wind durch seine Zweige und Blätter streichen. Ein Ast, bei dem es sich eindeutig um einen Arm handelte, erhob sich und ein Zweig wand sich aus ihm heraus. Er glich einem knorrigen Finger. Dieser zeigte tiefer hinein in den Wald, und das grüne Gesicht lächelte Alexander freundlich zu. Anna, dachte Alexander und als wolle der grüne Mann ihm antworten, beugte er sich nach vorn und deutete ein Nicken an. Endlich schaffte es Alexander, sich von dem unglaublichen Anblick loszureißen und in jene Richtung zu laufen, die der Finger ihm gewiesen hatte. Er beeilte sich, und ehe er sich versah, stolperte er auf eine Lichtung und stand plötzlich den beiden fremden Männern gegenüber, die Anna mit sich gezogen hatten. Einer von ihnen hielt Anna die Hände auf den Rücken. Erst jetzt bemerkte Alexander, dass die beiden Männer lange, dunkle Mäntel trugen. Der Ältere der Männer, der

Anna festhielt, hatte langes, ergrautes Haar, das ihm zu einem Pferdeschwanz gebunden auf den Rücken fiel. Der andere hatte, soweit Alexander das in der Dämmerung erkennen konnte, einen dunklen Teint. Seine Gesichtszüge muteten fremdländisch an.

Alexander erkannte seinen Fehler: Er stand ohne Deckung auf der Lichtung. Er wollte zurückweichen, doch es war zu spät. Der Jüngere rannte auf ihn zu und – Alexander konnte es nicht fassen – zückte ein langes, krummes Schwert. Wie zur Salzsäule erstarrt beobachtete er, wie die Klinge nach oben fuhr und auf ihn zuraste. Er hörte Anna aufschreien und machte sich auf Schmerzen gefasst, furchtbare Schmerzen.

7) Askaya

Schottland heute, Old Man of Storr

Das Krummschwert sauste auf Alexander zu, als in seinem Blickfeld unvermittelt ein Holzstab auftauchte, der die säbelförmige Klinge kreuzte und zur Seite lenkte. Einen Sekundenbruchteil später sauste das andere Ende des Stabes herab und schlug dem überraschten Angreifer das Schwert aus den Händen. Doch damit nicht genug. Alexander fühlte den Lufthauch, als sein unbekannter Verteidiger mit dem Stab über seinen Kopf hinweg ausholte. Kurz darauf krachte die Waffe gegen die Schläfe des Angreifers, wo sich sofort ein blutiger Fleck bildete. Der Getroffene sackte zu Boden.

Erst jetzt erkannte Alexander, dass es sich bei seinem Retter um jene Gestalt handelte, die sie erst vor knapp einer Stunde oben am Old Man of Storr getroffen hatten. Die Fremde ging auf den zweiten Angreifer zu, der Anna festhielt. Alexander konnte sehen, wie Anna zappelte und sich zu befreien versuchte. Dann biss sie ihrem Widersacher in die Hand. Der Mann schrie auf, stieß Anna von sich und griff in die Innenseite seines langen Mantels. Auch er hielt plötzlich ein Schwert in den Händen. Er baute sich vor der fremden Frau auf, und als diese ihre Kapuze zurückstreifte, zuckte er zusammen. Rasch überwand er seinen Schreck und blickte entschlossen drein.

Neugierig musterte Alexander die Frau. Langes, schwarzes Haar floss über ihre Schultern; ein Teil der Haare war links und rechts ihres Kopfes zu zwei Zöpfen geflochten. In die Enden dieser Zöpfe war je eine Messerklinge gebunden. Alexander staunte, als er wenig später Zeuge wurde, wie gezielt die Fremde diese Klingen im Kampf einzusetzen wusste. Augenblicklich schoss das Schwert des Mannes auf die Frau zu, doch diese glitt zu Seite und die Schwertklinge stieß ins Leere. Erneut wirbelte ihr Stab durch die Luft, viel zu schnell, als dass der Gegner die rasch geführten Hiebe hätte parieren können. Wie eine Raubkatze sprang die Frau nach vorn, geschmeidig und behände, ihr Stab zischte kaum mehr sichtbar durch die Luft. Das Gefecht dauerte nur wenige Augenblicke, dann flog die Klinge des zweiten Mannes auch schon durch die hereinbrechende Dunkelheit und landete im Unterholz. Der Mann zückte einen Dolch, doch da drehte die Frau schwungvoll ihren Kopf zur Seite, woraufhin einer ihrer Zöpfe mit dem Messer am Ende auf den Gegner zuraste. Sie traf ihn mitten ins Gesicht. Blut spritzte und der Mann schrie auf. Dann drehte sie sich ruckartig um die eigene Achse. Von dem Schwung mitgerissen sausten die Messer durch die Dämmerung und verfehlten ihr Ziel nicht. Alexander hörte einen erstickten Aufschrei des Angreifers, dann fasste der Mann sich an die Kehle. Blut floss aus seinem Hals, er begann zu wanken, und schließlich gaben seine Knie nach und er sackte zu Boden. Ein kurzer Ruck ihres Stabes und die Frau fing die beiden Klingen ab, bevor diese ihr selbst Schaden zufügen konnten.

Alexander konnte nicht fassen, was er da gesehen hatte. Auch Anna stand mit weit aufgerissenen Augen da, hielt sich in seiner Nähe. Seine Gedanken rasten, sein Verstand suchte nach einer vernünftigen Erklärung, wollte ihm einreden, dass dies nur ein Traum war oder dass er in die Dreharbeiten eines Films geraten war. Doch dies alles war Realität, unglaubliche und erschreckende Realität.

Die Frau drehte sich um, und als ihre Augen Alexander erfassten, trat er einen Schritt zurück, wobei er noch den Mut fand, sich schützend vor Anna zu stellen. Anna starrte die Frau mit dem verzierten Holzstab und den Messerklingen in den schwarzen Zöpfen an, offenbar war auch sie unfähig etwas zu tun. Alexander fielen deren stechende Augen auf, die an bläulich schimmerndes Eis erinnerten. Ein Blick, der schärfer war als die Klingen in ihren Haaren, traf Alexander und er fühlte sich, als wäre seine Seele durchbohrt worden. Die Gesichtszüge der Fremden waren ebenmäßig, wirkten aber hart und entschlossen und entbehrten jeglicher Weichheit oder Lieblichkeit, wie sie beispielsweise Anna zu eigen war. Ihre Haut hatte einen dunklen Teint, was ihr exotisches Aussehen noch unterstrich. Zwar schien sie eher jung zu sein, dennoch konnte Alexander ihr Alter nicht wirklich einschätzen; die Härte in ihrem Gesicht schien ihre Jugend zu verleugnen. Überhaupt wirkte sie, als wäre sie einem dieser Mittelaltermärkte entsprungen, wie es sie zuhauf in Deutschland gab. Da war dieser lange, blauschwarz schimmernde Umhang, den sie über einem dunkelroten Oberteil trug, das an eine Bluse erinnerte. Die schwarze und weit geschnittene Hose berührte beinahe den Boden und verdeckte größtenteils die dunklen Lederschuhe.

Die Frau blickte abschätzend und prüfend immer wieder zwischen Alexander und Anna hin und her. Dann endlich entspannte sie sich, sofern man das bei ihr überhaupt so bezeichnen konnte. Zumindest stellte sie ein Ende des Stabes auf den Boden.

„Schatten und Dunkelheit enthüllen die Nacht! Ich habe euch gewarnt", sagte sie auf Englisch mit diesem eigenartigen, harten Akzent. Alexander fiel auf, wie dunkel und volltönend ihre Stimme klang. Er warf einen ungläubigen Blick auf die beiden toten Männer und ging dann langsam einen Schritt auf die Frau zu.

„Wer bist du und was soll …?" Er konnte die Frage nicht zu Ende stellen, denn schon legte die Frau einen Finger an seine Lippen.

„Schweig", zischte sie und zog die Augenbrauen zusammen. „Fragen fordern Antworten heraus. Sind diese gesprochen, gibt es kein Zurück."

Alexander und Anna sahen einander verwirrt an. Die Sprache und die Worte ihrer neuen Bekanntschaft waren doch zu seltsam.

Auch Anna sah kurz zu den beiden Leichen. Alexander konnte hören, wie sie schwer schluckte. Dann hielt sie der jungen Frau ihre Hand hin.

„Ich bin Anna." Sie deutete auf Alexander. „Und das ist Alex."

Die Frau betrachtete Annas Hand, ergriff sie zögernd, wusste aber mit der Geste offenbar nichts anzufangen. Stattdessen betastete sie sie nur mit ihren Händen. „Eine Hand so weich wie Gras im Frühling."

Anna blickte ihrem Gegenüber fest entschlossen in die stechend blauen Augen. „Wer bist du?"

„Der Name Askaya wurde für mich gewählt. So bin ich Askaya, eine der Kriegerinnen der Sieben Feuer von Erenor." Stolz und erhobenen Hauptes blickte ihnen die eigenartige Frau entgegen. „Welche Namen wurden für euch gewählt?"

„Alex und Anna, das sagten wir doch schon", entgegnete Alexander.

„Euer ganzer Name, wie lautet der?", beharrte Askaya.

„Ich bin Alexander Rabenstein und das ist meine Freundin Anna Wittmann."

„Dein Name ist nichtssagend", sagte Askaya zu Anna. Dann sah sie Alexander an und unerwarteter Weise bildete sich ein Lächeln auf ihrem Gesicht, das ihr etwas von ihrer Jugend zurückgab. „Deiner ist lustig", schmunzelte sie.

„Was ist an meinem Namen so lustig?", wollte Alexander wissen und konnte seinen Ärger nicht verbergen.

„Ein Rabe, der bei deinem Betreten der Welt auf einem Stein sitzt und zusieht, ist meiner Vorstellung fremd." Sie lachte und weiße Zähne blitzten im Halbdunkel auf.

Anna konnte nicht anders, als in Askayas Lachen mit einzustimmen, was aber vermutlich mehr ihrer Erleichterung geschuldet war, dass diese Fremde ihnen nicht feindlich gesinnt war, als dem eigenartigen Humor.

„Wer sind die Männer?", wollte Alexander wissen, aber Askaya schüttelte nur den Kopf.

„Ich weiß es nicht. Doch sie waren weder euch noch mir freundlich gesonnen." Plötzlich erstarrte sie und wirkte angespannt wie ein Bogen, an dessen Sehne ein tödlicher Pfeil lag.

„Jemand kommt", flüsterte sie.

Anna blickte sich suchend um. „Wer?"

„Der Mann und die Frau, die mit euch gingen."

„Meine Eltern", rief Alexander erleichtert aus.

„Geht und vergesst", sagte Askaya und schon verschmolz sie mit den Schatten der Nacht.

Irritiert sahen Alexander und Anna dem eigentümlichen Mädchen hinterher und beeilten sich dann, die unheimliche Lichtung mit den Leichen zu verlassen. Sie rannten durchs Unterholz, so schnell sie konnten. Erst jetzt bemerkte Alexander, wie sehr seine Knie zitterten. Immer wieder knickte er ein und stolperte. Anna schien es ähnlich zu ergehen. Auch sie klammerte sich immer wieder an ihm fest. Alexander legte seinen Arm um Anna, und so stützten sie sich am Ende gegenseitig. Es dauerte nicht lange, bis sie auf Susan und Robert stießen.

„Alexander, geht es dir gut?" Susan stürmte auf ihn zu und hielt ihm beide Hände an die Wangen.

Alexander nickte nur.

„Anna, und du?" Erst jetzt schien sich seine Mutter daran zu erinnern, dass es ja das Mädchen gewesen war, das ins Gebüsch gezerrt worden war.

Anna räusperte sich. „Alles in Ordnung", entgegnete sie

schließlich, aber der Schrecken war ihr deutlich anzusehen und ihre Stimme zitterte.

Nun trat Robert einen Schritt nach vorn und blickte in den düsteren Wald. „Wo sind die beiden Männer hin?"

Alexander und Anna tauschten rasche Blicke aus.

„Verschwunden", sagte Alexander.

„Verschwunden? Einfach so?" Sein Vater beäugte ihn kritisch.

„Da war diese Frau", erklärte Anna.

„Welche Frau?", wollte Susan wissen.

„Die mit dem Stab. Den hat sie einem der Männer auf den Kopf geschlagen."

„Genau!", erzählte Alexander weiter. „Der komische Typ hat Anna daraufhin losgelassen und wir konnten entkommen."

Anna nickte. Alexander war klar, dass die toten Männer auch ihr im Kopf herumspukten. Was sie erlebt hatten, war so schnell vor sich gegangen und so ungewöhnlich gewesen, dass sie es selbst nicht glauben konnten. Daher konnten sie das Geschehene nicht in Worte fassen, und sie wollten es auch nicht. Die Geschichte eines Mädchens mit stechend blauen Augen, das sich Messerklingen in seine Zöpfe flocht und damit Männer tötete, würde sicher auf wenig Begeisterung stoßen. Außerdem würde es ihnen ohnehin niemand glauben. Alexander konnte es selbst nicht fassen, und noch immer wunderte er sich, dass sie sich mit ihren Klingen nicht verletzt hatte. Wer war sie? Und was war das für ein Name: Kriegerin der Sieben Feuer von Erenor? Warum redete sie so komisch, und was tat sie alleine am Old Man of Storr? Dann war da noch der Grüne Mann gewesen, Alexander hätte ihn beinahe vergessen, obwohl er ja die verrückteste Erscheinung dieses Tages überhaupt gewesen war. Fragenüber Fragen. Alexanders Kopf fühlte sich an, als schwirrten Armeen von Wanderheuschrecken darin umher, um alles zu vertilgen, was er bisher als normal oder real kennengelernt hatte.

„Alex, die Frau! Wer war sie?" Die Eindringlichkeit in der Stimme seines Vaters riss ihn aus seinen Gedanken.

„Ich weiß es nicht", entgegnete er, doch an Roberts Gesichtsausdruck erkannte er sehr deutlich, dass dieser damit nicht zufrieden war.

„Ich weiß es wirklich nicht", wiederholte Alexander. „Jedenfalls hat sie sich auf die Männer gestürzt, woraufhin diese von Anna abgelassen hatten. Wir haben uns dann schnell aus dem Staub gemacht." Das entsprach zwar nicht ganz der Wahrheit, aber war so nah dran, wie es ihm im Moment möglich schien.

„Wie sah die Frau denn aus?", hakte seine Mutter mit gerunzelter Stirn nach, und Anna zuckte mit den Schultern.

„Keine Ahnung, die war total verhüllt und es ist ja schon fast dunkel."

Alexander wurde unter dem Blick seines Vaters, der ihn selbst in der Finsternis zu durchbohren schien, mulmig zumute. „Was ist denn mit den anderen geschehen, die auf euch beide losgegangen sind?", versuchte Alexander abzulenken. Immerhin hatte es da noch zwei weitere Männer gegeben, die sich auf seine Eltern gestürzt hatten, während er Anna hinterhergerannt war.

„Einer ist dem umwerfenden Charme deiner Mutter zum Opfer

gefallen." Robert hob die Schultern. „Der andere dem Stein, den ich ihm gegen die Schläfe geschlagen habe", fügte er stolz hinzu. „Dein Vater ist wehrhafter, als ich dachte", gab Susan zu und legte ihre Arme um Alexander und Anna. „Wie auch immer, das Wichtigste ist, dass es euch gut geht", sagte sie. Die Erleichterung war ihr deutlich anzuhören. „Und jetzt nichts wie weg, wir gehen zur Polizei. Robert, kommst du?"

Robert starrte in die Dunkelheit, wandte sich schließlich wiederstrebend um, und kurz darauf stapften sie durch den Wald.

Als sie die Biegung erreichten, wo sie angegriffen worden waren und Susan die Männer dank ihrer Karatekünste außer Gefecht gesetzt hatte, stellten sie fest, dass die Unbekannten verschwunden waren. Robert begann, den Wald mit den Augen abzusuchen, doch Susan zerrte ihn schließlich weiter.

Im Dunkeln legten sie rasch den Rest des Weges zurück und erreichten unbehelligt endlich ihr Auto.

Susan ließ den Land Rover regelrecht über die Single Track Road fliegen, und wenig später betraten sie das Polizeirevier in Portree. Ein geduldiger Polizeibeamte hörte sich an, was sie zu sagen hatten. Da Alexander und Anna den Hauptteil der Geschichte in stillschweigendem Einvernehmen für sich behielten, gab es nicht viele Ansatzpunkte für den Ordnungshüter, der seine Zweifel am Wahrheitsgehalt der Geschichte nicht ganz verbergen konnte. Immerhin war Skye eine friedliche Insel, im schlimmsten Fall verirrte sich mal ein Schaf. Der Polizist versprach aber dennoch, morgen den Tatort zu untersuchen.

Susan war nicht wirklich zufrieden, doch mehr konnten sie im Moment nicht tun. Anna rief ihren Bruder Sebastian an und die Rabensteins trafen sich schließlich mit ihm an der Jugendherberge. Erst als sie das Mädchen in sicheren Händen wussten, fuhren sie zurück zu ihrem Cottage nördlich von Uig.

Den ganzen Abend diskutierten sie über den Vorfall. Susan machte noch die Nummer der Jugendherberge ausfindig und rief dort an, um sicherzugehen, dass es Anna gut ging. Anschließend bestand Susan darauf, sich den Urlaub von dem Vorfall nicht verderben zu lassen. Letzten Endes war ja außer den Angreifern, von denen zumindest einer in den nächsten Tagen wenig Freude an seiner Männlichkeit verspüren dürfte, niemand zu Schaden gekommen. Bis auf die beiden Toten ist ja nichts passiert, dachte Alexander sarkastisch, verlor aber kein Wort darüber. Er fragte sich nur, was geschehen würde, wenn die Polizei die beiden Toten fand.

Noch recht früh am Abend gab er vor müde zu sein und zog sich in sein kleines Zimmer zurück, in der Hoffnung, dort die Heuschrecken in seinem Kopf beruhigen zu können. Leider erwies sich das als Trugschluss, denn es wurden mehr und mehr, die die anderen auch noch aufstachelten. Lange betrachtete er das Bild der Blättergestalt an der Wand, und endlich hatte er das Gefühl, dass die lästigen Insekten in seinem Kopf zur Ruhe kamen. Je länger er in die Augen des Grünen Mannes blickte, desto mehr bemerkte er den Frieden und die tiefe Stille die in ihnen lagen. Irgendwann erreichte er den Punkt, wo er glaubte, endlich einschlafen zu können, und legte sich ins Bett. Bald schön träumte er von schwarzen Zöpfen und stechend blauen Augen.

8) Das Tal der Feen

Schottland heute, Fairy Glen, Isle of Skye

„Mist, der Landy verliert Öl", schimpfte Susan, als sie mit
frischen Brötchen zurückkam, die sie in einer kleinen Bäckerei in
Uig geholt hatte und deren Duft nun das Cottage erfüllte.

Alexander stand gerade am Fenster und beobachtete den Regen,
der vom Himmel fiel. Die tiefhängenden, grauen Wolken
erinnerten ihn an gewaltige Luftschiffe, die zu einer langen Reise
aufbrachen. In der Ferne schienen sie sogar das Meer zu berühren.

Als er sich umwandte, sah er, dass sein Vater grinste und sich
die Zeitung schnappte, die Susan ihm, wenn auch nur widerwillig,
mitgebracht hatte.

„Lieber Gott, bewahre uns vor Sturm und Wind …", setzte
Robert an, bekam aber postwendend Gegenwind von seiner Frau.

„… und Bankern, die aus Deutschland sind", beendete sie den
Satz. „Der hat jetzt beinahe 80.000 Kilometer auf dem Buckel, da
darf er schon ein wenig inkontinent werden", verteidigte Susan ihr
Auto und zwinkerte Robert schelmisch zu. „Ich möchte dich mal
erleben nach 80.000."

Betont langsam rollte Robert die Zeitung zusammen, sprang
äußerst schnell auf – zumindest für einen Bürolurch, wie Alexander
schmunzelnd feststellte – und hechtete seiner Frau hinterher.
Dabei schwenkte er die Zeitung bedrohlich durch die Luft. Susan

ergriff lachend die Flucht. Die beiden tollten wie kleine Kinder durch die Wohnung. „Du kannst ja richtig kindisch sein", sagte er zu seinem Vater.

„Das liegt an der eigentümlichen Faszination Schottlands, die von deinem alten Dad Besitz ergreift", meinte Susan, woraufhin Robert nach einer Orange griff und diese auf sie warf.

Ein Kampfschrei ertönt, Susans Faust schnellte nach vorn und erwischte die unglückselige Apfelsine mitten im Flug. Orangensaft spritzte durch die Luft und klatschte gegen die Zeitung, die Robert schützend vor sich hielt.

„Ich glaub es nicht, was hab ich nur für peinliche Eltern?", sagte Alexander lachend.

„Sei froh, mein Sohn", meinte Susan, „du hättest auch spießige Eltern erwischen können, die dich andauernd Mathe pauken lassen und", sie warf ihrem Göttergatten einen provokanten Blick zu, „zu einer Banklehre zwingen."

Besagter Göttergatte verdrehte nur die Augen und warf die besudelte Zeitung in den Müll.

Alexander hob die Hände. „Ist ja schon gut, ich hätte es echt schlimmer erwischen können."

„Sag ich doch."

Susan setzte sich an den Tisch, und nachdem wieder Ruhe eingekehrt war, gab es endlich Frühstück. Susan und Robert beschlossen, nach Portree zu fahren, um das leckende Auto in eine Werkstatt zu bringen und danach ein wenig durch die Stadt zu bummeln. Alexander bestand darauf, im Cottage zu bleiben, zumal seine Eltern auch noch bei einem Schmuckgeschäft mit dem klangvollen Namen Skye Silver auf der Skye-Halbinsel Duirinish vorbei schauen wollten, was für ihn sehr langweilig wäre. Zwar gaben sich seine Eltern wenig euphorisch, was seine Idee betraf, besonders nach dem gestrigen Tag, willigten dann aber schließlich ein.

Als Robert und Susan weg waren, schnappte sich Alexander den Schottland-Reiseführer und begann, ein wenig darin herumzublättern. Irgendwann stieß er auf eine Seite, auf der die Rede von „Fairy Glen" war, das im Reiseführer als Geheimtipp angepriesen wurde. Das Fairy Glen, im Buch wurde es als „Feental" bezeichnet, bekam seinen Namen durch seine märchenhafte Landschaft, deren Hügel aussahen wie kleine Burgen, gerade so, als könnte man dort Feen antreffen.

„Fairy Glen, das Tal der Feen", sagte er zu sich selbst. „Hört sich magisch an." Erfreut stellte er fest, dass das Tal nur wenige Kilometer von dem Cottage entfernt war, und so fasste er einen Entschluss. Er trat an das Fenster und warf einen Blick hinaus. Zu seiner Überraschung war ein Großteil der Wolken verschwunden, dafür bog sich das Gras, das zwischen dem Cottage und dem Meeresufer wuchs, nun im Wind. Lediglich weit draußen über dem Meer schien ein Schauer, von einem Regenbogen umrahmt, auf das blaue Wasser niederzugehen.

„Na also, geht doch. Das Abenteuer ruft und das Wetter spielt mit", rief er freudig. Alexander schmierte sich ein paar Brote, stopfte zwei Wasserflaschen und seine Regenjacke in den Rucksack, außerdem ein Feuerzeug, man konnte ja nie wissen, und dann lief er auch schon los. Er hoffte, so seine Gedanken vom gestrigen Tag ablenken zu können. Er folgte der Straße nach Uig und gelangte nach etwa einer Stunde in das Dörfchen. Danach verließ er sich auf die Wegbeschreibung in seinem Reiseführer. Am südlichen Ende von Uig bog eine Straße ab, die schon bald zu einer dieser abgelegenen Single Track Roads wurde, deren Verlauf er nun folgte.

Am frühen Nachmittag erreichte er eine abgelegene Gegend und wusste sofort, dass dies nur das Tal der Feen sein konnte. Alexander ließ die Straße hinter sich und wurde sogleich von sanften, grünen Hügeln umschlossen, die ihm das Gefühl vermittelten, eine andere Welt betreten zu haben. Hier und da standen Fichtenbäumchen oder Birken verträumt in der Landschaft, und vereinzelte Sonnenstrahlen brachten nasses Gras zum Glitzern. Ein Kaninchen blickte ihn entrüstet an, huschte davon und verschwand in einem Erdloch.

Er folgte einem schmalen Pfad hangaufwärts zwischen zwei Felsen hindurch, die so nahe beisammen standen, dass er seinen Rucksack abnehmen musste, um hindurchzukommen. Oben endete der Weg an einer abgeflachten, grasbewachsenen Stelle, wo man von einem wunderbaren Ausblick über das gesamte Fairy Glen belohnt wurde. Alexander war fasziniert. Kurz hatte er das Gefühl seinem ganz persönlichen Westen ein Stück näher gekommen zu sein. Auf dem feuchten Gras breitete er seine Regenjacke aus, setzte sich und machte sich über sein Essen her. Er musste an Anna denken und wünschte sich, sie wäre hier. Auf so wundersame Weise passte Anna in die friedliche Stille dieses

Landes, und ihm kam es vor, als würde ihre Sanftheit das raue Schottland perfekt ergänzen. Dann schweiften seine Gedanken weiter zu Askaya, und er fragte sich erneut, wer sie war und was sie gerade tat. Doch da wurde er jäh aus seinen Überlegungen gerissen. Einige Vögel flatterten unweit des Hügels hektisch davon, und kurz darauf hörte er gedämpfte Schritte im Gras. Sicherlich hätte Alexander Touristen vermutet, wäre da nicht das gestrige Erlebnis gewesen. Sicherheitshalber legte er sich flach auf den Boden, robbte langsam an den Rand des Hügels und spähte nach unten. Er verkrampfte sich, als er zwei in lange Mäntel gekleidete Männer entdeckte, die unterhalb des Hügels standen. Langsam schritten sie um den Hügel herum, blieben stehen und wandten ihre Köpfe in alle Richtungen, so als suchten sie etwas. Einer der beiden sah plötzlich in Alexanders Richtung, und Alexander zuckte zurück. Sein Herz pochte wie wild, schien ihm beinahe aus der Brust zu springen. Langsam kroch er erneut nach vorn und schaute abermals nach unten.

„Das könnte die Stelle sein", hörte er den Größeren der Männer sagen. Er war bemerkenswert groß, hatte eine eher dunkle Hautfarbe und extrem hohe Wangenknochen, die zusammen mit seiner pockennarbigen Haut einen hässlichen Anblick boten.

Der andere nickte. „Du hast recht. Dieser Platz ist äußerst markant. Lass uns gehen und mit den anderen zurückkehren", sagte er und wollte sich schon abwenden.

„Warte", sagte der Pockennarbige. Alexander beobachtete, wie er sich bückte und das Gras betastete. Als der Mann sich vornüber beugte, fiel Alexanders Blick auf ein Kettchen, das von seinem Hals herabhing und an dessen Ende ein runder, silberner Anhänger baumelte.

„Da sind Spuren im nassen Gras."

„Das hat sicher nichts zu bedeuten", warf der Jüngere ein.

„Wahrscheinlich nur einer dieser gelangweilten Touristen."

„Ich werde trotzdem nachsehen", beharrte der Hässliche, und prompt stapfte er auch schon los, direkt auf Alexander zu, der sich hektisch nach einem Ausweg umsah. Es führte kein anderer Weg von diesem Hügel, es sei denn, man stürzte sich den steilen Grasabhang hinab, in der Hoffnung, mit gebrochenen Knochen immer noch fliehen zu können. Er saß in der Falle. Mit aufgerissenen Augen starrte Alexander auf den Einschnitt im Fels, wo er jeden Augenblick ein pockennarbiges Gesicht erwartete. Kurz dachte er an Askayas Zöpfe, doch die würden ihm dieses Mal nicht helfen. Dann knackte es im Felsdurchgang vor ihm, und eine halbverdorrte Distel, die dort wuchs, begann, sich wie von unsichtbarer Hand berührt zu bewegen. Der Stängel wurde zunächst grüner, dann länger. Äste verzweigten sich und Blätter schossen regelrecht daraus hervor. Immer größer und größer wurde die Blume, deren Dornen zunehmend bedrohliche Ausmaße annahmen. Alexander kroch auf allen vieren von dem Felsdurchgang weg, der im Nu zugewuchert war. Auf der anderen Seite des imposanten Distelstrauches hörte er ein Fluchen. Kurz erzitterte das Gebüsch, danach folgte ein Schmerzensschrei.

„Verdammtes Gestrüpp", erklang es, dann entfernten sich die Schritte. Auf dem Bauch liegend schob sich Alexander an den

Rand des Hügels und lugte hinab. Erleichtert beobachtete er, wie die beiden Männer verschwanden, während der Hässliche ein Taschentuch um seine linke Hand wickelte.

Sein Blick fiel auf den wundersamen Distelstrauch und er schrak zurück. Er wurde beobachtet. Zwei purpurfarbene Disteln bildeten ein Augenpaar; Äste und Knospen formten Mund, Nase und Ohren.

„Verschwinde", sagte Alexander.

Ein Lufthauch fuhr durch das Gebüsch. „Warum?", säuselte eine tiefe Stimme im Wind. „Hab ich dir jetzt nicht schon zum zweiten Mal geholfen?"

Alexander runzelte die Stirn. „Was bist du?"

„Du kennst mich."

„Ich …", Alexander zögerte. Da war sie wieder, die Heuschreckenplage in seinem Kopf. „Ich verstehe nicht. Was soll das alles?"

„Vieles liegt verborgen im Grün des Waldes", entgegnete sein Gegenüber und lächelte. Es war ein freundliches Lächeln.

Alexander schüttelte den Kopf, er war sprachlos.

„Ich bin der Grüne Mann", vernahm er die raschelnden Worte des Distelstrauchs. „So zumindest lautet der Name, den man mir manchmal gibt."

Dann wurde das Gesicht in den Zweigen ernst und begann sich zu verändern. Die Gestalt wurde größer und größer, Blätter entstanden und große, dicke Äste formten Arme und Beine. Ein Blatt, das aussah wie ein riesiges Eichenblatt, bildete einen Bart, und dann stand genau jene Erscheinung vor ihm, der Alexander gestern am Old Man of Storr begegnet war, als er Anna und den fremden Männern gefolgt war.

Der Grüne Mann kam einen Schritt auf ihn zu, wobei sich seine wurzelartigen Füße ins Erdreich bohrten, und beugte sich herab. Sonnenstrahlen tanzten in seinem herbstlichen Blättergewand und wieder strahlte er Freundlichkeit aus.

„Ich bin das Gesicht im Wald, das Rauschen des Windes in den Blättern, das Lachen im Unterholz. Mit den Geistern der Natur tanze ich und ich bin überall zugleich."

Diese Erklärungen waren vermutlich gut gemeint, doch halfen sie Alexander nicht.

„Das ist ein besonderer Gegenstand", sagte der Grüne Mann und deutete mit seinem knorrigen Finger auf Alexanders Rucksack. „Hüte ihn gut", mahnte er, und plötzlich erzitterte der Strauch. Blätter, Zweige, Äste, alles zog sich zurück, löste sich auf und wurde wieder zu jener Distel, wie sie zuvor in dem Durchgang gestanden hatte. Einzelne Blätter schwebten noch in der Luft, sanken dann zu Boden, wo sie liegen blieben und an ein Gesicht erinnerten; so wie damals auf dem Küchentisch im Haus seiner Eltern.

„Jemand kommt", wisperte eine tiefe Stimme noch in der Luft, dann war es still.

9) Das Wiedersehen

Schottland heute, Isle of Skye, Fairy Glen

Fassungslos blieb Alexander zurück, blickte abwechselnd von den Blättern zu jener Stelle, wo eben noch der Grüne Mann gestanden hatte. „Das ist ein besonderer Gegenstand", hallten die Worte der grünen Erscheinung in seinen Ohren. Was hatte der Grüne Mann damit gemeint? Das Gleiche hatte Kara zu ihm gesagt, als sie ihm das Stundenglas gezeigt hatte. Das Stundenglas, schoss es ihm durch den Kopf. Er hatte es ganz vergessen. Aber gerade als er in seinen Rucksack greifen wollte, vernahm er schon wieder Schritte.

„Es ist wundervoll hier", drang eine Stimme, die ihm vertraut schien, von unterhalb des Hügels an sein Ohr.

„Ich habe dir also nicht zu viel versprochen", antwortete jemand, ein Mann.

„Schau mal da, sieht aus wie der Durchgang zu einer Burg", rief die weibliche Stimme.

Erneut hatte jemand Alexanders Platz zu einer Besichtigung auserkoren, doch dieses Mal war der Besuch äußerst angenehmer Art.

„Alex?", fragte Anna erstaunt und erfreut zugleich, als sie ihn zwischen den beiden Felsen hindurch erblickte. „Das ist ja ein Zufall, was tust du denn hier?"

Alexander zuckte mit den Schultern und machte eine lässige Handbewegung. „Ich mache einen kleinen Ausflug."

Anna kam näher, wobei ihre blonden Haare fröhlich auf und ab hüpften, dann sah sie sich suchend um. „Wo sind denn deine Eltern?"

„Die sind mit dem Auto nach Portree in die Werkstatt gefahren. Ich bin alleine hier", erklärte er, und unterschwelliger Stolz schwang in seiner Stimme mit. „Und wie kommst du ausgerechnet ins Fairy Glen?", wollte er von Anna wissen.

„Ich habe Anna schon beim letzten Schottlandaufenthalt versprochen, ihr diesen Ort zu zeigen", antwortete die männliche Stimme, und kurz darauf gesellte sich auch schon Sebastian zu ihnen. Annas Bruder nickte Alexander freundlich zu.

Anna blickte sich um und genoss sichtlich die Perspektive, die sich von hier oben aus bot.

„Es ist schön hier", sagte sie verträumt und breitete die Arme aus. „Irgendwie geheimnisvoll und so still."

Dem konnte Alexander nur zustimmen. Die tief dahinziehenden Wölkchen am sonst so blauen Himmel warfen ihre Schatten auf das kleine Tal und es sah aus, als würden die unterschiedlichsten Fabelwesen über die kleinen, grünen Hügel huschen.

„Wo liegt denn euer Cottage?", wollte Sebastian nach einer Weile des Schweigens wissen.

„Etwas nördlich von Uig", erklärte Alexander. „Zu Fuß kann man es in knapp zwei Stunden von hier aus erreichen." Anna runzelte die Stirn und schien über irgendetwas nachzudenken. „Du, Sebastian", begann sie und warf Alexander dabei einen flüchtigen Blick zu, als überlege sie plötzlich, ob es besser wäre nichts zu sagen. „Ich könnte doch mit Alexander noch ein wenig hierbleiben und dann mit ihm zu seinem Cottage zurückwandern."

Alexanders Herz machte einen Sprung. Der Gedanke, mit Anna allein zu sein, behagte ihm sehr, machte ihn aber auch nervös.

„Und dann?", fragte Sebastian. „Du weißt, ich muss heute noch in die Destille fahren, und die ist von hier eine knappe Autostunde entfernt."

„Ich könnte doch bei den Rabensteins übernachten", wagte Anna einen Vorstoß und blickte Alexander um Unterstützung heischend an.

„Äh, ja, sicher", stotterte er und suchte nach Worten. „Meine Eltern, also, die haben bestimmt nichts dagegen."

Sebastian blickte zwischen seiner Schwester und Alexander hin und her. Alexander fühlte sich alles andere als wohl. Anna hingegen sah Sebastian aus ihren großen, dunklen Augen erwartungsvoll an.

„Blicke wie dieser sind das Geburtsrecht der Frauen", meinte Sebastian an Anna gewandt, und endlich zeigte sich so etwas wie Freundlichkeit auf seinem Gesicht, die sicher Ausdruck der Zuneigung zu seiner Schwester war.

„Gut, von mir aus", willigte er schließlich ein und deutete auf die Hügel des Fairy Glens. „Aber nehmt euch vor den Feen und Kobolden in Acht und passt auf, dass euch der Grüne Mann nicht holt", scherzte Sebastian und gab Anna einen Kuss auf die Stirn.

„Danke", sagte sie und machte eine Handbewegung, als würde sie sich ein Telefon ans Ohr halten. „Ich ruf dich an."

„Das will ich hoffen, Schwesterchen." Sebastians Antwort klang in Alexanders Ohren beinahe wie eine Drohung. Dann verabschiedete er sich von Anna, nicht ohne Alexander einen Blick zuzuwerfen, der diesem unmissverständlich klarmachte, dass er Schwierigkeiten bekäme, sollte Anna etwas zustoßen. Kurz darauf war Sebastian auch schon verschwunden.

„Er lässt dich bei uns übernachten?", fragte Alexander. „Nach all dem, was gestern geschehen ist?"

Annas Gesicht wurde ernst und bedrückt. Als sie zu Boden blickte, verstand Alexander.

„Du hast ihm nichts erzählt, stimmt's?"

Anna schüttelte den Kopf. „Nein, ich dachte, wir wären uns da einig gewesen? Er hätte mir sowieso nicht geglaubt." Alexanders Mundwinkel zuckten, und er lächelte erleichtert. „Nein, hätte er nicht", bestätigte er, doch etwas irritierte ihn gewaltig und er musste Anna danach fragen. „Sag mal", begann er zögerlich, „woher kennt Sebastian den Grünen Mann?"

„Na ja, er kennt ihn nicht persönlich", lachte Anna und fuhr sich durch die Haare. „Der Grüne Mann ist in manchen Gegenden eine alte Sagengestalt. Ich glaube, die Geschichte geht auf die Kelten zurück. Aber so genau weiß ich das auch nicht."

Sie musterte Alexander eingehend und er versuchte sich seine Verwirrung nicht allzu sehr anmerken zu lassen.

„Warum fragst du?" Neugierig blickte ihn Anna an.

„Setz dich", bat er und wies mit der Hand auf das weiche Gras.

Anna neigte den Kopf ein wenig zur Seite, ließ sich nieder und runzelte die Stirn. „Möchtest du mir etwas sagen?"

„Wie kommst du darauf?" Überrascht hob Alexander den Kopf.

Anna lachte. „Ich sehe es dir an. Irgendetwas beschäftigt dich, nicht wahr?"

Alexander nickte und nach kurzem Zögern begann er zu erzählen. Er berichtete von seinem Spaziergang am Waldrand in der Nähe von Reichenberg, von dem Gesicht im Wald, das er während der Autofahrt gesehen hatte, fuhr fort mit dem Bild im Cottage, seiner Begegnung im Wald gestern, als der Grüne Mann ihm den Weg gewiesen hatte, und endete mit den Geschehnissen, die sich heute ereignet hatten.

„Das hört sich alles recht …Wie soll ich sagen?" Anna rieb sich die Stirn und überlegte. „Es hört sich recht fantastisch an."

„Du glaubst mir nicht, oder?"

Anna betrachtete ihn, und er konnte keinerlei Belustigung oder gar Spott in ihren Augen erkennen. Schließlich schüttelte sie den Kopf. „Ich glaube dir."

„Und ihr habt die Männer wirklich nicht gesehen?", fragte Alexander.

„Nein, da war niemand", versicherte sie. „Wenn wir gestern nicht diese geheimnisvolle Frau getroffen hätten, ich würde dir kein Wort glauben."

Alexander deutete auf eine Stelle im Gras, schräg hinter Anna. „Sieh dir das mal an."

Anna drehte sich um und ihr Mund stand offen, als sie auf die Blätter blickte, die ein Gesicht formten. „Die hast aber jetzt nicht du so hindrapiert, oder?" Die Frage musste rein rhetorisch sein, denn sie sah aus, als kannte sie die Antwort bereits. Alexander schwieg, und sein Blick genügte ihr.

„Mein Gott, Alex, was hat das alles zu bedeuten?"

„Ich hab nicht die geringste Ahnung", entgegnete er und breitete hilflos die Arme aus. „Wir wissen ja nicht einmal, ob Askaya und die komischen Männer überhaupt etwas miteinander zu tun haben, geschweige denn, was der Grüne Mann will."

„Wie es scheint, hat er dir geholfen, also kann er nicht so übel sein", mutmaßte Anna.

Alexander wollte etwas erwidern, als plötzlich Musik aus seinem Rucksack ertönte. Es dauerte eine Weile, bis er sein Handy hervorgekramt hatte. Hastig nahm er das Gespräch an, während er rot anlief. Annas verstohlenes Grinsen reichte ihr bis über beide Ohren.

„Hallo, Mama", sagte er und räusperte sich. Nach einer kurzen Pause erklärte er: „Im Fairy Glen."

„Im Fairy Glen", wiederholte er etwas lauter, „in der Nähe von Uig, zusammen mit Anna." Daraufhin erzählte er seiner Mutter, wie er hierher gelaufen und auf Anna getroffen war, und dass sie vorhatte, bei ihnen zu übernachten. Dann schwieg er und lauschte aufmerksam.

„Und was hat die Polizei gesagt?", fragte er ins Telefon, und sofort hob Anna interessiert den Kopf. Alexander hörte eine Weile zu. „Gut, bis dann, ciao."

Alexander verstaute das Handy wieder in der Tasche, seine Ohren fühlten sich immer noch merkwürdig heiß an.

„Und?" Annas Stimme war aufgeregt.

„Die Polizei hat nichts gefunden. Sie haben die Spuren im Wald mit einem Hund bis zur Lichtung verfolgt, doch da war nichts und niemand." Alexanders Worte hingen in der Luft.

„Keine Leichen?"

„Keine Leichen, keine Männer", bestätigte er.

Alexander und Anna waren erleichtert, denn ein Leichenfund

hätte viele Fragen aufgeworfen, denen auch sie sich hätten stellen müssen. Am Ende wäre noch herausgekommen, dass sie von den Leichen gewusst hatten. Dennoch vervielfachten die Ergebnisse der Polizei die Fragezeichen über ihren Köpfen nur noch. Eine Weile spekulierten sie auf ihrem natürlichen Hochsitz vor sich hin, doch sie kamen zu keiner Erkenntnis.

Mittlerweile war es kühler geworden und der Abend näherte sich. So beschlossen sie, loszulaufen. Sie verließen den Hügel und machten sich auf den Weg zurück zur Straße.

„Was war das für eine Musik, die da aus deinem Handy kam?"

Anna grinste ihn an.

„O'Malley", sagte er nur und freute sich über den kühlen Wind, der ihm gegen die erhitzten Wangen blies.

„Lustige Musik", schmunzelte Anna.

„Das ist eine fränkische Band, die recht guten Irish Folk, aber auch Lieder aller möglichen anderen Richtungen spielt."

„Über Saufbrüder und so weiter?" Ein dickes Grinsen breitete sich auf Annas Gesicht aus und auch Alexander musste lachen.

„Und so weiter", bestätigte er.

„Wichtig ist, dass dir die Musik gefällt", meinte Anna.

„Welche Musik magst du denn?", wollte Alexander wissen.

„Ich weiß nicht, alles Mögliche."

„Alles Mögliche? Was ist das denn für Musik?"

Anna zuckte mit den Schultern und wirkte ein wenig verlegen.

„Es muss doch irgendeine Band oder einen Sänger geben, die du besonders magst?", bohrte Alexander nach.

„Gibt es auch", meinte Anna zögerlich. „Leonard Cohen", sagte sie endlich.

„Wer ist das denn?"

Anna blieb stehen, stemmte die Fäuste in die Hüften und blickte Alexander aus großen Augen an. „Du kennst Leonard Cohen nicht?", stieß sie hervor.

Alexander breitete die Arme aus. „Nein, tut mir leid, sagt mir gar nichts. Was für Musik macht er denn so. Rap oder Hip-Hop?" Langsam gingen sie weiter. „Ich weiß nicht", gestand sie schließlich ein. „Man kann seine Musik keiner Stilrichtung zuordnen. Du kennst doch ganz sicher Halleluja, oder?"

„Geht es in dem Lied auch um Saufbrüder?"

Gespielt beleidigt zog Anna die Augenbrauen zusammen und gab Alexander einen kräftigen Stoß, was ihm jedoch nur ein Lachen entlockte.

„Seine Musik ist irgendwie", Anna suchte nach den richtigen Worten, „irgendwie so zeitlos. Jedes seiner Lieder ist eine Hymne, ein mit tiefer Bassstimme gesungenes Gebet an einen Gott, der alles liebt."

Neugierig betrachtete Alexander das Mädchen an seiner Seite. Anna machte plötzlich einen versonnenen, in sich gekehrten Eindruck, als sie beinahe liebevoll von der Musik sprach.

„Ich kenne niemanden, der mit Worten so umgehen kann wie er und der im Stande ist, seinen Texten eine Seele zu geben", fuhr sie fort. „Keiner kann auf so vielfache Weise über Liebe singen oder Dinge wie Nacktheit und Sex so in Worte kleiden, dass auch dies wie ein Gebet klingt." Annas Wangen röteten sich leicht.

Alexander bedachte sie mit verwunderten Blicken. „Für ein Mädchen deines Alters bist du wirklich seltsam", meinte er.

„Na ja, jemand, der sich mit dem Grünen Mann unterhält ist auch nicht gerade normal."

„Sorry, ich wollte dich nicht beleidigen."

Anna winkte ab. „Hast du auch nicht. Ich weiß ja, was du meinst. Ich denke, wir verkörpern beide nicht gerade den typischen Jugendlichen dieses Jahrtausends, oder?"

„Nein" lachte Alexander, „ich fürchte, das tun wir nicht."

„Dein … Wie hieß er gleich noch mal?"

„Leonard Cohen", half ihm Anna auf die Sprünge.

„Dein Leonard Cohen klingt nicht gerade nach einem jungen Sänger", meinte Alexander.

Anna räusperte sich. „Wie man's nimmt. Bei seinem Auftritt auf der Isle of Wight im Jahre 1970 war er jedenfalls erst 35 Jahre und hat mit Jimi Hendrix und Bob Dylan gesungen", erklärte Anna nüchtern, wobei ein amüsiertes Funkeln in ihren Augen lag.

„Was?", lachte Alexander. Dann ist er jetzt ja schon über 80!"

Anna nickte nur.

„Dann wundert es mich nicht, dass ich ihn nicht kenne. Ungewöhnliche Musik für eine 16-Jährige."

„16, bald schon 17!", korrigierte Anna. „Und so ungewöhnlich ist das gar nicht. Auf seinen Konzerten sind viele Leute in unserem Alter."

„Dann muss er ja wirklich etwas Besonderes haben, wenn er auch junge Menschen begeistern kann."

Anna warf ihm ein flüchtiges Lächeln zu und machte nun

wieder einen nachdenklichen Eindruck.

„Was ist?", fragte Alexander.

„Ich weiß nicht." Anna wirkte unschlüssig, als wüsste sie nicht, wie sie es erklären sollte. „Mein Körper mag jung sein, aber manchmal habe ich das Gefühl, meine Seele ist uralt."

„So wie die von diesem Cohen?"

„Ja", kicherte sie, „so wie die von Cohen."

Dann blieb sie abrupt stehen, als plötzlich eine verhüllte Gestalt vor ihnen auftauchte und schnurstracks auf sie zuhielt. Anna sog vor Schreck die Luft ein und hätte beinahe aufgeschrien.

„Askaya?", fragte Alexander und fand seine Vermutung bestätigt, als die junge Frau vor ihm die Kapuze zurückstreifte und er geradewegs in diese hellblauen Augen blickte.

Einen Moment lang wirkte die Frau ebenso verdutzt. „Das ist ein gefährlicher Ort", warnte Askaya sie, wieder in diesem seltsamen Englisch. „Was gedenkt ihr hier zu finden?"

Anna und Alexander sahen einander an und wussten nicht, wovon Askaya sprach.

„Wir haben nur das Fairy Glen besucht", versuchte Alexander zu erklären.

Askaya runzelte die Stirn, so als ließe sie das Gesagte auf sich wirken. „Fairy Glen, das ist also der Name dieses Ortes", entgegnete sie. „Ein guter Name für einen Ort wie diesen", sagte sie dann.

Alexander fand Askaya sehr seltsam, und er wollte dieses Mal unbedingt wissen, wer sie war und woher sie kam. Doch offensichtlich hatte Anna gerade den gleichen Gedanken gehabt und kam ihm zuvor.

„Askaya, wer bist du?", fragte sie, doch die geheimnisvolle Frau blickte Anna stumm aus diesen hellblauen Augen an, starrte geradezu durch sie hindurch. „Du hast zwei Männer getötet", beharrte Anna mit entschlossenem Gesichtsausdruck.

„Anna hat recht", bekräftigte Alexander und machte eine ausladende Handbewegung in Richtung des Fairy Glens. „Erst vor wenigen Stunden haben erneut zwei dieser Männer hier herumgeschnüffelt, als würden sie etwas suchen."

„Sie waren hier?" Askaya machte keinen Hehl aus ihrer Verblüffung. Sie kniff die Augen zusammen und es schien, als hadere sie mit sich selbst, ob sie etwas preisgeben sollte oder nicht. Doch diese Entscheidung wurde ihr abgenommen, denn just in diesem Moment liefen drei Männer über den Hügel, der auf der anderen Seite der Straße lag, die zum Fairy Glen führte.

„Das sind die beiden", bemerkte Alexander, als er das pockennarbige Gesicht erkannte.

Er konnte förmlich spüren, wie sich Askaya anspannte.

„Ich werde ihnen begegnen." Askayas Hände schlossen sich fest um das dunkle Holz ihres Stockes, und die markanten Gesichtszüge drückten Unnachgiebigkeit aus.

„Nein!", stieß Anna hervor. „Wir müssen weg hier, schnell."

Beherzt ergriff sie Askayas Arm und zog sie mit sich.

Unwillig folgte die fremde Frau, und so rannten die drei in das verwunschene Tal hinein.

Die Sonne stand bereits weit im Westen und warf lange

Schatten. Alexander wandte sich kurz um, da folgten die beiden Männer ihnen auch schon mit wehenden Mänteln. Askaya rannte erstaunlich leichtfüßig vorneweg, setzte behände über Wurzeln oder kleine Felsbrocken. Alexander und Anna hatten Mühe zu folgen, doch als sie das Geräusch von Schritten hinter sich hörten, gaben sie alles und rannten noch schneller. Askaya deutete mit ihrem Stab in eine Senke und hielt abrupt inne.

„Lauft weiter", sagte sie knapp und wandte sich um. Alexander nickte Anna zu, die mit weit aufgerissenen Augen Askaya hinterherblickte. Dann zog er sie mit sich mit. Gerade als sie die Senke durchquerten, hörten sie einen Aufschrei, gefolgt von einem dumpfen Schlag. Ein schmaler Weg führte aus dem schmalen Tal wieder heraus, doch er wurde von einem Baum mit tiefhängenden Ästen versperrt. Alexander rannte vor und schob einen Ast zur Seite. Er fasste nach Annas Arm, um ihr hindurch zu helfen, während er vorausging. Schmerzhaft schnellte ihm ein Zweig ins Gesicht, und so drehte er sich um, schob sich rückwärts durch das Blätterwerk, Anna im Gefolge. Endlich kam er frei, doch in diesem Augenblick packte ihn etwas an seiner Kapuze, und er wurde zurückgerissen. Die Luft blieb ihm weg, und er krachte unsanft auf den Boden. Als er nach oben blinzelte, grinste ihm ein hässliches Gesicht, das beinahe zwei Meter über ihm thronte, entgegen. Der Pockennarbige. Er ergriff Anna, die entsetzt aufschrie. Wut packte Alexander, und er erhob sich, wollte sich auf seinen Gegner stürzen. Bevor er jedoch reagieren konnte, traf ihn eine flache Hand, die eher einer Steinplatte glich, mit voller Wucht ins Gesicht, und er wurde zurückgeschleudert. Ein metallischer Geschmack im Mund verriet ihm, dass ihm Blut aus seiner aufgeplatzten Lippe rann.

Der Pockennarbige hatte mittlerweile auch Anna zu Boden geschleudert. Drohend baute er sich vor den beiden auf. Alexander schluckte schwer, als er dem gefährlichen Mann in die dunklen Augen blickte, die nichts Gutes verhießen. Eine Narbe, die ihm über das Ohr und die linke Wange verlief, war wenig vertrauenserweckend.

Etwas knackte in dem Baum, durch den er und Anna eben gekommen waren, und Alexander hoffte schon, es wäre wieder der Grüne Mann, doch stattdessen kam ein dunkler Mantel zum Vorschein, wie ihn der Pockennarbige auch trug.

„Hast du sie endlich?", fragte der Neuankömmling auf Englisch, und ein böses Grinsen machte sich auf seinem Gesicht breit. Dann tauchte plötzlich Askaya auf und ließ ihren langen, mit Verzierungen versehenen Stab direkt in das hämische Grinsen krachen. Ein Tritt folgte, der dunkle Stab wirbelte erneut durch die Luft, traf den Pockennarbigen, der zu Boden ging. Askaya schoss nach vorn, vollführte eine geschickte Kopfbewegung, und die Klingen in den Zopfenden peitschten dem verbliebenen Gegner ins Gesicht. Ein weiterer Schlag auf den Kopf, und er sackte zu Boden.

„Kommt jetzt endlich", rief Askaya forsch und hielt Anna ihre Hand hin. Alexander bemerkte ein tödliches Glitzern in ihren

Augen. Blut tropfte von den Enden der Messer herab.

Rasch erhoben sie sich und stolperten hinter Askaya her vorwärts. Der Weg wurde immer beschwerlicher, es wurde allmählich dunkler, und das sanfte grüne Gras des Fairy Glen wich dichtem Heidekraut. Alexander vermutete, dass es von Kobolden bevölkert wurde, die sich anstrengten, ihn zu Fall zu bringen. Erneut hörten sie Geräusche hinter sich, Männer fluchten und riefen sich irgendetwas zu. Alexander verstand es nicht.

„Wohin gehen wir?", rief Anna. Die Verzweiflung in ihrer Stimme war nicht zu überhören.

„Weiter", zischte Askaya kurz angebunden. Sie strauchelte deutlich weniger und ihrem Atem fehlte das Rasseln, das jeden Schritt von Alexander und Anna begleitete.

Alexander hatte keine Ahnung, wohin sie liefen. Auch wusste er nicht, ob Askaya überhaupt Kenntnis von ihrer Umgebung hatte. In der Ferne hörte er ein Plätschern, und auch die zunehmende Kühle kündete von einem nahenden Wasserlauf. Bald schon übertönte das Getöse des vom Torf gelblich schimmernden Wassers jegliche Geräusche.

Askaya hielt kurz inne und blickte sich suchend um. Dann deutete sie auf die andere Seite des Flusses und lief los, um diesen zu überqueren. Ihre in Lederstiefeln steckenden Füße schienen auf den glitschigen Steinen Halt zu finden, während Alexander und Anna, sich gegenseitig stützend, mehr vorwärts stolperten als gingen. Unvermittelt fühlte Alexander einen Lufthauch neben seinem Ohr, und kurz darauf zerschellte etwas an einem großen

128

Flusskiesel.

Anna erschrak, als sie einen Pfeil erkannte, und stürzte prompt in den schmalen Fluss. Alexander half ihr auf und zerrte sie weiter. Ein weiterer Pfeil zischte vorbei und platschte ins Wasser. Askaya griff unter ihren Umhang und holte ein langes Rohr hervor. Sie zog etwas, das einem kurzen Pfeil glich, aus ihrem Gürtel, steckte diesen in das Rohr und zielte ins Halbdunkel. Die Frau blies in das Blasrohr und kurz darauf erklang ein erstickter Laut, gefolgt von einem Platschen. Alexander und Anna hasteten weiter, während Askaya sich immer wieder umdrehte und Pfeile abschoss. Rufe ertönten in der Dunkelheit hinter ihnen. Alexander wusste, es war nicht nur der Pockennarbige, der sie verfolgte.

Nach einer Weile stoppte Askaya und legte jedem ihrer Begleiter eine Hand auf die Schulter. „Lauft geradeaus. Ich erahne unwegsames Gelände, dort könnte es ein Versteck geben", flüsterte sie. „Ich werde unseren Verfolgern begegnen." Ein listiges Lächeln blitzte auf ihrem Gesicht auf, und schon verschwand sie in der Dunkelheit.

„Ich erahne unwegsames Gelände", wiederholte Alexander. „Ich werde unseren Verfolgern begegnen. – Warum redet sie so komisch?"

Anna schüttelte den Kopf. „Ich habe keine Ahnung, lass uns weitergehen, mir ist kalt."

Er bemerkte, dass Anna zitterte, und so hasteten sie geradeaus weiter, auch wenn sie keine Ahnung hatten, wo sie sich befanden. Die Dunkelheit kam abrupt über sie, und es wurde immer kälter. Alexander hätte um diese Zeit schon im Cottage sein sollen.

Stattdessen stolperte er durch die Highlands mit einer klatschnassen Anna an seiner Seite, verfolgt von langen Mänteln, in denen übelgelaunte Zeitgenossen steckten. Außerdem begleitete sie eine schwarzhaarige Amazone, die ihre langen Haare mit Messern schmückte. Alexander konnte es nicht fassen. Er blickte nach oben, wo zahllose Sterne am Himmelsgewölbe funkelten. Dann dachte er an seine Eltern; sicher machten sie sich bereits Sorgen. Irgendwann fiel ihnen auf, dass sie keinerlei Geräusche mehr hinter sich hörten. Vollkommene Stille lag über dem Hochland, und eine unangenehme, wenn auch klare Kälte hatte sich ausgebreitet. Mit der Zeit stieg das Gelände an, das Heidekraut wich Gras und Felsen. Vor sich konnten sie die Umrisse einiger Hügel erkennen, auf die sie nun zuhielten. Sie kletterten nach oben, wo es zunehmend steiniger wurde. Unvermittelt standen sie vor einer kleinen Öffnung im Fels.

„Eine Höhle", rief Alexander erfreut. „Vielleicht können wir uns da verstecken."

Anna nickte und folgte ihm, während ihre Zähne klappernd aufeinanderschlugen. Tatsächlich führte der schmale Eingang in eine Höhle, die zwar nicht allzu tief war, aber dennoch ausreichend Platz bot. Kaum waren sie hineingeschlüpft, ließ sich Anna nieder und Alexander schlang seine Regenjacke um ihren zitternden Körper. Danach kramte er hektisch in seinem Rucksack herum.

„Ich ruf meine Eltern an." Endlich hielt er das Telefon in den Händen, erlebte aber sogleich eine große Enttäuschung. „Mist, der Akku ist leer", erklärte er verärgert.

Anna holte ihr eigenes Handy hervor. „Schnell, gib mir die Nummer deiner Eltern", bat sie, doch Alexander blickte nur missmutig drein.

„Die hab ich nur in meinem Telefon, nicht in meinem Kopf."

Aufgeregt drückte Anna auf ihrem Handy herum, doch bald schon gab sie es auf. „Kein Empfang", schimpfte sie. „Außerdem ist das Handy ohnehin mit mir baden gegangen und nun eh im Eimer." Frustriert und enttäuscht warf sie es gegen die Höhlenwand und raufte sich die Haare.

Alexander setzte sich neben sie, zögerte eine Weile, doch schließlich legte er seinen Arm um das Mädchen und zog es an sich, in der Hoffnung, es so wärmen zu können. Immer wieder blinzelten beide in die Nacht hinaus, die von Sternen und Halbmond in ein schwaches, sanftes Licht getaucht wurde. Doch plötzlich verschwand dieses silbrige Schimmern, als sich ein Schatten über die Welt zu legen schien.

„Oh mein Gott, was ist das?", wisperte Anna kaum hörbar.

Alexander schüttelte nur den Kopf, sagte kein Wort und starrte angestrengt hinaus. Es war stockfinster, keine Wolke konnte so schnell und so gründlich das Leuchten der Sterne verdecken. Etwas war da draußen, lauerte, witterte, suchte. Wind kam auf, wirbelte in die Höhle hinein, und die beiden Freunde hatten das Gefühl, als krallten sich riesige Klauen in den Mantel der Nacht, um ihn von der Welt zu reißen. Eine Spannung lag in der Luft, erfasste den Fels, der die beiden umschloss, ließ ihn knacken. Etwas Gewaltiges verweilte vor der Höhle, unsichtbar, nicht zu greifen. Ein klatschendes Geräusch drang zu ihnen, als würde ein Gigant ein riesiges Tuch ausschütteln, und erneut drang eine Druckwelle in die Höhle, wirbelte Staub und kleine Steinchen auf und erfasste Alexander, als er sich nach vorn beugte. Einen Lidschlag lang sah er vor der Höhle etwas Gelbliches aufblitzen, dann verschwand der Schatten und das silbrige Licht breitete sich wieder aus.

„Was geht da vor sich?", flüsterte Alexander, ohne den Blick vom Höhleneingang zu nehmen. Dann wandte er sich Anna zu. Selbst im Dunkeln konnte er die blanke Furcht sehen, die ihr hübsches Gesicht überschattete.

„Alex, ich habe Angst." Sie rückte näher an ihn heran. „Ich habe wirklich richtige Angst, wie ich sie noch nie in meinem Leben verspürt habe."

„Ich auch", sagte er und lauschte in die Nacht, bis das Pochen seines Blutes in seinen Ohren unerträglich laut wurde.

10) Unfassbare Neuigkeiten

Schottland heute, Isle of Skye

Eine Weile saßen sie schweigend in der Dunkelheit, verbunden durch eine Angst, der sie keinen Namen geben konnten. Dann raschelte etwas und plötzlich stand Askaya in der Höhle, mehrere Holzscheite in den Händen haltend.

„Sie sind mir begegnet", sagte sie, als sie die fragenden Blicke bemerkte.

„Heißt das, sie sind ...", Alexander zögerte und blickte abwechselnd von Askaya zum Höhlenausgang, „... tot?", beendete er seinen Satz.

Askaya nickte, nicht ohne Stolz. „Einer Kriegerin der Sieben Feuer begegnet man nur einmal." Zornesfalten legten sich auf ihr Gesicht. „Nur der Hässliche, er hat die Nacht umarmt und ist geflohen, bevor ich ihm begegnen konnte."

Askaya begann, das Holz aufzuschichten, kramte ein paar Steine und etwas, das wie Zunder aussah, aus einer kleinen Ledertasche hervor. Dann machte sie sich ans Werk. Alexander kam es wie eine Ewigkeit vor, bis das erste winzige Flämmchen aus dem Zunder hervorzüngelte und Askaya dieses mit viel Geduld zu einem kleinen Feuer hochpäppelte. In diesem Augenblick fiel ihm das Feuerzeug ein, das in seinem Rucksack steckte. In all der Aufregung hatte er es ganz vergessen.

„Komm an die Flammen, Anna", meinte Askaya schließlich und winkte Anna zu. „Deine nassen Sachen solltest du ablegen, sonst wird die Kälte in dich kriechen und dich plagen tagelang." Die Frau mit den schwarzen Haaren erhob sich, nahm ihren Umhang ab und hielt ihn vor Anna. Anna zögerte, legte dann jedoch ihre Kleider ab, während Alexander verschämt wegsah. Vorsichtig wickelte Askaya ihren Umhang um das blonde Mädchen, anschließend nickte sie zufrieden. Sie bedeutete den beiden, näher ans Feuer zu kommen, und legte Holz nach. Allmählich breitete sich ein wenig Wärme in der Höhle aus.

„Sollten wir nicht langsam nach Hause gehen?", fragte Alexander.

„Nein, nicht heute Nacht. Nicht in dieser Nacht", entgegnete Askaya bestimmend. „Zu gefährlich", fügte sie etwas sanfter hinzu und schwieg dann, wobei sie die tanzenden Flammen beobachtete, die flackernde Schatten an die Höhlenwände warfen.

„Askaya, wer bist du und woher kommst du?"

Alexander betonte jedes einzelne Wort, um seiner Frage Nachdruck zu verleihen. Askayas Augen wanderten abwechselnd von ihm zu Anna, als würde sie mit sich selbst ringen und überlegen, was sie den beiden anvertrauen konnte. Irgendwann sog sie tief die Luft ein und begann zu erzählen. „Ich bin Askaya, vom Volk der Ananeki, Kriegerin der Sieben Feuer von Erenor." Eine Weile hingen ihre Worte in der Luft, tanzten mit den Schatten an den Wänden um die Wette.

Alexander und Anna warteten gebannt darauf, dass sie weitersprach.

„Die Kriegerinnen von Erenor hüten die Sieben Feuer, genauer gesagt die sieben Artefakte, die den flammenden

Ring um das Land der Einaren aufrechterhalten." Kurz schwieg sie, und ihr Blick schien in die Vergangenheit zu wandern. „Zumindest haben sie das getan, als noch alle sieben Artefakte vorhanden waren. Vor sehr langer Zeit jedoch sind vier von ihnen gestohlen worden, und die Einaren haben unsere Welt überrannt, haben Schrecken verbreitet und Dunkelheit gebracht. Völker, die einst waren, sind nicht mehr."

„Erenor? Die Einaren?", fragte Anna.

„Erenor ist ein Land südlich einer großen Gebirgskette, die sich wie ein Ring um das Reich der Einaren legt. Die sieben Artefakte lassen einen Ring aus unsichtbaren Feuern entstehen und versiegeln so die Grenzen zum großen Reich der Einaren. Seit mehr als 2.000 Sommer stellt das Volk der Ananeki Kriegerinnen, die die Artefakte bewachen." Askaya hielt inne, hob den Kopf und richtete sich würdevoll auf. „Ich bin eine von ihnen."

„Du sagtest, vier dieser Artefakte wurde entwendet?", wollte Alexander wissen und Askaya nickte traurig.

„Ja, aus diesem Grund sind die Grenzen geschwächt und die Einaren konnten ihr Land verlassen. Seither verbreiten sie Angst und Schrecken in Esmarillion. Grausame Schlächter sind sie."

„Esmarillion?" Anna war näher ans Feuer gerückt und wärmte sich die Hände an den Flammen.

„Das waren meine Worte."

„Und wo liegt", Alexander machte eine ausladende Handbewegung, „Esmarillion?"

„Esmarillion ist die Welt auf der anderen Seite", erklärte Askaya. „Dort, wo der Schatten des Gemahnenden Fingers am Morgen hinweist, liegt ein verborgener Pfad, der zu ihr führt."

„Und was ist der Gemahnende Finger?", fragte Alexander die seltsame Frau und dachte nach, dann schien er zu verstehen. „Du meinst den Old Man of Storr, der sich vor dem Felsmassiv erhebt."

„Das mag der Name sein, den man ihm in dieser Welt gegeben hat."

„Warte", mischte sich Anna ein und zog sich Askayas Umhang fester um die Schultern. „Du willst uns weismachen, du kommst aus einer anderen Welt und die Pforte dorthin liegt in den Felsen am Old Man of Storr?" Anna schüttelte fassungslos den Kopf und warf Alexander einen fragenden Blick zu, der hob nur die Schultern.

„Meine Worte mögen in euren Ohren befremdlich klingen, dessen bin ich ..."

„Befremdlich?", unterbrach Anna sie. „Wie würdest du dich fühlen, wenn du plötzlich von düsteren Gestalten verfolgt und in ein Gebüsch gezerrt werden würdest und mit ansehen müsstest, wie ein Mädchen mit", Anna deutete auf Askayas Haare, „mit Messern in den Zöpfen diese Männer tötet?"

„Ich wäre erleichtert", war die direkte und keineswegs ironisch gemeinte Antwort.

Anna wollte etwas sagen, doch ihr fehlten die Worte. Schließlich winkte sie ab.

„Ich glaube ihr", sagte Alexander und hob die Hand, als Anna protestieren wollte. „Anna, ich hab dir doch von dem Grünen Mann erzählt. Überleg mal, all das, die seltsamen Männer, die Verfolgung und dann Askaya und vor wenigen Augenblicken dieser furchterregende Schatten."

„Ich weiß, Alex", gestand Anna ein wenig resigniert zu und stützte ihren Kopf in ihre Hände, „wahrscheinlich will ich es nur nicht wahrhaben, aber das ist alles so unglaublich und verrückt. Außerdem sind Menschen dabei gestorben." Sie sah Askaya vorwurfsvoll an, doch der Zorn wich rasch wieder aus ihrem Gesicht.

Alexander wollte etwas erwidern, hielt aber inne, als er Askayas Anspannung bemerkte. Das Mädchen mit den stechend hellblauen Augen legte ihm eine Hand auf die Schulter. Ihr Griff fühlte sich warm und fest an.

„Was meinst du mit furchterregender Schatten?", flüsterte Askaya und blickte sich, von plötzlicher Aufregung erfasst, um. Als die beiden ihr erzählten, was sie vor wenigen Augenblicken in der Höhle erlebt und was sie dabei empfunden hatten, zeichnete sich Verwirrung auf deren Gesicht ab.

„Das kann nicht sein", wisperte sie ungläubig. „Ich war wachsam, er kann mir nicht durch das Portal gefolgt sein."

„Wen meinst du? Askaya, wer kann dir nicht gefolgt sein?", wollte Anna wissen.

Gespanntes Schweigen und Totenstille herrschte, und nur das Holz knisterte im Feuer.

„Der Araaken." Askaya sprach so leise, als könnte die bloße Erwähnung dieses Namens Unheil herbeiführen.

„Nicht nur wir Kriegerinnen bewachen die Feuer, sondern auch die Araaken taten dies einst. Sie kreisten häufig in den Lüften über jenen Orten, an denen die Artefakte verborgen lagen. Nachdem die Artefakte verschwunden waren, schien ihre Achtsamkeit den kraftvollen Gegenständen gegenüber nachgelassen zu haben. Die verbliebenen Artefakte bewachen sie nicht mehr, doch sind die Araaken stets präsent. Sie sind die geheimnisvollen Jäger der Nacht, Hüter der Flammen. Frei von Gnade, frei von Gefühl und frei von jeglichem Urteil. Das macht sie unberechenbar, ihre Handlungen unvorhersehbar. Sie jagen und machen keinen Unterschied, was oder wen sie verfolgen. Ihre Schwingen beherrschen das weite Firmament und peitschen die Winde aller Himmel."

Askaya sprach fast schon ängstlich und zugleich so respektvoll von den Araaken, dass Alexander eine Gänsehaut bekam. Auch Anna schlang ihre Arme fest um ihren Körper.

„Aber wenn die Kriegerinnen und auch diese Araaken die Feuer bewachen, wie konnten sie dann verlöschen und wie konnte jemand die Artefakte stehlen?" Alexander wunderte sich selbst ein wenig über seine Frage, die er gestellt hatte, als befände er sich mitten in Askayas Welt. Aber vielleicht war er das ja auch.

„An geheimen Orten, in den Bergen von Erenor, liegen die Artefakte versteckt", klärte Askaya ihre Zuhörer auf. „Diese Orte kennen nur die Kriegerinnen der Sieben Feuer und, wie wir vermuten, auch die Araaken. Vor mehr als 2.000 Sommern hat eine von uns einen schrecklichen …", Askaya hielt inne, als würde ihre

Zunge sich weigern, das Wort auszusprechen, „… einen schrecklichen Verrat begangen. Heimlich stahl sie vier der sieben Artefakte. Wir, die Kriegerinnen der Sieben Feuer, tragen alle diese Umhänge", sie deutete auf den bläulich schwarz schimmernden Stoff, den Anna um sich geschlungen hatte, „die alles, was sich darunter befindet, vor den Blicken des Araaken verbergen. Selbst die Artefakte. So gelang es der Verräterin auch, sie unbemerkt zu entwenden. Irgendwann, vor sehr langer Zeit, haben die Kriegerinnen den Araaken misstraut und daher wurde dieser Stoff gewoben, um bei Bedarf dem Blick des Araaken zu entkommen. Mittlerweile haben wir gelernt, dass die Araaken die Kriegerinnen meist nicht beachten, manche von uns glauben gar, die Araaken haben überhaupt kein Interesse an den Artefakten. Ihre Beweggründe bleiben uns verborgen, und nie, außer am letzten Tag, kann man die Handlung eines Araaken voraussehen."

„Was geschieht am letzten Tag?", fragte Alexander.

„Am Tag unseres Todes trägt der Araaken die Kriegerinnen, die ehrenhaft gelebt haben, in eine jenseitige Welt. Dies ist die höchste Ehre, die uns zuteilwerden kann."

Askaya sprach diese Worte, die in Alexanders und Annas Ohren sehr fantastisch klangen, so selbstverständlich, als gäbe es keine andere Wahrheit.

„Unehrenhaft war, was die Verräterin getan hat, als sie mit den Artefakten im Dunkel der Zeit verschwand. Danach folgten Chaos und Tod durch die Einaren. Seit jener schrecklichen Tat suchen wir nach den Artefakten."

„Warum lasst ihr nicht die Araaken suchen?", wollte Anna

wissen und legte noch etwas Holz auf das Feuer.

„Hast du nicht zugehört? Wir haben keine Macht über diese Himmelswesen und ihr Interesse an den Artefakten können wir nicht einschätzen. Weder wissen wir, woher die Araaken kommen, noch warum sie die Artefakte einst gehütet haben und es jetzt nicht mehr tun. Sie sind ein großes Mysterium, und das wären sie nicht, könnte ich mehr über sie erzählen." Askaya kniff die Augen zusammen und beugte sich nach vorn. „Und selbst wenn die Araaken die Artefakte suchen würden, die Ananeki würden alles daran setzen, um ihnen zuvorzukommen."

„Warum das?" Anna runzelte die Stirn und musterte die Kriegerin.

Askaya holte tief Luft und starrte in die Flammen. Dann richtete sie sich auf, hob ihren Kopf. „Es war eine von uns, die diesen Verrat begangen hat, und so gebietet es unsere Ehre, dass es eine von uns sein muss, die die Artefakte zurückbringt." Askayas Blick war von unbezwingbarem Stolz erfüllt. „Selbst wenn wir sicher sein könnten, dass die großen Himmelswesen die Artefakte zurückbrächten, würden wir Kriegerinnen alles tun, damit wir es sind und nicht die Araaken, die sie an ihren angestammten Plätze bringen. Unsere Ehre und unser Stolz verlangen das von uns und aus diesem Grund suchen wir."

Alexander betrachtete das fremde Mädchen. Askaya war so anders, sie hatte ihre eigenen Moralvorstellungen, ihre ganz eigene Sichtweise der Dinge und strahlte so viel Stärke, Stolz und Ungebundenheit aus.

„Würde die Sicherheit eures Landes nicht verlangen, Stolz und Ehre außer Acht zu lassen und die Artefakte auch von den Araaken suchen zu lassen?", fragte Anna und Askaya schaute sie irritiert an, als hätte sie etwas vollkommen Verrücktes gesagt. Doch Anna ließ sich nicht beirren. „Ich meine, dieses eine Mal müsste euch doch der Sieg über die Einaren, wie ihr sie nennt, wichtiger sein als euer Stolz und euer Ehrgefühl, oder etwa nicht?"

Askaya runzelte die Stirn und schien über Annas Worte nachdenken. Sie wirkte, als versuche sie ein Rätsel zu lösen, welches ihr nicht nur absurd erschien, sondern obendrein ihrer Vorstellung gänzlich fremd war. „Es kann keinen wahren Sieg ohne Ehre und Stolz geben, Anna. Dies wäre so, als würde es regnen, obwohl keine Wolken am Himmel entlangziehen."

Resigniert zuckte Anna mit den Schultern, während für Alexander Askayas Antwort nicht überraschend war.

„Was ist mit den anderen drei Gegenständen?", lenkte er schließlich von dem Gespräch über Ehre und Stolz ab.

„Die sind noch an jenen geheimen Orten, wo sie hingehören", antwortete Askaya. „Kriegerinnen bewachen sie, wenn auch kaum Gefahr durch die Einaren droht, da diese ihre Grenzen bereits überwunden haben."

„Was sind das für Artefakte, wie sehen sie aus?"

Askaya zögerte und ihre Augen verengten sich zu Schlitzen. „Alles Wissen um die Artefakte ist den Kriegerinnen der Ananeki vorbehalten", sagte sie zugeknöpft.

„Aber warum glaubst du, dass du sie hier …", Anna breitete ihre Hände aus und wirkte, als seien ihr ihre eigenen Worte fremd,

„… in unserer Welt finden kannst?"

Die junge Frau mit den hellblauen Augen lächelte plötzlich, wodurch ihre Gesichtszüge im sanften Schein des Feuers überraschend weich wurden. Gedankenverloren stocherte sie mit einem Stock im Feuer herum, kleine Funken stoben empor und tanzten durch die Höhle. „Während ihrer Ausbildung werden die Kriegerinnen der Sieben Feuer für eine gewisse Zeit zu den Eremiten, die in den Tälern des Wissens leben, entsendet. Diese weisen Männer vermitteln ihnen Kenntnis über die Geschichte und die Dinge im Verborgenen. Erkenntnis und Verstehen soll dort erlangt werden. Einer von ihnen ist Ednur, der selbst für einen Eremiten eigentümlich ist. Viele glauben, er sei von bösen Seelen besessen, doch ich mag ihn. Er sagte, er sei ein besonders Kundiger der Geschichte und als solcher habe er eine Ahnung, wohin die Artefakte verschwunden sein könnten."

Anna und Alexander beugten sich gespannt nach vorn.

„Ednur, der Eremit", fuhr Askaya fort, „berichtete von einem merkwürdigen Fremden, der eines Tages an die Hütte von einem seiner Vorfahren, genannt Kasmiel, geklopft hatte. Dieser Fremde muss völlig verwirrt gewesen sein. Er sah schrecklich aus und trug die Kleidung einer Frau."

„Die Kleidung einer Frau?", wunderte sich Anna.

„Ja, die Kleidung einer Frau, wenn auch nur aus einer Not heraus, denn er behauptete auf der Flucht zu sein. Die Neugierde von Ednurs Urahn war natürlich geweckt, und so nahm er den Fremden auf. Sein neuer Gast sprach eine Sprache, derer Kasmiel nicht mächtig war. Beseelt von tiefer Wissbegierde und reichem Geist zugleich erlernte Kasmiel nach und nach die Sprache des fremden Mannes und brachte diesem die seinige bei, die auch die gemeine Sprache Esmarillions ist. Kasmiel lehrte die Sprache seinen Kindern und auch Ednur ist ihrer mächtig und brachte sie mir bei."

„Was ist mit Kasmiels Besucher geschehen?", warf Alexander ein.

„Nach der Zeit eines Winters und eines Sommers ist der Fremde weitergezogen in südlichere Gefilde. Da ihm die gemeine Sprache nun nicht mehr fremd war, fand er einen Platz zum Verweilen und mehr noch: Viele Winter später wurde er Herrscher des Landes Tryskan. Er war ein guter Herrscher und selbst die fremde Sprache, die er bei seiner Ankunft gesprochen hatte, verbreiteten sich in Tryskan und anderen Ländern."

„Wie hieß denn dieser Fremde?", fragte Anna.

„Er hatte einen eigentümlichen Namen." Askaya grinste. „Noch eigentümlicher als die euren. Er nannte sich Charles."

Anna musste lachen, als sie hörte, wie seltsam Askaya diesen Namen aussprach.

Alexander hingegen blickte neugierig drein und runzelte die Stirn. „Wann hat sich das alles ereignet?"

„Das war vor beinahe 300 Wintern." Askaya sah ihre beiden aufmerksamen Zuhörer eingehend an. „Ednur hat mir erzählt, dieser Fremde, Charles, hatte behauptet von dieser Welt, in der Tat sogar von dieser Insel, gekommen zu sein."

Kurz lag Stille in der Höhle, so als brauche das Gesagte Zeit, bis es von Alexander und Anna verstanden werden konnte.

„Das würde auch erklären, warum du unsere Sprache, na ja, die englische Sprache kennst", stellte Anna folgerichtig fest und schüttelte verblüfft den Kopf.

Als Askaya zu erzählen fortfuhr, bekam ihre Stimme einen dunklen und geheimnisvollen Unterton. „Ednur glaubte dies anfangs nicht und kümmerte sich aber zunächst auch nicht darum, die Wahrheit herauszufinden. Irgendwann jedoch drängte seine Neugier ihn, den Dingen auf den Grund zu gehen, und so machte er nach langer Zeit die Entdeckung, dass es tatsächlich einen Übergang zu einer anderen Welt gibt. Ein seit alten Tagen gehütetes Geheimnis liegt verborgen in den dunklen Hügeln der Verbotenen Berge. Wie Ednur herausfand, hatte dieses Wissen in der Vergangenheit nur ein Eremit, sein Name war Karamos. Karamos war es auch, der vor über 2.000 Sommern plötzlich verschwand. Genau zu jener Zeit, als die Verräterin die Artefakte stahl. Schon immer begehrten die Eremiten das außergewöhnliche Wissen Karamos' zu erlangen; was aber Ednurs Neugier weckte, war das fast gleichzeitige Verschwinden des Eremiten und der Verräterin. Ednur begann zu suchen, doch erst vor kurzer Zeit gelang es ihm, alte Aufzeichnungen von Karamos zu finden."

„Und was haben diese enthüllt?", fragte Alexander.

Askaya starrte in die Flammen, während sie weitererzählte. „In Karamos' Aufzeichnungen fand Ednur Zeichnungen von einem Portal, das in eine andere Welt führt. Außerdem entnahm er den Schriften, dass Karamos der Eremit war, der die Verräterin lehrte."

Alexander und Anna runzelten die Stirn und sahen einander an. Alexander hatte bereits eine Ahnung.

„Ednur offenbarte mir dies und ging davon aus, dass sowohl Karamos als auch dessen Ananekischülerin hierhergekommen sind, durch jenes Portal, welches zu Füßen des Gemahnenden Fingers liegt."

„Und das hat über 2.000 Jahre lang niemand herausgefunden?", wunderte sich Anna.

Askaya schüttelte resigniert den Kopf. „Nein. Niemand hat sich so tiefgehend dafür interessiert, geschweige denn Derartiges jemals ernsthaft in Erwägung gezogen. Das macht die Schande für uns umso größer."

„Aber wenn es eine so schreckliche Tat war, die diese Kriegerin begangen hat", wollte Alexander wissen, „warum hat Karamos sie nicht aufgehalten?"

Askaya zuckte mit den Schultern. „Das weiß ich nicht. Ednur glaubt, er wusste nichts von ihrem Vorhaben und hat viel zu spät bemerkt, was ihr Plan war. Sicher ist er ihr nur gefolgt, um sie von ihrem Tun abzubringen, aber die Zeit dafür war bereits verronnen."

„Und so ist er vielleicht hierhergekommen und nie mehr zurückgekehrt."

Askaya nickte. „Ja, das ist denkbar. Karamos soll einer der weisesten Eremiten überhaupt gewesen sein, sein Wissen war unvorstellbar und immer war er auf der Suche, noch mehr über die Welt, über das Leben und das Sein an sich zu erfahren. So wäre es nicht verwunderlich, wenn er hier in dieser Welt seinem Streben nach Wissen weiter nachgegangen wäre." Askaya schwieg einen Augenblick und seufzte. „Es ist eine Schmach ohnegleichen, dass all das so lange im Verborgenen gelegen hat und erst jetzt das Licht der Erkenntnis gefunden wurde. Niemand wusste von dem Portal, und die Verbotenen Berge hat kaum jemand jemals betreten. Vielleicht war ja genau jenes Geheimnis der Grund dafür, weshalb den Bergen dieser Name gegeben wurde, nur dass das Wissen um das Portal aus uralter Zeit stammt und mit Karamos lange Zeit verloren ging, während der Name der Berge geblieben ist. In den Verbotenen Bergen, so heißt es, würde man verschluckt werden von schrecklichen Kreaturen und nimmer wiederkehren."

„Vielleicht war das Portal ja die schreckliche Kreatur selbst", überlegte Anna.

„Eine berechtigte Überlegung", entgegnete Askaya und schwieg dann, während Anna und Alexander gleichzeitig nach einem Stück Holz griffen, um es aufs Feuer zu legen. Die Kälte der schottischen Hochlandnacht wollte zunehmend die kleine Höhle zurückerobern.

„Lange Zeit habe ich gezögert", setzte Askaya ihre Erzählung fort, wobei sie unablässig in die Flammen starrte. „Dann, eines Tages, habe ich mich vorgewagt in die Verbotenen Berge. Da die Verräterin, welche die Artefakte entwendet hat, niemals gefunden wurde, begann auch ich Ednurs Vermutung zu teilen. Auch ich glaube, dass die Diebin durch das Portal entschwunden ist und dass sich die Artefakte in eurer Welt befinden könnten."

146

Anna strich sich eine Haarsträhne aus dem Gesicht. „Wie war der Name dieser ...", sie zögerte kurz, „... Verräterin?"

Askaya kniff zornig die Augen zusammen. „Ihr Name ist in Unehre gefallen und wird nicht mehr genannt."

„Das ist traurig", entgegnete Anna.

„Für dich werde ich ihn nennen, aber nur einmal", erklärte Askaya. „Ihr Name war Elumiel. Bestimmt hat sie von Karamos von dem Portal erfahren und dieses Wissen auf schändliche Weise missbraucht."

„Dennoch", überlegte Anna, „wirkliche Gewissheit, dass die Artefakte hier sind, hast du nicht, oder?"

Askaya schüttelte den Kopf. „Nein. Doch die Anwesenheit eines Araaken verrät mir, dass meine Hoffnung, hier fündig zu werden, auf festem Grund baut."

„Askaya", begann Alexander, „wer sind diese seltsamen Männer, die uns verfolgen und von denen du welche...", Alexander versuchte das schreckliche Wort zu vermeiden und bediente sich stattdessen Askayas Vokabular, „... denen du begegnet bist?"

„Ich weiß nicht, wer sie sind", sagte sie. „Sie scheinen etwas zu suchen."

So faszinierend und ungewöhnlich zugleich Askayas Geschichte und die Erlebnisse des heutigen Tages auch waren, Anna konnte ein Gähnen nicht mehr unterdrücken und steckte Alexander damit an.

„Wir sollten schlafen. Möge uns die Sonne morgen begrüßen und mögen wir Antworten finden."

Daraufhin nahm die fremdartige Frau zwei Decken aus ihrem Bündel, und sie machten es sich um das Feuer herum bequem oder versuchten es zumindest, denn der Fels war hart und die Luft kalt. Alexander schwirrte der Kopf, und seine Gedanken schweiften zu der kleinen Sanduhr in seinem Rucksack. Einen Moment lang fragte er sich, ob es sich bei Karas Stundenglas um eines der Artefakte aus diesem Esmarillion handeln konnte, doch sein Verstand weigerte sich, dies ernsthaft zu glauben. Noch einmal legte er einige Scheite Holz nach, dann schloss er seine Augen.

Dabei sah er sich noch einmal am Old Man of Storr, als er das Stundenglas in Händen gehalten hatte, als sie den eigentümlichen Männern begegnet waren. Vor seinem geistigen Auge sah er, wie der Sand in der Sanduhr herabrieselte. Dabei übermannte ihn eine bleierne Müdigkeit, sodass er bald schon in einen unruhigen Schlaf fiel.

11) Eine Entscheidung

Schottland heute, Isle of Skye,

Immer heftiger wurde der Schmerz in Alexanders Seite, nachdem der pockennarbige Mann ihm den Griff seines Schwertes in die Rippen gerammt hatte. Er versuchte davonzulaufen, doch so sehr er sich auch bemühte, er war zu langsam. Es gelang ihm nicht einmal zu atmen, schon packte ihn sein Widersacher mit eisernem Griff an der Schulter und ließ seine Faust in seine Rippen krachen. Der stechende Schmerz wurde unerträglich, und er schreckte hoch. Erleichtert stellte er fest, dass der Pockennarbige weit und breit nicht zu sehen war und sich nur ein Stein in seine Seite gebohrt hatte. Neben sich erkannte er den blauschwarzen Umhang, der sich gleichmäßige hob und senkte, was verriet, dass Anna noch schlief. Rasch blickte er sich nach Askaya um, doch sie war nirgends zu sehen. Alexander blinzelte zum Ausgang der Höhle, Sonnenlicht blendete ihn schmerzhaft. Langsam und mit steifen Gliedern erhob er sich, trat zur Höhlenöffnung und schaute hinaus. Die Augen wurden ihm förmlich aufgerissen, als sein Blick auf einen kleinen Teich fiel, der etwas unterhalb der Höhle lag. Dort stand Askaya im Wasser. Trotz der Kälte – es war schließlich Winter, wenngleich sich die Temperaturen knapp über Null bewegen mussten – stand sie nackt im Wasser und wusch sich. Ein hitziges Glühen breitete sich schlagartig auf Alexanders Gesicht aus und kurz hatte er das Bedürfnis, seinen Kopf in das eiskalte Wasser zu tauchen. Auch wenn es sich nicht gehörte, ließ er seinen Blick über Askayas schlanken Körper schweifen und betrachtete ihre sehnigen und durchtrainierten Arme, die langen, wohlgeformten Beine und den flachen Bauch, der sich sachte hob und senkte. Er ließ seinen Blick weiterwandern zu den kleinen, apfelförmigen Brüsten und gestattete ihm sogar langsam, ganz langsam, hinabzugleiten.

Fasziniert nahm er die beiden Dolche wahr, die mit Lederschnüren in die nassen und langen Haaren geflochten waren und deren Spitzen auf den leicht hervorstehenden Hüftknochen ruhten, wobei sie das Zentrum von Askayas Weiblichkeit auf beinahe bizarre Weise betonten.

„Kälte tut nicht weh, die Klinge im Herzen eines schwachen Körpers hingegen schon."

Askayas Worte ließen Alexander zusammenzucken. Er fühlte sich aufs Peinlichste berührt, das Mädchen so unverhohlen angeglotzt zu haben. „Es tut mir leid", stammelte er, „ich wollte dich nicht anstarren."

Ein Grinsen machte sich auf ihrem Gesicht breit, als sie aus dem Wasser stieg und sich mit einer Decke abtrocknete. „Du betrachtest nur, was die Natur erschaffen hat", sagte sie lediglich und wirkte dabei völlig frei und ungezwungen. Dann schlüpfte sie in ihre Kleider und kam mit raschen Schritten den Hügel zur Höhle herauf. „Du solltest es auch versuchen. Das kalte Wasser klärt die Sinne am Morgen und weckt das Leben in dir", bemerkte sie im Vorbeigehen und ließ Alexander, der glaubte, sein Kopf müsse in diesem

Augenblick einem weithin sichtbarem Leuchtturm ähneln, am Höhleneingang zurück. Kurz noch blickte er auf den Teich, beobachtete, wie die von Askaya verursachten Wellen sich langsam beruhigten. Als er sich schließlich dank der klaren Kälte abgekühlt hatte und in die Höhle trat, war auch Anna aufgewacht. Sie sah müde und ein wenig zerknautscht aus. Dann bat sie Alexander, sich umzudrehen, bevor sie sich ihre Kleider überzog, die noch immer feucht und klamm waren.

„Was tun wir jetzt?", fragte sie.

Alexander zuckte mit den Schultern und sah Askaya an.

„Geht dorthin zurück, wo ihr lebt. Ich begebe mich auf die Suche", war ihre knappe Antwort, als wäre alles ebenso klar wie die Luft dieses Morgens.

„Wo willst du denn suchen?", entgegnete Alexander. „Du weißt weder, wo die Gegenstände verborgen sein könnten, noch ob sie überhaupt deine Welt jemals verlassen haben."

„Ganz genau", pflichtete ihm Anna bei. „Selbst wenn jemand die Artefakte hierher gebracht hat, kann es sein, dass du ein Leben lang suchst, ohne sie zu finden."

„Unsere Welt besteht aus sehr vielen Ländern", ergänzte Alexander.

Askayas Augenbrauen zogen sich zusammen. „Ich habe mich entschlossen. Ich bin nun hier und begebe mich wie geplant auf die Suche nach den Artefakten." Sie ergriff ihren Umhang, den Anna ihr entgegenhielt, und warf ihn sich mit einer schwungvollen Bewegung über. „Sollte mir der große Himmelsvogel tatsächlich durch das Portal gefolgt sein, so wage ich die Hoffnung zu hegen, dass auch die Artefakte nicht weit sind."

„Kann der Araaken sie denn fühlen?", fragte Alexander und hob seinen Rucksack auf, wobei er feststellte, dass Anna ihn fragend musterte. Ob sie die gleiche Ahnung hatte wie er, was das Stundenglas anging?

„Ja", entgegnete Askaya, „er kann spüren, wenn die Artefakte in der Nähe sind, sofern sich dieses nicht gerade unter dem Umhang einer Ananeki befindet." Alexander wurde unbehaglich zumute, denn vielleicht war es tatsächlich Karas Stundenglas gewesen, das die Kreatur am Abend zuvor angelockt hatte. Aber nein, das wäre dann doch zu absurd. Denn warum war dieses Wesen dann wieder verschwunden, warum hatte er nicht gewartet oder gar die Höhle aus dem Fels gerissen?

„Aber du sagtest auch die Taten des Araaken seien unvorhersehbar und die wahren Beweggründe dieser Wesen seien dir unbekannt."

„So ist es, Alexander vom Rabenstein. Dennoch ist sein Kommen in diese Welt ungewöhnlich und auch wenn ich den wahren Grund nicht kenne, so bleibt mir die Hoffnung."

Alexander nickte bedächtig, dann zuckte er mit den Schultern. „Vielleicht ist er ja auch aus einem anderen Grund hier."

„Welcher soll das denn gewesen sein?", warf Anna ein.

Ein flüchtiges Lächeln zeigte sich auf Askayas Gesicht.

„Vielleicht um eure Welt zu richten."

Sowohl Anna als auch Alexander sahen die seltsame Frau an, erwiderten jedoch nichts.

„Vieles liegt verborgen im Schatten der Schwingen eines Araaken, doch kümmern darf es mich nicht. Ich muss die Artefakte finden und zurückkehren, stets im Vertrauen darauf, dass dann der Araaken mir folgen möge, denn in dieser Welt verweilen darf er nicht." Askaya griff ihren Kampfstock, der an der Höhlenwand gelehnt hatte. „Er ist der tödlichste Jäger überhaupt, ganz gleich, ob am Himmel, auf der Erde oder im Wasser. Er ist Herr über alle Elemente und er kennt weder das Gute noch weiß er vom Bösen und schon gar nicht von allem, was dazwischen liegt." Askaya trat einen Schritt nach vorn. „Der Araaken wird handeln oder nicht handeln, man weiß es nie. Doch wenn er handelt, wird er vernichten. Nichts, was eure Welt aufzubringen vermag, könnte ihm Einhalt gebieten."

„Du kennst unsere Welt nicht", meinte Anna.

Askayas Worte waren nur ein dunkles Flüstern. „Nein, aber ich kenne die Araaken."

Alexander bemerkte, dass sich die Härchen an seinen Armen wie elektrisiert aufrichteten. Er hatte noch nie eine Frau wie Askaya getroffen, der es auf so mannigfaltige Art und Weise immer wieder gelang, ihm eine Gänsehaut zu verursachen. „Wir helfen dir."

Alexanders Worte ließen Askaya aufhorchen, während Anna ihn aus ihren dunkelbraunen Augen ein wenig irritiert anblickte und eine Hand auf seinen Arm legte.

„Wie willst du das tun? Wir wissen doch nicht einmal, wo wir anfangen sollen", wandte Anna ein.

Alexander ließ sich nicht beirren. Plötzlich hatte er das Gefühl, ja fast schon war es ein Verlangen, etwas zu tun. Er wandte sich Anna zu, während Askaya die restliche Glut austrat. „Ich kann es nicht erklären, Anna. Aber ich muss es tun. Es ist, als ob mich irgendetwas dazu drängt. Ich möchte nicht immer nur verträumt nach Westen blicken."

In Wirklichkeit wusste er, warum er das tat, auch wenn er es niemandem mitteilte. In Gedanken sah er Kara und ihren besonderen Gegenstand. Er war sich seiner Entscheidung so sicher wie nie zuvor in seinem Leben.

„Ich verlange aber nicht von dir, dass du mitmachst", sagte er zu Anna.

„Ich stecke doch schon mitten drin, Alex, oder etwa nicht?" Sie blickte ihn festentschlossen an. „Ich bleib bei dir und begleite dich."

Alexander nickte. Dann stahl sich ein Lächeln auf sein Gesicht, und er betrachtete die beiden Mädchen mit einer Mischung aus Stolz und Herausforderung. „Ich habe eine Idee", erklärte er. „Wir, also Anna und ich, kehren zurück zum Cottage meiner Eltern. Wir sagen ihnen, wir machen eine mehrtägige Wanderung über die Insel. Wir beginnen im Norden der Trotternish-Halbinsel und wandern nach Süden bis Portree, wo wir in der Jugendherberge übernachten werden. Von dort gehen wir nach Norden und später zurück nach Uig. Danach sehen wir weiter."

„Selbst wenn wir das tun, die Insel ist groß, ich versteh immer noch nicht, wo du suchen willst", gab Anna zu bedenken.

„Anscheinend handelt es sich bei den Artefakten um sehr alte Gegenstände", überlegte Alexander laut. „Und wo bewahrt man alte Gegenstände auf?"

Anna strich sich nachdenklich über den Hinterkopf, doch mit einem Schlag hellten sich ihre Gesichtszüge auf, als sie verstand, worauf Alexander hinauswollte. „In einem Museum", rief sie, erfreut über ihre Erkenntnis, „im Isle of Skye Museum, nördlich von Uig."

Alexander nickte.

Askaya zog fragend eine Augenbraue hoch. „Es ist eine gefährliche Suche. Ich verstehe nicht, warum ihr mir helfen wollt."

„Du hast uns das Leben gerettet, Askaya. Und das vermutlich zwei Mal." Er blickte dem Mädchen fest in die Augen, als er weitersprach. „Außerdem habe ich das Gefühl, dass ich dir helfen kann." Mit einem Blick auf Anna und in Gedanken bei Karas Stundenglas fügte er hinzu: „Ich kann es euch aber nicht erklären, noch nicht."

Anna kniff die Augen zusammen und schien nachzudenken. Vielleicht ahnte sie ja, was sich hinter seinem Geheimnis verbarg, glücklicherweise schwieg sie jedoch.

„Gut. Lasst es uns versuchen", meinte Askaya schließlich.

Damit war es beschlossen. Sie erklärten Askaya den Weg zum Museum, welches am nördlichen Ende von Trotternish lag, und wollten sich selbst von den Eltern dorthin fahren lassen, um ihre Wanderung zu beginnen.

„Darf ich dich daran erinnern, dass es Winter ist und da ist es kalt, kalt, kalt."

„Dafür gibt es eine Jacke, Jacke, Jacke", entgegnete Alexander und zauberte damit ein Lachen auf das Gesicht seiner Mutter, die über die vertauschten Rollen schmunzeln musste.

„Nicht genug, dass wir uns wahnsinnige Sorgen gemacht und die halbe Nacht auf der Polizeiwache verbracht hatten, jetzt wollt ihr auch noch eine mehrtägige Wanderung machen?" Robert hatte die Finger verschränkt, nur die beiden Zeigefinger lagen aneinander und er tippte sich mit ihnen auf die Nase, während er Alexander nicht aus den Augen ließ.

Alexander hatte seinen Eltern nur die halbe Wahrheit gesagt, der zufolge war er Anna im Fairy Glen begegnet, sie hatten sich verquatscht, und nachdem die Nacht hereingebrochen war, hatten sie beschlossen, ein Feuer zu machen, um ein Abenteuer in einer Höhle zu bestehen. Kein Wort ließ er von Askaya verlauten oder von den seltsamen Männern und dem Araaken, was auch immer ein Araaken sein mochte. Am Morgen waren er und Anna bei seinen Eltern aufgetaucht und nun saßen sie beim Frühstück.

Anna hatte Sebastian bereits angerufen, um ihn zu beruhigen, da Alexanders Eltern gestern natürlich zuerst bei ihm angerufen und sich nach Anna und Alexander erkundigt hatten. Annas Bruder war außer sich gewesen, doch letztlich war es Susan gelungen, dem ungestümen jungen Mann zu versichern, dass seine Schwester wohlauf sei.

„Ich werde in Kürze 18. Ich bin kein Kind mehr", beharrte Alexander und bemühte sich, seine Stimme so entschlossen wie möglich klingen zu lassen.

Sein Vater hatte ihn während des ganzen Gespräches über nicht aus den Augen gelassen, hatte ihn nur schweigend angesehen. Einige Sekunden verstrichen, Robert schien nachzudenken, ungewöhnlich konzentriert, wie Alexander fand, dann beugte er sich nach vorn, stützte die Ellbogen auf den Tisch und legte die Finger aneinander.

„Also gut", begann er, und Alexander und Anna warteten gespannt, was er sagen würde. Wie um die Spannung zu steigern, trank Robert einen Schluck Tee, stellte die Tasse langsam zur Seite, dann strich er sich durch die dunklen Locken und fuhr fort: „Ihr könnt eure Wanderung machen. Ihr werdet ein Handy mitnehmen, Empfang suchen, auch wenn das hier eine Herausforderung ist, und morgens und abends kurz anrufen, und zwar an jedem Tag und …",
Robert hob den Finger um seinen Worten Nachdruck zu verleihen, „… ihr werdet anrufen, und zwar selbstständig, bevor wir uns Sorgen machen müssen. Das wird euch Verantwortung und Eigenständigkeit lehren und vielleicht noch ein Erlebnis verschaffen, von dem ihr mal euren Kindern erzählen könnt. Das Ganze funktioniert natürlich nur, wenn auch dein Bruder zustimmt", beendete er seine kurze Rede mit einem Blick auf Anna.

„Ich werde mit Sebastian reden, er erlaubt es mir bestimmt", sagte sie und bemühte sich sichtlich, eine allzu überschwängliche Freude zu verbergen.

„Zuerst werde ich mit ihm reden", stellte Robert ruhig fest.

„Robert, bist du es wirklich?", fragte Susan. „Oder ist der Geist eines Hochlandkriegers in dich gefahren und hat dich um deinen börseninteressierten Verstand gebracht?"

Robert ließ sich davon nicht irritieren und breitete die Arme aus. „Alex hat recht. Er ist beinahe erwachsen. Also, warum nicht?" Er legte den Kopf zur Seite und sah seine Frau herausfordernd an. „Du wirst doch jetzt nicht spießig werden wollen?"

„Das ganz sicher nicht. Doch frag ich mich schon, was mit dir los ist."

„Betrachte es als eine Reise, die unseren Sohn vom Jungen zum Mann werden lässt."

Susan verschränkte die Arme. „Du bist tatsächlich noch für eine Überraschung gut."

Robert zuckte nur mit den Schultern. „Also, was ist? Bist du einverstanden, Susan?"

„Dir ist schon klar, dass du dann mit mir in diesem Cottage allein bist?"

„Vielleicht ist das ja meine wahre Absicht", entgegnete Robert und grinste.

„Ach ja?" Susan stellte sich hinter Robert und legte ihre Arme um seine Schultern, während sie Alexander und Anna ansah. „Nun gut, das Abenteuer wartet."

Alexander und Anna lächelten einander zu, dennoch war Alexander überrascht, hatte er doch alles erwartet, nur nicht das. Offensichtlich wurde sein Vater fernab seines Büros und seiner Finanzdaten doch noch zu einem normalen Menschen.

Tatsächlich telefonierte Robert eine Zeit lang mit Sebastian, wobei er um das strohgedeckte Cottage lief, bis er das Handy endlich Anna übergab. Auch ihrem Bruder, der – wie Anna fand – überraschenderweise ihrem Vorhaben zustimmte, musste sie die täglichen Anrufe versprechen.

Morgen sollte es losgehen. Sebastian würde Anna und Alexander zum Museum auf der Isle of Skyefahren, von wo aus sie aufbrechen wollten, nicht jedoch ohne zunächst das Museum besichtigt zu haben. Dass sie dort nach außerweltlichen Artefakten suchen wollten, behielten sie selbstverständlich für sich. Vermutlich hätte diese Aussage sogar bei Alexanders fantasiebehafteter Mutter für Verwirrung gesorgt, auch wenn Susan von der Urtümlichkeit und mythischen Insel fasziniert war, wo sich jede Menge Stoff für ihre Bücher auftat.

12) Der Aufbruch

Schottland heute, Isle of Skye, Skye-Museum

Am nächsten Morgen fuhr sie Sebastian mit seinem Mietwagen dann zum Museum, welches am nördlichen Ende der Isle of Skye auf der Halbinsel Trotternish lag. Dabei handelte es sich weniger um ein einzelnes, großes Gebäude, sondern vielmehr um eine Ansammlung kleiner, strohgedeckter Steinhäusern, die auf einer eingezäunten Wiese standen. Von hier aus bot sich ein fantastischer Ausblick auf das Meer hinaus, und wäre da nicht der wolkenverhangene Himmel gewesen, hätten sie sogar bis auf die weiter westlich gelegenen Äußeren Hebrideninseln sehen können. Als Alexander und Anna aus dem Auto stiegen, empfing sie ein herber Wind. Die Tatsache, dass es nicht regnete, war der einzige Trost, der blieb. Zumindest für den Augenblick.

„Noch könnt ihr es euch überlegen", bemerkte Sebastian.

„Zu spät, wir haben uns entschieden. Es gibt kein Zurück mehr." Ohne zu zögern schulterte Alexander seinen Rucksack. Sebastian blickte ihn abwartend an, dann wanderte sein fragender Blick zu Anna.

Doch auch Alexanders Begleiterin zeigte sich entschlossen. „Kein Zurück!", bestätigte Anna.

„Gut", sagte Sebastian schließlich und tippte seiner Schwester mit dem Finger auf die Nasenspitze. „Pass auf dich auf. Und denk an unsere Abmachung, zwei Mal täglich, okay?"

„Werde ich", versicherte Anna und umarmte ihren Bruder.

Sebastian warf noch einmal einen Blick zum Himmel, stieg dann kopfschüttelnd ins Auto und fuhr winkend davon.

„Und was jetzt?", fragte Anna.

Bevor Alexander antworten konnte, tauchte eine Gestalt auf, die sich ihnen mit übergezogener Kapuze näherte. Askaya hatte sich wie vereinbart in den Hügeln versteckt, bis sie ihre beiden neuen Freunde von Sebastian abgesetzt worden waren. Die Frau blickte aufmerksam um sich, beäugte misstrauisch das einzige Auto, welches auf dem Parkplatz stand, und selbst den schmalen geteerten Weg betastete sie mehrmals, sowohl mit ihrer Hand als auch mit dem langen, dunklen Stab.

„Du solltest deinen Kampfstab besser zurücklassen", riet Alexander, der froh war, dass zumindest Askayas Zöpfe unter ihrem Umhang verborgen waren.

„Das ist der Stab einer Kriegerin. Geweiht mit den ehrwürdigen Zeichen der Sieben Feuer und der sieben Artefakte. Wir erkämpfen uns ihn gegen Ende unserer Ausbildung in den tödlichen Wäldern Sandurils und lassen ihn niemals aus den Augen. Der Verlust des Stabes ist Verlust der Ehre." Stolz schwang in den Worten des ungewöhnlichen Kriegermädchens mit.

„Das ist ein Wanderstock, es sollte kein Problem sein, ihn mit in das Museum zu nehmen", schlug Anna vor.

„Das ist kein Wanderstock …", protestierte Askaya, hielt aber inne, als sie zu verstehen schien, und ihre hellblauen, klugen Augen blitzten auf. „Ein Wanderstock, so ist es", sagte sie, dann legte sich ihre sonst so glatte Stirn in Falten. „Vermutlich benutzt ihr einen solchen Wanderstab in eurer seltsamen Welt gar nicht. Stattdessen setzt ihr euch in diese stählernen Krücken, wenn ihr euch fortzubewegen gedenkt."

Alexander und Anna konnten sich ein Lachen nicht verkneifen.

„Los jetzt, ab ins Museum." Alexander schob die beiden Mädchen durch das kleine Tor des Museums und kaufte im ersten der kleinen Cottages drei Eintrittskarten. Kurz darauf schlenderten sie zu dritt durch die Hütten, immer darauf bedacht, nicht allzu sehr aufzufallen. Glücklicherweise waren noch nicht sehr viele Besucher dort, dennoch waren die drei auf der Hut und beäugten jeden misstrauisch, der ihnen über den Weg lief, in der Angst, es könne sich um einen dieser seltsamen Männer handeln, denen sie schon mehrfach begegnet waren.

Erstaunt und neugierig zugleich inspizierte Askaya die vielen Gegenstände, die es in den Hütten zu besichtigen gab. Allerlei Gerätschaft und Werkzeuge waren ausgestellt, die das Leben der letzten Jahrhunderte erleichtern hatten sollen.

„Eine merkwürdige Waffe", merkte Askaya an, als sie mit den Fingern über das angelaufene Blatt einer Sense strich. Einen alten Reisigbesen bezeichnete sie als zu groß geratenen Zunder. Anna schmunzelte, Alexander ging nicht auf Askayas Bemerkungen ein.

„Gibt es irgendetwas, das du erkennst?", wollte er stattdessen wissen, aber Askaya schüttelte den Kopf.

„Nein, all das verwirrt meine Gedanken. Wer benötigt so viele Gegenstände, wozu sind die gut?"

„Das sind die unterschiedlichsten Werkzeuge und Dinge, welche die Menschen hier auf der Insel vor langer Zeit benutzt haben", bemühte Anna sich zu erklären.

Kurze Zeit später betraten sie eine weitere Hütte, in der zwei Puppen, welche die Inselbewohner des späten 19. Jahrhunderts darstellen sollten, vor einem offenen Kamin saßen, in dem ein echtes Feuer brannte, das den Raum mit angenehmer Wärme erfüllte. Eine ganze Weile lang musterte Askaya die beiden Figuren und bewegte ihre Hand vor deren Gesichtern auf und ab. Irgendwann schüttelte sie verständnislos den Kopf, wurde dann aber von einem Bett, das in einem anderen kleinen Zimmer stand, abgelenkt. Langsam ging sie darauf zu. „Was ist das?"

„Ein Bett zum Schlafen", erklärte Alexander.

„Man schläft darin?" Askaya klang aufrichtig erstaunt. „Ich dachte, nur einzelne Völker in unserer Welt würden so etwas benutzen."

„Die Ananeki etwa nicht?" Anna machte keinen Hehl aus ihrer Verblüffung, während Alexanders Blick suchend durch das Innere der Hütte glitt.

„Natürlich nicht. Wir lieben die Erde, und ihr nah und verbunden zu sein ist uns wichtig. Ein Bett, wie ihr es nennt, zu benutzen, wäre eine Beleidigung für die Erde und könnte sie erzürnen." Askaya erklärte dies so selbstverständlich, als sei es das Natürlichste der Welt. Dann erstarrte sie plötzlich, als ihr Blick auf ein Tischchen fiel, das neben dem Bett stand. Langsam, fast schon andächtig näherte sie sich dem Möbelstück, ließ sich auf ein Knie sinken und schloss die Augen, als müsse sie sich selbst beweisen, dass die kleine Sanduhr, die nun auch Alexander dort entdeckte, immer noch da war, nachdem sie die Augen wieder geöffnet hatte. Und das war sie. Alexander wurde heiß und kalt gleichermaßen, in seinen Ohren rauschte und pochte es. Auch dieses Stundenglas war in zwei schützende, mit fremdartigen Intarsien verzierte Holzringe eingefasst. Fünf kleine Metallschwerter verbanden die beiden Ringe, die die gleiche Farbe hatten wie jene von Alexanders Sanduhr. Sein Verdacht, bei Karas Stundenglas könne es sich um eines der verlorenen Artefakte Erenors handeln, schien sich gerade zu bestätigen.

„Das ist ein ganz besonderer Gegenstand.“ Wieder einmal hallten Karas Worte durch seinen Kopf, und als wäre das nicht genug, blitzte nun auch noch das Gesicht des Grünen Mannes vor seinem inneren Auge auf. Alexander starrte mit derselben Ehrerbietung auf das Stundenglas wie die junge Frau mit der Kapuze.

Anna trat neben Alexander und blickte abwechselnd zwischen ihm und dem Gegenstand, der auf dem Nachttisch stand, hin und her.

„Was ist das?“, flüsterte sie.

Die Art wie sie die Frage stellte, verriet Alexander, dass sie die Antwort bereits kannte. Und ganz nebenbei bemerkt hatte Anna im Wagen Karas Stundenglas bereits gesehen und in Händen gehalten. Vermutlich wusste auch sie wobei es sich bei Karas kleiner Sanduhr dem Anschein nach handelte.

„Das Stundenglas der Flammen, Kleines Feuer der Feuer von Erenor.“ Askayas Worte waren nur ein Wispern, dennoch waren sie erfüllt von Respekt. Mit zittrigen Händen nahm sie das Artefakt, drückte es an ihr Herz und atmete tief und erleichtert ein. Dann wickelte sie das Stundenglas in ein schwarzes Tuch und verstaute es unter ihrem Umhang. Rasch erhob sie sich, und ihre Augen leuchteten vor Freude.

Alexander schaute sich gehetzt um, doch glücklicherweise war niemand in der Nähe, der den Diebstahl – Askaya sah dies sicher anders – hätte bemerken können. Auch bezweifelte er, dass es in diesem ländlichen Museum Kameras gab, mit denen der alte Mann an der Kasse die Besucher beobachtete. Askaya bestand darauf, noch weiterzusuchen, da sie hoffte, auch die anderen Stundengläser hier zu entdecken, aber ihr Bemühen war nicht von Erfolg gekrönt.

„Schnell, lasst uns endlich verschwinden", bat Anna ängstlich.

Alexander nickte, während Askaya bereits an den beiden vorbeirauschte und regelrecht dem Ausgang entgegenhastete. Sie folgten einem schmalen Weg, der vom Museum weg entlang eines Friedhofes in nahe gelegene Hügel führte. Alexander und Anna hatten Mühe, Askayas eiligen Schritten zu folgen.

Als sie an den alten Gräbern vorbeimarschierten, deutete Anna auf ein großes Monument, welches alle anderen Grabsteine überragte.

„Das wurde zu Ehren von Flora MacDonald errichtet, erklärte mir Sebastian bei unserem letzten Besuch hier."

„Ja, mein Vater erzählte mir von ihr, als er mich und meine Mutter mal wieder mit seinem Wissen über die schottische Geschichte beeindrucken wollte." Fasziniert blickte Alexander auf das riesige keltische Kreuz, das sich vor dem wolkenverhangenen

Himmel erhob.

„Welche ehrenvolle Tat hat sie vollbracht?", fragte Askaya, auch wenn sie den Eindruck machte, mit ihren Gedanken wo ganz anders, nämlich bei dem Stundenglas, zu sein.

Auch Alexander musste unablässig an die Sanduhr denken, allerdings diejenige, die sich in seinem Rucksack befand, und so war es Anna, die die Frage beantwortete. „Wenn ich mich recht erinnere, hat sich all das 1746 zugetragen. Es geschah einige Zeit nach der verhängnisvollen Schlacht von Culloden, in der Bonnie Prince Charlie 1746 eine vernichtende Niederlage einstecken musste."

„Prince Charlie, das war doch ein Anwärter auf den britischen Thron, nicht wahr?", fragte Alexander.

„Ja, sein richtiger Name war Charles Edward Stuart. Während seiner Flucht kam er auf die Isle of Skye, wo ihn Flora MacDonald in Frauenkleider steckte, ihn als ihre Bedienstete Betty Burke ausgab und so an den englischen Soldaten vorbeischleuste."

Alexander blieb so abrupt stehen, dass Askaya erschrak und ihren Stock fester packte.

„Was hast du?", fragte Anna.

„Du sagtest Frauenkleider", entgegnete Alexander.

„Was?"

„Bonnie Prince Charlie verkleidete sich als Frau."

„Wie sagtest du, war sein Name?", hakte nun auch Askaya ein, deren Interesse offensichtlich geweckt war.

„Charles Edward…" Nun klappte auch Anna der Unterkiefer herunter, als sie begriff, was sie da sagte. „Dann war jener Charles, der in deiner Welt auf Kasmiel traf …", Anna brach ab und starrte ungläubig auf Askaya.

„… Charles Edward Stuart, Anwärter auf den Thron von Schottland", beendete Alexander den Satz. „Das ist zwar total verrückt, ergibt aber durchaus Sinn", fuhr er dann fort. „Der gute Bonnie Prince Charlie war auf der Flucht nach der Schlacht von Culloden."

„Richtig", klinkte sich Anna wieder ein. „Doch angeblich floh er über die Isle of Skye nach Frankreich, wo er zu einem verbitterten alten Mann geworden sein soll." Anna runzelte die Stirn. „Aber wie kam er in Askayas Welt?"

„Und wer war dann der Mann, der nach Frankreich floh und vortäuschte Charles Edward Stuart zu sein?", gab Alexander zu bedenken.

„Wenn es den überhaupt gab."

„Charles ist durch das Tor am Gemahnenden Finger geflohen", erklärte Askaya. „Zwar sind sich auch die weisen Eremiten nicht sicher, aber sie vertreten die Meinung, dass durch den Diebstahl der Artefakte nicht nur die Grenzen der Einaren gefallen sind. Manche behaupten, dass dadurch auch das Portal in den Verbotenen Bergen, welches zu Füßen des Gemahnenden Fingers liegt, den Übergang in andere Welten leichter mache."

Ursprünglich hatten sie ja nur Askayas Stundengläser finden wollen, doch nun taten sich Fragen über Fragen auf, die sich wie unermüdliche Räder in ihren Köpfen drehten.

Eine Weile gingen sie schweigsam weiter, jeder angestrengt

seinen Gedanken nachhängend. Bald schon hatten sie den Friedhof hinter sich gelassen und wanderten durch die ersten Hügel in Richtung der Quiraing Ridge, einem Bergkamm, dessen Verlauf sie in südlicher Richtung folgen wollten.

„Ich verstehe jedoch nicht, was Bonnie Prince Charlie mit den Artefakten von Erenor zu tun hatte, geschweige denn, wie er von dem Portal wissen konnte", sagte Alexander.

„Vielleicht hat er es ja zufällig gefunden", meinte Anna, wirkte aber selbst nicht überzeugt.

„Man stolpert doch nicht zufällig in so ein Weltentor", zweifelte er.

„Vermutlich hast du recht", räumte Anna ein. „Außerdem soll der hübsche Prince damals von einer Höhle an der Westküste der Isle of Skye aus nach Frankreich aufgebrochen sein. Sebastian hat mir diese Höhle, die sie hier nur ›Prince Charlies Cave‹ nennen, einmal gezeigt. Nehmen wir also mal an, Charles wusste von den Artefakten, warum auch immer", spann sie ihre Gedanken weiter. „Ein Artefakt war im Skye-Museum, wo könnten die anderen drei versteckt sein?" Ein kurzer Seitenblick Annas ließ es ihm heiß und kalt den Rücken hinunterlaufen. Eines befindet sich in meinem Rucksack, beantwortete Alexander die Frage in Gedanken. Kurz überlegte er, ob er sein Geheimnis lüften sollte, brachte es aber nicht fertig. Für ihn war es Karas Stundenglas, und er wollte noch abwarten, ob sie vielleicht erst noch die anderen Artefakte fanden. Zudem war er sich nicht sicher, wie Askaya reagieren würde. Vielleicht gebot es ihr ihre Ehre, ihn zu töten, weil sie glaubte, er hätte das Artefakt gestohlen. Alexander hatte selbst erlebt, wie tödlich diese Kriegerin sein konnte. Daher machte er einen Vorschlag: „Die seltsamen Männer haben uns doch am Old Man of Storr zum ersten Mal aufgelauert. Vielleicht befinden sich die anderen ja dort, direkt am Weltenportal."

„Das war auch meine Annahme, als ich diese Welt betrat, doch mein Suchen war vergebens", erklärte Askaya und die Freude über ihren heutigen Fund machte nach und Ratlosigkeit breit.

„Wir kommen doch ohnehin bei der Felsnadel vorbei", meinte Alexander hoffnungsvoll. „Dann können uns ja nochmals umsehen."

„Und dabei wieder diesen komischen Typen in die Arme laufen?" Anna wirkte nicht gerade begeistert, Askaya dafür umso mehr.

„Dein Vorschlag ist gut", stimmte sie zu. „Wir werden einen dieser Männer gefangen nehmen und ihn einer höflichen Befragung unterziehen."

Alexander sah Askaya zweifelnd an und überlegte, wie eine höfliche Befragung bei einer Kriegerin der Sieben Feuer von Erenor aussehen würde.

„Ihr haltet euch dann zurück, ich werde mich der Männer annehmen", sagte Askaya, als sie in die zögernden Gesichter ihrer Freunde sah.

Damit war es beschlossen und sie stapften weiter. Mittlerweile liefen die drei kreuz und quer durch das Heidekraut, und ihr Weg führte sie immer höher hinauf. Die Wolken hingen so tief, dass der nächste Hügel, dem sie sich näherten, fast gänzlich verhüllt war.

Die Luft wurde zunehmend feuchter, und bald schon setzte Nieselregen ein. Missmutig stolperten sie weiter, und gegen Mittag machten sie an einer windgeschützten Stelle Halt. Schweigend aßen sie, ihre Laune war bei diesem Wetter nicht mehr die beste. Lediglich Askaya wirkte zufrieden. Eingehüllt in ihren dunklen Umhang schien ihr das Wetter nichts auszumachen, ja sie wirkte sogar erfreut. Sicherlich lag dies daran, dass sie eines der Artefakte gefunden und sich somit ihre Annahme bestätigt hatte, die Stundengläser würden sich in dieser Welt befinden. Vielleicht freute sie sich auch nur auf den morgigen Tag, ja, Alexander würde es nicht einmal verwundern, wenn diese sonderbare Kriegerin es genoss, einen ihrer Verfolger zu befragen.

Nachdem sie ihre Mahlzeit beendet hatten, folgten sie einem Schafspfad oberhalb der Quiraing Ridge in Richtung Süden. Ein ganzes Stück weit verlief zu ihrer Linken ein gezackter und steil abfallender Grat, der, hätte man ihn von der Küste aus betrachtet, wie eine gewaltige aus dem Fels gehauene Festungsmauer anmutete, hinter der eine eigene Welt lag. Eine Vorstellung, die der Wahrheit gar nicht so fern war. Heute verwehrte das diesige Wetter jedoch den Ausblick aufs Meer.

Am späten Nachmittag erreichten sie dann das Storr Plateau, eine Anhöhe oberhalb der Felsnadel, und näherten sich vorsichtig dem felsigen Rand, von wo aus sie auf den Bäuchen liegend nach unten spähten.

13) Die Suche geht weiter

Schottland heute, Isle of Skye, Old Man of Storr

Von hier oben aus betrachtet ähnelte die uralte Felsnadel in der Tat einem Finger, der sich mahnend und ehrfurchtgebietend erhob. Dass sie nur die Spitze sehen konnten, während der Rest von Nebel umhüllt war, verlieh dem Old Man of Storr ein geisterhaftes Aussehen. Es herrschte eine friedliche Stille, lediglich die einsamen Rufe der Raben waren zu hören, deren Krächzen klagend durch das Tal unterhalb der drei Freunde hallte.

Glücklicherweise hatte der Regen aufgehört und war von einem auffrischenden Wind abgelöst worden, der die Wolken zwischen den Felsen hindurchblies. Sogar der ein oder andere Sonnenstrahl durchdrang hier und da die Wolkendecke und verlieh der grauen Szenerie einen farbigen Anstrich.

„Seht dort!" Auch wenn Askaya flüsterte, war die Aufregung in ihrer Stimme nicht zu überhören. Sie deutete nach unten, auf eine Senke, und ihre Augen leuchteten.

„Ich kann nichts erkennen." Alexander beugte sich nach vorn. „Ein Zelt!", rief er.

„Aber es ist niemand zu sehen", meinte Anna.

„Wir warten ab." Askaya deutete zum Himmel. „Die Nacht wird bald hereinbrechen, und manchmal vermag die Dunkelheit Verborgenes zu enthüllen."

So warteten sie also und aßen in der Zwischenzeit. Aus

Nachmittag wurde Abend, die Sonne versank und die Nacht brach an. Nichts war von den Männern oder sonst einem Menschen zu sehen. Kälte kroch unter die Kleider der drei, die sich fest in ihre Decken einwickelten. Die Zeit verstrich, Alexander und Anna wurden von Müdigkeit übermannt und schliefen schließlich ein. Irgendwann weckte Askaya sie und deutete hinab in das Tal. Auf dem Bauch liegen robbten sie an die Kante und spähten hinunter. Geisterhaft trieben Nebelfetzen um die riesige Felsnadel herum, beleuchtet vom silbernen Mond, der immer wieder zwischen rasch dahinziehenden Wolken hervorlugte. Es musste bereits kurz vor dem Morgengrauen sein, mutmaßte Alexander, denn im Osten zeigte sich ein zaghafter Streifen Helligkeit.

„Dort sind diese Männer", flüsterte Anna.

Tatsächlich saßen zwei Gestalten in langen Mänteln vor dem Zelt. Der Widerschein der Flammen eines kleinen Lagerfeuers wurde von umliegenden Findlingen zurückgeworfen.

„Und was jetzt?", fragte sie.

„Ich werde sie befragen. Wartet hier", entschied Askaya.

Noch bevor Alexander oder Anna reagieren konnten, war Askaya schon aufgesprungen und in der Dunkelheit verschwunden. Anna sah ihr besorgt hinterher und auch Alexander hatte ein mulmiges Gefühl.

„Sie wird die Männer sicher wieder töten", überlegte Anna.

„Was das angeht, habe ich die gleiche düstere Vorahnung. Wo sind wir da nur hineingeraten?"

„Schon vergessen", meinte sie und stieß ihn sanft in die Seite, „es war unser eigener Entschluss, Askaya zu helfen."

„Ich weiß. Es mag merkwürdig klingen, aber ich habe das Gefühl, dass es irgendwie meine Aufgabe ist, ja vielleicht sogar meine Bestimmung, die Artefakte dorthin zurückzubringen, wo sie hingehören. Ich weiß, das klingt total verrückt." Er sah Anna an, die ihn aus dunklen Augen betrachte.

„Seltsamerweise ergeht es mir ähnlich. Ich kann das alles noch gar nicht begründen, aber ich fühle mich Askaya und ihrer Welt verpflichtet." Sie rückte dichter an ihn heran. „Glaubst du, dass es bei dir etwas mit deiner kleinen Schwester zu tun hat?"

„Gut möglich", sagte Alexander.

„Vielleicht wird man ja zu einer Art Suchendem, wenn man jemanden verloren hat, der einem viel bedeutet", sinnierte Anna. „Irgendwie habe ich ja auch meinen Vater verloren und kenne das Gefühl, etwas finden zu müssen."

Alexander schwieg. Er dachte über Annas Worte nach. Er fand sich in ihnen wieder, denn seit Karas Tod war er tatsächlich rastloser geworden und glaubte, etwas finden zu müssen.

„Und wann willst du es Askaya sagen?", wollte Anna plötzlich wissen.

Alexander zuckte zusammen. „Was sagen?", fragte er so belanglos wie nur möglich, auch wenn er genau wusste, worauf Anna anspielte. Er wunderte sich, dass sie nicht schon längst gefragt hatte.

„Das Stundenglas aus deinem Rucksack", antwortete sie. „Es sieht genauso aus, wie jenes, das Askaya im Skye-Museum gefunden hat."

„Noch nicht", erklärte er. „Irgendwie ist es Karas kleine Sanduhr und ich …ich kann es noch nicht loslassen."

„Wenn es aber wirklich eines der Artefakte aus Askayas Welt ist, wäre es unfair, ihr das Stundenglas nicht zu geben."

„Ich weiß, aber ich brauche … Zeit."

„Wie bist du – oder besser gesagt wie ist deine Schwester überhaupt an dieses Stundenglas gekommen?"

Nun erklärte Alexander, woher Kara die Sanduhr hatte.

„Darf ich es noch einmal sehen?", fragte Anna, nachdem Alexander seine Erzählung beendet hatte.

Er nickte, holte die Sanduhr aus seinem Rucksack und überreichte sie Anna. Behutsam nahm diese das Artefakt in die Hände und betrachtete es, als handle es sich um eine heilige Reliquie, was es vermutlich ja auch war. Andächtig strich sie mit ihren Fingern über die Holzringe und die kleinen Metallschwerter, die einen schützenden Ring um das Glas bildeten. Plötzlich runzelte sie die Stirn und betrachtete ihre Fingerkuppen.

„Was ist?" Alexander schaute Anna fragend an.

„Ich weiß nicht", antwortete sie. „Mir war, als wäre da für einen Moment lang ein Kribbeln an meinen Fingerspitzen gewesen." Fasziniert blickte sie auf die Sanduhr, dann gab sie Alexander das Stundenglas zurück.

„Ich werde ihr nichts verraten", sagte Anna und legte ihm eine Hand auf den Arm. „Warten wir erst einmal ab, ob wir die übrigen Stundengläser finden."

Alexander atmete erleichtert auf. In diesem Augenblick nahm er weit unter sich eine Bewegung wahr. Kurz darauf erkannte er

Askaya. Behände huschte sie zwischen den Felsen entlang und näherte sich dem Zelt.

„Das sind mehr als nur zwei Männer", flüsterte Anna und starrte in die Dunkelheit.

Tatsächlich traten gerade zwei weitere Gestalten aus dem Zelt. Askaya würde sie sicher nicht rechtzeitig bemerken.

„Wir müssen sie warnen", rief Anna.

„Nein, besser nicht", entgegnete Alexander. „Wir machen die Typen nur auf sie aufmerksam."

Dann war es auch schon zu spät. Entsetzt und fasziniert zugleich beobachteten sie, wie Askaya leichtfüßig auf einen Felsen kletterte und von dort mit einem riesigen Satz zu den vier überraschten Männern sprang. Noch in der Luft warf Askaya einen Dolch auf einen von ihnen – Anna hielt sich schockiert die Hand vor den Mund –, dann holte die Ananeki mit ihrem Stab aus. Im dem Augenblick, als sie auf dem Boden landete, schlug sie mit voller Wucht zu, der zweite sackte zu Boden. Der dritte war vorbereitet, hatte ein Schwert in der Hand und attackierte sie sofort. Askaya duckte sich unter dem Schlag hindurch, sprang in die Luft, wobei sie sich um die eigene Achse drehte. Mehr bedurfte es auch nicht, ihre Zöpfe wirbelten herum, schnitten Angreifer in Gesicht und Kehle. Der vierte Mann hätte Askaya um Haaresbreite durchbohrt, denn auch er stieß mit einem Schwert zu, streifte aber nur ihren Mantel. Das Kriegermädchen glitt zur Seite, fegte das vordere Bein ihres Gegners mit ihrem Fuß weg und schlug ihm den Stock auf die Brust. Noch im Fallen versuchte der Angreifer einen

Schlag mit seinem Schwert anzubringen, doch Askaya fing die Klinge ab. Der Stock wirbelte, ein dumpfer Hieb folgte auf den anderen, und der Mann sank bewusstlos zu Boden. Stille kehrte ein.

Anna bedeckte entsetzt ihre Augen, als könnte sie das Geschehene damit ungeschehen machen. „Ich habe es befürchtet. Aus welcher Welt kommt sie bloß?" Annas Stimme zitterte.

Alexander antwortete nicht, sein Mund fühlte sich staubtrocken an. Wie erstarrt beobachtete er Askaya, die zu ihnen heraufblickte. Alexander überlegte, ob Askaya sie beide hier oben tatsächlich ausmachen konnte. Er sah, wie sie unter den Mantel des bewusstlosen Mannes griff und ihm mit einem Ruck etwas vom Hals riss. Alexander vermutete, dass es sich dabei um eine Kette handelte. Im nächsten Moment blieb ihm fast das Herz stehen. Weitere Männer näherten sich. Askaya würde diesen Typen mit Gewissheit in die Arme laufen, lange bevor er und Anna unten angekommen wären, um sie zu warnen, selbst wenn sie augenblicklich losstürmten. Dieses Mal wartete Anna nicht ab. Geistesgegenwärtig warf sie einen Stein in Richtung ihrer Widersacher, um sie abzulenken. Schnell duckte sie sich, als das Wurfgeschoss weit unter ihnen mit einem Knall gegen einen Felsen traf. Leider ließen sich die Männer, es waren fünf, nicht beirren. Zwar blickten sie sich kurz um, eilten dann aber nur umso schneller weiter in Richtung ihres Zeltes – und damit direkt auf Askaya zu. Diese hatte die Warnung verstanden. Sie ließ den Bewusstlosen liegen und rannte davon, was allerdings zwecklos war. Es führte nur ein Weg aus dem Talkessel heraus, und genau aus dieser Richtung kamen die Männer. Askaya lief geschickt um die verstreut liegenden Findlinge herum und stand auch schon dem ersten ihrer Gegner gegenüber. Dieser bekam ihren Stock schmerzhaft in die Magengrube gerammt, ein Schlag ins Genick folgte. Askaya hechtete voran. Ein anderer Gegner sprang hinter einem Felsen hervor, seine Klinge sauste durch die Luft. Sofort wurde die Frau in einen gefährlichen Schlagabtausch verwickelt. Es gelang Askaya, die Klinge des Mannes zur Seite zu schlagen und ihm einen Tritt gegen das Knie zu verpassen. Gerade als sie an dem Mann vorbeistürmen wollte, kreuzten die anderen drei ihren Weg. Die kriegerische junge Frau zögerte nicht und schlug zu. Askayas Kampfstock und die Messerklingen ihrer Zöpfe vollführten einen bizarren Tanz. Die Männer lieferten erbitterten Widerstand und drängten Askaya zurück.

Alexander erkannte unter ihnen den Pockennarbigen, und erneut überlegte er, wer diese Männer waren. Seine Gedanken rasten.

„Dieses Mal schafft sie es nicht", rief Anna, und sprach damit Alexanders Überlegungen laut aus.

Dann ging alles sehr schnell. Askaya wurde zurückgedrängt, die langen Schwerter ihrer Gegner hielten ihre tödlichen Zöpfe auf Abstand. Immer wieder scheiterte ihr Stab an der Wand aus Breitschwertern. Askaya duckte sich, stieß den Stock nach vorn und traf einen der Männer am Schienbein. Er geriet aus dem Takt, und schon sauste Askayas Waffe durch die Luft, direkt auf sein Gesicht zu. Sie traf ihn nicht, einer der Männer parierte für seinen Kameraden. Die drei setzten weiter nach, und Askaya wandte nun eine andere Taktik an. Sie drehte sich um und wollte sich zwischen zwei Felsen flüchten. Dabei traf sie der Griff eines Schwertes am Kopf und sie sank zu Boden.

Anna stieß einen unterdrückten Schrei aus, und Alexander hatte das Gefühl, sein Herz würde stehen bleiben.

Der Mann, dem Askaya gegen das Knie getreten hatte, humpelte hinter dem Felsen hervor und beugte sich über das Mädchen. Kurz darauf wurde sie von dem Pockennarbigen gefesselt.

Fassungslos beobachteten Alexander und Anna, wie Askaya zum Zelt der Männer geschleift wurde. Sicher würden sie wenig Verständnis dafür haben, dass Askaya bereits einigen ihrer Kumpanen *begegnet* war.

Anna, die sich flach auf den Boden presste, sah Alexander mit bangem Blick an. „Was machen wir jetzt?"

„Wir müssen ihr irgendwie helfen", entgegnete Alexander, wusste aber selbst nicht, wie sie das anstellen sollten.

Doch Anna schüttelte den Kopf. „Alex, wir müssen die Polizei anrufen."

Die Fremden versuchten gerade, den von Askaya bewusstlos Geschlagenen aufzuwecken und untersuchten dann die drei Leichen. Askaya lag regungslos am Boden.

„Oder willst du da hineingehen und mit Askaya unter dem Arm davon spazieren?"

„Natürlich nicht", zischte Alexander aufgeregt. Die Anspannung zerrte an seinen Nerven.

„Wir können auch Sebastian und deine Eltern anrufen.

Vielleicht können sie uns helfen."

Alexander schüttelte den Kopf. „Ich befürchte, so viel Zeit bleibt uns nicht. Das gleiche gilt für die Polizei. Die glaubt uns doch sowieso nicht, dass ein Mädchen mit Dolchen in den Haaren von Männern mit Schwertern gefangen genommen wurde. Anna rieb sich mit beiden Händen das Gesicht. „Gut", sagte sie. „Und was schlägst du vor?"

„Wir folgen dem Plateau ein Stück nach Norden, bis wir die Stelle finden, wo der Weg hinunter ins Tal führt. Dann schleichen wir uns an das Lager heran. Ich bin mir sicher, wir kriegen Askaya da raus. Sie ist eine tolle Kämpferin und vermutlich braucht sie nur einen kleinen Anstoß, um sich selbst befreien zu können. Vielleicht gelingt es uns, die Männer abzulenken."

Anna zögerte immer noch.

„Anna, wir müssen handeln, und zwar jetzt!", drängte Alexander.

„Also gut, lass uns gehen", sagte Anna schließlich.

Sie hasteten los und suchten einen Weg hinab ins Tal. Zunächst folgten sie dem Plateau ein Stück nach Norden, dann fiel das Gelände leicht ab. Kurz darauf fanden sie endlich einen steinigen und sehr steilen Pfad, der nach unten führte.

Sie kletterten hinab, immer darauf bedacht, keine größeren Steine loszutreten. Unten angekommen verlief der Weg in südliche Richtung, und nachdem sie über einen Zaun geklettert waren, eröffnete sich vor ihnen der ganze Talkessel, in dessen Mitte sich der Old Man of Storr im verblassenden Mondlicht erhob. Die ganze Szenerie mit all den wunderlichen Felsgebilden wirkte äußerst unwirklich, als wäre die Landschaft der Realität, wie Alexander und Anna sie kannten, entrückt. Plötzlich schien es ihnen nicht mir so absurd zu sein, dass es hier einen Übergang in eine andere Welt, Askayas Welt, gab.

Überall lauerte Dunkelheit, und Schatten krochen an den Felswänden rechts von ihnen entlang wie Ungeheuer, bereit zum Sprung. Eine feuchte Kälte hatte sich ausgebreitet, zwang die beiden zur Bewegung und machte ihren aufgeregten Atem sichtbar.

Sie fühlten sich der realen Welt vollends entrissen, als sie sich zwischen Findlingen, Grashügeln und Schatten vorantasteten und dem Lagerplatz der geheimnisvollen Männer näherten.

Der Old Man of Storr erhob sich nun immer drohender zu ihrer Linken. Vor sich, am Ende des Talkessels, sahen sie den Schein eines Feuers. Ganz behutsam näherten sie sich und versuchten, ihren vor Aufregung schnell gehenden Atem zu beruhigen. Der Geruch des Lagerfeuers drang in ihre Nasen, als sie sich hinter einen großen Felsblock kauerten, der wohl vor langer Zeit von der Felswand über ihnen gestürzt war.

Langsam lugte Alexander hinter dem Stein hervor, um die Lage zu erkunden. Sechs Männer saßen um das Feuer herum und brieten Essen auf langen Spießen. Zwei von ihnen hatten große Breitschwerter neben sich in den Boden gerammt. Askaya lehnte etwas abseits an einen Felsen, schwach vom Feuerschein beleuchtet.

„Was sind das bloß für Männer?", wisperte Anna.

Alexander zuckte mit den Schultern. „Ich habe keine Ahnung.

Soweit ich das bisher mitbekommen habe, sprechen sie jedenfalls englisch."

„Das ist mir auch aufgefallen", entgegnete Anna. „Allerdings ohne Askayas Akzent."

Alexander kniff die Augen zusammen und dachte nach.

„Da sind Askaya und die Stundengläser auf der einen Seite und diese Männer auf der anderen", überlegte er laut. „Die Frage ist nur, was haben die mit Askaya zu schaffen?"

„Ich habe nicht die geringste Ahnung", rätselte Anna. „Einer von ihnen trägt eine Halskette. Vielleicht kommen wir so weiter?"

„Konntest du erkennen, was das für eine Kette war?", meinte Alexander hellhörig.

„Nein, leider nicht."

„Das hilft uns nicht weiter." Alexander war ein wenig resigniert.

„Wir haben etwas vergessen", sagte Anna plötzlich.

„Was denn?"

Das blonde Mädchen blickte Alexander vielsagend an. „Zwei andere Wesen."

„Du meinst den Grünen Mann!"

„Der grüne Mann und …?", fragte Anna.

Alexander blickte nachdenklich drein, dann weiteten sich seine Augen. „Der Araaken", flüsterte er dann leise, als traute er sich nicht, das Wort zu laut auszusprechen. „Aber wie sollten die uns helfen können? Dazu müssten wir sie irgendwie herbeirufen, und das Letzte, was ich anlocken möchte, ist dieser Araaken. Du willst das doch sicher genauso wenig."

Zweifelnd betrachtete er Anna im fahlen Mondlicht, und als sie ihn aus ihren dunklen Augen ansah, keimte der Verdacht in ihm auf, dass sie genau das vorhatte.

„Das ist nicht dein Ernst, oder?", fragte er ungläubig. Irgendwie passte das nicht zu Anna.

„Hast du eine bessere Idee?", entgegnete sie, wirkte dann aber doch ein wenig mutlos, als sie mit beklommener Stimme weitersprach. „Ich habe keine, auch wenn ich allein beim Gedanken an den Araaken Angst habe und ich nicht weiß, wie wir diese Kreatur herlocken können."

Alexander dachte nach, und plötzlich hatte er einen Einfall, der ihm selbst nicht behagte. Er griff sich seinen Rucksack und kramte kurz entschlossen einen Gegenstand hervor.

„Das Stundenglas", flüsterte Anna. „Bist du sicher, dass du das tun willst?"

„Weißt du was Besseres?"

Anna schüttelte den Kopf.

Also holten sie tief Luft, nickten einander zu, und Alexander stellte das Stundenglas auf einen kleinen Stein, der vom Mondlicht beleuchtet wurde, in der Hoffnung, das würde ausreichen, um den Araaken anzulocken. Dann warteten sie und sahen immer wieder ängstlich zum Himmel. Nichts geschah, die Nacht hielt sie umschlossen, nur die Wolken trieben gemächlich dahin. Plötzlich hörten sie jemanden. Vorsichtig blickten sie um den großen Felsen herum. Einer der Männer zerrte gerade Askaya auf die Füße und schüttelte sie. Obwohl Askaya mindestens 30 Schritte von ihnen entfernt war, konnte Alexander die hellblauen Augen des

Mädchens im Feuerschein trotzig aufblitzen sehen. Der Mann sprach mit ihr, vermutlich befragte er Askaya, doch sie schwieg beharrlich. Eine schallende Ohrfeige ließ sie zurücktaumeln; Anna schrie entsetzt auf.

„Psst", zischte Alexander, doch es war zu spät. Der Schreck fuhr ihm durch alle Glieder, als er erkannte, dass die Männer in ihre Richtung starrten. Einer ergriff ein brennendes Holzscheit und näherte sich.

„Was tun wir jetzt?", flüsterte Anna.

Alexander sah sich gehetzt um, schnappte sich sein Stundenglas, dann wurde auch schon der flackernde Lichtschein einer Fackel neben dem Felsen sichtbar. Ganz langsam versuchten sie sich davonzustehlen. Alexander nahm Annas Hand und zog sie mit sich hinter den nächsten Felsen. Doch auch hier hörten sie plötzlich Schritte im weichen Gras, direkt neben sich.

Dann standen sie auch schon inmitten eines Lichtscheins, den eine Fackel auf sie warf. Einer der Männer war auf den Felsen geklettert und starrte nun von oben auf sie herab. Es war der Pockennarbige. Auf dem Felsen thronte er über ihnen und sah aus wie ein hässlicher, böser Riese aus einem Märchen.

„Wen haben wir denn da?" Ein hämisches Grinsen überzog sein entstelltes Gesicht. Siegessicher stemmte er die Fäuste in die Hüften.

Doch dann wurde der Hässliche schlagartig von den Füßen gerissen und Alexander und Anna schmerzhaft gegen den Fels gedrückt, auf dem der Pockennarbige eben noch gestanden hatte.

Ein Wind peitschte durch den Talkessel, pfiff und heulte, tobte und zerrte an allem und jedem gleichermaßen. Grasbüschel wurden regelrecht aus der Erde gerissen. Anna schrie auf, stolperte zur Seite. Alexander wollte hinter ihr her, doch eine Bö packte ihn, fegte ihn von den Füßen und schleuderte ihn unsanft zu Boden. Alexander gelang es irgendwie, Annas Hand zu packen. Hektisch sah er sich nach den Männern um, die wild durcheinanderschrien. Das Feuer erlosch, und Dunkelheit senkte sich mit einem Schlag über alles, was sich in dieser Nacht am Storr befand.

Der Araaken war gekommen. Alexander hatte keine Ahnung, wer oder was ein Araaken genau war, aber die Präsenz von etwas dieser Welt völlig Unbekanntem war allgegenwärtig, die Haare an seinen Armen und Beinen stellten sich wie elektrisiert auf.

Die Finsternis bewegte sich, jagte hierhin und dorthin. Jemand schrie schmerzerfüllt auf, verstummte jäh. Irgendwo prallte ein Felsblock auf einen anderen und zerbarst. Alexander robbte nach vorn, in die Richtung, in der er Askaya vermutete. Anna, die sich an ihn klammerte, zerrte er dabei mit sich.

„Askaya!", schrie er, doch der Sturm fegte seine Worte weg. Ein Schatten glitt über ihn, verschwand in der Nacht und kehrte zurück, tobte durch das Tal auf gewaltigen Schwingen. Alexander wollte erneut rufen, als ihn etwas am Bein packte. Erschrocken fuhr er herum, strampelte, doch schließlich erkannte er Askayas Augen. Offensichtlich war es dem außergewöhnlichen Mädchen gelungen, seine Fesseln zu lösen.

„Die Schwingen des Araaken peitschen die Nacht. Wir müssen weg, sofort!" Ihre Stimme war von ungewohnter Eindringlichkeit, und mit erstaunlicher Kraft zerrte sie Alexander nach oben. Er ergriff Annas Hand, die ebenfalls auf die Füße kam, dann rannten sie auch schon los, während der Wind wie eine Armee böser Kobolde durch das Tal heulte. Kurz warf Alexander einen Blick auf die riesige Felsnadel, aus Angst, sie könne umkippen. Plötzlich schälte sich einer der Männer aus dem Dunkel. Askaya verpasste ihm einen kräftigen Stoß und lief weiter. Entfernt hörten sie Schreie, doch sie beachteten sie nicht. Stattdessen liefen sie bergab, weg von dem Inferno. Unvermittelt rumorte und donnerte es, als würde das Storrmassiv aus den Angeln gerissen werden. Die drei rannten so schnell sie konnten, und da erhob sich ein schützendes Wäldchen vor ihnen. Einen Atemzug lang blitzte der Mond durch die Wolken, dann tauchte erneut ein riesiger Schatten alles in vollkommene Dunkelheit. Sie gaben ihr Letztes, rangen um Luft, stolperten keuchend vorwärts auf das Nadelgehölz zu.

Alexander traute seinen Augen kaum, als der kleine Wald ihnen plötzlich entgegenzuwachsen schien, und tatsächlich halbierte sich der Abstand bis zu dem rettenden Unterholz. Die riesigen Äste einer uralten Eiche reckten sich ihnen entgegen, umfingen sie wie eine Mutter, die ihre lang vermissten Kinder nach Hause rief. Knorrige Äste, dicht bedeckt mit Blättern trotz der Jahreszeit, rankten sich um sie, umschlossen sie mit stetem Geraschel und Geknister. Dann senkte sich Stille herab, schloss das tobende Inferno aus, und der keuchende Atem der drei Flüchtenden war unnatürlich laut zu hören. Selbst Askaya wirkte erstaunt, als ihre Stimme in der Dunkelheit erklang. „Was ist das?"

Alexander zuckte mit den Schultern, auch wenn er die Antwort bereits kannte. Kurz glaubte er ein Gesicht in den Blättern erkennen zu können, das ihm zuzwinkerte.

„Der Grüne Mann", flüsterte er schließlich.

Askaya sah sich stirnrunzelnd um. Es knarrte unheimlich in dem alten Baum. Der Sturm rauschte durch die Wipfel der knorrigen Eiche, die unbeeindruckt den entfesselten Gewalten standhielt. Anna blickte erschrocken in die Krone des Baumes. Askaya fasste sich als Erste und kauerte sich auf den Boden.

„Schnell, kommt unter meinen Umhang. Der Stoff verwehrt dem Araaken die Sicht auf das, was sich darunter verbirgt."

Alexander und Anna flüchteten sich zu Askaya, die ihren Umhang über sich und ihre beiden Freunde warf. Zu Alexanders Überraschung war es unter dem Umhang nicht völlig dunkel. Stattdessen konnten sie sogar die Umgebung viel genauer erkennen.

„Wir bleiben dem Araaken verborgen, doch die Welt offenbart sich uns", erklärte Askaya auf geheimnisvolle Weise und wies in eine bestimmte Richtung. Alexander folgte ihrem Finger, der auf einen Spalt im dichten Blätterwerk des mächtigen Baumes deutete. Anna tat es ihm gleich, und bald schon sahen sie ihn. Wie ein Jäger der Nacht saß er hoch droben an der felsigen und gezackten Kante des Storrmassivs und beherrschte die Szenerie mit unvergleichlicher Intensität.

Dunkel und düster hockte der riesige Araaken regungslos da und blickte auf den Talkessel herab, der nun still und verlassen dalag. Alexander erinnerte sich an die unterschiedlichsten Wesen aus den Büchern seiner Mutter, doch dieses dort oben war anders als sie alle. Der Araaken ähnelte einem gewaltigen Raben, war jedoch anders als diese Vögel von rauchigem Schwarz, sein Kopf war länger, lief spitz zu und ging in einen extrem langen, spitzen Schnabel über, der wirkte, als könnte ein kleines Passagierflugzeug darin Platz finden. Auf dem Kopf des Wesens thronte ein ebenso rauchschwarzes, nach oben gekrümmtes Horn, das beinahe so groß war wie der Old Man of Storr selbst. Lediglich die Spitze des Horns war weiß und erinnerte an einen schneebedeckten Berggipfel. Während der mächtige Körper von Federn bedeckt war, waren die Schwingen, die der Araaken zu beiden Seiten wie ein riesiges Dach über dem gesamten Bergkamm ausbreitete, von lederartigem Aussehen. Spitze Krallen ragten aus den Enden dieser Schwingen, und die kurzen, muskelbepackten Beine machten den Eindruck, als könnten sie alles greifen, was nicht schnell genug war, um diesem Wesen zu entfliehen. Im Gegensatz zu einem Vogel endete der Körper des Araaken in einen langen, dornenbesetzten Schwanz, der unruhig zuckte. So bedrohlich und angsteinflößend die Erscheinung auch war, so faszinierend waren die Augen des Wesens, die in unwirklichem Gelb erstrahlten, als würden zwei phosphoreszierende Monde über dem Talkessel leuchten. Fast schon konnte man meinen, gelbe Flammen loderten darin.

Alexander sah, dass auch Anna wie gebannt auf das Wesen starrte, während in Askayas Augen Ehrfurcht, Stolz und Leidenschaft gleichermaßen brannten.

„Ist er nicht wunderschön, in seiner nächtlichen Pracht?",

flüsterte sie und ihre Stimme hatte einen beinahe fanatischen Unterton. „Er ist ein Wesen der Dunkelheit und doch trägt er das Licht der Sieben Feuer von Erenor in seinen Augen. Er ist Herr über die Himmel und die Meere gleichermaßen. Möge nie ein Wesen eurer Lüfte seinen Weg kreuzen, denn der Araaken könnte es vernichten." Erneut sah Askaya zu der Erscheinung empor und kniff dann die Augen zusammen. „Ich habe schon viele Araaken gesehen, doch noch nie einen mit einem Horn, dessen Spitze weiß ist." Dann packte sie Alexander unvermittelt an der Schulter, sodass er zusammenzuckte. „Ich weiß weder, was er vorhat, noch kenne ich seine Beweggründe. Aber das spielt keine Rolle. Wir müssen die Artefakte finden, ehe die Schwingen des Araaken auch das Licht der Sonne dieser Welt verdunkeln." Sie sah Alexander eindringlich und fast schon flehend an. „Der Araaken muss zurück in meine Welt."

Alexander blickte erneut hinauf zu dem geheimnisvollen Wesen. Er spürte die unheimliche und dennoch atemberaubende Präsenz des Araaken und zweifelte nicht an Askayas Worten.

„Er ist in der Tat bildschön und makellos", flüsterte Anna und konnte ihre Augen nicht von dem fantastischen Geschöpf lösen.

Mit einem Mal wandte der Araaken den Kopf und sein langer, spitzer Schnabel deutete genau auf die Stelle, an der die drei unter dem großen Baum kauerten. Die gelben Augen schienen das umgebende Blätterdach zu durchdringen, als wollten sie nicht nur in die tiefsten Schichten der borkigen Rinde des alten Stammes, sondern bis in die hämmernden Herzen der Freunde blicken.

„Keine Angst, er kann uns unter dem Umhang nicht erkennen",

beruhigte Askaya ihre Begleiter.

Dennoch begann es im selben Moment im Baum zu knarren und die Blätter wurden plötzlich dichter und dichter, verwehrten zunehmend den Blick auf den Araaken, bis nur noch eine nach Borke und Blättern duftende Schwärze zurückblieb.

„Was ist das?", fragte Anna.

Alexander spürte ihren Atem an seiner Wange und ihre kalte Hand auf seinem Bein. „Der Grüne Mann."

„Es muss ein guter Geist des Waldes sein", sagte Askaya.

„Das hoffe ich", flüsterte Anna.

14) Der Bewahrer der Feste der Welt

Schottland heute, Isle of Skye, Stone of Clach Ard

Es blieb dunkel, die Welt um die drei Gefährten herum war ausgeschlossen. Kein Geräusch war zu vernehmen, nur endlose, tröstende Dunkelheit umfing sie.

„Ich danke euch." Askayas Stimme klang fest, aber leise, und ehrliche Dankbarkeit war in ihren Worten zu hören. Für sie schien es nicht ganz so außergewöhnlich zu sein, unter einem Baum zu sitzen, der seine Schützlinge vor einem möglichen Angriff eines Araaken bewahrte.

„Wir haben nicht wirklich viel gemacht", meinte Anna ein wenig kleinlaut.

„Ihr habt mir Zeit verschafft. Diese Männer nannten mich eine Diebin und haben mich mit merkwürdigen Fragen belästigt. Ihr habt sie abgelenkt und einige Herzschläge später tauchte der Araaken auf."

„Hast du es noch?", fragte Alexander.

„Ja, das Artefakt ist noch immer in meinem Besitz."

Es raschelte in der Dunkelheit und kurz darauf breitete sich ein samtenes blaues Leuchten unter Askayas schützendem Umhang aus.

„Die kleine Flamme der Sieben Feuer", hauchte Askaya, die das Stundenglas aus dem Skye-Museum in den Händen hielt. Als Alexander nun Gelegenheit hatte, es genauer zu betrachten, fiel ihm auf, wie ähnlich es seinem Stundenglas sah. Auch dieses Glas war von kleinen Metallschwertern eingefasst, die wiederum von fein gemaserten, mit fremdartigen Symbolen verzierten Holzringen umrahmt waren.

Doch in diesem Stundenglas gab es keine rieselnde Erde, wie in Alexanders kleiner Sanduhr, stattdessen züngelten dort winzige, gelblichblaue Flammen von einer Seite zur anderen.

„Nur in völliger Dunkelheit sind die Flammen sichtbar, nicht so am Tage", erklärte Askaya. Wie entrückt bestaunten sie das Artefakt, dessen Flammen Askayas Haare blauschwarz leuchten ließen.

„Feuer leuchtet für Feuer, Erde beruhigt die Feste der Welt, Metall verteidigt und vertreibt den Feind, Wasser beherbergt die Kräfte allen Lebens und Holz erobert zurück, was verloren."

Geheimnisvoll waren Askayas Worte, und ein wissendes Lächeln umspielte ihre Lippen. In dem weichen, blauen Licht empfand Alexander sie plötzlich als ausgesprochen hübsch. Die Härte, die sie sonst ausstrahlte, war verschwunden, und ihre dunkle Stimme klang nun ein wenig weicher.

„Es sind sieben Artefakte, und fünf habe ich euch genannt."

„Welches sind die beiden fehlenden?" Anna sah Askaya neugierig an.

„Geist belebt die Wesen der Welt, Dunkelheit ist der Nächte einsamer Gast. Das sind die anderen beiden. Geist und Dunkelheit."

„Wenn in diesem Stundenglas, Kleines Feuer der Feuer von

Erenor, wie du es nennst, Flammen züngeln, was befindet sich dann in den anderen?" Alexander war sich sicher, die Antwort bereits zu kennen, doch er wollte es von Askaya hören.

„Das Holz beherbergt einen wachsenden Baum, Metall hält glühenden Stahl gefangen. Im Wasser fließt ein nie versiegender Strom und Erde rieselt im Glas der Erde. Das Glas der Dunkelheit beinhaltet die tiefste Dunkelheit, die jemals existiert hat, und Geist ruht im Geist. Er ist wichtig, denn er beseelt alles, erweckt die Elemente zum Leben. Es ist einfach, so wie es ist. Nur wenn alle Stundengläser an ihrem Platz sind, brennen die Feuer von Erenor in den Feuerbergen und …", Askaya beugte sich nach vorn und ihre Stimme war nur noch ein sachtes Wispern, „… nur dann hält der flammende Ring die Einaren in ihrem Reich."

Askayas Antwort war eindeutig. In Alexanders Rucksack befand sich das Artefakt für die Erde. Er hatte es bereits geahnt, doch jetzt war seine Vermutung Gewissheit geworden.

Alexander spürte Annas Blick auf sich ruhen. Es bedurfte häufig keiner Worte, damit er sie verstand. Jetzt war wohl der richtige Zeitpunkt gekommen, um Askaya von seinem Stundenglas zu erzählen.

„Askaya, ich habe da etwas für dich", begann er zögernd und kramte in seinem Rucksack. Askaya bedachte ihn mit einem fragenden Blick. Er hielt das Stundenglas der Kriegerin von Erenor hin. „Hier, ich denke, das gehört dir." Seine Hand zitterte leicht.

Askayas Augen wurden mit einem Mal immer größer, leuchteten in der Dunkelheit im Widerschein der kleinen, züngelnden Flammen wie blaue Smaragde, während in ihnen

Überraschung und grenzenlose Freude miteinander rangen. Abwechselnd blickte sie auf das Artefakt und auf Alexander und Anna, während sie nach Worten suchte.

„Du …? Aber wie …?" Sie brach ab, flüsterte etwas in einer anderen Sprache, die wohl ihre eigene war, und es fiel ihr sichtlich schwer, ihre Verblüffung zu überwinden.

„Es gehörte meiner Schwester Kara", erklärte Alexander. „Sie hatte immer behauptet, es vom Grünen Mann bekommen zu haben." Er sah nach oben, in das blaugrün schimmernde Geäst des Baumes der sie umhüllte. Als würde der Baum antworten, raschelten seine Blätter.

„Ich habe das immer auf ihre kindliche Fantasie geschoben", nun begann es protestierend im Baum zu knacken und zu ächzen, „aber heute glaube ich ihr", schloss Alexander. Das Rascheln der Blätter, das auf seine Worte folgte, klang in seinen Ohren versöhnlich.

„Ich mag ihn", sagte Anna, streckte einen Arm unter dem Umhang hervor und strich zärtlich über die borkige Rinde. Abermals raschelte es in den Blättern.

Alexander hielt Askaya weiterhin das Artefakt auf der flachen Hand entgegen. Langsam und andächtig nahm sie das Stundenglas entgegen, wobei sie es eingehend begutachtete und beobachtete, wie die Erde in der Sanduhr langsam herabrieselte. Endlich schien sie die Sprache wiederzufinden.

„Bewahrer der Feste der Welt. Ednur meinte gar, es könne das Fehlen des Erdenglases sein, welches den Übergang am

Gemahnenden Finger am stärksten ins Schwanken bringt." Sie nickte Alexander und Anna anerkennend zu. „Danke! Ich sehe, ihr seid nicht der Gier nach Besitztum verfallen, und es bedeutet mir viel, dass ihr es mir aus freien Stücken zurückgebt."

„Ich dachte, ich würde einen schmerzlichen Verlust empfinden, doch stattdessen fühle ich mich erleichtert", entgegnete Alexander.

„Ich weiß, was es dir bedeutet." Anna legte ihre Hand auf seinen Arm.

Freimütig hatte er Karas Stundenglas weggegeben, und er bereute es nicht. Dass es richtig gewesen war, sah er an der Freude in Askayas Augen.

Plötzlich fuhr ein heftiger Wind durch die Blätter und der mächtige Baum geriet ins Wanken.

„Das muss der Araaken sein", mutmaßte Anna. „Wir haben ihn ganz vergessen." Der Wind nahm zu, wurde zu einem reißenden Sturm, der die Äste des Baumes zur Seite bog. Kurz nahmen sie eine Bewegung wahr, draußen in der Nacht. Sie hatten den Eindruck, als würde der Baum, der, wie sie nun wussten, der Grüne Mann war, alle Kräfte aufbieten, um sich den peitschenden Schwingen des Araaken zu widersetzen. Es war, als finde ein Kampf statt, in den sie nicht eingreifen konnten und dem sie hilflos ausgeliefert waren. Alle drei hielten sie Askayas Umhang fest, denn der Wind zerrte unablässig an dem magischen Stoff. Alexander spähte zwischen den Blättern hindurch und erkannte den Araaken, wie er hoch droben in den Lüften, direkt vor dem Sternenzelt schwebte. Es blieb Aufgabe seiner Fantasie, herauszufinden, ob die Wolken den Blick auf das Himmelsgestirn freigegeben hatten oder ob der Araaken sie einfach beiseite gefegt hatte. Das Wesen breitete seine Schwingen vollständig aus, als es regungslos in der Luft verharrte. Erstaunlicherweise schlug der Araaken nicht mit den Flügeln, stattdessen liefen wellenartige Bewegungen durch die ledrigen Schwingen und verliehen ihm damit Auftrieb. Plötzlich knarrte es in dem Baum, und die Lücken zwischen den Ästen und Blättern begannen sich zu schließen, wuchsen nach und nach zu. Bevor sie den dreien endgültig die Sicht versperrten, begann die Welt außerhalb des Baumes um sie herumzuwirbeln, so zumindest nahm Alexander es wahr. Alles drehte sich, verschwamm oder wurde zu einzelnen Bilderfetzen. Dann wurde es erneut dunkel und still. Ruhe breitete sich aus, einem Tuch gleich, welches die drei Gefährten einhüllte.

„Ein guter Geist, das bin ich in der Tat", ertönte plötzlich eine tiefe, knarzige Stimme aus dem Geäst über ihnen. Dann öffneten sich die Zweige erneut, ja es schien sogar, als würde der Baum schrumpfen, und endlich gab sie der Grüne Mann frei. Hastig sahen sie sich um, da sie den Araaken erwartet hatten, doch er war nicht zu sehen. Etwas schien anders zu sein. Die Gegend hatte sich verändert. Sie befanden sich nicht mehr am Old Man of Storr, sondern an den Ufern eines Sees, und wundersamerweise erhob sich in der Ferne am östlichen Horizont bereits die Sonne. Dann fiel ihr Blick auf einen einzelnen Stein, der aufrecht vor ihnen stand und schätzungsweise eineinhalb Meter hoch war.

„Der Stein von Clach Ard."

Sie drehten sich der Stimme zu, und da stand er vor ihnen: der

Grüne Mann. Es war dieselbe Erscheinung, wie sie Alexander am Old Man of Storr begegnet war, nachdem die unbekannten Männer Anna entführt hatten.

Hoch droben, unter der Krone, schaute ein grünes Gesicht, mit Moos und Blättern umwachsen, auf sie herab. Dicke Äste formten Arme, die an den Seiten herabhingen, borkige Stämme bildeten die Beine, die Füße bestanden aus Wurzelwerk und krallten sich in den Boden. Gekleidet in ein herbstliches Gewand aus bunten Blättern ragte der Grüne Mann vor ihnen auf. Er betrachtete sie aus großen Augen, die von leuchtendem Grün waren und so tief und ruhig erschienen, als würde sich all die Stille des Waldes in ihnen sammeln. Alexander erinnerten sie an türkisgrüne Gebirgsseen.

„Wo sind wir hier?“, verlangte Askaya zu wissen. Sie hatte sich als Erste gefangen. Vermutlich war sie mit derartigen Erscheinungen wie dem Grünen Mann am ehesten vertraut, während Anna und Alexander immer noch an dem zweifelten, was ihre Augen ihnen zeigten, auch wenn ihre Herzen bereits verstanden hatten, dass es weit mehr gab, als der Verstand ihnen sagte.

„Wie gesagt, am Stein von Clach Ard“, wiederholte der Grüne Mann geduldig und mit freundlicher Stimme.

Askaya stemmte die Fäuste in die Hüften und sah sich um.

„Es ist bereits Morgen, wie ihr sicher bemerkt habt“, fuhr der Grüne Mann fort. „Raum und Zeit haben keine Bedeutung für mich und ebenso wenig für den Schutzbedürftigen, der unter meinem Blätterdach verweilt. Ich bin in allen Zeiten zugleich.“

„Wo ist der Gemahnende Finger geblieben? Eben ragte er noch

hoch auf in dunkler Nacht." Mit gerunzelter Stirn blickte Askaya zu dem Gesicht auf.

„Wir haben ihn zurückgelassen. Außerdem ist an diesem Ort die Harmonie derzeit größer und der Stein für eure Suche von großer Wichtigkeit."

Alexander überwand seine Verwirrung über den unvermittelten Ortswechsel, als der Grüne Mann die Suche erwähnte. „Was genau weißt du von den Artefakten von Erenor?"

Sein Gegenüber in Grün deutete eine Verbeugung an, was ja bedeuten sollte.

„Wie hast du davon erfahren?" Anna trat nach vorn und griff nach einem der Äste.

Ein Lächeln breitete sich auf dem Blättergesicht aus. „Es war ein Geschenk, an die Geister der Natur."

Askayas Augenbrauen zogen sich zusammen und sie schüttelte zornig den Kopf. „Nein, es war ein Diebstahl frevelhafter Art. Die Artefakte wurden unrechtmäßig entwendet, wodurch mein Land unter das Joch der Einaren fiel."

Wieder verbeugte sich der Grüne Mann. „Das mag so geschehen sein in deiner Welt, die uns Geistern nicht völlig fremd ist. So ist es sicher die Wahrheit, die da aus deinem Munde kommt", sagte er. „Dies ist auch der Grund, weswegen ich euch helfe. Die Artefakte haben keine Bedeutung für uns Naturgeister."

„Und wer hat euch Naturgeistern die Artefakte geschenkt?", wollte Alexander wissen.

„Es war eine junge Frau. Hübsch und anmutig war sie und von

sanftem Wesen, ähnlich dem deinen." Er betrachtete Anna und die Blätter eines seiner vielen Äste strichen über den Kopf des Mädchens, das ein wenig verlegen dreinblickte.

„Und wie war ihr Name?", fragte Anna.

„Flora wurde sie genannt."

„Flora MacDonald?" Alexander sah den grünen Mann ungläubig an.

Der Baum beugte sich ein wenig zu ihnen herab. „Ja, so lautete ihr Name."

Alexander schluckte. Das alles wurde immer mysteriöser.

„Und wie kam diese Flora MacDonald an die Artefakte?", hakte Alexander nach.

„Sie hat sie erhalten von dem einstigen und letzten Anwärter auf den Thron dieses Landes", erklärte der Grüne Mann.

„Bonnie Prince Charlie", stellte Anna fest.

Alexander nickte und schürzte nachdenklich die Lippen.

„Damit bleibt nur noch die Frage, wie Bonnie Prince Charlie, der 1.700 Jahre nach der Ananeki-Kriegerin …",

„… der Verräterin", unterbrach Askaya ihn barsch.

Alexander zuckte mit den Schultern und fuhr fort: „… also gut, der 1.700 Jahre nach der Verräterin gelebt hat, in den Besitz der Stundengläser gekommen ist."

„Dieses Geheimnis liegt verborgen in der Welt der Menschen, die uns Naturgeister zumeist eher fremd ist", meinte der Grüne Mann, dann zeichnete sich ein Lächeln in seinem borkigen, von Blättern umrankten Gesicht ab und sein Blätterkleid raschelte fröhlich. „Flora war eine außergewöhnliche Frau. Sie war einer der wenigen Menschen, die der Natur nahe sind und die Wesen, wie wir es sind, nicht aus ihrer Welt verbannen."

„Wesen wie euch?", unterbrach Anna ihn. „Gibt es etwa mehr von deiner Art?"

„In der Tat", bestätigte die grüne Gestalt. „Es gibt viele wie zum Beispiel den Grauen Mann. Er ist ein nebelgleicher, dunstiger Riese, der sein Unwesen überall, häufig aber auf dem Meer treibt. Seinen Mantel aus Nebel wirbelt er unablässig um sich herum und verdeckt dadurch Riffe und lockt Schiffe auf die falsche Fährte." Der Grüne Mann beugte sich knarrend nach vorn und Anna bekam große Augen. „Ein böser Geist ist er, er erfreut sich daran, wenn Menschen ihr Leben verlieren. Meist ernährt er sich vom Rauch der Schornsteine und ein verbrannter von Torf durchsetzter Geruch kündet von seiner Anwesenheit. Flora MacDonald hat Schottland verlassen, um in ein fernes Land zu reisen."

„Das ist richtig", warf Anna ein, „sie ist mit ihrer Familie im Jahre 1700-irgendwas nach Amerika ausgewandert."

Alexander betrachtete Anna, deren Kenntnisse über dieses Land ihn doch immer wieder erstaunten.

„Das mag der Name dieses fernen Landes gewesen sein, Mädchen von sanftem Wesen", fuhr der Grüne Mann fort. „Sie hat uns die Stundengläser überreicht und dafür um Schutz für ihre Familie vor dem Grauen Mann gebeten, und diesen haben wir ihr gewährt. Seitdem verstecken wir die Gläser und behüten sie. Doch selbst Flora wusste nicht, woher sie Bonnie Prince Charlie, wie ihr ihn nennt, bekommen hat."

Alexander runzelte die Stirn. „Aber wie kam dann meine Schwester zu dem Stundenglas?"

„Deine Schwester war ein liebenswertes Wesen, Alexander Rabenstein, selbst für ein Kind der Menschen. Sie liebte die Natur, sie mochte das Grün meiner Blätter und das Rauschen des Windes darin, lauschte verträumt dem Vogelgezwitscher in meinen Ästen."

Alexander nickte bedächtig, sein Blick glitt in die Vergangenheit und vor seinem geistigen Auge sah er noch einmal die fröhliche Kara. „Ja, das war Kara. Ich kann mich gut daran erinnern, wie sie häufig vom Spielen aus dem Wald zurückkehrte und von all den Wesen berichtete, die sie im Wald getroffen haben wollte." Alexander schmunzelte. „Ich tat das alles als unsinnigen Kinderkram ab, wenngleich mich ihre Geschichten immer wieder verzauberten. Meine Mutter hat viele dieser Erzählungen in ihre Bücher eingeflochten."

„Dann entspricht vieles in deiner Mutter Bücher der Wahrheit", sagte der Grüne Mann weise. „Ich habe eines der Gläser Kara geschenkt, denn so war neben dem Glas mit den Flammen wenigstens noch ein weiteres nicht mehr in der Welt der Naturgeister, sondern in der Welt der Menschen verborgen. Jenes, welches ihr bei euch tragt und in dessen Innerem Flammen züngeln, wurde vor langer Zeit von Männern in der Nähe der großen, alten Felsnadel gefunden, wo es einst der dümmliche Pecht vergraben hatte. Am Ende ist es in diesem Museum gelandet."

Alexander strich sich nachdenklich über das Kinn. „Aber wie konntet ihr es Kara geben, wenn ihr hier seid? Ich meine, wir sind in Schottland und Kara lebte in Deutschland."

„Nun, wie ich bereits erwähnte, Raum und Zeit bedeuten mir wenig. Ich bin überall zugleich, ich höre das Wispern aller Blätter dieser Welt und das Zittern jeder Pflanze, wenn sie sich ängstigt. Ich hörte einst deine Schwester lachen. Ihr Lachen war so klar und rein, dass ich mich ihr offenbarte und so freundeten wir uns am Ende an. Noch immer hallt ihr fröhliches Gelächter durch das Grün meiner Blätter."

„Ich erinnere mich", murmelte Alexander und musste an seinen Spaziergang denken, bei dem er Karas Lachen gehört hatte.

„Wenn ich dich richtig verstehe", überlegte nun Anna, „befinden sich noch zwei weitere der Artefakte bei euch Naturgeistern."

„Das ist richtig, und deshalb habe ich euch hierher gebracht. Grabt am Stein und folgt dem Regenbogen", sprach der Grüne Mann geheimnisvoll und einer seiner Äste deutete auf den Stein, den er „Stein von Clach Ard" genannt hatte.

Mittlerweile war die Sonne weiter ihrem nächtlichen Bett entstiegen, der erste Sonnenstrahl tastete sich vorsichtig über das Land und erfasste den mystisch anmutenden Stein, als wollte er die Worte des Grünen Mannes bestätigen. Erst jetzt erkannten die drei Freunde die feinen, kaum sichtbaren Linien, die vermutlich vor sehr langer Zeit in den Monolithen eingearbeitet worden waren.

„Suche und finde, Mädchen mit den wundersamen Augen, und bringe zurück, was in deine Welt gehört. Doch dazu wirst du brauchen, was du verloren hast."

Askaya betrachtete den Grünen Mann erwartungsvoll, und

plötzlich wuchs ein kerzengerader Ast hervor, der zu Askayas runenverziertem Stock wurde. Rasch ging sie auf das Geäst zu, nahm ihren Kampfstock erleichtert, aber auch ein wenig verwundert entgegen und neigte den Kopf. „Ich danke dir." Ihre leuchtend blauen Augen strahlten den Grünen Mann an. „Der Stab gehört zu uns Kriegerinnen und kämpft, wo auch immer wir kämpfen." Sie verneigte sich und wollte noch etwas von sich geben, doch da zog sich der Baum zurück, wandelte sich, wurde kleiner, das Gesicht undeutlich.

„Warte!", rief Alexander. „Wer sind die Männer, die uns andauernd folgen?"

„Wie schon gesprochen", kam es ein letztes Mal aus den Tiefen der wirbelnden Blätter zurück, „das ist ein Geheimnis einer mir fernen Welt. Doch deine Freundin hat einem der Männer ihr Symbol entrissen." Einer der Äste deutete auf Askaya, dann verschwand das Gesicht in den Blättern gänzlich und mit einem Mal stand ein ganz normales Farngebüsch vor ihnen.

Alexander blickte Askaya an. „Die Halskette", meinte er sichtlich aufgeregt. „Du hast einem der Männer die Halskette weggenommen."

Askaya wollte gerade unter ihren Umhang greifen, um die Kette hervorzuholen, als es in den Farnen hinter dem Stein von Clach Ard heftig zu rascheln begann. Die junge Kriegerin fuhr blitzschnell herum, ihren Stock hielt sie kampfbereit in den Händen. In den Farnen bewegte sich etwas, eine darin verborgene Gestalt kam langsam vom Seeufer aus auf sie zu. Es sah aus, wie ein Reisigbesen, nur dass dieser Beine und Arme hatte und ein

Gesicht. Im Näherkommen ähnelte die Gestalt eher einem alten Mann, war etwas kleiner als Anna und gänzlich mit rotbraunem Fell bedeckt, das einen verfilzten Eindruck machte. Äste und Zweige steckten überall in dem Pelz und in den Haaren, die auch aus der Nähe betrachtet tatsächlich an einen aufgebürsteten Reisigbesen erinnerten. Das Gesicht war faltig und wirkte durch die abstehende Ohren und eine lange Hakennase lustig. Wieder einmal rissen Alexander und Anna ungläubig die Augen auf, obwohl sie geglaubt hatten, nach dem Araaken könnte sie nichts mehr überraschen. Askaya hingegen wirbelte ihren Stock durch die Luft und stoppte ihn erst eine Fingerbreite vor der Nase des borstigen Gegenübers.

„Wer bist du?" Ihre Stimme klang bedrohlich.

„Der Pecht, wer sonst?", kicherte das Wesen.

„Der was?", rief Alexander.

„Der Pecht", wiederholte der Gefragte etwas lauter. „Bekannt auch unter dem Namen Grogoch. Aber das sagt euch sicher nichts. Leider gibt es nicht mehr viele von uns, nachdem uns die verflixten Stämme der kriegerischen Kelten vor langer Zeit vertrieben haben." Der Pecht kratzte sich an der langen Nase und blickte Alexander aus seinen kleinen, dunklen Augen neugierig an.

„Und was willst du?", fragte Askaya. Langsam senkte sie den Stock, was jedoch nicht über ihre Bereitschaft, jederzeit anzugreifen, hinwegtäuschen konnte.

„Nun, ich lebe hier im Schatten der Farne am Stein von Clach Ard. Was sonst sollte ich wollen?"

„Du könntest uns beim Suchen helfen."

Askaya und Alexander musterten Anna überrascht.

„Wenn er hier lebt", erklärte Anna an ihre Freunde gewandt, „dann kennt er sich doch sicher aus und weiß, wo das Artefakt von Erenor liegt. Schließlich sagte der Grüne Mann, wir sollen hier am Stein graben und dann dem Regenbogen folgen." Auffordernd trat Anna auf das sonderbare Wesen zu. „Du weißt es doch, nicht wahr?", ergänzte sie honigsüß, während sie ihm durch das borstige Haupthaar strich.

Der Pecht sah aus, als befände er sich plötzlich in einer äußerst prekären Lage. Seine faltige Haut nahm eine rötliche Färbung an und er wirkte unschlüssig. „Äh, ja, also …", begann er und kratzte sich unter dem linken Arm, woraufhin Blätter, kleine Ästchen und sogar einige Käfer aus seinem Fell herabrieselten. „Ich hatte da so eine Ahnung, wo es sein könnte, aber da ist es nicht mehr."

„Falsche Antwort."

Ehe der Pecht es sich versah, hatte er erneut Askayas Stock vor der Nase und schielte nun nervös auf die bedrohliche Waffe. „Es ist das Stundenglas, das ihr sucht, oder?", beeilte er sich zu sagen und versuchte mit einem knorrigen Finger ganz langsam Askayas Stock zur Seite zu schieben. Es misslang ihm. „In der Tat liegt es hier vergraben am Stein in der kühlen Erde", erklärte er rasch. „Doch es mag in der Zwischenzeit auch den Laughremen zugefallen sein."

„Wer sind die Laughremen?", fragte Alexander.

„Sie sind Hüter verborgener Schätze", erklärte der Pecht und sah sich in alle Richtungen um, wie um sicherzugehen, dass ihn niemand belauschte. Schließlich beugte er sich nach vorn. „Sie sind griesgrämig und ungesellig", flüsterte er und blickte sich erneut um, „manchmal sogar hinterhältig und bösartig. Sie vertreiben den Neugierigen Wanderer mit Wind und Regen oder Geheul." „Kannst du uns zu ihnen führen?", fragte Askaya, die sichtlich ungeduldig wurde.

Der Unterkiefer des Pecht klappte herunter, und Alexander vermutete, dass er nun bereute, nicht in seinen Farnen geblieben zu sein.

„Ich kann euch den Weg zeigen", sagte er schließlich und schnippte sich einen großen, schwarzen Käfer von der Nase.

„Mehr wollen wir nicht", entgegnete Alexander. Kurz blickte das borstige Wesen auf Anna, die ihm aufmunternd zulächelte. Dann kratzte der Pecht sich erneut unter den Armen.

„Haltet euch an den Händen", sagte er. „Lauft um den Stein von Clach Ard, immer schneller, so schnell ihr könnt. Die Welt wird sich um euch drehen und euch den Weg zu den Laughremen weisen." Er machte einen Schritt nach vorn und kniff seine Augen zusammen. „Aber seid auf der Hut. Sie sehen aus wie ich, doch sind sie gefährlich." Das letzte Wort zischte er regelrecht, und Anna bekam eine Gänsehaut. Dann verbeugte sich der Pecht und huschte behände zurück in die Büsche, was man ihm aufgrund seiner hölzern anmutenden Gestalt gar nicht zugetraut hätte.

15) Im Reich der Laughremen

Schottland heute, Isle of Skye, Stone of Clach Ard

„Lasst es uns versuchen", meinte Askaya. Eine gefährliche Entschlossenheit blitzte in ihren Augen auf. Alexander blickte zum Himmel; die Sonne hatte sich mittlerweile vollständig erhoben und kletterte langsam in Richtung Zenit.

Alexander kramte sein Telefon hervor, um nachzusehen, wie spät es war. Er hatte sein Zeitgefühl verloren, seit sie unter dem Blätterbaldachin des Grünen Mannes gesessen hatten.

„Welcher Art sind diese Artefakte?", fragte Askaya verwirrt, erntete aber nur fragende Blicke. Dann überzog ein Lächeln ihr Gesicht. „Ich verstehe, dies ist eine schlagkräftige Waffe gegen die Laughreme, nicht wahr?"

Anna versuchte ihr zu erklären, was ein Telefon war, doch die Vorstellung, in ein Artefakt zu sprechen, damit jemand anders, der weit davon entfernt war, das Gesprochene aus einem ebensolchen Gegenstand vernehmen konnte, war Askaya gänzlich fremd. Bald schon gab Anna ihre Erklärungen auf und Alexander steckte das Handy wieder weg.

„Lasst uns gehen", meinte er nur.

Askaya nickte, dann stieg sie auch schon über die Holzumzäunung, die den alten Monolithen umgab und legte ihren Stock vor sich auf den Boden. Anna und Alexander folgten ihr, und alle drei fassten sich an den Händen. Alexander ergriff Annas Hand, die sich klein, warm und weich anfühlte, während Askayas

Griff fest war. So gegensätzlich beides auch war, es fühlte sich für ihn gut an. Sie fingen an, im Kreis um den geheimnisumwitterten Stein herumzulaufen, langsam zunächst, dann immer schneller. Zunächst passierte nichts, außer dass ihnen schwindelig wurde. Allmählich jedoch hatten sie den Eindruck, dass sich der Stein von Clach Ard zu drehen begann. Oder waren es die in den Stein gezeichneten Linien, die schlagartig ein tanzendes Eigenleben führten? Sie vermochten es nicht genau zu sagen, denn die ganze Welt raste um sie herum, wie vom Pecht angekündigt, immer rasanter und schneller. Die Sonne war überall, die Farne verschwammen zu einem grünen Schemen. Sie verloren jegliches Gefühl für Raum und Zeit, oben und unten. Dann stoppte der Stein vor ihnen schlagartig, und im selben Augenblick stürzten die drei zu Boden, als seien sie aus einem Karussell herausgeschleudert worden. Schnell beruhigte sich die Welt wieder, und sie schauten sich benommen um. Noch immer ragte der Stein von Clach Ard vor ihnen auf, doch eigentümlicherweise war er jetzt größer, war zu einem mehr als mannshohen Monolithen geworden, und auch die Verzierungen auf seiner Oberfläche waren deutlicher sichtbar. Askaya ergriff rasch ihren Stock, der noch am Fuße des Steines lag.

Die Landschaft hier sah ganz anders aus, überall um sie herum wuchsen Bäume. Sie befanden sich in einem Mischwald auf einer Lichtung, in deren Mitte sich der Stein von Clach Ard befand. Zwischen den Bäume hindurch sahen sie einen See. Wie ein Spiegel lag er da unter einem bleigrauen Himmel, der von Regen kündete. Dennoch zwitscherten Vögel in den Bäumen und alles wirkte friedlich.

„Wo sind wir?" Anna spähte hierhin und dorthin. Sie waren umgeben von einem bunten, herbstlichen Wald, obwohl es ja eigentlich Winter hätte sein müssen.

„Das wüsste ich auch gerne", entgegnete Alexander, bemühte sich jedoch, seine Verwirrung nicht allzu offen zu zeigen.

„Der Stein ist uns geblieben, also lasst uns graben", verlangte Askaya nüchtern und löste die beiden Dolche aus ihren Haaren. Einen warf sie Alexander zu und mit dem anderen begann sie behutsam, die weiche Walderde aufzugraben.

„Sei vorsichtig, du darfst es nicht zerstören", ermahnte ihn die Ananeki.

Eine ganze Zeit lang gruben die beiden und lockerten die Erde auf. Als sie nichts finden konnten, arbeiteten sie sich tiefer vor und versuchten es an anderer Stelle erneut. Anna schaute währenddessen immer wieder in den Wald.

„Kannst du irgendetwas da draußen erkennen?", fragte Alexander, auf seine Arbeit konzentriert.

„Nein, gar nichts. Dennoch hab ich das Gefühl, wir werden beobachtet."

„Dann lass uns hoffen, wir finden das Stundenglas bald und können verschwinden." Auch ihm drängte sich der Eindruck auf, nicht alleine zu sein.

Irgendwann rief Alexander aufgeregt, er habe etwas gefunden, doch das vermeintliche Artefakt entpuppte sich als plumper Stein.

„Wenn wir so weitermachen, haben wir bald den ganzen Monolithen ausgegraben, und womöglich stürzt er dann auf uns drauf", beschwerte er sich. Seine Hände waren dreckig, und seine Finger schmerzten. Auch Askaya sah sich zornig um.

„Es muss hier irgendwo sein", mischte sich Anna ein. „Ich glaube nicht, dass der Grüne Mann uns angelogen hat."

„Er sagte, grabt am Stein", wiederholte Alexander den Hinweis des Grünen Mannes.

„Das waren auch die Worte dieses verfilzten Wesens", meinte Askaya.

„Wartet", rief Anna. „Seht euch den Stein an."

Alexander runzelte die Stirn und wischte sich einige Schweißperlen aus dem Gesicht. „Was ist mit dem Stein, außer dass er plötzlich viel größer ist?"

„Genau das ist es." Anna betrachtete den Monolithen genauer und legte eine Hand darauf, um ihn zu betasten. „Was, wenn jene Stelle des Steines, auf dessen Höhe sich das Artefakt vielleicht noch heute Morgen befunden hat, nun bereits freigelegt ist?"

Alexander zog fragend eine Augenbraue empor, er wusste nicht so recht, worauf Anna hinauswollte. Askayas Gesichtszüge jedoch erhellten sich schlagartig und ihre hellblauen Augen leuchteten.

„Deine Überlegung ist weise, Anna", sagte sie anerkennend und erst als auch sie den Stein abtastete, und zwar auf jener Höhe, die sich vor ihrer Reise hierher noch unter der Erde befunden hatte, verstand er, worauf Anna anspielte. Augenblicklich sprang er auf und untersuchte eingehend den Stein, der an vielen Stellen von Moos bewachsen war. Sie suchten nach einer Vertiefung, einer Öffnung, in die ein Stundenglas hineinpassen würde, und tatsächlich, sie wurden fündig.

„Hier", rief Anna aufgeregt und prüfte eine Stelle, an der das Moos besonders weich war. Sie bohrte einen Finger hinein, und man konnte deutlich erkennen, wie das weiche Grün nachgab. Sie pflückte das Moos vom Stein, legte eine Vertiefung frei und steckte schließlich ihren Arm hinein, während Askaya und Alexander gespannt und erwartungsvoll zusahen.

„Da ist etwas", stieß Anna aufgeregt hervor. „Es liegt aber weit unten in einer Aushöhlung mit Wasser drin." Ihr Arm steckte bereits gänzlich in der Öffnung. „Mist, ich komme nicht ran."

„Lass mich, ich habe die längsten Arme." Nun streckte Alexander seinen Arm hinein und bald schon ertastete er das eiskalte Nass in der Tiefe des Steines. Kurz darauf schloss sich seine Hand um etwas, das sich weich anfühlte. Langsam zog er sie wieder heraus und zum Vorschein kam ein Stück nasser, schwarzer Stoff, den er Askaya überreichte. Andächtig öffnete sie das kleine Päckchen und befreite etwas, das den anderen beiden Artefakten ähnelte.

„Das Artefakt des Wassers, Hüter der Kräfte allen Lebens." Askayas Stimme war sanft wie das Tuch, welches das Stundenglas eben noch umhüllt hatte, und plötzlich traten ihr Tränen in die Augen.

Alexander und Anna waren mehr als verblüfft, als sie feststellten, dass das Wasser in dem Stundenglas von demselben hellen und klaren Blau war wie Askayas Augen.

„Es ist das mir zugesprochene Artefakt", erklärte sie versonnen und strich mit ihren Fingern, an denen noch Erde haftete, fast liebevoll über den kleinen Gegenstand. Dann begann sie zu erzählen: „Die letzte Prüfung einer Kriegerin der Ananeki ist es, allein zu den Artefakten zu reisen und ihnen nach und nach gegenüberzutreten. Während dieser Reise verändern sich unsere Augen und nehmen eine Farbe an, die einem der Artefakte zugeordnet ist. Dies geschieht, wenn man dem entsprechenden Artefakt gegenübersteht. Niemand weiß, welches Artefakt es letzten Endes sein wird. Blau ist die Farbe des Wassers und blau sind meine Augen. So wurde ich als Kriegerin für das Wasser erwählt."

„Aber du konntest doch nur jenen Artefakten entgegentreten, die sich noch in den Feuerbergen befinden?", wunderte sich Alexander.

„Das ist richtig. Dennoch ist es möglich, dass die Augen an den entsprechenden Orten die Farbe von einem der Artefakte annehmen, die damals gestohlen wurden, da ihre Magie dort noch immer verweilt. Kriegerinnen, bei denen dies der Fall ist, werden auch heute noch zu den Suchenden bestimmt, während andere nach wie vor die drei verbliebenen Artefakte bewachen."

Zärtlich ließ Askaya ihre Finger nochmals über das Stundenglas gleiten und wickelte es dann ganz behutsam wieder ein, um es unter ihrem Mantel zu verstauen. Anna legte ihr eine Hand auf den Arm und warf ihr einen tröstenden Blick zu.

Immer noch in Gedanken an Askayas Worte versunken, bemerkten sie weder den aufkommenden Wind noch die dunklen Schemen, die in den Wäldern umherhuschten. Selbst Askaya war für einen Augenblick unaufmerksam geworden.

*

„Ich habe gehört, es gibt Probleme?", fragte der junge Mann mit den dunklen Haaren. Der Hässliche nickte sehr zögerlich, drehte unruhig eine Kaffeetasse in seinen Händen und starrte auf das Frühstück. „Ja", druckste er herum. „Ich glaube jemand sucht das Gleiche wie wir."

„Glaubst du es oder weißt du es?"

„Ich ahne es."

„Und wer?", beharrte der junge Mann. Er war wenig erfreut über diese Nachrichten.

„Ein seltsames Mädchen mit Klingen in den Haaren", entgegnete der Pockennarbige und zuckte mit den Schultern, als wollte er sich für das Gesagte im gleichen Augenblick wieder entschuldigen, weil er wusste, wie unsinnig sich seine Worte anhören mussten.

„Ein Mädchen mit Klingen in den Haaren?" Der Jüngere runzelte die Stirn und sah sein Gegenüber fragend an, bis dieses endlich weitersprach.

„Sie trägt einen langen Mantel und hat einen Stock bei sich. Wir haben sie gefangen genommen, doch sie bekam Hilfe von einem Jungen und einem anderen Mädchen." Verlegen sah er sich um, und es war offensichtlich, dass es ihm peinlich war, zugeben zu müssen, von zwei Mädchen und einem Jungen überlistet worden zu sein. Doch der Jüngere bemerkte, dass ihm noch etwas auf dem

Herzen lag.

„Rede endlich, Gottfried", herrschte er ihn an.

„Da war noch dieser …", Gottfried zuckte mit den Schultern und rang um Worte, „… dieser riesige, schwarze Vogel, der einige von uns getötet hat, bevor er plötzlich genauso schnell in der Nacht verschwand, wie er gekommen war. Wenn der nicht gewesen wäre, Sebastian, dann …"

„Ein riesiger Vogel also", unterbrach ihn Sebastian betont langsam und lehnte sich dabei nach vorn. Er konnte kaum glauben, was er da hörte, auch wenn ihn dies eigentlich nicht überraschen sollte. Immerhin hatte der Prälat ihn und Johannes eingeweiht, dass besondere Artefakte und geheimen Schriften existierten, und damit beauftragt, diese zu finden, auch wenn er nicht wusste, was es mit den Schriften auf sich hatte. Wenn aber tatsächlich etwas durch das Portal gekommen war, dachte Sebastian, waren Gottfrieds Ausführungen vielleicht gar nicht einmal so abwegig.

„Das mit dem Vogel habe ich überhört", entgegnete er und musterte Gottfried abwartend.

Dieser hob die Schultern. „Ich kann nicht wirklich beschreiben, was in jener Nacht geschah. Es ging alles so schnell, und dieses Biest hat den ganzen Himmel verdeckt. Ich weiß es wirklich nicht, aber ich …", erneut rang er um Worte, „ich befürchte, die drei haben etwas mit dem zu tun, was wir suchen. Außerdem ist da noch etwas."

„Noch mehr schlechte Nachrichten?", fragte Sebastian.

Gottfried zuckte unschlüssig mit den Schultern und lächelte

schief, was sein pockennarbiges Gesicht nur noch mehr entstellte. „In all dem Chaos hat das Miststück mit den Dolchen in den Haaren einem unserer Männer die Kette des anderen Ordens vom Hals gerissen. Leider haben wir das zu spät bemerkt."

Sebastian drehte den Kopf leicht zur Seite und runzelte die Stirn. „Die meinst das Siegel mit den zwei Reitern?"

Gottfried zögerte, dann nickte er schließlich.

Ein Knall hallte durch das Café, als Sebastian mit der flachen Hand auf den Tisch schlug und sich nach vorn beugte. „Sind die wahnsinnig?", zischte er. „Wie kommt dieser Kerl dazu, die Kette mit dem Siegel zu tragen? Und woher hatte er sie überhaupt?"

Wieder hob Gottfried nur die Schultern. „John und zwei unserer Männer trafen in jener Nacht, als diese Messerlady zum ersten Mal an der Felsnadel aufgetaucht ist, auf die Männer des anderen Ordens und haben sie niedergeschlagen."

„Und ihnen die Halsketten abgenommen", folgerte Sebastian. Gottfried nickte und Sebastian schlug sich die Hände vors Gesicht. Dann drückte er seinen Finger auf Gottfrieds Brust. „Johannes und ich sollten die Einzigen von uns sein, die dieses Emblem um den Hals tragen. Auch wenn Johannes sein Kreuz vorzieht."

„Tut mir leid, aber ich kann nichts dafür", raunte Gottfried.

In diesem Augenblick flog die Tür zu dem kleinen Café auf und ein Mann mit einem langen Mantel trat ein. Der Neuankömmling war groß und hatte eine dunkle, derbe Haut, die an gegerbtes Leder erinnerte und damit gut zu seinem schwarzen Ledermantel passte. Bedächtigen Schrittes kam er näher, wobei für den Hauch eines Augenblickes Schwerter unter seinem Mantel aufblitzten. Als er den Tisch erreichte, ließ er sich langsam nieder und wandte sich dann Sebastian zu, wobei er die kräftigen Hände auf den Tisch legte und ineinander verschränkte. Langsam schüttelte er den Kopf.

„Verdammt. Wer auch immer diese Person ist, sie hat zumindest eines der Gläser", zischte Sebastian. „Ich habe Johannes gestern Nachmittag losgeschickt", erklärte er, als Gottfried ihn verständnislos anstarrte. „Dummerweise habe ich erst gestern erfahren, dass sich eines der Artefakte im Skye-Museum befinden soll."

„Im Museum?", wunderte sich Gottfried.

„Im Museum, genau. Vermutlich das beste Versteck, da niemand erwarten würde, dass ein solcher Gegenstand da einfach so herumliegt."

„Und jetzt?", hakte Gottfried nach.

„Ich war in jener Hütte, in der das Stundenglas auf einem Nachttischkästchen neben einem alten Bett stehen sollte", erklärte Johannes. „Es war nicht mehr da. Nur noch ein ringförmiger Abdruck im Staub war zu sehen. Jemand muss es erst kürzlich entwendet haben."

„Aufmerksam beobachtet", meinte Sebastian.

Johannes nickte. „Ich hab die Kassiererin nach auffälligen Besuchern befragt", fuhr er fort. „Sie hat gestern drei Eintrittskarten an drei Jugendliche verkauft, die zusammen das Museum besuchten. Eine von ihnen verbarg ihr Gesicht unter einem dunklen Umhang und hatte einen merkwürdigen

216

Spazierstock dabei. Das ist ihr aufgefallen."

„Verstehe", meinte Gottfried und lehnte sich zurück. „Dann war es dieselbe junge Frau, die wir an dieser Felsnadel getroffen haben, als wir versehentlich", er brach ab, machte ein zerknirschtes Gesicht und blickte Sebastian unsicher an, ehe er weitersprach, „diese Familie überfallen haben."

„Weshalb habt ihr das überhaupt getan, ihr Idioten?", rief Sebastian wütend.

„Weil wir dachten, dieses Mädchen wäre jene Frau, die hinter den Artefakten her ist. Auch sie hatte an diesem Nachmittag ihr Gesicht unter einer Kapuze verborgen und es hatte bereits gedämmert." Er zuckte mit den Schultern und breitete die Hände aus. „Tut mir leid, aber wir haben sie einfach verwechselt."

Johannes und Sebastian verdrehten die Augen und schüttelten die Köpfe.

„Verdammt, es ist eben passiert", schrie Gottfried.

Sebastian legte ihm eine Hand auf den Arm und sah sich nervös um. „Nicht so laut!"

„Ist mir doch egal", beschwerte sich Gottfried. „Wenn du mich besser informiert hättest, wäre es nicht geschehen. Es reicht schon, dass wir die halbe Insel umgraben sollen, um irgendwelche blöden Eieruhren zu suchen. Da finden wir noch eher die Nadel im Heuhaufen."

Sebastian zog die Augenbrauen zusammen. Auch er hielt diese Suche für sinnlos, und die Männer, die sie angeheuert hatten, verloren allmählich die Lust daran. „Schon gut. Krieg dich wieder ein", sagte er schnell. „Du weißt, auch ich bekomme nie alle

Informationen und ihr werdet für eure Arbeit gut bezahlt." Zumindest was den Informationsfluss anging, entsprachen seine Worte nicht ganz der Wahrheit, denn er und auch Johannes wussten mehr als Gottfried.

„Wie sahen die beiden anderen Jugendlichen eigentlich aus?", fragte er Gottfried schließlich, als ihn eine düstere Ahnung beschlich.

„Ein Junge, etwas über 1,80 vielleicht, mit langen, braunen Haaren, und ein blondes Mädchen. Beide noch keine 20", ein anzügliches Grinsen zeigte sich auf seinem Gesicht, „die Kleine sieht so richtig schön unschuldig aus."

Als er dies hörte, durchfuhr Sebastian ein Schreck. Ihm wurde siedend heiß. Dann riss er sich zusammen und hoffte, dass niemand seine entgleisten Gesichtszüge bemerkt hatte.

„Was ist los? Ist dir nicht gut?", fragte Gottfried, und auch Johannes betrachtete Sebastian misstrauisch aus zusammengekniffenen Augen. Mit der Hakennase in seinem Gesicht erinnerte er plötzlich an einen Raubvogel. „Kennst du die beiden etwa?"

„Nein", erwiderte Sebastian hastig, vielleicht etwas zu hastig, und spielte nervös an seiner Halskette herum. Dabei starrte er finster vor sich hin. Er konnte es nicht fassen, konnte nicht glauben, was offensichtlich war. Er selbst hatte Anna und Alexander gestern Morgen zu diesem verdammten Museum gefahren. War es möglich, dass sie mit der Besucherin, die, wie er mittlerweile glaubte, tatsächlich aus der Welt jenseits des Portals stammte, unter einer Decke steckten und nun gar eines dieser Stundengläser hatten? Das war vollkommen verrückt, aber nach allem, was er mittlerweile wusste, nicht unmöglich. Der Prälat wollte unbedingt in den Besitz dieser Gläser kommen, auch wenn er stets betonte, sie seien weniger wichtig, maximal Indizien. Aber andererseits würden sie sonst nicht die ganze Insel danach absuchen müssen.

Wirklich prekär schienen die geheimen Schriften zu sein, und die hütete der Orden, in den er sich gemeinsam mit Gottfried und Johannes eingeschleust hatte, offensichtlich mit aller Macht, sodass kaum jemand darüber sprechen, geschweige denn das geheime Versteck der alten Schriftrolle enthüllen wollte.

Wie auch immer, zuerst musste er Gottfried und Johannes loswerden, damit er ungestört Anna anrufen konnte. Er musste sie finden, denn sollte sie die Halskette zu Gesicht bekommen, würde sie sie sofort erkennen: Er selbst trug die Gleiche.

„Geht jetzt", sagte er schließlich. „Ich werde anrufen und die Neuigkeiten berichten.

„Soll ich das nicht übernehmen?", fragte Johannes, der ihn unablässig beobachtete.

„Nicht nötig, ich mach das", gab er schroff zurück. Johannes kniff die Augen zusammen und musterte ihn, ohne Anstalten zu machen, sich zu erheben.

„Ich übernehme das gerne." Johannes' Stimme klang leise, aber auch provozierend.

Sebastian wollte selbst anrufen, nein, er musste selbst anrufen. Die Dinge liefen aus dem Ruder, und er musste Anna und diesen

Alexander irgendwie aus der Sache herausbekommen. Dies würde allerdings nur gelingen, wenn er den Prälat anrief und nicht Johannes.

„Verschwindet jetzt endlich." Sebastian richtete sich auf, versuchte all seine Autorität in seine Worte zu legen.

Gottfried erhob sich abrupt, während Johannes Sebastian noch immer abschätzend anstarrte.

„Komm jetzt", sagte Gottfried und legte eine grobknochige Hand auf Johannes' Schulter.

„Na, schön. Wie du meinst." Er stand auf, und endlich verließen die beiden das Café.

Sebastian atmete auf.

*

Erst als ein faustgroßer Stein an dem Monolithen von Clach Ard krachend zerschellte, wurden die drei aus ihren Gedanken um das Artefakt gerissen und wandten sich wieder ihrer Umgebung zu. Askaya drückte Anna ihren Dolch in die Hand, die ihn unschlüssig musterte, während sie selbst ihren Stab packte. Schlagartig nahm der Wind zu und vereinzelt prasselten nun sogar Hagelkörner vom Himmel.

„Das sind sicher die Laughremen", rief Askaya und duckte sich, als ein weiterer Stein auf sie zugeflogen kam. Einen Augenblick später wimmelte es auf der Lichtung von dunklen Gestalten, die dem Pecht ähnelten, doch schien ihnen jegliche Fröhlichkeit und

Freundlichkeit abhandengekommen zu sein. Sie wirkten noch borstiger, dunkler und verfilzter als der Pecht. Die meisten von ihnen schwangen etwas, das aussah wie verschlungene Wurzeln, die sie irgendwelchen unglückseligen Bäumen entrissen hatten. Der ganze Wald wimmelte nun von Laughremen, die sich auf die Lichtung zu bewegten, wobei ihre knorrigen Füße im Laub raschelten. Es hörte sich an, als würde Wind durch trockenes Gestrüpp rauschen und unzählige Füße auf Äste treten, die daraufhin laut knackten. So geräuschvoll ihr Auftreten auch war, die Laughremen sprachen kein Wort, was sie nur umso unheimlicher machte. Verschlagen und bösartig funkelten ihre Augen, als sie schließlich angriffen.

Anna wich zurück, blickte dabei unsicher auf den Dolch in ihren Händen. Sie hatte sich noch nie mit solch einer Waffe verteidigen müssen. Alexander erging es ähnlich, zwar war er sportlich, doch die Leidenschaft für asiatischen Kampfsport seiner Mutter teilte er nicht. Dennoch stellte er sich nun vor Anna und fuchtelte wild mit der Waffe herum, als die ersten Laughremen heranschlichen.

Askayas Stock führte indessen einen wilden Tanz auf, sauste surrend durch die Luft und riss den ersten Angreifer von den Füßen. Ihre Zöpfe konnte sie nicht einsetzen, da die Dolche nun in den eher nutzlosen Händen ihrer Freunde lagen. Sie sprang nach vorn, ließ ihren Stock durch die Feinde kreisen und streckte ein paar von ihnen nieder. Askaya beschränkte sich darauf, auszuweichen und zuzuschlagen, denn so sehr sie sich auch abmühte, die vollkommen unberechenbar und mit krummen

Wurzeln ausgeführten Schläge waren kaum sauber zu parieren. Geschickt nutzte sie daher die längere Reichweite ihres Stockes aus, und wieder einmal bestaunte Alexander die Kampfkünste dieses eigenartigen Mädchens. In ihm brannte der Wunsch, es Askaya gleichtun zu können. Schon stürmte einer der Laughremen auf ihn zu und erst im letzten Moment wich er zur Seite. Die Laughremenwurzel krachte wirkungslos gegen den Monolithen, und in diesem Augenblick stach Alexander zu, wobei er jedoch die Augen schloss. Irgendetwas hatte er getroffen, sein Angreifer zischte. Als Alexander die Augen öffnete, sah er in ein vor Schmerz verzerrtes Gesicht, ehe die gestrüppartige Gestalt zusammenbrach. Er wollte das Wesen gerade zur Seite treten, als ihn Anna an der Schulter packte.

„Warte, nicht", rief sie und machte sich an der hölzernen Kreatur zu schaffen. Alexander runzelte die Stirn und wandte sich wieder dem Kampfgeschehen zu. Er sah, dass Askaya, so wehrhaft sie auch sein mochte, schon bald von den unzähligen Angreifern eingeschlossen und somit von ihnen abgeschnitten werden würde. Erstaunt über seinen eigenen Mut stürzte er nach vorn und griff eines der Wesen an. Der Laughreme wirbelte herum, die knorrige Wurzel raste auf Alexanders Kopf zu. Würde Alexander jetzt stoppen, der Schlag würde ihn erbarmungslos an der Schläfe treffen. Daher hechtete er nach vorn, nur um kurz darauf in einem Knäuel mit seinem Widersacher über den Boden zu rollen. Mit einem Ruck rammte er das Messer in den Angreifer. Beinahe empfand er Mitleid; ein Gefühl, das diese Unholde ihnen gegenüber sicher nie empfinden würden. Er musste handeln, musste kämpfen. Der Gedanke erschreckte ihn, aber er fühlte sich dadurch seltsamerweise erwachsener. So sprang er auf, wich dem nächsten Angreifer aus, trat zurück. Er blickte sich zu Anna um, die Äste vom Boden aufhob und auch welche aus den gefallenen Laughremen herauspflückte.

„Alexander, schnell, du musst mir helfen", rief sie ihm zu. Er sah sie verständnislos an und wurde sofort von zwei der Laughremen bedrängt.

„Du darfst immer nur einem Angreifer gegenüberstehen", schrie ihm Askaya zu, die seine Bedrängnis bemerkte. Leichter gesagt als getan, dachte er, versuchte aber dem Rat zu folgen. In diesem Moment streifte auch schon eine Wurzel seine Schulter, es folgte ein weiterer Schlag, etwas ging zu Bruch. Glücklicherweise war nicht er der Getroffene, sondern einer der Feinde, der kurzerhand von Askayas Stock erschlagen worden war. Doch auch die Kriegerin der Sieben Feuer von Erenor geriet immer mehr in Bedrängnis.

„Alex, verdammt, hilf mir", fluchte Anna. „Dein Feuerzeug schnell", verlangte sie, und endlich verstand er, was sie vorhatte.

„Halt durch, Askaya, und gib uns Deckung", schrie er und machte sich dann ebenfalls an den toten Laughremen zu schaffen. So schnell er konnte zog er trockene Äste aus deren Pelz, schnitt sich Stoffstreifen aus seinem Hemd und band die Äste zu kleinen Bündeln zusammen. Dann kramte er hektisch nach seinem Feuerzeug und beeilte sich, das erste Reisigbündel zu entzünden, was bei dem Wind und den Hagelkörnern nicht gerade leicht war.

„Verdammt, es brennt nicht", schimpfte er.

„Versuch es weiter", bat Anna.

In diesem Augenblick traf ihn ein Schlag in den Rücken, als ein von Askaya niedergestreckter Laughreme gegen ihn prallte. Das Feuerzeug wurde ihm aus den Händen gerissen und er hechtete hinterher. Schmerzhaft fiel er auf seine Schulter, doch er bekam das Feuerzeug zu fassen.

Ein schriller Schrei ließ sein Herz fast stehen bleiben. Panisch fuhr er herum. „Anna!"

Anna faste sich an die Schläfe und torkelte benommen zu Seite.

„Anna!" Alexander packte sie verzweifelt an den Schultern

„Nichts passiert", stöhnte sie. „Schnell, das Feuer."

Erneut fingerte er mit zittrigen Händen an dem Feuerzeug herum, beugte sich weit über die Äste, um sie vor dem Wind zu schützen, und endlich begann einer von ihnen zu glimmen. Er machte weiter, blies in die winzige, hoffnungsverheißende Glut. Askaya kämpfte nach wie vor mit verbissener Miene, ihr Stock zischte unablässig durch die Luft.

Vorsichtig pustete er auf das kleine Holzbündel, während Anna sich abmühte, ein zweites zu entfachen. Endlich züngelte eine Flamme empor, die schnell größer wurde. Das erlösende Knistern des Feuers drang an Alexanders Ohren. Sofort stürmte er auf den nächstbesten Laughremen zu und steckte ihn in Brand. Dieser rannte davon, wobei er wild mit den Armen um sich schlug. Askaya nickte Anna und Alexander anerkennend zu.

„Gebt mir die Dolche, schnell."

Alexander warf Askaya beide Klingen zu, die sie geschickt auffing und ihm im Gegenzug ihren Stock reichte. „Bindet das brennende Holz an die Enden meines Stabes."

„Aber er wird Feuer fangen", wandte Alexander ein.

„Nein, er ist gemacht aus dem harten Holz der Kämpfenden Wälder. Feuer kann ihm nichts anhaben."

Wenn das so ist", meinte Anna. Zusammen mit Alexander entfachte sie ein zusammengebundenes Bündel Äste, während Askaya die wilden Laughremen nun mit ihren Dolchen nicht minder geschickt bekämpfte.

Plötzlich donnerte es im Wald, und sie wurden beinahe von den Füßen gerissen. Ein zorniger Schrei ertönte; es stampfte und rumpelte, als würde sich ein riesiger Felsbrocken seinen Weg durchs Unterholz bahnen. Alle, selbst die Laughremen, hielten inne. Dann begannen einige zu zischen, und zum ersten Mal sprachen sie. Ihre Stimmen klangen wie peitschende Äste.

„Puck, Puck, Puck", riefen sie monoton.

In Annas Augen spiegelte sich Alexanders eigene Angst. Schnell sah er zu Askaya und stellte fest, dass auch sie kurz innegehalten hatte und mit gerunzelter Stirn in den Wald spähte.

Dieses Mal war es Anna, die sich als Erste fasste. „Los jetzt, oder wir kommen hier nicht mehr lebend weg."

Anna und Alexander beeilten sich, den runenverzierten Stab in eine Fackel zu verwandeln und banden Reisig an beide Enden.

„Puck, Puck, Puck." Unablässig rumorte und krachte es im Wald. Was auch immer es war, es näherte sich, und die Laughreme schienen erfreut darüber zu sein. Pure Bösartigkeit glitzerte in ihren

Augen; doch dann spiegelten sich Flammen in ihren schwarzen Pupillen, als Alexander Askaya endlich den brennenden Stab zuwarf. Diese fing ihn auf und wirbelte den Stock samt der zischenden und lodernden Flammen durch die Dunkelheit, die sich herabgesenkt hatte, seit sich das Wesen aus dem Wald näherte. Die Laughremen wichen zurück, viele jedoch nicht schnell genug. Die Flammen griffen auf sie über, peinigten und verbrannten sie. Ein Inferno brach aus auf der Lichtung und im Wald. Überall rannten Laughreme umher, es sah aus, als würden lebendig gewordene Lagerfeuer durch den Wald stürmen Aus Angst vor dem Feuer ließen die Angreifer endlich von ihnen ab.

Anna und Alexander zogen sich zum Stein von Clach Ard zurück und fassten sich an den Händen, in der Hoffnung diesen schrecklichen Ort ebenso verlassen zu können, wie sie ihn erreicht hatten.

„Askaya! Schnell!", schrie Alexander der Kriegerin zu. Askaya streckte die letzten Angreifer nieder und folgte ihnen, den brennenden Stock in den Händen, daher umfassten Anna und Alexander nur die Handgelenke ihrer Gefährtin. Gemeinsam bildeten sie einen Kreis um den Monolithen. Als sie schließlich um den Stein herumliefen, schälte sich eine Kreatur aus dem Wald heraus. Sie sah aus wie ein schwarzer Ziegenbock, groß wie ein Pferd und mit langen, gedrehten Hörnern. Eine nebelartige Schwärze umgab das Tier, dessen bleiche, schwefelfarbene Augen sie anstarrten.

„Puck, Puck, Puck", riefen die Laughremen, wobei sie sich vor dem Ungetüm verneigten.

Plötzlich näherte sich der Puck mit raschen Schritten, der Boden unter ihren Füßen erzitterte.

„Schneller", rief Alexander und sie hetzten regelrecht um den Stein herum. Der gewaltige Ziegenbock senkte die Hörner und es sah nicht so aus, als könnte der Stein von Clach Ard diesem Untier standhalten. Donnernd kam es näher, während Alexander und die beiden Mädchen schneller und schneller rannten.

Unvermittelt drehte sich die Welt hierhin und dorthin, der Stein wirbelte im Kreis und ebenso abrupt, wie es begonnen hatte, endete es. Die drei stolperten zurück, wurden dieses Mal von dem Holzzaun abgefangen, der den Stein von Clach Ard umzäunte.

Hektisch sahen sie sich um, erwarteten jeden Moment den Angriff des monströsen Ziegenbocks, doch dieser war verschwunden. Ebenso der Wald, die Lichtung, Hagel und Wind, und auch die Laughreme waren nicht mehr zu sehen. Alles weg, den Göttern, den Geistern oder wem auch immer sei Dank!

Stattdessen blickten sie in die weit aufgerissenen Augen zweier Touristen, denen das Entsetzen tiefe Furchen ins Gesicht grub. Sie wirkten, als hätten sie selbst eben den gewaltigen Ziegenbock gesehen. Doch es war offensichtlich, dass es das plötzliche Auftauchen und der Anblick der drei abgerissenen Jugendlichen war, der sie so verstört hatte. Besonders Askaya mit den stechend hellblauen Augen und dem flammenden Stock in den Händen musste dem betagten Ehepaar wie eine versüßte Ausgabe des Leibhaftigen erscheinen.

„Starrt nicht wie ein Pecht, Gemeine", rief Askaya und stapfte an den, wie Anna und Alexander an dem Autokennzeichen erkannten, englischen Touristen, vorbei, während sie sich mit geübten Handgriffen ihre Dolche in die Haare flocht. Den beiden Besuchern klappten die Unterkiefer herunter. Vergessen war der Stein von Clach Ard. Verdattert wackelten sie zurück zum Auto und fuhren davon.

„Das war knapp." Anna lehnte sich erschöpft an einen Baum und rieb sich die Schläfe.

„Lass mal sehen", sagte Alexander und betastete ihren Kopf.

„Halb so schlimm, wird aber eine Beule geben", entgegnete sie.

„Und wie geht es deiner Schulter?"

„Halb so schlimm, wird aber blau werden." Er grinste, während Anna erschöpft lächelte.

„Und was jetzt?", fragte sie schließlich.

„Wir warten auf den Regenbogen", erklärte Askaya entschlossen.

16) Das Vierte Artefakt

Schottland heute, Isle of Skye, Fairy Glen

Sie hatten nicht lange auf den Regenbogen warten müssen, denn bald schon war ein Schauer vorübergezogen, begleitet von dunklen Wolken, die einen unwirklichen Kontrast zu den blauen Stellen am Himmel gebildet hatten. Zunächst hatten sie diskutiert, welches Ende das richtige war, und sich schließlich für das nördliche entschieden, nachdem sie festgestellt hatten, dass sich dort das Fairy Glen befinden musste.

Nach längerem Suchen von Empfang gelang es ihnen auch, Alexanders Eltern zu erreichen, die sich natürlich um sie gesorgt hatten. Nachdem sie mehrfach versicherten, dass es ihnen gut ginge und sie jetzt ohnehin auf dem Nachhauseweg seien, beruhigten sich Robert und Susan einigermaßen.

Als Anna mit ihrem Bruder telefonierte, wollte Sebastian wissen, wo sie sich befanden, damit er sie abholen könne. Anna wurde richtig laut und lieferte sich mit ihrem Bruder ein regelrechtes Wortgefecht. Dabei griff die eigentlich so sanftmütige Anna auf Worte zurück, die Alexander nicht in ihrem Vokabular erwartet hätte. Letzten Endes weigerte sich Anna, ihren Standort zu verraten, und legte einfach auf.

„Ich hoffe, du bekommst jetzt keinen allzu großen Ärger?", fragte er nun.

„Und wenn schon", schnaubte Anna und zog die Augenbrauen zusammen. „Wir haben so viel gemeinsam durchgestanden, da möchte ich nicht kurz vor dem Ziel wie ein verängstigtes Kind von meinem Bruder abgeholt werden."

„Kann ich verstehen", entgegnete Alexander.

„Ich mag Sebastian ja", fügte sie ein wenig versöhnlicher hinzu, „aber manchmal ist er etwas zu fürsorglich. Außerdem war er irgendwie komisch."

„Wie meinst du das?"

„Er war aufgeregt und hat mich angeschrien."

Alexander wunderte dies nicht wirklich, denn er mochte Sebastian ohnehin nicht sonderlich, behielt dies aber für sich.

Anna starrte düster vor sich hin und reckte trotzig das Kinn vor. „So hat er noch nie mit mir gesprochen. Zudem fehlt nur noch eines der Stundengläser, da werde ich nicht so kurz vor Schluss kneifen."

„Und ich dachte schon, du kommst meinetwegen mit." Ein Grinsen zeigte sich auf Alexanders Gesicht.

„Natürlich nicht, nur die Artefakte interessieren mich." So ernst wie Anna antwortete, hätte er ihr fast geglaubt. Dann musste sie lachen und stieß ihn freundschaftlich in die Seite, sagte aber nichts mehr dazu.

Askaya bedachte die beiden mit gelegentlichen Blicken, enthielt sich jedoch jeglicher Kommentare. Vermutlich hatte sie tatsächlich nur die Artefakte im Kopf.

So trotteten sie nun teils am Straßenrand, teils im Heidekraut dahin, und irgendwann hing jeder seinen eigenen Gedanken nach. Alexander dachte zurück an die Zeit, kurz bevor er mit seinen

Eltern nach Schottland aufgebrochen war. Wie wenig alles, was sie bisher erlebt hatten, doch mit dem zu tun hatte, was er erwartet hatte. Innerhalb weniger Tage war seine Welt auf den Kopf gestellt worden, und er hatte Dinge erlebt, die ihm nicht im Traum eingefallen wären. Bald würde er 18 werden und ihm drängte sich der Eindruck auf, dass das Leben ihn mit aller Macht erwachsener machen wollte. Ob es dem Erwachsenwerden allerdings zuträglich war, mit ansehen zu müssen, wie ein fremdartiges Mädchen mysteriöse Männer tötete, oder schlimmer noch, dass man selbst Wesen niederstreckte, auch wenn es Laughremen waren, bezweifelte er. Dennoch, so eigenartig all diese Erlebnisse waren, so sehr seine geprellte Schulter auch schmerzte, er fühlte sich auf angenehme Art und Weise erschöpft, als wüsste etwas tief in ihm, dass alles, was sie dieser Tage taten, einem höheren und edleren Zweck diente. Außerdem hatte er Freunde gefunden, auf die er sich verlassen konnte, wenngleich eine davon wahrlich Außerweltlich war, wie er mit einem Grinsen feststellte. Alles, was die wilde und kriegerische Askaya aufzustacheln vermochte, schien die sanftmütige Anna durch ihre bloße Anwesenheit, durch ein Lächeln oder eine zarte Berührung versöhnlich zu stimmen. Anna war wie ein weißes Blatt Papier, mit dem man eine in einem Windlicht brennende Flamme zum Verlöschen bringen konnte, ohne dass das Papier auch nur einen schwarzen Fleck bekam. Während sie so nach Norden wanderten, eilte ihnen der Tag im Westen davon, huschte über den Horizont, wie ein scheues Reh in den Wald. Dunkelheit zog auf im Osten und warf ein mit silbernen Diamanten besticktes Tuch über die Welt.

Mit der Dunkelheit kam auch der Araaken, wie ein Sturm in der Nacht. Hoch droben kreiste er über der Isle of Skye, doch bemerkte er bald schon, dass er an diesem Himmel nicht der Einzige war. Vieles bewegte sich in den Weiten dieser fremden Lüfte, starr und kalt zog es dahin, bar jeglichen Lebens. Mit blitzenden Lichtern täuschte es funkelnde Sterne vor, donnerte mit Getöse durch die Schwärze der Nacht ebenso wie durch das Licht des Tages. Die Wesen dieser Welt nutzten es, um damit Krieg zu führen oder sich darin fortzubewegen. Eine dieser eigentümlichen Kreaturen näherte sich dem Araaken, machte dem unangefochtenen Herrscher der Himmel die Flugbahn streitig. Der stolze Herr der Lüfte, nicht gewohnt zu weichen, nahm die Herausforderung an. Schnell, unfassbar schnell, war das ihm fremde Wesen bei ihm; Lärm hallte schmerzhaft in seinen feinen Ohren, entfachte seinen Zorn. Der Araaken senkte den Kopf, Wellen unbändiger Energie ergossen sich in seinen Körper. Der Aufprall war fürchterlich. Der Angreifer zerbarst in Feuer und Rauch, Metall und Gestank. Ein Schlagen der Schwingen des Araaken genügte, um augenblicklich alles einzuhüllen, um alle Flammen zu ersticken. Er fühlte, wie sich Feuer und Stahl in seine ledrigen Flügel fressen wollten. Schnell wirbelte er um die eigene Achse, schraubte sich immer rasanter um sich selbst, nur um seine Schwingen wieder zu öffnen. Alles, was er eben noch umfasst hatte, wurde aus der tödlichsten aller Umarmungen, der Umarmung eines Araaken, heraus in die ewige Finsternis geschleudert. Ruhe kehrte ein am nächtlichen Firmament. Das mächtigste Wesen des Himmels von Esmarillion blieb unangefochten, so war es immer, so würde es immer sein. Der Araaken war so gewaltig, dass er alles umhüllte, er blickte so tief, dass ihm nichts entging. Er wandte seine Aufmerksamkeit wieder dem Geschehen unter sich zu und fühlte, dass das, was verloren war, bald schon zurückkehren würde. Vielleicht bedurfte es seines Eingreifens nicht.

In einer Senke hatten Alexander, Anna und Askaya schließlich ihr Nachtlager bezogen. Askaya hatte ihren großen Umhang über zwei Felsen ausgebreitet, und so kauerten die drei nun zwischen den beiden Steinen, verborgen von Askayas blauschwarzem Stoff. Sie machten sich über ihren Proviant her, wovon sie noch genügend hatten, denn schließlich waren sie nicht oft zum Essen gekommen. Als sie satt waren, dauerte es nicht lange und sie wurden von einem traumlosen Schlaf übermannt. Als sich die Sonne am Horizont erhob, erwachten sie. Langsam und mit steifen Gliedern standen sie auf. Alexanders Schulter schmerzte nun noch mehr, während Annas Schläfe sich blau verfärbt hatte. Askaya war bereits aufgestanden, doch im Gegensatz zum letzten Mal, wo sie offen und ungeniert ihre Nacktheit präsentiert hatte, war sie heute angezogen. Mit einem Lächeln, als hätte sie Alexanders Gedanken erraten, warf sie sich ihren Umhang über.

Kurze Zeit später marschierten die drei in nördliche Richtung, dem Fairy Glen entgegen. Auf ihren morgendlichen Anruf hatten sie verzichtet, Alexander meinte, sie würden heute ohnehin zurückkehren, und Anna verspürte wenig Lust, mit ihrem Bruder zu sprechen.

Bald schon ließ sie eine kühle Brise frösteln, die von den östlichen Hügeln herüberwehte. Es war spürbar kühler geworden in den Highlands. Alexander kramte einen dicken Pulli hervor, den er sich überzog, und auch Anna hüllte sich in eine zusätzliche Strickweste. Ihre Kleidung hatte während des Angriffes durch die Laughremen und beim Zusammenbinden des Reisigs doch sehr gelitten.

„Wie sollen wir das Stundenglas im Fairy Glen denn nun finden?", fragte Anna, nachdem sie ihre Weste zurechtgezupft hatte.

„Ich weiß es nicht", gab Askaya zu und blickte die beiden an. „Vielleicht wird uns Hilfe zuteil von den seltsamen Wesen eurer Welt."

Alexander zog eine Augenbraue hoch und zuckte dann mit den Schultern. „Ich bin mir nicht sicher, ob all diese Wesen wirklich von unserer Welt sind."

„Wie kannst du das sagen, Alexander vom Rabenstein? Ist das denn nicht offensichtlich?"

Alexander wusste nicht wirklich, was er darauf entgegnen sollte, und so war es Anna, die antwortete.

„Naja", begann sie, und überlegte, wie sie es Askaya erklären sollte, „diese Wesen sind für unsere Welt eigentlich nicht …", sie suchte nach Worten, „… nicht wirklich real."

Askayas Blick sah aus, als bezweifle sie, dass ihre beiden

Begleiter wirklich bei Sinnen waren. „Für mich waren sie sehr echt. Ich saß im Schatten des Grünen Mannes, mein Stock hat die Angriffe der Laughremen pariert und der aufdringliche Geruch des ungewaschenen Pechts ärgert noch immer in meiner Nase."

„Was Anna sagen will, ist, dass all diese Wesen, denen wir begegnet sind, eigentlich nur Wesen aus Sagen und Legenden sind, mehr nicht", versuchte Alexander zu erklären.

„Was glaubst du, wie diese Sagen und Legenden entstanden sind?", erwiderte Askaya und schüttelte lachend den Kopf, als hätte sie es mit zwei kleinen Kindern zu tun, die banale Tatsachen einfach nicht begreifen wollten.

„Sagen und Legenden basieren auf Geschichten aus alter Zeit", sagte Alexander. „Im Laufe der Jahre wird die Wahrheit verdreht und es entstehen Sagen und Legenden. Was einst wirklich war, weiß dann niemand mehr."

„Das mag so sein, wenn Geschichten weitergegeben werden", antwortete Askaya. „Doch das wahre Problem liegt vielmehr bei euch selbst. Ich habe nicht viel gesehen, von eurer Welt. Aber was sich mir offenbart hat, genügt mir."

„Was meinst du damit?", wollte Alexander wissen.

„Ihr verschließt euch in euren Häusern aus Stein, wenn ihr euch schlafen legt. Bewegt ihr euch fort, so versteckt ihr euch in diesen Krücken aus Metall. In der Tat seid ihr alle sonderlich, und es wundert mich nicht, dass euch die Natur mit all ihren Wesenheiten verborgen bleibt." Askaya musste lachen. „Trefft ihr dann auf eines dieser Wesen, seid ihr zudem noch überrascht."

„Lebt ihr etwa nicht in Häusern aus Stein?", wollte Alexander wissen.

„Natürlich nicht." Askaya wirkte fast schon entsetzt, als würde sie die bloße Vorstellung schrecklich finden. „Wir ruhen im Gras unter dem Dach der Welt, und der weite Raum spendet uns Trost. Nur wenn es sich nicht vermeiden lässt, wenn Regen fällt oder uns die Kälte beißt, dann wählen wir eine Höhle. Häuser aus Stein, mit steinernen Dächern, wären eine Beleidigung der Natur, ein Schlag in ihr herrliches Antlitz."

Verwundert blickten Alexander und Anna ihre neue Freundin an. Sie wussten nicht viel über Askaya und ihre Welt. Vieles, wie ihre Art zu reden oder die Dinge zu betrachten, mutete fremd und seltsam an. Dennoch verstand Alexander, dass es umgekehrt für Askaya genauso sein musste.

Als gegen Mittag die ersten Hügel des Fairy Glens auftauchten, verstummte ihre Unterhaltung. Langsam und mit Bedacht näherten sie sich der kleinen verwunschenen Gegend, denn nur zu gut erinnerten sie sich an die Männer, die bei ihrem ersten Besuch hier gewesen und denen Alexander und Anna auch schon am Old Man of Storr begegnet waren. Auch sie waren offenbar hinter den Stundengläsern her, wenngleich weder Askaya noch Alexander oder Anna den Hauch einer Ahnung hatten warum. Ihre Vorsicht sollte sich auszahlen. Schon hinter dem ersten Hügel, über dessen Rand sie spähten, entdeckten sie vier der Männer. Diese liefen mit seltsamen Gegenständen umher, als würden sie etwas suchen.

„Das sind Detektoren", erklärte Anna, und natürlich konnte Askaya nichts mit diesem Begriff anfangen.

„Was tut man damit?"

„Es sind magische Stecken, mit denen man Artefakte finden kann", versuchte Alexander zu erklären. Askaya machte nicht den Eindruck, als hätte sie verstanden, beließ es aber dabei. Während sie die Männer beobachteten, überlegten sie, was sie tun sollten.

„Die Halskette", flüsterte Anna plötzlich. „Kann ich sie sehen?"

Askaya nickte und kramte die silberne Kette hervor. „Hier, das ist der Talisman, den ich ihm entrissen habe." Mit einem Grinsen fügte sie hinzu: „Das Glück wird ihm jetzt nicht mehr hold sein."

Als Anna den silbernen Anhänger betrachtete, riss sie erstaunt die Augen auf.

„Was ist?", fragte Alexander.

„Das ist ja seltsam", flüsterte Anna.

„Was ist seltsam?"

„Sebastian trägt seit einiger Zeit genau die gleiche Halskette."

„Was? Anna, bist du dir da sicher?"

Anna nickte. „Ja, ganz sicher", sagte sie.

Alexander betrachtete das Symbol eingehend. Eingefasst in einen Ring stellte es zwei Männer auf einem Pferd dar.

„Was hat es zu bedeuten?", mischte sich nun Askaya ein.

„Ich weiß es nicht", gestand Anna. „Ich habe Sebastian nie danach gefragt. Ich habe es nur für irgendeine unbedeutende Halskette gehalten."

„Es müssen arme Männer sein, wenn sie sich ein Pferd teilen", überlegte Askaya und wandte sich wieder den Männern vor ihnen zu.

„Mir fällt auch nichts dazu ein", gab Alexander zu, auch wenn er das Gefühl hatte, dieses Symbol schon einmal gesehen zu haben. Schließlich jedoch seufzte er. „Vermutlich hat es nichts zu bedeuten und es ist nur ein persönlicher Glücksbringer."

„Merkwürdig ist es dennoch." Anna konnte ihren Blick nicht von der Halskette losreißen.

Was auch immer die Bedeutung dieser Symbolik sein mochte, im Moment wäre das Wissen darum ohnehin nicht hilfreich. Stattdessen überlegten sie, wie sie an das letzte Artefakt herankommen konnten.

„Wäre es nicht das Beste, einfach die Kerle suchen zu lassen, und wir schnappen uns dann das Artefakt?", dachte Alexander laut.

Anna sah ihn stirnrunzelnd von der Seite her an. „Dann müssen wir es ihnen irgendwie wegnehmen, und das dürfte nicht einfach werden."

Dem konnte Alexander nicht widersprechen, denn immerhin waren die anderen zu viert. Ein wenig bedrückt beobachtete er die Männer.

„Dein Einfall gefällt mir", meinte Askaya plötzlich. „Er ist einfach und direkt. Das ist immer gut."

Kampfeslust blitzte in ihren Augen auf, und Alexander sah, wie sich ihre Finger fester um ihren Stab schlossen, während sie die Männer wie ein lauerndes Raubtier beobachtete, jederzeit bereit zum Sprung.

„Das ist zu gefährlich, Askaya", meinte Anna und legte eine Hand auf Askayas. „Es gibt tödliche Waffen in unserer Welt, gegen die auch dein Stock und deine Dolche nichts ausrichten können."

„Das kann ich mir kaum vorstellen", entgegnete die Ananeki und betrachtete Anna mit zusammengezogenen Augenbrauen. Anna hielt ihrem Blick stand, und erstaunt beobachtete Alexander, wie sich Askayas Finger entspannten. „Gut, dann warten wir ab. Für den Anfang zumindest."

Anna nickte zufrieden.

„So wie die suchen, glauben sie wohl, die Artefakte seien irgendwo im Fairy Glen vergraben." Alexander deutete hinunter in das kleine Tal.

„Ich frage mich, wie sie überhaupt wissen können, dass sich eines der Artefakte hier befindet", flüsterte Anna. „Der Grüne Mann hat es ihnen ganz bestimmt nicht verraten."

„Das kann ich mir auch nicht vorstellen. Die da unten machen aber auch nicht den Eindruck, als ob sie wirklich wüssten, wo sie suchen müssen." Er deutete auf die Männer, die eher unschlüssig wirkten und mit den Detektoren willkürlich umherliefen.

„Ich verstehe nicht, warum die Artefakte überhaupt vergraben wurden", meldete sich Askaya zu Wort. „Die Stundengläser sind ganz besondere Gegenstände. Man vergräbt sie nicht, sonst kann Unheil herbeiziehen."

Alexander zuckte mit den Schultern und blies die Backen auf. Die Situation schien ihm recht verfahren zu sein. Ein Weilchen lang lagen sie einfach flach auf dem Bauch und beobachteten die Männer. Irgendwann entstand plötzlich Aufregung. Die Männer scharten sich um einen von ihnen und fingen an zu graben. Sie häuften nasse Erde auf und legten einen Gegenstand frei. Einer von ihnen zerrte ihn aus der Erde. Nach wenigen Augenblicken ertönte ein Fluch, und kurz darauf flog das vermeintliche Artefakt, welches sich als altes, metallbeschlagenes Wagenrad entpuppt hatte, durch die Luft.

Askaya kniff die Augen zusammen und war sichtlich entgeistert.

„Warum vergrabt ihr so etwas in der Erde? Was soll das bezwecken?"

„Wenn du wüsstest, was wir so alles vergraben", klärte Anna das Kriegermädchen auf.

„Dieses Wissen kann ein Rätsel bleiben, das ich nicht zu lösen gedenke", schloss Askaya und zwinkerte Anna zu. Dann warf sie sich ihre langen, schwarzen Haare, samt den beiden tödlichen Dolchen, über die Schultern.

„Wo glaubt ihr, könnten die Geister eurer Welt das Artefakt versteckt haben?"

„Leider bin ich nicht ganz so bewandert, was die Geister und Fabelwesen unserer Welt angeht", räumte Alexander ein.

„Eigentlich fehlt uns doch nur noch eins der Artefakte, richtig?", fragte Anna.

„Ja, das ist richtig", bestätigte Askaya. „Der Baum im Glas fehlt uns noch."

„Es ist also das Holz", sinnierte Anna und legte einen Finger an die Lippen. „Vom Grünen Mann wissen wir, dass es von einem der Naturgeister oder Fabelwesen versteckt wurde. Aber wo würde ein solches Wesen ein Glas mit einem Baum verstecken?"

„Holz sollte geborgen sein in Holz", behauptete Askaya. „In Esmarillion lag es einst verborgen im Baum der tausend Wurzeln, wo ich es wieder hinzubringen gedenke – und wenn dies meine letzte Tat sein sollte."

Alexanders Gesichtszüge hellten sich auf. „Genau, unter einem Baum begraben oder in einem Baum versteckt."

„Wenn es Naturgeister waren", entgegnete Askaya und schien sich dabei ganz sicher zu sein, „dann haben sie es bestimmt nicht vergraben."

„Das Wasserartefakt lag doch auch in einem Stein", gab Alexander zu bedenken.

„Bestimmt hat es der dumme, pelzige Pecht samt seiner Käfer dort versteckt. Schließlich wusste er ja auch, wo es sich befand."

„Im Baum also", folgerte Anna und ließ ihren Blick durch das kleine Tal schweifen. „Leider gibt es sehr viele Bäumchen hier."

Während die Männer ihre Suche in einer etwas weiter entfernt liegenden Senke fortsetzten, spähten die drei mit zusammengekniffenen Augen in alle Richtungen, immer darauf bedacht, ihre Köpfe nicht zu sehr zu heben.

„Seht, der Baum dort hinten." Askaya deutete auf eine ziemlich krumme und verwachsene wilde Birke, zu deren Wurzeln ein kleiner Wasserlauf dahinplätscherte. „Das wäre ein guter Platz für ein mächtiges Artefakt."

„Dann sollten wir dort mit der Suche beginnen", stimmte Anna zu.

„Und hoffen, dass es nicht auch von einem dummen Pecht ganz woanders vergraben wurde", sagte Alexander lachend.

„Macht euch doch nicht andauernd über den Pecht lustig", beschwerte sich Anna, musste dann aber selbst lachen. „Immerhin ist er so nett und bietet kleinen Tierchen einen Unterschlupf in seinem borstigen Fell."

„Jedes Lebewesen hat seine Berechtigung, auch ein Pecht." Aber das soll heute nicht unser Belang sein." Askaya deutete mit ihrem Kampfstock auf die wilde Birke in dem kleinen Tal. „Dort unten liegt unser Ziel."

„Leider gibt es da ein Problem." Sie folgten Annas Blick, und in der Tat suchten nun die merkwürdigen Männer genau in jener Senke nach dem Artefakt, die zwischen zwei grünen Hügeln lag und an deren Ende sich der erwählte Baum befand.

„Wir gehen hin und begegnen ihnen." Askaya wollte sich schon erheben, doch Anna packte sie am Arm.

„Du kannst es nicht allein mit vier Männern gleichzeitig aufnehmen."

„Warum nicht?", fragte die Ananeki. „Außerdem könnt ihr euch doch auch zwei von ihnen vornehmen."

„So einfach ist das nicht", versuchte Anna zu erklären.

„Anna hat recht, Askaya." Alexander lugte über den Rand des Hügels, bevor er sich wieder an Askaya wandte. „Wir können nicht einfach Leute töten, und so kämpfen wie du können wir auch nicht."

Askaya musterte die beiden eine Zeit lang und nickte schließlich, als verstünde sie, was ihre beiden Freunde sagen wollten.

„Es ist mir nicht entgangen, dass ihr euch anderer kaum erwehren könnt. Zudem scheint euch die Begegnung im Kampf unangenehm zu sein." Askaya wiegte abwägend den Kopf. „Zwar ist mir diese Vorstellung fremd, doch ich kann versuchen, eure Haltung zu respektieren."

„Danke", sagte Anna und wirkte erleichtert.

„Einer von uns könnte sie ablenken", schlug Alexander vor.

„Gute Idee", freute sich Anna. „Und die anderen suchen an unserem Bäumchen."

„Ich lenke sie ab", sagte Askaya kurz entschlossen. „Ich kann mich rasch bewegen und sie weglocken."

„Könntest du bitte vermeiden, sie zu ...", Anna suchte nach Worten, „... ihnen zu begegnen?"

„Ich werde mir Mühe geben, Anna, doch bedenke, es geht um die Artefakte von Erenor und um die Freiheit eines Landes. Wenn es nicht anders möglich ist, werde ich tun, was ich am besten kann."

Askayas Blick war derart intensiv und ihre Augen so voll kämpferischer Leidenschaft, dass Anna schluckte. Alexander erinnerte sich daran, wie unterschiedlich Askaya im Vergleich zu ihm, und sicherlich noch mehr zu Anna, doch war. Dennoch war er fasziniert von ihrer kämpferischen Art und ihrer Entschlossenheit. Er mochte die Perspektive, aus der sie die Dinge betrachtete, ihre Unerschrockenheit und Leidenschaft.

„Ich werde sie weit weglocken und in einem Bogen zu euch zurückkehren. Bis dahin müsst ihr das Artefakt gefunden haben."

„Wenn das nur so einfach wäre", murmelte Alexander, doch da war Askaya bereits losgelaufen. Sie verschwand hinter dem nächsten Hügel und es dauerte nicht lang, bis sie auf jenem erschien, zu dessen Füßen die fremden Männer waren. Askaya tat so, als habe sie die vier nicht gesehen und als sei sie im Begriff, den Hügel hinabzusteigen. Dann hielt sie abrupt inne, tat überrascht, und lief eiligst davon. Der Plan ging auf, die vier folgten ihr unvermittelt. Anna und Alexander sahen Askaya samt ihren Verfolgern zwischen den Hügeln des Feentales verschwinden.

„Jetzt!" Alexander sprang auf, nahm Annas Hand und so stürmten sie beide los, spurteten zwischen den Hügeln hindurch, direkt auf den knorrigen Baum zu. Dort angekommen hielten sie unschlüssig inne.

„Und was nun?"

Alexander zuckte mit den Schultern und begann, das Gras unter dem Baum abzutasten. Anna suchte währenddessen an den Wurzeln, die sich, statt einen Weg in die Erde zu bahnen, an einem Felsen festgekrallt hatten. Als sie nicht fündig wurden, tasteten sie den Stamm ab und sahen hinauf in die Baumkrone, die sich sanft im Wind wiegte. Doch ihre Hoffnung, dort einen Hinweis auf das verlorene Stundenglas zu finden, wurde enttäuscht. So begannen sie noch einmal von vorn, doch erneut ohne Erfolg. Anna lehnte sich schließlich mit dem Rücken gegen den Stamm des Baumes. „Ich wüsste nicht, wo wir noch suchen sollten. Vielleicht gibt es noch einen anderen Ort."

Enttäuscht und wütend zugleich schüttelte Alexander den Kopf. „Was haben wir eigentlich erwartet?" Er presste die Lippen aufeinander. „Ich hätte wissen müssen, dass das Stundenglas nicht einfach in der Birke hängt wie ein Strohengel in einem

Weihnachtsbaum."

„Wir dürfen nicht aufgeben", versuchte Anna ihm Mut zu machen und strich ihm eine Haarsträhne aus dem Gesicht. „Außerdem hatten wir alle diese Idee", fügte sie etwas leiser, beinahe zärtlich hinzu.

Wieder einmal gelang es Anna seinen Zorn beiseite zu wischen. Er seufzte und atmete tief durch. „Also gut, lass uns nachdenken."

„Holz sollte geborgen sein im Holz", wiederholte Anna Askayas Worte.

„Demnach müsste es ja im Baum selbst sein", mutmaßte Alexander.

Anna biss sich auf die Unterlippe. „Aber wo nur? Ich kann nirgends eine Öffnung im Stamm erkennen."

So standen sie vor dem Baum, ihre Gedanken kreisten wie wild gewordene Bienen. Dann suchten sie nach einem Versteck an anderen Bäumen, taten dies zunehmend hektisch, da sie befürchteten, die Männer könnten jeden Augenblick zurückkehren. Und tatsächlich, als wäre es eine düstere Vorahnung gewesen, hörten sie plötzlich leise Schritte hinter sich. Erschrocken wirbelten sie herum und blickten in hellblaue Augen.

„Askaya." Alexander war erleichtert, aber sein Herz klopfte heftig in seiner Brust, während Annas Augen eilig über die Hügel schweiften.

„Wo sind diese Kerle?", fragte sie mit gerunzelter Stirn. „Askaya, was hast du mit ihnen gemacht?"

„Keine Angst, ich habe sie nur in die Irre geleitet. Bald werden sie jedoch zurückkehren, deswegen ist Eile geboten." Sie trat näher heran, Schweiß glänzte auf ihrer dunklen Haut und ihr Blick bohrte sich in Alexanders Augen. „Seid ihr fündig geworden?"

„Leider nicht", gestand Alexander. Doch just in dem Moment, in dem er dies sagte, brach ein Sonnenstrahl durch die Wolken und fiel auf einen Baum, dessen Krone einen großen Felsen überragte.

Weder der Sonnenstrahl noch der Baum oder der Fels waren jedoch das Außergewöhnliche. Es waren unzählige kleine Falter, die im Sonnenlicht, das seinen Weg durch die Wolkendecke gefunden hatte, tanzten, wie es sonst nur Staubkörner taten.

„Seht mal da." Mit heruntergeklapptem Unterkiefer deutete Alexander auf all die Falter.

„Auch wenn es hier in Schottland zurzeit nicht bitterkalt ist, es ist dennoch Winter und da sollte es eigentlich keine Schmetterlinge geben", wunderte sich Anna.

In Alexander reifte ein Verdacht heran, wie er ihn noch vor wenigen Tagen, bevor er Wesen wie den Grünen Mann, den Pecht, die Laughremen oder den Puck, von Askaya ganz zu schweigen, gekannt hatte, sicher nicht gehegt hätte.

„Wir sind doch im Fairy Glen", sprach Anna laut aus, was er bereits dachte, „und somit ist das hier das Tal der Feen." Sie machte eine ausschweifende Handbewegung, als wolle sie das kleine Tal mit ihren Armen umfassen.

„Du bist also der Meinung, das hier", er deutete auf das fröhliche Gewimmel im Sonnenstrahl, „sind Feen?", beendete Alexander ihren Satz.

„Sicher, Alex, was sonst?", stellte sie nüchtern, aber mit einem wissenden Lächeln fest, als wäre es das Normalste der Welt.

„Na ja", räumte Alexander ein, „es sollte mich ja eigentlich nicht mehr überraschen."

„Was sind Feen?", wollte Askaya wissen und Alexander sah sie verdutzt an. Eigentlich hatte er geglaubt, sie würde als Erste von allen wissen, was Feen, Elfen oder Zwerge und vielleicht sogar Orks sind.

„Winzige geflügelte Wesen, meist Frauen", erklärte er. Askaya schien nicht weiter darüber verwundert zu sein, dass es so etwas gab.

„Dann lasst uns rasch nachsehen", forderte Anna und lief los.

Sie folgten dem Sonnenstrahl in Richtung des hinter dem Felsen versteckten Baumes. Als sie dabei näher an das Sonnenlicht traten, welches einem leuchtenden Speer ähnelte, konnten sie einen Blick auf all die kleinen Wesen werfen. Gestalten, die aussahen wie winzige Menschen, mit zarten Gliedern und feinen Gesichtszügen, wuselten getragen von schillernden Flügeln durch das Licht. Magisch muteten all die Lichtreflexionen an, die aufblitzten und dem Auge vorgaukelten, es handle sich um Schmetterlinge oder Libellen. Ein Beobachter, der nichts anderes erwartete als Schmetterlinge und Libellen, würde ganz bestimmt, von seiner eigenen Wahrnehmung getäuscht, auch nichts anderes sehen.

Dann jedoch schloss sich das Loch in der Wolkendecke, und mit der Sonne verschwanden auch all die kleinen Geschöpfe. So eilten die drei weiter, nicht ohne sich erneut nach Verfolgern umzusehen. Kurz darauf umrundeten sie den Felsen und standen dann vor einem bislang verborgenen Baum. Auch dieser war krumm und verwachsen, im Gegensatz zum ersten Baum jedoch, an dem sie das Artefakt vermutet hatten, hatte dieser eine deutliche Verdickung in der Mitte seines Stammes. In der dicken Stelle wiederum befand sich ein Spalt.

„Das ist wie beim Stein von Clach Ard im Reich der Laughremen", stellte Askaya fest und wollte in den Spalt hineingreifen. Allerdings musste sie feststellen, dass sie ihre Hand nicht hineinbekam.

„Dann bin jetzt wohl ich an der Reihe", meinte Anna und ihre Augen leuchteten aufgeregt.

Tatsächlich gelang es ihr, langsam ihre kleine Hand in die schmale Öffnung zu schieben und das Innere des Baumes abzutasten.

„Ich hab etwas", rief sie schließlich erfreut und wollte gerade ihren Arm wieder zurückziehen. Irgendetwas stimmte jedoch nicht, wie Alexander sofort feststellte. Anna runzelte die Stirn. Der nachdenkliche Ausdruck auf ihrem Gesicht wich rasch einem panischen Blick, als es im Holz knarrte und der Spalt immer kleiner wurde, bis der Baumstamm sich direkt um ihr Handgelenk herum geschlossen hatte.

„Ich bekomme meinen Arm nicht heraus", rief sie. Mehrfach zerrte Anna an ihrer Hand und wirkte zusehends verzweifelter. Ihre Bemühungen waren jedoch genauso wenig von Erfolg gekrönt, wie Alexanders Versuche, das Holz auseinanderzudrücken. Askaya bohrte einen Dolch vorsichtig in jene Stelle, wo der Spalt gewesen war, doch dieser war nun gänzlich geschlossen. Das Holz hatte sich fest um Annas Handgelenk gelegt. Es war zwecklos, Anna steckte fest.

„Wenn die Kerle gleich zurückkommen, haben wir ein Problem", flüsterte sie mit zittriger Stimme.

„Dann müssen wir deine Hand abschneiden und dem Baum als Opfergabe überlassen", erklärte Askaya ernst und sah dabei nicht so aus, als würde sie scherzen.

Sowohl Alexander als auch Anna rissen entsetzt die Augen auf, doch plötzlich entblößte ihre ungewöhnliche Freundin die Zähne und ein fast schon spitzbübisches Lächeln huschte über ihr Gesicht. Anna fand das offenbar gar nicht lustig. Askaya wurde schnell wieder ernst.

„Keine Angst", versuchte sie Anna zu beruhigen. „Wir lassen dich nicht im Stich."

Alexander legte Anna, die mittlerweile Tränen in den Augen hatte, eine Hand auf die Schulter.

„Ich bleibe bei dir, solange bis wir dich freibekommen", flüsterte er und strich ihr über die Wange. Anna versuchte, zuversichtlich dreinzublicken, wirkte aber dennoch so traurig, dass Alexander nicht anders konnte, als sie in den Arm zu nehmen. Warm und weich schmiegte sie sich an ihn.

„Sie kommen zurück!" Askayas Warnung traf sie unvermittelt. Sie blickten sich hastig um. Alexander konnte weder etwas sehen noch hören. Abermals zerrte Anna panisch an ihrem Arm, doch es war aussichtslos. Dann hörten sie auch schon Stimmen, und ihre Gemüter verdunkelten sich ebenso wie der Himmel, an dem sich dräuende Wolken versammelt hatten. Ein kalter Wind pfiff durch das Fairy Glen, blähte die Mäntel der vier Männer, die gerade um den nächsten Hügel kamen, bedrohlich auf.

17) Dunkle Wolken

Schottland heute, Isle of Skye, Old Man of Storr

Alexander und Anna duckten sich, in der Hoffnung, hinter dem großen Stein einigermaßen gut verborgen zu sein, doch es war zu spät. Die vier hatten sie bereits entdeckt und kamen näher. Askaya sprang auf den Felsen, hielt ihren Stock in den Händen, bereit, augenblicklich zuzuschlagen.

„Wagt es nicht, näher zu treten." Etwas Gefährliches lag in ihrer Stimme, ließ die Männer, von denen einige bereits mit Askayas Stock Erfahrung gemacht hatten, innehalten. Allerdings nur kurz, dann rückten sie heran, bildeten einen Halbkreis um Anna, Askaya und Alexander.

„Gebt uns die Stundengläser und euch wird nichts geschehen", sagte einer der vier, den sie bisher noch nicht gesehen hatten und der einen Vollbart trug. Askaya schwieg und presste ihre Lippen aufeinander, ihre Haltung war unmissverständlich. Sie würde weder weichen noch würde sie die Artefakte kampflos herausgeben.

„Sie hat schon einige von uns auf dem Gewissen", erinnerte der pockennarbige Mann, den Alexander nur zu gut kannte.

„Ich weiß, Gottfried", erwiderte der Bärtige. „Trotzdem vermeiden wir zu töten, wo immer es geht."

„Dennoch sind wir Krieger", widersprach Gottfried und fixierte Askaya mit Zorn in den Augen.

Der Vollbartträger legte ihm eine Hand auf die Schulter.

„Zuallererst sind wir den Artefakten verpflichtet. Sie sollen wir suchen und finden. Es war nie die Rede davon, dafür zu töten. Unsere Aufgabe ist es, Wissen zu hüten und zu bewahren." Der Bärtige betrachtete Gottfried, als sei er über dessen Verhalten erstaunt.

Alexander lauschte aufmerksam dem Gespräch. „Wovon reden die bloß?", flüsterte er Anna zu, doch die schüttelte nur den Kopf.

„Ich weiß es nicht. Aber sieh mal da", sie deutete in Richtung der Männer, „sie alle tragen diese Halskette."

„Zwei Männer auf einem Pferd", bestätigte Alexander und strich die über das Kinn. „Dieses Symbol kennen wir."

„Es kann kein Zufall sein, dass Sebastian die gleiche Halskette trägt wie diese Typen", überlegte Anna und beobachtete angespannt die Männer.

„Dann nehmen wir sie wenigsten mit", schlug ein anderer der Männer vor. „Es ist nicht an uns allein, zu entscheiden."

Nach kurzem Zögern nickte der Bärtige. „Gut, ihr kommt mit."

Askaya war jedoch anderer Meinung und ihre Anspannung entlud sich schlagartig. Sie sprang vom Fels herab, direkt in die Mitte der Männer. Ihr Stab rauschte durch die Luft, täuschte einen Schlag von oben an. Rasch jedoch duckte sie sich und fegte einem der Männer die Beine weg. Der Getroffene stürzte zwar, doch kam er schnell wieder auf die Füße. Sofort bildeten die vier einen Halbkreis um Askaya, die den Felsblock im Rücken hatte. Die Männer drängten vor, Schwerter in den Händen haltend, während Askaya ihren Kopf rasch hin und her bewegte, wodurch die Dolche an ihren Zöpfen todesverheißend zu pendeln begannen.

„Es hat keinen Zweck. Legt die Waffen nieder und folgt uns“, versuchte es der Bärtige erneut, offensichtlich war er weniger mordlustig als der pockennarbige Gottfried. Seine Worte verhallten jedoch wirkungslos, denn Askaya schoss blitzschnell nach vorn. Ihr Stock flog auf den linken der vier Männer zu, kam von oben und schlug ihm das Schwert aus den Händen. Askaya flog regelrecht hinterher, wirbelte um die eigene Achse, wobei ihre Dolche durch die Luft zischten. Der Mann schrie auf, als ihm eines der Messer in den Oberarm schnitt. Sofort schnellte Askaya auf den nächsten Angreifer zu, deckte ihn mit heftigen Schlägen ein. Ihr Stock raste durch die Luft, die Kriegerin der Sieben Feuer verschmolz mit ihm, als wäre er ein Teil von ihr. Immer wieder krachte das erstaunlich harte Holz auf die breiten Schwerter, wobei es so klang, als würde nicht Holz, sondern Stein auf Metall treffen. Doch die Männer führten ihre Schwerter ebenfalls geschickt, und sie waren zu viert. Allmählich drängten sie vor, doch nur kurz, denn Askaya tauchte ab und rollte über den Boden zur Seite weg. Sofort sprang sie auf, traf einen weiteren Angreifer schmerzhaft am Bein. In weitem Bogen ließ sie den Stock über ihren Kopf kreisen, um ihn mit tödlicher Gewalt auf die Schläfe ihres Widersachers krachen zu lassen. Im letzten Augenblick duckte sich der Mann, und als er sich wieder aufrichtete, schnellte sein Schwert auf Askayas Bauch zu. Die Kriegerin glitt zur Seite, holte aus, und plötzlich krachte es ohrenbetäubend. Etwas traf den Fels hinter ihr, unsichtbar, aber tödlich. Winzige Steinsplitter wurden aus dem Gestein gerissen und flogen gefährlich durch die Luft. Sofort war der Kampf beendet, und selbst Askaya sah sich entsetzt um.

Alexander und Anna wussten sofort, dass es ein Schuss aus einer Pistole gewesen war, der den Stein getroffen hatte. Ein Mann stieg, mit der Waffe in Händen, von einem Hügel herab. Langsam kam er näher, wirkte düster, und sein Gesicht sah aus, als hätte sich noch nie ein freundliches Lächeln darauf gezeigt. Seine Augen waren hart und kalt, ohne jegliches Mitgefühl, seine Haut erinnerte an Leder und seine fast schwarzen Augen fixierten Askaya emotionslos.

„Alexander, du musst Askaya zurückhalten, schnell", flehte Anna mit vor Angst bebender Stimme. „Sie kennt diese Waffen nicht und wird ihn angreifen."

Schon rannte Alexander zu Askaya.

„Bleib stehen", brüllte der Mann und richtete die Pistole auf Alexander. Askaya warf ihm einen fragenden Blick zu, doch ihr Freund schüttelte langsam den Kopf, in der Hoffnung, dass sie ihn verstand. Sie durfte den Fremden keinesfalls attackieren.

„Leg die Waffe weg, Johannes." Der Mann mit dem Bart, der gewillt schien, ihre Begegnung friedlich zu beenden, ging einen Schritt auf Johannes zu. „Was soll das? Du weißt, diese Waffen verletzen unseren Ehrenkodex."

„Nein, William, diese Angelegenheit ist von viel zu großer Wichtigkeit."

„Es sind nur bedeutungslose Stundengläser, alt in der Tat, aber von keinem wirklichen Nutzen oder Wert", beharrte der Bärtige, der offenbar William hieß und einen schottischen Akzent hatte.

Johannes sah William abschätzend an, so wie jemand es tat, der mehr zu wissen glaubte als die anderen. „Wir nehmen sie mit, soll er entscheiden, was mit ihnen geschieht", meinte er schließlich. „Wichtig ist, dass wir zurückbekommen, was uns gehört und was sie aus dem Museum gestohlen haben." Dann richtete er seine Waffe auf Anna.

„Nein!", schrie Alexander. „Bitte, ihr dürft ihr nichts tun."

„Sie soll nach vorne kommen, sofort." Johannes' Stimme duldete keinen Widerspruch.

„Sie kann nicht", sagte Alexander rasch.

„Warum nicht?"

„Sie steckt fest."

Der Mann mit den fast schwarzen Augen und der ledernen Haut runzelte die Stirn und ging dann zu Anna. „In der Tat", meinte er mit einer Stimme, die jedwedes Gefühl vermissen ließ. „Ihre Hand steckt im Baum fest."

Dann wandte er sich wieder den anderen Männern zu und wies auf Askaya. „Fesselt sie. Sie ist gefährlich. Und nehmt ihr das andere Artefakt ab, das sie aus dem Museum gestohlen hat." Die Männer machten Anstalten, Askaya zu fesseln, doch die ruckte nach vorn. Sofort hielt Johannes seine Pistole an Annas Schläfe. Anna schloss die Augen, schluchzte und zitterte wie Espenlaub.

„Askaya, nicht!", schrie Alexander erneut und seine Freundin hielt inne. Mit blitzenden Augen sah sie von Johannes zu den restlichen Männern und dann zurück zu Anna.

Langsam und mit hasserfülltem Blick übergab sie das Stundenglas mit den Flammen an den Pockennarbigen und leistete Anna zuliebe keinen Widerstand, als sie gefesselt wurde.

Der Pockennarbige steckte das Artefakt ohne großes Interesse in seine Manteltasche. Erstaunlicherweise fragten die Männer nicht nach den anderen Stundengläsern, was Alexander zu der Annahme verleitete, dass sie von diesen entweder nichts wussten oder sie Artefakte nicht in ihrem Besitz glaubten.

Dann nahm er Askaya ihren Stock weg. Alexander konnte sich gut vorstellen, welcher Kampf in Askaya toben musste, war sie ihrem Ziel doch so nah gekommen. Endlich, nach 2.000 Jahren, ein für Alexander kaum fassbarer Zeitraum, war sie es, die die Artefakte gefunden hatte, und nun wurden sie ihr weggenommen. Dass die kriegerische Frau in dieser Situation nicht alles daran setzte, ihre Feinde aus dem Weg zu räumen, zumal Askayas eigenes Volk und noch weitere ihrer Welt unter dem Joch dieser Einaren zu leiden hatten, zeugte von der Wertschätzung und Hochachtung, die sie Anna und ihm selbst entgegenbrachte. Er dachte nicht länger darüber nach, sondern ging stattdessen zurück zu Anna und legte seinen Arm um sie.

„Keine Angst", flüsterte er ihr zu und strich ihr zärtlich über die Wange. „Ich weiche nicht von deiner Seite." Tränen liefen über Annas Wangen, und es schmerzte Alexander zu sehen, wie sehr sie litt.

„Ich will wissen, warum ihre Hand im Baum feststeckt", forderte Johannes, dann aber grinste er hämisch. „Oder weiß ich es vielleicht schon?"

„Hohl eine Säge, schnell", befahl er und einer der Männer eilte davon.

„Nein", rief Anna plötzlich. „Wartet, ich bekomme die Hand sicher heraus." Irritiert sah Alexander Anna an. Er verstand weder, wie sich der Stamm um ihr Handgelenk hatte schließen können, noch wie Anna gedachte, ihre Hand zu befreien.

Anna atmete tief ein, dann schloss sie die Augen. In ihrem Inneren machte sich ganz unvermittelt das Bedürfnis breit, mit dem Baum Verbindung aufzunehmen. Woher dieser Einfall kam, konnte sie nicht sagen, erschien es ihr doch selbst wie eine verrückte Idee, aber sie erinnerte sich an den Grünen Mann und hoffte, ihr Vorhaben wäre nicht nur aus Verzweiflung wegen ihrer misslichen Lage geboren, sondern gründete auf einer verlässlichen Intuition. Anna wandte sich dem Baum zu und legte ihre freie Hand auf dessen Stamm. Die Rinde fühlte sich kühl und hart an. Zunächst geschah nichts, dann wurde Annas Atmung ruhiger, ihr Zittern ließ allmählich nach. Ihr Kopf weigerte sich, dies auf den Baum zu schieben, während etwas anders in ihr, etwas Unbekanntes und Fremdes, sich langsam ausbreitete und Anna die Gewissheit vermittelte, das Richtige zu tun. Sie empfand eine Verbundenheit mit dem Baum, nahm dessen Lebendigkeit und gleichzeitig seine Verwurzelung in der Erde wahr. Sie konnte es selbst nicht glauben, doch tiefer Friede erfasste sie. Was für sie eben noch eine Fessel gewesen war, erschien ihr plötzlich sogar wertvoll und erstrebenswert.

Beinahe hätte sie vergessen, was sie eigentlich hatte tun wollen, nämlich ihre Hand aus dem Baum befreien, so sehr verschmolz sie mit dem Gewächs, genoss den Augenblick, der ihr Zuflucht vor ihren Verfolgern bot.

„Wird das heute noch etwas?"

Ganz entfernt drangen die Worte an ihr Ohr, jedoch ohne sie
zu berühren.

„Los, hol die Säge", blaffte die Stimme

„Nein, wir können den Baum nicht fällen!" Das war Alexander,
der sich eindeutig besorgt anhörte.

„Ich spreche auch nicht von dem Baum."

Anna kümmerte dies alles nicht, zumindest nicht in diesem
Moment. Still formulierte sie ihre Bitte, innerlich und ohne Worte,
in der Hoffnung, der Baum würde sie verstehen. Sie spürte ihren
Atem, ruhig und unendlich tief, jeder Atemzug währte eine
Ewigkeit und länger noch, wurde langsamer und langsamer.
Irgendwann wurde sogar ihr Herzschlag eins mit dem Baum,
dessen Lebenskraft sie ruhig und gleichmäßig pulsieren spürte, wie
ein sanftes Pochen, welches aus den Tiefen der Erde zu kommen
schien und sie erfüllte. Ich bin eins mit dem Puls allen Lebens,
schoss es ihr durch den Kopf, auch wenn sie diesen Gedanken
nicht verstand. Kurz verlor sogar alles um sie herum an Bedeutung.
Die Realität, wie Anna sie kannte, wurde gegenstandslos, löste sich
auf in einem höheren Sein, das ihr Verstand nicht zu erfassen
vermochte.

Dann allerdings geschah etwas Schreckliches, mentale
Schmerzen durchfluteten sie, als würde ein Teil von ihr
herausgerissen werden. Kurz dachte sie an die Säge und ihren Arm,
doch es war viel schlimmer. Sie verlor den Baum, die Ruhe und die

Geborgenheit, ebenso wie den ewig währenden Augenblick. All das bereitete ihre eine innere Pein, wie sie sie noch nie erlebt hatte. Sie hörte ein Knarren im Holz, kein gewaltvolles Bersten, sondern ein Knistern, welches sich widerstrebend anfühlte, so als wolle jemand einen Geliebten nicht loslassen, wusste aber, dass er keine andere Wahl hatte. Der Stamm zog sich zurück, der Spalt verbreiterte sich, und schließlich gab er Annas Hand frei. Und mit ihr auch das Stundenglas. Als Anna ihre Augen öffnete, blickte sie in Alexanders ungläubiges Gesicht, selbst die Männer in den langen Mänteln betrachteten sie mit offenem Staunen. Der schreckliche Mann jedoch, den die anderen Johannes nannten, fixierte nur das Artefakt in ihren Händen, als wollte er es mit seinem Blick zerquetschen.

Auch diese kleine Sanduhr ähnelte mit den Metallschwertern und den Holzringen, in die das Glas eingefasst war, den anderen, die sie bisher gefunden hatten. In diesem Stundenglas jedoch wuchs ein kleiner Baum. Das Wurzelwerk füllte den unteren, die Krone den oberen Teil aus, während sich der schlanke Stamm durch die schmale Öffnung des Glases erstreckte. Unwillkürlich musste Anna beim Anblick des winzigen Gewächses an Bonsaibäume denken. Doch da riss Johannes ihr die Sanduhr auch schon aus den Händen.

„Alles in Ordnung mit dir?", flüsterte Alexander. Anna presste die Lippen aufeinander und nickte. Kurz legte sie eine Hand auf den Baum, in dem sie eben noch festgesteckt hatte, wurde dann unsanft gepackt, ebenso wie Alexander, und mitgezerrt. Askaya war bereits gefesselt. Einer der Männer löste gerade ihre Dolche aus den Haaren und packte sie dann weg.

„Die nehme ich." Ohne eine Antwort abzuwarten nahm Johannes Askayas Messer an sich und verstaute sie in seinem bodenlangen Mantel. Askayas Blick versprühte Hass und Verachtung. Alexander wusste, sie hätte diesen Mann augenblicklich getötet, wäre es ihr nur möglich gewesen.

„Ihr habt doch jetzt, was ihr wolltet", getraute er sich zu sagen, „also könnt ihr uns genauso gut gehen lassen." Er blickte dabei den Bärtigen an, doch der Mann mit den schwarzen Augen kam William zuvor.

„So einfach ist das nicht. Ihr kommt mit uns."

Die Männer schleiften sie mit, bis sie die kleine Straße erreichten, die ins Fairy Glen führte. Dort verfrachteten sie sie kurzerhand in den dunklen Laderaum eines Lieferwagens, die Hände auf den Rücken gebunden. Alexander hörte noch, wie Autotüren zugeschlagen wurden, dann ging die Fahrt auch schon los.

„Wohin bringen die uns?" Die Verzweiflung in Annas Stimme war unüberhörbar.

„Ich habe keine Ahnung", entgegnete Alexander.

„Wo sind wir da bloß hineingeraten?"

„Das habe ich mich auch schon des Öfteren gefragt. Irgendwie habe ich mir den Urlaub anders vorgestellt."

Manchmal wünschte sich Alexander, Schottland würde eher den Vorstellungen seiner Tante Augusta entsprechen als dem nicht ungefährlichen Nervenkitzel, zu dem die Suche nach seinem ganz persönlichen Westen mittlerweile geworden war. Er schob diese Erkenntnis weit von sich. Weiterhelfen würde sie ihnen nicht.

„Askaya, warum haben sie dir nicht auch noch die beiden anderen Stundengläser abgenommen?", wunderte sich Anna, und stellte damit die gleichen Überlegungen an, die Alexander bereits durch den Kopf gegangen waren.

„Ich weiß es nicht", gab Askaya zu. Alexander fiel auf, wie anders und fremdartig ihre dunkle Stimme in der absoluten Finsternis klang. „Ich kenne weder diese Krieger noch weiß ich, warum sie hinter den Artefakten von Erenor her sind. Aber ich werde nicht zurückkehren, ohne bei mir zu haben, was zu finden ich gekommen bin."

„Gebietet dir das dein Stolz?" Eigentlich war die Frage überflüssig, kannte Alexanders doch bereits die Antwort.

„Ja, in der Tat. Das Joch der Einaren muss beendet werden, die Schmach von damals muss endlich wieder durch eine Kriegerin der Sieben Feuer ungeschehen gemacht werden." Stolz klangen Askayas Worte, stolz und unbeugsam, daran änderte auch ihre gegenwärtige Lage nichts.

Dann kreisten Alexanders Gedanken erneut um die Halskette. Er konnte sich des Gefühls nicht erwehren, die zwei Reiter auf einem Pferd schon einmal gesehen zu haben. Hatte er in einem Buch davon gelesen? Oder war es ein Bericht im Fernsehen gewesen?

„Das kann nicht sein", rief er plötzlich nach einer Weile des Schweigens.

„Was kann nicht sein?", fragte Anna.

„Die Halskette, die Askaya einem der Männer entrissen hat."

„Was ist damit?", verlangte nun auch Askaya zu wissen.

„Ich habe dieses Symbol schon einmal gesehen."

„Und wo war das?"

Alexander konnte hören, wie Anna sich aufrichtete und zu ihm heranrutschte. Immerhin hatte sie ein gesteigertes Interesse an der Kette.

„In Robin of Sherwood, einer Fernsehserie, die ich auf DVD habe", erklärte Alexander. „Es sind nicht irgendwelche Männer auf dem Pferd, sondern zwei Ritter, Tempelritter."

„Tempelritter?" Zweifel und Ungläubigkeit waren in Annas Stimme zu hören.

„Ja, in einer der Folgen wurden Robin Hood und seine Männer von Templern bedroht. Die Ritter trugen ein goldenes Amulett bei sich, welches zwei von ihnen auf einem Pferd darstellte. Bei den Halsketten, die die Männer bei sich tragen, handelt es sich um das Symbol der Templer."

Weder Anna noch Askaya sagten etwas. Askaya, weil sie mit dem Begriff Tempelritter nichts anfangen konnte und Anna, weil sie Alexanders Ausführungen für absurd hielt.

„Alexander, das ist doch verrückt. Wahrscheinlich sind es nur irgendwelche Fanatiker, die sich für Templer halten", spekulierte Anna. „Ich glaube sogar, mal gelesen zu haben, dass die Templer im 13. oder 14. Jahrhundert ausgelöscht wurden."

„Viel verrückter als der Grüne Mann und all die anderen Wesen, die wir bisher getroffen hatten, ist das auch nicht."

Anna widersprach nicht.

„Soweit ich mich erinnern kann", fuhr Alexander fort, „waren die Templer so etwas wie kriegerische Mönche, die im gelobten Land die Pilgerwege bewachen sollten."

„Aber selbst wenn es sie noch gäbe, was sollten sie hier in Schottland machen und wie sollten sie von den Artefakten erfahren haben und …?" Anna brach ab und schwieg, sodass nur noch das dumpfe Motorengeräusch des Lieferwagens zu hören war.

„Und was?"

„Ich musste nur gerade an Sebastian denken."

„Du sagtest, er trägt dieses Symbol ebenfalls um den Hals", stellte Alexander fest.

„Was bedeuten würde, er wäre einer von ihnen", folgerte Anna.

Alexander konnte Anna nicht erkennen, aber er tastete nach ihr und bekam schließlich ihre Hand zu fassen.

„Wenn das stimmt, hat Sebastian dies all die Jahre über verschwiegen", meinte Anna traurig. „Wer weiß, was er sonst noch alles verbirgt."

„Das tut mir leid, Anna."

Anna schwieg, ihre Hand fühlte sich in Alexanders klein und kalt an.

„Ganz gleich, wer in eurer Welt nach den Stundengläsern sucht", meldete sich Askaya nun zu Wort, „es sind die Artefakte von Erenor und sie müssen zurück, um die Sieben Feuer erneut zu entfachen. Der Ring, der die Einaren verbannt, muss wiedererweckt werden."

„Wenn wir dir dabei irgendwie helfen können, Askaya, dann

werden wir das tun", erklärte Alexander.

„Das weiß ich, aber ich habe schon genug Schatten über euch gebracht. Meine Suche ist eine sehr alte. Es ist kein Spiel. Ein Wunder, dass ihr überhaupt noch am Leben seid."

Askayas Worte verursachten bei Alexander eine Gänsehaut, auch für ihn war ihr Überleben erstaunlich, aber nicht zuletzt verdankten sie ihr Leben Askayas kämpferischen Fähigkeiten sowie der Hilfe der sonderbaren Naturgeister, deren Existenz sie nie für möglich gehalten hätten.

„Askaya", hörte er Annas sanfte Stimme in der Dunkelheit.

„Sprich, Anna."

„Es tut mir leid. Meinetwegen sitzen wir hier gefesselt im Dunkeln. Ich hätte meine Hand schneller aus dem Baum herausziehen müssen, dann hätten wir rechtzeitig verschwinden können." Anna klang zerknirscht. „Und danke, dass du mir zuliebe nichts unternommen hast. Sicher hätte dieser entsetzliche Kerl mich sonst erschossen."

„Ich weiß zwar nicht, was du mit ›erschossen‹ meinst, aber dein Leben scheint es mir wert, bewahrt zu werden, Anna."

„Der Mann hatte eine Pistole", erklärte Alexander. „Die ist schneller und tödlicher als jeder Stock und jedes Schwert."

„Ich habe die Angst in euren Augen gesehen, als der Fremde diese Waffe in den Händen hielt. Sie muss wirklich gefährlich sein", bestätigte Askaya. „Dennoch solltet auch ihr lernen, mit einem Stock oder einem Schwert umzugehen. Und vergesst nicht, manchmal vermag die List schneller als jede Waffe zu sein."

„In unserer Welt brauchen wir eigentlich keine Waffen, Askaya", gab Anna zurück, fügte dann ein wenig leiser und nicht ganz ohne Bedauern hinzu: „Zumindest habe ich das bisher geglaubt."

„Auch wenn es nicht von Nöten sein mag bei euch, so ertüchtigt es dennoch euren Geist und euren Körper. Ich kann mir ein Leben ohne das Surren meines Stabes nicht vorstellen. Er hilft mir immer wieder, mich auf den Augenblick zu konzentrieren."

Kurz herrschte Schweigen, dann sprach Askaya weiter und Bewunderung lag in ihrer Stimme. „Dennoch hast du eine besondere Gabe, Anna."

„Was meinst du?"

„Deine Hand war eingeschlossen im Stamm des Baumes, und trotzdem war es, als könntest du mit dem Baum in Verbindung treten. Etwas wahrhaftig Seltsames ist geschehen in jenem Augenblick im Tal der Feen. So etwas habe ich noch nie erlebt. Der Stamm hielt dich nicht gefangen, es war, als wollte er mit dir nur in Verbindung treten. Am Ende ist es dir gelungen, deine Hand wieder freizubekommen."

„Ich weiß auch nicht, wie ich das gemacht habe", gestand Anna ein. „Ich hatte einfach das Gefühl, ich könnte es. Als ich es dann getan habe, verspürte ich eine unglaublich schöne Verbundenheit mit dem Baum. Es war, als wäre ich selbst ein Teil der Natur, als könnte mir nichts etwas anhaben."

„Du bist ein Teil der Natur, wir alle sind das", meinte Askaya so selbstverständlich, wie es wohl tatsächlich auch war. „Mir drängt sich der Eindruck auf, in eurer Welt hat man das vergessen."

„Das mag sein."

Auch Alexander war nicht entgangen, dass etwas Besonderes geschehen war, als Annas Hand im Stamm festgesteckt hatte. Seltsamerweise überraschte ihn dies nicht, hatte er doch schon des Öfteren das Gefühl gehabt, Anna habe ihre ganz eigene Art, mit ihrer Umgebung in Verbindung zu treten. Eine Art, die tiefer und weitreichender war als Worte, die ihn sogar über seine schmerzenden Fesseln und die deprimierende Situation, in der sie sich befanden, hinwegtröstete.

18) Unangenehme Anrufe

Schottland heute, Isle of Skye, Uig

Besorgt und energischen Schrittes ging Susan in dem kleinen Wohnzimmer auf und ab. Es war früher Nachmittag und die Sonne wurde zunehmend von Wolken bedeckt. Dass der Wetterdienst auch noch einen Sturm für den Abend vorhergesagt hatte, trug wenig zu ihrer Beruhigung bei.

„Sie hätten sich längst melden müssen", stellte sie fest.

Robert nickte bestätigend. „Ich weiß. Ich habe Alexander ausdrücklich darum gebeten, zwei Mal am Tag anzurufen. Er mag zwar manchmal etwas verträumt sein, aber er ist zuverlässig."

„Eben", stimmte ihm Susan zu. „Und genau aus diesem Grund werde ich mich jetzt auf die Suche machen. Ich habe ein ungutes Gefühl."

Susan nahm ihre Regenjacke und war bereits im Begriff, sich diese überzuziehen, als ihr Handy klingelte. Wie vom Blitz getroffen fuhr sie herum, während Robert mit ernster Miene das Gespräch annahm.

„Ja", sagte er nur, dann runzelte er die Stirn und kniff die Augen zusammen.

„Wer ist das?", verlangte Susan zu wissen und wollte schon nach dem Telefon greifen, doch Robert hob abwehrend, ja beinahe schon gebieterisch die Hand, und seine Frau hielt inne.

„Ihr habt was?", rief er. „Das hätte ich unverzüglich und als Erster erfahren müssen!" Robert ballte seine Hand zur Faust und ließ sie derart hart auf eine Kommode niederkrachen, dass Susan zusammenzuckte. Sein Gesicht hatte einen so bestimmenden und zornigen Ausdruck bekommen, wie Susan es noch nie bei ihrem Mann gesehen hatte. Irritiert runzelte sie die Stirn und lauschte gespannt dem Telefonat.

„Das hilft uns jetzt wenig, wir werden ein andermal darüber reden." Verständnislos, als hätte ein törichtes Kind eine Dummheit begangen, schüttelte Robert den Kopf. „Bleibt, wo ihr seid. Ich komme sofort." Damit legte er auf, steckte das Handy weg und wurde sich offenbar erst jetzt der prüfenden Blicke seiner Frau bewusst.

„Robert", begann sie langsam, aber dafür umso eindringlicher. „Das war doch nicht Alex. Also, was ist los, mit wem hast du da eben gesprochen?"

Robert zögerte. „Nicht jetzt, ich erkläre dir das alles später."

„Robert!", fuhr Susan ihn an, deren Geduld nun eindeutig am Ende war. Dennoch schüttelte Robert den Kopf und machte Anstalten, sich den Autoschlüssel zu schnappen. Susan befürchtete schon, er wolle ohne sie losfahren, und packte ihn fest an der Schulter.

„Ich komme mit!" Auffordernd blickte sie ihn an. „Und keine Widerrede", fügte sie hinzu, bevor er auch nur den Mund aufmachen konnte.

„Gut, dann komm."

Sie stürmten hinaus zum Auto, dessen Motor kurz darauf auch schon aufheulte, als sie über den Feldweg jagten, der von dem kleinen, strohgedeckten Cottage wegführte. Im Osten kroch bereits die Dunkelheit heran, während im Westen, dort wo die Äußeren Hebriden weit abseits der rauen Küste Schottlands lagen, sich mächtige Wolken auftürmten. Doch nicht nur an den fernen Himmelsgestaden zog Dunkelheit auf, sondern auch in Susans Herzen. Schweigend, mit auffordernden Blick betrachtete sie Robert, der den Wagen mit starrer Miene über die Straßen lenkte.

„Alexander und Anna sind aufgetaucht", meinte er endlich.

Die Erleichterung wich rasch einer düsteren Vorahnung, als Susan ihren Mann betrachtete. Robert war anders, verhielt sich für sie ungewohnt. Der finanzbesessene Banker schien verschwunden und durch einen ernsten, dunkle Geheimnisse verbergenden Unbekannten ersetzt worden zu sein. So langweilig ihr der bürogeplagte Ehemann manchmal auch erschien, so sehr wünschte sie sich ihn nun zurück.

*

Ausgerechnet als Sebastian mit seinem Mietwagen über die Hochlandstraße preschte, vibrierte sein Handy. Genervt nestelte er an der Innentasche seiner Jacke herum, bis er endlich das lästige Teil zu fassen bekam. Als er den Namen des Anrufers erkannte, stieg er heftig auf die Bremse. Nur im letzten Moment konnte er verhindern, eine Böschung hinabzurasen. Er holte tief Luft und nahm das Gespräch an.

„Ja", sagte er nur, doch das kurze Wort genügte, um

einen aufmerksamen Zuhörer Sebastians Anspannung merken zu lassen. Konzentriert lauschte er den Worten des Mannes am anderen Ende der Leitung. Nicht allzu oft hörte er von ihm, doch wenn, dann waren die Informationen in der Regel brisant und mit wichtigen Anweisungen verbunden.

„Die momentanen Ereignisse sind sehr heikel", säuselte die Stimme aus dem Telefon und Sebastian runzelte die Stirn. „Verdoppelt eure Anstrengungen. Wir wollen die Artefakte und die alte Schrift in unseren Händen haben. Ihr wisst, was auf dem Spiel steht."

„Wir tun unser …"

„Ergreift diese Frau und findet heraus, wo genau dieses Portal ist", unterbrach ihn die Stimme. „Außerdem ist mir zu Ohren gekommen, dass sie Hilfe von zwei jungen Leuten hat, ein Junge und ein Mädchen. Auch die beiden müssen verschwinden. Die Frau mit den Dolchen in den Haaren darf ihre Welt nicht erreichen."

„Warum lassen wir sie nicht einfach zurückgehen? Das wäre doch die eleganteste Lösung." Nervös spielte Sebastian an seinem Autoschlüssel herum.

„Das ist zu gefährlich. Sie könnte wiederkehren, oder es könnten weitere ihrer Art kommen. Nein, dieses Risiko kann ich nicht eingehen. Ich will, dass sie stirbt.“

Sebastians Gedanken rasten.

„Ach, übrigens“, schnarrte die Stimme am anderen Ende, „Johannes und Gottfried braucht ihr nicht anzurufen. Wir haben sie bereits instruiert.“ Ein kurzes Klacken ertönte, der andere hatte aufgelegt.

„Verdammt, Johannes!“, schrie Sebastian und schlug mit der Faust auf das Armaturenbrett. Johannes war ihm zuvorgekommen. Sebastian hatte mehrfach versucht anzurufen, doch er hatte den Prälat nicht erreicht. Er hatte eigentlich beabsichtigt, die Geschehnisse ein wenig anders darzulegen, doch dazu war es zu spät.

Was nun von ihm verlangt wurde, übertraf all seine Erwartungen, oder besser gesagt seine schlimmsten Befürchtungen. Das Unheilvolle jedoch war, dass Johannes und Gottfried ihre Anweisungen direkt erhalten hatten und diese sicher ohne mit der Wimper zu zucken befolgen würden.

Sebastian strich sich mit beiden Händen die Haare zurück und überlegte, wie er einen Weg aus der Zwickmühle finden konnte. Sein Verstand forderte Gehorsamkeit, sein Herz Verweigerung. Rasch musste er sich selbst eingestehen, dass es kein Dazwischen gab, nicht dieses Mal, nicht in diesem Fall. Jede auch noch so geringe Abweichung von einem der beiden Extreme würde Verrat bedeuten.

Mit zitternden Händen wollte er den Zündschlüssel umdrehen, als das Telefon abermals klingelte. Es war der gleiche Anrufer von eben.

„Ja?"

„Gute Nachrichten", erklärte die Stimme, „Johannes und Gottfried haben die drei und sind auf dem Weg zu dieser Felsnadel am Storr. Schließt euch ihnen an, findet das Portal und wenn irgendwie möglich, zerstört es, dann tötet die drei."

„Aber wie sollen wir dieses Portal zerstören? Es ist doch nicht einfach irgendein Tor oder …"

„Sprengt es in die Luft, lasst eine Geröelllawine abgehen oder was auch immer", herrschte der andere ihn an. „Lasst euch etwas einfallen." Wieder legte der Anrufer einfach auf.

Sebastian betrachtete sich im Spiegel, sein Gesicht war farblos, wie ein altes vergilbtes Schwarzweißfoto. Er wusste, dass er einen Entschluss fassen musste, und zwar schnell. Tief holte er Luft, schloss die Augen, schluckte alle Emotionen hinunter. Sie mussten tun, was getan werden musste. Sebastian startete den Wagen, zögerte erneut einen Augenblick, dann rauschte er mit quietschenden Reifen davon in Richtung des Old Man of Storr, jener Felsnadel, die er schon aus weiter Ferne sehen konnte und die ihm heute düsterer und bedrohlicher als jemals zuvor erschien.

*

Mit unverminderter Geschwindigkeit polterte der Lieferwagen über die Landstraße, die in Richtung des Old Man of Storr führte, doch das konnten die drei jungen Leute, die gefesselt im Dunkel des Laderaums saßen, natürlich nicht wissen. Die Stricke schnitten mittlerweile schmerzhaft in ihre Handgelenke ein. Die Fahrt kam ihnen endlos vor. Irgendwann wurden sie nach vorn geschleudert, als der gefühllose Fahrer den Wagen unvermittelt bremste und dann den Motor abstellte. Kurz danach hörten sie das Schlagen der Autotüren, gefolgt von knirschenden Schritten, die sich dem Heck des Fahrzeugs näherten. Dann wurden die beiden Klappen auch schon aufgerissen. Alexander und Anna waren erleichtert und ängstlich zugleich, während ihnen Askayas Anblick eindeutig verriet, dass ihr die Autofahrt nicht bekommen war. Mittlerweile war es später Nachmittag und ein kühler und heftiger Wind schlug ihnen entgegen, als der pockennarbige Gottfried die drei aus dem Auto zerrte. „Los, dort hinauf", blaffte er und deutete dabei auf einen Durchgang in einem Zaun, hinter dem ein Pfad den Hang hinaufführte und nach wenigen Schritten in einem kleinen Nadelwäldchen verschwand.

„Das ist der Weg zur Felsnadel", sagte Alexander verwirrt, als er den Parkplatz wiedererkannte, von dem aus sie vor wenigen Tagen zum Old Man hinaufgegangen waren. Anna nickte und musterte dabei sowohl Gottfried als auch Johannes und die anderen drei Männer mit sichtlichem Unbehagen. „Was haben die mit uns vor?"

„Ich weiß es nicht", flüsterte Alexander. „Ich kann mir aber nicht vorstellen, dass es etwas Gutes ist."

Während Gottfried lediglich unfreundlich dreinblickte, wirkte

Johannes einfach nur kalt und gefühllos, ja sogar brutal. William und die anderen beiden hinterließen bei Alexander den Eindruck, als wäre ihnen selbst nicht ganz wohl bei alledem, was da vor sich ging. Alexander konnte sich keinen Reim darauf machen. Er sah zu Askaya, doch das Mädchen presste nur die Lippen aufeinander und musterte die Männer. Die Kriegerin sprach kein Wort, sondern wirkte wie ein Raubtier, das trotz Fesseln jederzeit bereit war, seine Zähne in das unbedachte Opfer zu schlagen.

Unsicher was mit ihnen geschehen würde, stapften sie den Pfad entlang, der hinauf zur Felsnadel unterhalb des Storr-Plateaus führte. In den Nadelbäumen des umliegenden, kleinen Wäldchens rauschte ein heftiger Wind. Dunkle Wolken schoben sich zunehmend über den Himmel, als wollte dieser selbst seinem Zorn Ausdruck verleihen. Hektisch sah sich Alexander um, spähte in das Dickicht des Waldes, in der Hoffnung, einen sonderbaren Baum zu entdecken, der ihnen helfen würde. Doch der Grüne Mann war nirgends zu sehen. Ein Stoß im Rücken machte Alexander unvermittelt klar, dass Zögern unerwünscht war. Aus kalten Augen starrte ihn Johannes mitleidlos an. Mehr und mehr erhärtete sich in Alexander der Verdacht, Johannes erdrücke selbst seine eigenen Leute mit seiner Präsenz. Alexander war so in Gedanken versunken, dass er gar nicht bemerkt hatte, wie Anna sich mittlerweile an ihn gedrängt hatte und versuchte, trotz Fessel seine Hand zu greifen. Er kam ihr ein wenig entgegen und fühlte schließlich, wie sich ihre kalte Hand in seine eigene schmiegte. Die Berührung tat ihm gut, verlieh ihm, und wie er hoffte auch Anna, ein wenig Zuversicht. Der Aufstieg kam ihm weitaus beschwerlicher vor als bei seinem ersten Besuch. Als sie den Schutz des Nadelwäldchens verließen, zerrte der Wind nur umso vehementer an ihnen, bauschte Askayas dunklen Umhang auf und ließ ihre langen, schwarzen Haare in der Luft wehen wie eine Flagge, die unter schwarzen Segeln gehisst wurde. Es war ein düsterer Tag und Alexander ahnte, dass er noch weitaus finsterer werden würde, nicht nur der bald hereinbrechenden Nacht wegen. Der Pfad wurde noch steiler und in dem seltsamen Zwielicht fiel es ihnen schwer, auf den schmalen, teilweise von Schafen ausgetretenen Wegen das Gleichgewicht zu halten. Die auf den Rücken gebundenen Hände taten ihr Übriges. Lediglich Askaya setzte ohne zu straucheln einen Fuß vor den anderen. Alexander blickte nach oben, wo sich die Spitze der wuchtigen Felsnadel in den Wolkenfetzen, die der Wind durch den finsteren Talkessel peitschte, auf immer zu verlieren schien. Er dachte an seinen letzten Besuch, wo alles so ruhig und friedlich gewesen war, und er und Anna auf einem Felsen im weichen Gras gelegen und sich gerade ein wenig näher kennengelernt hatten. Das alles schien ihm so fern zu sein. Sein früheres Leben, welches er noch bis vor wenigen Tagen gelebt hatte, war ihm entrissen worden und er fand sich nun in einer gänzlich fremdartigen und, was das Schlimmste war, bedrohlichen Welt wieder.

War Alexander bei seinem letzten Aufstieg noch erfreut gewesen, als sie die Felsnadel endlich erreicht hatten, so breitete sich dieses Mal Panik in ihm aus. Johannes baute sich vor ihm und den beiden Mädchen auf. Während er seine Gefangenen geringschätzig betrachtete, holte er die beiden Artefakte hervor. Die gelbblauen Flammen im Inneren jenes Stundenglases, welches Askaya „Kleines Feuer der Feuer von Erenor" genannt hatte, leuchteten hell in der Düsternis.

„Und jetzt zeig uns, wo der Durchgang zu deiner Welt ist, du elendige Kreatur", zischte Johannes und bedachte Askaya mit einem Blick, der nur noch Verachtung kannte. Die reglose Miene war einer wutverzerrten Fratze gewichen.

Anna drückte sich an Alexander. „Woher wissen die davon?", flüsterte sie, leider nicht leise genug, denn eine schallende Ohrfeige von Johannes riss sie von den Füßen.

„Lasst sie ihn Ruhe", schrie Alexander, und Johannes wollte auch ihn zu Boden schlagen, doch in diesem Augenblick ruckte Askaya nach vorn. Zwar konnte sie sich gefesselt nicht zur Wehr setzen, doch zumindest lenkte sie ihren übelgelaunten Widersacher damit einen Moment lang von ihren beiden Freunden ab.

„Alles okay?", fragte Alexander. Anna nickte nur und erhob sich mühsam.

„Ich bin nicht gerade für meine Geduld bekannt", zischte Johannes, wobei er einen Schritt auf Askaya zuging und diese unsanft an den Schultern packte und schüttelte. Das Mädchen spuckte ihm ins Gesicht, und als er zurücktrat, verpasste es ihm einen Fußtritt in die Magengrube, der ihn sich zusammenkrümmen ließ. In diesem Augenblick sprang der pockennarbige Gottfried nach vorn und packte Askaya mit einer Hand von hinten an der Kehle, während er mit der anderen eine Klinge an ihren Hals hielt.

„Das reicht jetzt", mischte sich William ein. „Ihr beide verletzt unseren Ehrenkodex und seid eine Schande für alles, was wir darstellen!"

Rasch ging der Bärtige zu Alexander und Anna und schnitt ihnen die Fesseln durch. Kurz keimte Hoffnung in Alexander auf, als er in William einen Verbündeten zu erkennen glaubte, der ihnen vielleicht sogar aus ihrer misslichen Lage heraushelfen würde.

„Wir warten jetzt, bis der …"

William konnte seinen Satz nicht beenden, stattdessen hallte ein ohrenbetäubender Knall durch die Nacht. Nie würde Alexander die Ungläubigkeit und das Entsetzen in Williams Augen vergessen, als dieser tödlich getroffen zusammensackte. Anna schrie auf, drückte ihr Gesicht auf Alexanders Brust und selbst Askaya trat einen Schritt zurück. Alexander erstarrte vor Todesangst, als Johannes den Lauf der Pistole nun auf ihn richtete. Mit einer weiteren Waffe bedrohte der pockennarbige Gottfried indes die verbliebenen Männer, deren Namen Alexander nicht kannte und die nicht weniger fassungslos dastanden.

Nur Johannes grinste teuflisch, und selbst in der Finsternis sah Alexander, wie sich die Hand, in der er die Waffe hielt, anspannte.

*

Mit quietschenden Reifen kam der Mietwagen auf dem kleinen Parkplatz zum Stehen. Der junge Mann mit den dunklen Locken klappte das Handschuhfach auf und kramte eine kleine Ledertasche hervor. Er öffnete den Reißverschluss, kurz darauf schlossen sich seine Finger um den Griff des Revolvers. Sebastian versuchte das Zittern seiner Hände zu ignorieren, doch das gelang ihm nicht wirklich. Zu sehr setzte ihm der Befehl des Oberhauptes zu, ein Befehl, wie er ihn noch nie hatte ausführen müssen. Er schüttelte alle seine Bedenken und Zweifel ab, warf die Autotür hinter sich zu und machte sich an den langen Aufstieg zur Felsnadel. Den kleinen Holzzaun, hinter dem der Pfad begann, ließ er rasch hinter sich, und schon hetzte Sebastian durch die Dunkelheit, die sich mittlerweile herabgesenkt hatte. Es war eine stürmische Nacht.

Auch wenn Sebastian viel Sport trieb, musste er bald schon sein Tempo verringern, denn der steile Pfad verlangte ihm alles ab und er würde dort oben noch seine Kräfte brauchen. Heftig sog er die kalte, nach Harz und feuchtem Unterholz riechende Luft in seine Lungen und zwang sich, so schnell er konnte, weiterzugehen. Dann jedoch fuhr im ein Schrecken durch die Glieder, heftiger als der Wind, kälter als die Nacht, als er weit über sich einen Schuss hörte. Er riss den Mund auf, wollte etwas rufen, wollte schreien, doch es ging nicht. Stattdessen erstarrte er verzweifelt, zustande, keuchte dann entsetzt und rannte weiter, den Schmerz in seinen brennenden Lungen ignorierend.

19) Jäger und Gejagte

Schottland heute, Isle of Skye, Old Man of Storr

„Ich frage dich ein letztes Mal, wo ist der Durchgang zu deiner Welt?" Johannes blickte Alexander an, auf den er nach wie vor seine Waffe gerichtet hatte; seine Frage war aber für Askaya bestimmt, die sich immer noch in dem eisernen Griff des pockennarbigen Gottfrieds befand. Die Kriegerin der Sieben Feuer blickte abwägend von Johannes zu Alexander, der, nachdem der unglückliche William ihre Fesseln durchtrennt hatte, beide Arme um Anna gelegt hatte. Askaya hatte mit eigenen Augen gesehen, wie tödlich die Waffe ihres Gegners war, dennoch lag nicht das geringste Anzeichen von Furcht in ihrem Blick. Sie senkte ein wenig den Kopf, fixierte Johannes mit ihrem Blick, und das tödliche Flackern in ihren Augen ließ sogar den kaltblütigen Mann verunsichert einen Schritt zurücktreten.

„Keine Ehre liegt in deinem Handeln, feige und schändlich ist die Begegnung ohne den Kampf, wie du es tust." Grenzenlose Abscheu war in Askayas Stimme zu hören, sie spie die Worte wie ein giftiges Insekt aus, doch Johannes hatte sich rasch wieder im Griff und lachte nur.

„In meiner Welt hat deine Ehre keinen Platz." Das Grinsen verschwand aus seinem Gesicht und die emotionslose Kälte kehrte zurück. „Wo liegt der Durchgang?"

„Er liegt nicht einfach nur so da", erklärte Askaya. „Er muss sich einem öffnen. Nur so kann man ihn finden."

„Dann sollte er sich dir schnell öffnen." Johannes verlieh seinen Worten Gewicht, indem er mit seiner Waffe auf Alexanders Kopf zielte. Gleichzeitig verstärkte Gottfried seinen Griff um Askayas Hals.

„Wozu?", wagte Askaya zu fragen.

Johannes trat einen Schritt nach vorn, sein lederner Mantel bauschte sich bedrohlich im Wind. „Damit wir es ein für alle Mal zerstören können und niemals wieder jemand aus deiner teuflischen Welt zu uns gelangt."

„Dann gib mir die Artefakte und lass mich tun, weswegen ich gekommen bin", verlangte Askaya. „Ich werde diese Welt verlassen und das Portal wird sich hinter mir schließen."

„Oh nein, so einfach ist das nicht", entgegnete Johannes und kniff listig die Augen zusammen. „Wer sagt mir, dass nicht wieder jemand von euch durch dieses Tor kommen wird und das Geheimnis letzten Endes doch noch ans Licht bringt."

„Was wäre so schlimm daran?", wollte Alexander wissen.

Verächtlich spie Johannes aus. „Du glaubst, es geht nur um die Existenz einer solchen Welt, nicht wahr?"

Anna und Askaya runzelten die Stirn und auch Alexander wusste nicht, worauf Johannes hinauswollte.

„Allein das Wissen um die Existenz eines solchen Portals wäre schon schlimm genug, aber das ist nicht das wirkliche Problem, denn dieses liegt viel tiefer. Also, zum letzten Mal, wo ist der Durchgang?"

„Geben Sie ihr die Artefakte, und Alex und ich werden gehen

und niemandem etwas davon erzählen", rief Anna.

Wieder grinste Johannes, wobei sein Gesicht raubvogelähnliche Züge annahm. „Netter Versuch, Kleine, aber wie gesagt, so einfach ist das nicht." Er drehte den Revolver nun in Annas Richtung. „Also, los jetzt. Redet." Alexander schob sich vor das Mädchen, obwohl er selbst panische Angst verspürte. Seine Gedanken spielten verrückt, er war der Panik nahe und kurz überlegte er sogar, einfach loszulaufen. Doch seine Angst, eine Kugel könnte ihn oder gar Anna in den Rücken treffen, nagelte ihn regelrecht an Ort und Stelle fest.

„Was geht da vor sich?", keuchte eine um Atem ringende Stimme in der Dunkelheit. Überrascht wandten sich einige Köpfe dem Neuankömmling zu.

„Na, erscheinst du auch endlich mal auf der Bildfläche?", höhnte Johannes.

„Sebastian?", rief Anna und auf ihrem Gesicht rangen Erleichterung und Verblüffung miteinander.

„Anna!" Sebastian wirkte höchst angespannt, nervös sah er sich um, als suche er einen Ausweg aus dieser aussichtslosen Situation. Seine dunkelbraunen Haare waren vom Wind zerzaust.

Johannes' Blicke flogen abschätzend zwischen Anna und Sebastian hin und her, dann fing er an, lautstark zu lachen.

„Das ist doch nicht etwa", Johannes schüttelte in gespielter Verwunderung den Kopf, „… dein Schwesterchen?", beendete er seinen Satz. „Hab ich's mir doch gedacht."

Sebastian schwieg.

„Du willst wissen, was hier vor sich geht?", kam Johannes

schließlich auf Sebastians Frage zurück. „Hast du nicht die gleiche Order erhalten wie ich?"

„Die gleiche Order", wiederholte Sebastian die Worte, nicht ganz ohne Zynismus, dann nickte er. „Die gleiche Order, ja, gewiss." Er trat einen Schritt auf Johannes zu und erst jetzt erkannte Alexander, dass auch Sebastian eine Pistole in der Hand hielt. Er verbarg sie hinter sich, sodass Johannes sie von seiner Position aus vielleicht gar nicht sehen konnte. Dies war offenbar auch Anna nicht entgangen und noch ehe Sebastian etwas sagen konnte, wandte sie sich an ihren Bruder.

„Sebastian", Anna schüttelte den Kopf, in ihren Augen lagen Trauer und Enttäuschung, „wer bist du? Auf wessen Seite stehst du und was hast du mit diesen Leute zu schaffen?"

Sie deutete auf Johannes und Gottfried und die beiden anderen, nicht weniger verständnislos dreinschauenden Männer. Gottfried hatte seinen linken Arm um Askayas Kehle gelegt, das Messer hatte er mittlerweile gegen eine Pistole ausgetauscht.

„Das ist eine lange Geschichte", entgegnete Sebastian resigniert, „ich kann dir das nicht so einfach erklären."

„Ich will es aber wissen", verlangte Anna mit zitternder Stimme, während Tränen ihre Wangen herabströmten. Sebastians Mundwinkel sackten nach unten. Es schien ihn wirklich zu schockieren, Anna in dieser Lage zu wissen; auch der innere Kampf, den er ausfocht, war ihm deutlich anzusehen. Er wollte zu einer Antwort ansetzen, doch Gottfried fuhr barsch dazwischen. „Dafür haben wir keine Zeit."

„Ihr seid Tempelritter, nicht wahr?"

Alle wandten sich Alexander zu, der die Frage aus einem Impuls heraus gestellt hatte. Er hoffte, so etwas Zeit zu gewinnen oder sogar etwas in der Hand zu haben, das ihn und Anna vor dem Tod bewahren würde. Als er die Blicke auf sich spürte, glaubte er kurz, der Schuss würde im wahrsten Sinne des Wortes nach hinten losgehen, doch Johannes hatte nur wieder dieses abscheuliche Grinsen auf seinem wettergegerbten Gesicht.

„Tempelritter?", wiederholte er. Dann kramte er ein Amulett unter seinem Hemd hervor. „Meinst du das hier? Pauperes commilitones Christi?", blaffte er und deutete auf das Symbol mit den beiden Männern auf einem Pferd. „Du bist ein aufmerksamer Bengel, aber leider daneben, wir sind keine Templer." Er deutete ein Kopfnicken in Gottfrieds und Sebastians Richtung an. „Zumindest wir nicht."

Die zwei anderen Männer, die einander irritierte Blicke zuwarfen, ließ er außen vor. Alexander schloss daraus, dass diese zwei nicht zu Johannes und Gottfried und damit vielleicht doch zu den Tempelrittern gehörten. Doch wenn die beiden Templer waren, zu welcher Gruppierung gehörten dann der Pockennarbige und Johannes? Welches Interesse könnten sie an Askaya und deren Artefakte haben und welche Rolle spielte Sebastian? Das alles wurde immer mysteriöser.

„Los jetzt", drängte Johannes. „Genug gequasselt, bringen wir das ganze Drama zu Ende!"

„Nein, Sebastian", schrie Anna in den aufheulenden Wind, doch ihr Bruder wirkte völlig unschlüssig. Dann jedoch hob er die Waffe und Anna krallte sich an Alexander fest. Panik und endlose Enttäuschung standen ihr in die Augen geschrieben, die sich vor Angst und Entsetzen geweitet hatten. Anna öffnete den Mund, wollte etwas sagen, doch es schien ihr nicht zu gelingen, stattdessen starrte sie auf die Waffe in den Händen ihres Bruders. Die Mündung von Sebastians Revolver zielte genau in Annas Richtung.

*

Endlich steuerte der Land Rover auf den Parkplatz. Noch ehe Robert das Auto ganz anhalten konnte, hatte Susan bereits die Tür aufgerissen und war hinausgesprungen. Als wären alle Dämonen der Hölle hinter ihr her, stürmte sie los, ließ mit einem Satz den Holzzaun hinter sich und rannte den Pfad entlang.

„Warte!" Roberts Worte verhallten hinter ihr, sie hörte sie nicht, wollte sie nicht hören. Die Neuigkeiten, die ihr Mann ihr während der Fahrt über sich erzählt hatte, kreisten durch ihren Kopf. Susan konnte einfach nicht glauben, dass er sein Geheimnis, seine wahre Identität, all die Zeit über vor ihr verborgen hatte. Alles war eine Lüge gewesen, eine grässliche Lüge. Robert, der Banker, ihr Ehemann, der einem gewöhnlichen Bürojob nachging – all das war falsch. Sie schalt sich selbst einen Dummkopf wegen ihrer Naivität, ärgerte sich zu Tode über ihre Blindheit. Gewiss, Robert hatte beteuert, es würde nichts an seiner Liebe ändern, die er für sie empfand, dass er ein anderer war, als sie immer geglaubt hatte. Er hatte ihr sogar erklärt, dass seine Liebe zu ihr den einzig wahren Kern seiner Identität bildete. Dennoch … Susan schüttelte den Kopf, Tränen brannten auf ihrem Gesicht. Erneut hörte sie Robert rufen, lief jedoch unbeirrt weiter. Sie wischte alles beiseite, was sie gehört hatte und was ein Teil von ihr noch immer nicht glauben konnte, und folgte dem gewundenen Pfad. Was in diesem Moment zählte, war ihr Kind, ihr einziges, verbliebenes Kind. Sollte Alexander irgendetwas geschehen, sie würde es sich niemals verzeihen, sie würde wahnsinnig werden. Der Schmerz, den sie durch Karas Tod erfahren hatte, flammte erneut auf, trieb sie unbarmherzig voran. Susan kümmerte sich weder um den peitschenden Wind, der ihr Regen und Eiskristalle unerbittlich ins Gesicht schlug, noch bemerkte sie den Hubschrauber, der dröhnend über sie hinwegflog und auf das Storrmassiv zusteuerte.

*

Die Ereignisse dieser schrecklichen Nacht überschlugen sich mit einem Mal. Anna schrie auf, Alexander warf sich auf sie, riss sie zu Boden. Als ein Schuss ertönte, erwartete er einen tiefen Schmerz, doch nichts dergleichen geschah. Alexander blickte zu Sebastian hinüber, der den Revolver offenbar im letzten Augenblick herumgerissen hatte. Die Waffe war auf Gottfried gerichtet. Der Pockennarbige ließ Askaya los, taumelte zurück, wobei er sich die Schulter hielt. Die Ananeki nutzte die Gelegenheit, verpasste ihm einen schnellen Tritt in die

Magengrube, und Gottfried stürzte zu Boden.

Mit vor Zorn blitzenden Augen riss Johannes seine Waffe herum und zielte auf Sebastian. Askaya jedoch war bereits nach vorn gesprungen, rollte sich trotz gefesselter Hände gekonnt über den Boden. Als sie wieder auf die Füße kam, trat sie Johannes die Waffe aus den Händen. Ein weiterer Tritt in den Unterleib brachte ihn schließlich zu Fall. Dumpf prallte er auf dem Boden auf. Sofort warf sich Askaya auf ihn, drehte sich auf den Rücken, tastete nach ihren Dolchen im Mantel des Feindes. Unbändige Freude erfasste sie, als sie die todbringenden Waffen fand. Johannes bäumte sich auf, doch Askaya schmetterte ihm ihren Hinterkopf gegen die Nase. Hastig umfasste sie die schlanken Dolche mit der linken Hand, während sie hektisch mit der rechten weitertastete. Endlich spürte sie etwas. Die Artefakte!

Dieser Fund spornte sie an, erneut schnellte ihr Kopf nach hinten, zerschmetterte Johannes' Nasenbein. Endlich bekam sie die Artefakte zu fassen und rollte sich zur Seite. Askaya erhob sich, Johannes setzte ihr nach. Hass verzerrte sein Gesicht, das durch das Blut, welches ihm aus der Nase lief, grotesk aussah. Zu Askayas Erstaunen eilte einer der beiden Männer, die ebenso bedroht worden waren, herbei und stürzte sich auf Johannes. Sein Freund wollte auf Gottfried losgehen, musste sich jedoch hinter einem Fels in Sicherheit bringen, als dieser, noch immer auf dem Boden liegend, seine Pistole auf ihn richtete.

Sebastian war mittlerweile zur Seite gehechtet und rannte auf

Anna zu. Aus dem Augenwinkel sah er noch, dass Gottfried plötzlich auf ihn zielte.

„Verräter, du wirst auf ewig in der Hölle schmoren." Gottfried spie die Worte regelrecht aus, dann ertönte ein ohrenbetäubender Knall. Die Kugel verfehlte jedoch ihr Ziel und prallte in der Dunkelheit gegen einen Stein.

„In Deckung", schrie Alexander. Schnell war er aufgesprungen und bugsierte Anna hinter einen Felsen, wo er sie in Sicherheit hoffte. Dann stürmte er vorwärts, riss Askaya einen ihrer Dolche aus den Händen und schnitt ihre Fesseln durch. Die Kriegerin drehte sich ruckartig um, und schneller als Alexanders Augen ihrer Bewegung folgen konnten, schleuderte sie einen der schlanken Dolche auf Gottfried. Sofort folgte die zweite Klinge. Keine der Waffen verfehlte ihr Ziel.

Erstaunt blickte der Getroffene auf die beiden Dolche in seiner Brust. Dann versuchte er, die Klingen herauszuziehen, doch es war zu spät. Er brach zusammen und sank in die Knie. Noch bevor er auf dem Boden aufschlug, war Askaya bereits bei ihm und riss ihm die Waffen aus der Brust. Sofort wandte sie sich Johannes zu, dem es gelungen war, den Mann niederzuschlagen, der ihn angegriffen hatte. Plötzlich erfüllte ein ohrenbetäubendes Rattern die Luft, das selbst den tobenden Wind und den prasselnden Regen übertönte. Kurz blitzten Lichter auf, dann schwebte auch schon der Hubschrauber in der Luft. An Raketen an der Seite erkannte Alexander, dass es sich um einen Kampfhubschrauber handelte, und das triumphierende Grinsen auf Johannes' Gesicht verriet ihm, zu wessen Unterstützung der Helikopter hier war.

Johannes griff unter seinen Mantel. Mit einem teuflischen und irren Lachen warf er Askaya ihren Stock zu. „Hier, damit kannst du versuchen, den Hubschrauber abzuwehren, du Biest."

*

Erst jetzt wurde sich Susan des Lärms bewusst, der weit droben an der Felsnadel tobte. Sie hatte Schüsse und Schreie vernommen und hörte nun das Rotorgeräusch des Hubschraubers, das alles andere erstickte. Abrupt hielt sie inne und sah Robert mit vor Angst geweiteten Augen an.

„Gehört das etwa auch mit zu den ...", sie zögerte und suchte nach einem anderen Wort, „... zu deinen Leuten?"

„Nein", antwortete er und da er mindestens ebenso überrascht dreinblickte wie sie selbst, glaubte sie ihm.

„Ich habe keine Ahnung, was da vor sich geht", rief er und rang nach Atem, rannte dann aber weiter. Susan folgte ihm. Es lag noch ein gutes Stück Weg vor ihnen und sie fürchtete, dass sie es nicht rechtzeitig schaffen würden.

*

Alle bis auf Johannes starrten gebannt und verunsichert auf den Hubschrauber, der unheilvoll und dröhnend vor ihnen in der Luft schwebte. Der Luftwirbel, den die Rotorblätter verursachten, drückte das Gras platt und ließ sogar Steinchen davonrollen.

Anna hatte sich aus ihrer Deckung hervorgewagt und lief in Richtung ihrer Freunde.

„Anna, bleib hier!", schrie Sebastian. Das Mädchen mit den halblangen, blonden Haaren hielt kurz inne und warf ihm einen enttäuschten Blick zu. Dann eilte es weiter und stellte sich an die Seite seiner Freunde. Sebastian fiel auf die Knie und bedeckte sein Gesicht mit den Händen.

Einer der beiden Männer, die vermutlich auf Williams Seite gewesen waren, stand etwas abseits und beobachtet das Ganze erstaunt, wobei er aussah wie jemand, dem alles vollkommen entglitten war und der überhaupt nicht mehr wusste, was vor sich ging. Der andere lag im Gras, Alexander hoffte, dass er noch lebte.

Lediglich Johannes wirkte selbstzufrieden, ja mehr noch, er strahlte Überlegenheit und Arroganz aus, während der Hubschrauber sich über ihm in der Luft befand, als warte er nur darauf, seine Befehle auszuführen.

„Ich denke, ich habe schlagkräftige Argumente, nicht wahr?" Er breitete die Arme aus und seine Stimme triefte nur so vor Spott und Hohn. Hoffnungslosigkeit machte sich in Alexander breit. Askaya hielt ihre blutigen Dolche in der einen, ihren Stock in der anderen Hand. Ihre Anspannung war förmlich greifbar, erinnerte Alexander irgendwie an einen überspannten englischen Langbogen.

„Was ist das?", schrie Askaya gegen den Lärm an und zeigte dabei auf den Hubschrauber.

Anna legte ihr beschwichtigend eine Hand auf die Schulter und zog sie langsam zurück. „Etwas sehr Gefährliches, Askaya. Etwas, das du nicht besiegen kannst."

„Ich vielleicht nicht", rief Askaya plötzlich, band sich dann ihre beiden Dolche mit geübten Handgriffen in die Zöpfe und deutete mit ihrem Kampfstock am Hubschrauber vorbei in die Nacht. „Der Herrscher aller Himmel aber sehr wohl."

Alexander und Anna folgten ihrem Blick, doch bevor sie erkennen konnten, was Askaya meinte, raste auch schon eine Sturmbö, gewaltig und von mächtigen Schwingen verursacht, durch den Talkessel, erfasste die Menschen, riss sie beinahe von den Füßen und brachte selbst den Hubschrauber ins Wanken. Dann ließ sich der Araaken auch schon hinter den drei Freunden nieder, und selbst die Felsnadel des Old Man of Storr wirkte im Vergleich zu dem gigantischen Himmelswesen wie ein Zahnstocher.

Nun war es an Johannes, aus den dunkelsten aller Wolken zu fallen, als sich das außergewöhnliche Wesen vor ihm aufbaute, dessen flammend gelbe Augen die Nacht beherrschten und das besser in diese wilde Landschaft zu passen schien als jede von Menschenhand geschaffene Maschine. Als er seine Fassung wiedergewonnen hatte, deutete Johannes auf das riesige, rabenhafte Tier.

„Du Teufel, du ewig verfluchter Satan", schrie er, blickte hinauf zum Hubschrauber und machte ein unmissverständliches Zeichen.

Nur Alexander und Anna wussten, was jeden Augenblick geschehen musste. Askaya starrte unablässig auf das tödliche Fluggerät am Nachthimmel und hielt ihren Stock vor sich, als könnte sie sich damit schützen.

Dann ging alles sehr schnell. Der Araaken legte plötzlich seine blauschwarzen Schwingen um die drei Freunde.

Alexander und Anna duckten sich, zerrten schließlich auch Askaya zu Boden, wohlwissend, dass der Araaken nicht imstande sein würde, den Waffen, die gleich auf ihn abgefeuert werden würden, zu entgehen. Finsternis umfing sie, die Stille, die unter den lederartigen Flügeln des Wesens herrschte, hatte etwas Tröstendes.

In Anna breitete sich erneut jenes Verlangen aus, dass sie schon im Fairy Glen verspürt hatte, als ihre Hand in dem Stamm des Baumes gefangen gewesen war und sie mit ihm eine seltsame Verbindung eingegangen war. Sie tastete sich im Dunkeln voran, hörte nicht mehr das Rumoren und Donnern der Rotorblätter, sondern legte stattdessen ihre Hand auf das Bein des Araaken, konnte aber nur die Spitzen seiner Krallen berühren. Sie tastete sich voran, und ihre Hände streiften das Gefieder, welches sich warm und weich anfühlte. Dann, ganz unvermittelt, raste eine Flutwelle unendlicher Macht durch Anna, die sie zurückwarf und sie direkt in die Arme ihrer verdutzten Freunde stolpern ließ.

Annas Hand suchte tastete nach Alexander, das Mädchen wollte ihm etwas sagen, doch dann gab es auch schon einen ohrenbetäubenden Knall. Es krachte, rumpelte und die ganze Welt schien in Donner unterzugehen, während sich ein beißender Gestank in der Luft ausbreitete. Immer wieder und wieder knallte, hallte und schallte es, und dann wurde den dreien bewusst, dass der Hubschrauber mit allem, was er hatte, auf den Araaken feuerte.

Das Getöse dauerte an, steigerte sich zu infernalischem Lärm.

Anna erschien es wie eine Ewigkeit. Sie erwartete jeden

Augenblick, den Araaken fallen zu sehen, sah ihn zerfetzt und tot über sich und ihren Freunden zusammenbrechen. Ganz sicher würde er sie unter sich zerquetschen. Doch dann ertönte ein flappendes Geräusch; der Araaken öffnete die Schwingen, breitete sie drohend aus und schien das ganze Storrmassiv damit zu überdecken. Rauch quoll in alle Richtungen, wurde von den aufbrausenden Winden Schottlands zerfetzt. Langsam hob der Araaken den gehörnten Kopf mit dem langen Schnabel, den er während des Beschusses in seinem Gefieder verborgen gehabt hatte, während die ledrigen Schwingen um seinen gesamt Körper gelegt gewesen waren. Er erfasste den Hubschrauber mit Augen, in denen nun die tosenden und berstenden Flammen von Erenor tobten, die selbst durch die dichten Regenschleier hindurch sichtbar waren.

Auch Askaya erhob sich, mit stolzem Blick sah sie hinauf in die Augen des Araaken. Dann, in einer schnellen Bewegung, riss sie ihren Stock empor. „ERENOR!"

Wie ein Peitschenknall hallte ihr Schrei durch die Luft und im gleichen Augenblick katapultierte sich der schwarze Araaken in die dunkle Nacht, schneller, als jedes Raubtier es vermocht hätte. Augenblicklich erreichte er den Hubschrauber, und bevor dessen Insassen begriffen, was geschah, hatte er auch schon seine Schwingen um den lärmenden Metallvogel geschlossen. Die Drehung, die der Araaken daraufhin vollführte, erinnerte Anna an die Todesrolle eines Krokodils. Plötzlich öffnete der Araaken seine Flügel wieder und der Hubschrauber wurde aus der Drehung heraus in den Himmel geschleudert. Einen Wimpernschlag später krachte das gehörnte Haupt des mächtigen Himmelsvogels in das Metall des Hubschraubers, der daraufhin zerbarst und sich in einen trudelnden Feuerball verwandelte. Abermals setzte der Araaken nach, legte seine Schwingen um das zerstörte Fluggerät und drehte sich mehrfach in der Luft. Ein Pulsieren lief durch den gigantischen Körper des Araaken, und als er seine Flügel öffnete, wurde glühender Staub daraus hervorgeschleudert, der schließlich in der Dunkelheit der Nacht verlosch.

*

Abrupt blieb Susan stehen, als der Himmel einen Moment lang vom Feuer erhellt wurde. Robert konnte das Entsetzen auf dem Gesicht seiner Frau deutlich sehen, als sich die Flammen in ihren Augen spiegelten. Ihre Haare hingen ihr von Schweiß und Regen durchnässt über die Schultern. Auf ihren fragenden Blick hin schüttelte Robert nur den Kopf, nahm dann ihre Hand und rannte weiter. Susan wollte sich befreien, er hielt sie jedoch fest.

*

„Seht, dort", rief Alexander plötzlich, nachdem er sich von der Demonstration der unglaublichen Macht des Araaken hatte losreißen können, und deutete auf eine entfernte Felswand, vor der ein flackerndes Licht hin und her zu hüpfen schien, gerade so als würde es sie rufen.

„Ein Portalwächter", freute sich Askaya und strich sich eine nasse Haarsträhne aus dem Gesicht. „Ich muss gehen, ich habe die Artefakte und kann endlich die Ehre der Kriegerinnen der Sieben Feuer von Erenor wiederherstellen."

Alexander und Anna schwiegen, wussten sie doch beide, dass die Zeit gekommen war, von ihrer sonderbaren Freundin, die sie irgendwie liebgewonnen hatten, Abschied zu nehmen. Alexander wollte etwas sagen, wurde dann aber von einer Bewegung abgelenkt, die er aus dem Augenwinkel heraus wahrgenommen hatte.

„Johannes", rief er entsetzt. Sie hatten ihn ganz vergessen. Tatsächlich kam der bösartige Mann herbeigestürmt, fuchtelte mit seiner Waffe herum, die er offensichtlich wiedergefunden hatte.

„Weg hier", schrie Alexander und schon rannten er und Anna los, Askaya hinterher, immer in Richtung des Lichts. Sie kämpften sich im Schutz der Felsbrocken voran, als abermals Schüsse ertönten. Glücklicherweise prallten diese wirkungslos von den Felsbrocken ab und verhallten im Wind.

Beinahe hatten sie die Felswand erreicht, da hörten sie jemanden Annas Namen rufen. Es war Sebastian. Anna stoppte, drehte sich zu ihrem Bruder um und Alexander konnte sehen, wie sie mit sich rang. Sebastian mochte ihr Bruder sein, doch Anna musste das Gefühl haben, dass er mehr war, als sie ahnte, dass er sie belogen hatte – und für einen Augenblick hatte es sogar den Anschein gehabt, er wolle sie töten, warum auch immer. Tränen traten in Annas Augen und sie presste die Lippen aufeinander.

„Komm", sagte Alexander und nahm sie an der Hand. Als sie von hier oben erkannten, dass sowohl Sebastian von der einen Seite, als auch Johannes von der anderen auf sie zugerannt kamen, eilten sie weiter. Einen Augenblick später erklommen sie die letzten Meter, bis sie endlich vor der Felswand standen, die sich etwas oberhalb der großen Felsnadel erhob. Das flackernde Licht schwebte nun direkt vor ihnen, und zu ihrer Überraschung konnten sie innerhalb der Lichtkugel sogar ein Wesen erkennen: ein winziges und irgendwie kauzig anmutendes Männlein mit Flügeln auf dem Rücken. In den Händen hielt es zwei Laternen, die das Licht verströmten. Wäre ihre Lage nicht so ernst gewesen, Alexander hätte über dieses merkwürdige Wesen lachen müssen.

„Dort, das Portal öffnet sich", rief Askaya und wollte schon hindurch eilen. Alexander und Anna jedoch blieben stehen. Tatsächlich entstand ein Spalt in der Felswand, genau an der Stelle, auf die das Licht des Männleins traf. Es war, als würde der Fels vor dem Licht weichen, oder als würde sich das Licht in das graue Gestein hineinfressen.

„Was sollen wir jetzt bloß tun?", fragte Anna. „Wir können doch nicht mit in …", sie zögerte und rang um Luft, „… mit in diese fremde Welt gehen."

Verzweifelt blickte Alexander auf die Öffnung in der Felswand.

„Aber hier bleiben können wir auch nicht."

Wie um seine Worte zu bestätigen, schlug eine Kugel aus Johannes' Revolver direkt in die Felswand neben ihnen ein.

„Nein!", hörten sie Sebastian verzweifelt schreien, „lass meine Schwester in Frieden." Ihr Bruder legte nun seinerseits auf

Johannes an, verfehlte ihn allerdings. Ein Schusswechsel folgte, Sebastian wurde nach hinten geschleudert und blieb regungslos liegen.

„Sebastian!" Annas Schrei hallte durch die Nacht, doch erneut traf eine Kugel aus Johannes' Revolver auf die Felswand und Anna zuckte zusammen.

„Schnell jetzt", drängte Askaya und eilte auf den Spalt zu. Sie packte Annas Hand, und das blonde Mädchen folgte ihr mit tränenüberströmtem Gesicht. Alexander bildete das Schlusslicht. Kurz bevor er in dem Portal verschwand, hielt er noch einmal inne und warf einen Blick nach unten. Was er dann sah, war wohl die größte Überraschung überhaupt. Jemand rannte durch die Felsen, den Abstand zwischen sich und Johannes rasch verringernd. Etwas weiter unten folgte noch eine Gestalt. Beide konnte Alexander nur schemenhaft erkennen. Verblüfft beobachtete er, wie der erste von Johannes' Verfolgern diesen einholte und unbemerkt auf einen Felsen neben ihm sprang. Kurz darauf ließ er sich auf Johannes fallen und riss ihn zu Boden. Bevor sich Johannes aufrappeln konnte, trat der Fremde ihm den Revolver aus der Hand. Die gefährliche Waffe flog in hohem Bogen durch die Luft.

Alexander beobachtete, wie Johannes, langsam und mit diesem arroganten, kalten Grinsen im Gesicht, ein Schwert unter dem Mantel hervorholte und mit der anderen Hand seinen Verfolger provozierend heranwinkte. Der Fremde blieb stehen, zögerte, dann begannen die beiden sich zu umkreisen. Als der Fremde sich schließlich in Alexanders Richtung drehte, konnte er endlich dessen

Gesicht erkennen. Die Erkenntnis traf ihn wie ein Schlag. Er konnte nicht glauben, was er da sah. Der Verfolger, der sich Johannes zum Kampf stellte, war sein Vater. Alexander zuckte zusammen, als ihn jemand an der Schulter packte und in den Felsspalt zog. Kurz darauf blickte er in Askayas stechend blaue Augen, die in der Dunkelheit aufblitzten.

20) Klirrender Stahl

Schottland heute, Isle of Skye, Old Man of Storr

Susan war völlig außer Atem, als sie endlich die Felsnadel erreichten. Vor wenigen Augenblicken noch hatte der Old Man of Storr in einem gigantischen Lichtblitz aufgeleuchtet, wie von einem überdimensional großen Fotoapparat. Geblendet vom Licht hatte sie nichts erkennen können. Keine Spur von Alexander und seinen Freunden. Was war geschehen? An das Geräusch surrender Rotorblätter erinnerte sie sich noch, dann hatte es einen Knall gegeben und sie war gestürzt. Sekunden später war alles vorbei gewesen, Stille war wieder eingekehrt, wenn auch nur für einen winzigen Augenblick, denn wenig später waren abermals Schüsse ertönt, bizarr und unwirklich.

Robert war gerade mit einer für Susan unvorstellbaren Leichtigkeit auf einen Felsbrocken gesprungen, nur um kurz darauf einen Flüchtenden niederzureißen und ihm mit einem raschen Tritt die Waffe aus der Hand zu kicken.

Nach der Geschichte und all den Geheimnissen, die Robert ihr während ihrer Fahrt hierher enthüllt hatte, sollte sie alles, was jetzt geschah, eigentlich nicht mehr überraschen. Es überraschte sie aber dennoch. Fassungslos beobachtete sie, wie Roberts Gegner sich erhob und eine Schwertklinge zog. Ein eisiger Schauer lief Susan die Wirbelsäule hinab.

Noch nie hatte sie derart kalte und gefühllose Augen gesehen wie jene, die Robert nun aus tiefliegenden Höhlen herausfordernd und geringschätzig musterten. Von diesem Fremden ging eindeutig Gefahr aus. Die Männer umkreisten sich, und als auch Robert unter seinen Mantel griff und plötzlich eine Schwertklinge in den Händen hielt, bekam Susan es mit der Angst zu tun. Zwar war sie es gewohnt, keiner Konfrontation aus dem Weg zu gehen – im Karateunterricht scheute sie sich auch nicht davor, sich mit ihren Kontrahenten körperlich zu messen –, aber diese Situation war etwas völlig anderes. Hier hielt sie Rückzug eindeutig für angebracht. Rasch stürmte sie zu ihrem Mann und packte ihn an der Schulter.

„Robert, du bist nicht Prinz Eisenherz", ermahnte sie ihn. „Lass uns gehen!"

Doch Robert hob abwehrend die Hand, ohne sie anzublicken. „Geh weg, Susan, das ist mein Kampf." Seine Worte klangen bestimmt, ja sogar befehlsgewohnt.

Irritiert musterte sie ihn, dann wurde sie von einem Geräusch abgelenkt. Zwei Männer schälten sich aus dem Dunkel der Nacht und sahen Robert verwundert an. Sie ließen sich auf die Knie sinken, stellten ein Bein auf, wobei sie die Schwerter, die sie in den Händen hielten, vor sich in den Boden rammten. Dann senkten sie den Kopf, als wollten sie Robert huldigen.

„Wer sind diese Männer?", fragte Susan.

„Keine Angst, das sind Rufus und Henry, die gehören ausnahmsweise zu mir", erklärte Robert, nachdem er den beiden bedeutet hatte, sich zu erheben. Sowohl Rufus als auch Henry waren verletzt, Blut rann dem einen von der Schläfe herab, der andere zog sein Bein hinterher.

„Wo ist William?", fragte Robert, ohne seinen Gegner aus den Augen zu lassen.

„Johannes hat ihn getötet", antwortete Rufus. „Er, Gottfried und dieser Sebastian haben behauptet, sie würden zu uns gehören."

Robert fixierte Johannes mit eisernem Blick und fragte: „Wer hat dich geschickt?"

Johannes lachte, doch es lag kein fröhlicher Ausdruck in seinen Augen. „Das musst du nicht wissen, du …", er hielt inne und musterte Susan mit einem hämischen Grinsen, das seine weißen Zähne entblößte, „nein, *ihr* sterbt jetzt ohnehin." Augenblicklich wurde er ernst und wollte gerade auf Robert losgehen, als ihn etwas ablenkte.

Unzählige flackernde Lichter tanzten vor der Felswand des Storrmassivs auf und ab. Erstaunt und gebannt beobachteten Susan, Robert und die anderen Männer das Geschehen. Dann hörten sie ein Rauschen über sich, so als würde etwas Gewaltiges durch die Luft gleiten, und kurz darauf raste auch schon ein Schatten direkt auf die Felswand zu. Genau in dem Moment, in dem die Beobachter eigentlich einen Aufprall erwarteten, verbanden sich all die kleinen Lichtkugeln zu einem einzigen gleißenden Leuchten und schon rauschte ein Wesen, das an einen riesigen Rabenvogel erinnerte, in das blendende Inferno hinein. Niemand konnte sagen, ob die gewaltige Kreatur das Licht regelrecht aufsaugte, oder sich einfach darin auflöste. Genauso rasch wie es begonnen hatte, endete es und erneut senkte sich Dunkelheit über das Land. Nur das beharrliche Prasseln des Regens und das Pfeifen des Windes zwischen den Felsen blieben zurück.

Es war Johannes, der die Ablenkung ausnutzte. Robert gelang es gerade noch, Susan zur Seite zu stoßen, dann sauste auch schon die Klinge auf ihn herab. Er sprang weg, riss sein eigenes Schwert hoch und Johannes' Klinge glitt darauf ab, krachte gegen nassen Fels. Sofort riss Johannes es herum und führte einen Hieb Richtung Roberts Kehle aus. Es klirrte und Funken sprühten, als Robert parierte. Er schleuderte die gegnerische Klinge von sich weg, ließ seine eigene über dem Kopf kreisen und zielte dann auf seinen Feind. Dieser blockte, wich zur Seite, blockte erneut. Die beiden Kontrahenten lieferten sich einen rasanten Schlagabtausch, und immer wieder erhellten Funken die Nacht, ließen die

Augen der Gegner tödlich aufblitzen. Eine Weile lang schienen sie einander ebenbürtig zu sein, keiner konnte einen Vorteil erringen. Dann strauchelte Robert. Er hatte einen kleinen Stein nicht gesehen und als er auf ihn trat, riss es ihm den Fuß zur Seite. Rücklings fiel er auf den nassen Boden. Das gegnerische Schwert verdeckte Johannes' teuflisches Grinsen nur teilweise, als er all seine Kraft in einen einzigen vernichtenden Schlag legte. Robert hatte keine Zeit mehr, seine eigene Waffe dazwischen zu bringen. Nur im allerletzten Moment konnte er sich zur Seite wegdrehen. Er spürte den Luftzug der anderen Klinge, als diese um Haaresbreite an seinem Ohr vorbeirauschte. Den Aufschrei seiner Frau ignorierend, schnellte er hoch. Dieses Mal war es Johannes, der Mühe hatte, seine Klinge rechtzeitig schützend vor sich zu halten. Zu kraftvoll war sein Angriff eben gewesen. Er musste sein Schwert gewaltsam aus dem durchweichten Boden herausreißen. Roberts Hiebe kamen nun schnell und hart. Das Klirren von Stahl hallte von der Felswand wider, als hätte Schlachtenlärm den Weg aus alten Tagen in die heutige Zeit gefunden. Johannes musste zurückweichen, seine Gesichtszüge wirkten angestrengt, das hämische Lachen war verschwunden. Robert setzte nach. Johannes hielt seine Waffe schützend nach oben, Roberts Finte ging auf. Schnell stach er zu, fühlte wie sein Schwert durch Kleidung, Haut und dann Gedärm schnitt. Ungläubig riss der andere die Augen auf. Mit einem Ruck zog Robert sein Schwert heraus, drehte sich um die eigene Achse, schlug zu. Ungebremst fuhr die Waffe durch Johannes' Hals und trennte ihm den Kopf von den Schultern. Mit einem unwirklichen und grässlichen Knacken prallte der Schädel auf einen Fels und der Kadaver sackte in sich zusammen.

Das Nächste was Robert sah, war seine völlig geschockte Frau. Er hätte nicht beschreiben können, welche Empfindungen in ihren Augen tobten, hätte niemals den Schrecken und den Horror in Worte fassen können, der sich in ihr wegen dieser schrecklichen Szenen abspielen musste. Heute war ihr ganzes Leben auf den Kopf gestellt worden. Vor zwei Jahren war ihre Tochter Kara ums Leben gekommen, und nun musste sie das Gefühl haben, in einer einzigen Nacht sowohl ihren Sohn als auch ihren Ehemann verloren zu haben, wenngleich beide noch am Leben waren. Robert schmerzte es unendlich, all das Leid über seine Familie gebracht zu haben. Doch sein Ehrenkodex hatte ihm geboten zu schweigen, ebenso wie er ihm abverlangt hatte, diesen Mann zu töten, der seinen Orden unterwandert und Männer ausgelöscht hatte, die Roberts Freunde gewesen waren.

Er ging auf Susan zu, wollte sie in den Arm nehmen und an sich drücken, doch sie wich zurück, schüttelte den Kopf und sah ihn an, als wäre er ein grausamer Schlächter, als habe er alles verraten, was ihr lieb und teuer war. Einsam und allein stand Robert in der sturmgepeitschten Nacht, während der Regen das Blut von seinem Schwert wusch, jedoch nicht von seinen Händen.

21) Der gemahnende Finger

Esmarillion, Gemahnender Finger

Die Welt schien sich zu drehen, oben und unten war nicht mehr zu unterscheiden. Knackender Fels umschloss die drei Freunde und sie befürchteten, jeden Augenblick von nassem Stein erdrückt zu werden. Sie liefen und liefen, rannten vorwärts, welche Richtung das auch immer sein mochte. Plötzlich machte sich Panik in Alexander breit, er spürte, wie sich eine unsichtbare Hand um seine Kehle legte. Selbst Luft zu holen war ein Kraftakt, denn er hatte das Gefühl, das Gewicht des gesamten Felsens, der ihn und seine Freunde umgab, würde auf ihm lasten und seine Rippen zerdrücken. Dann blitzte etwas auf, ein flackerndes Licht enthüllte einen Lidschlag lang nasse, gezackte Felswände, die sich bedrohlich näherten. Alexander riss Augen und Mund weit auf – für einen Moment lang erhaschte er denselben Gesichtsausdruck bei Anna –, dann lenkte ein Rascheln seine Aufmerksamkeit ab. Etwas bewegte sich, streifte sanft und kühl sein Gesicht. Ein erneutes Leuchten des Portalwächters, und Alexander sah, wie sich riesige Äste an ihnen vorbeirankten, sie überholten und weiter vorn sogar die Felswände auseinanderpressten. Dann hörte er ein Blätterrascheln, das ihn an ein Lachen erinnerte, und schlagartig erschien aus der Dunkelheit vor ihnen ein gewaltiger Baum mit einem knorrigen, dicken Stamm und borkigen Ästen, die sich gegen die Felsen stemmten. Dichte Blätter kleideten den Baum in dunkles Grün.

Askaya und Anna stoppten so abrupt, dass Alexander um ein Haar über sie gestolpert wäre. Dunkle, große Augen blickten herab, lächelten. Der Grüne Mann legte den Kopf zur Seite, musterte die drei jungen Leute, dann nickte er aufmunternd. „Zieht eures Weges und gebt auf euch acht."

Seine Stimme hallte hölzern von den steinernen Wänden wider. Askaya packte Annas Hand und zerrte sie weiter. Als sie an dem Baum vorbeieilte, strich sie mit ihren Fingern über dessen dicke Rinde. Alexander warf dem Grünen Mann ein erleichtertes Lächeln zu, dann folgte er rasch seinen Freunden.

Unvermittelt wurde es stockdunkel, ein Rumpeln ertönte. Alexander wurde nach vorn geschleudert und prallte direkt auf Askaya, die Anna ungeduldig vor sich herschob. Einen Augenblick später wich die nasse und modrig riechende Luft einer frischen und vollkommen reinen Brise, die ihnen um die Nase wehte. Die Erde bebte. Die drei stürzten zu Boden, wo sie übereinander fielen. Langsam und schwer atmend kämpfte sich Alexander auf die Füße und griff Anna helfend unter die Arme. Askaya stand bereits wieder und spähte in die Ferne, wobei sie sich auf ihren verzierten Kampfstock stützte. Als Alexander dem Blick der Ananeki folgte, raubte es ihm den Atem. Langsam trat Anna neben ihn und nahm seine Hand. Mit vor Staunen geöffnetem Mund erblickten sie den Horizont einer anderen Welt.

An einem blauschwarzen Firmament funkelten die ersten

Sterne, und weit im Westen brannte noch das flammende Rot einer Sonne, die bereits untergegangen war. Vor dieser Szenerie erhob sich die atemberaubende Silhouette einer Bergkette, deren gezackte Gipfel spitz zuliefen und sich wie Dolche in den endlosen Himmel bohrten. Während die untere Seite der Berge im Dunkel lag, leuchteten die schneebedeckten Bergspitzen rot im Abendlicht. Da die Bergkette in leichtem Bogen von Nord nach Süd verlief, wirkte es auf die Betrachter, als läge dort in der Ferne ein gewaltiger Ring aus Bergen, der lichterloh brannte.

„Das ist Westen", flüsterte Alexander. „Westen, wie ich ihn mir immer erträumt habe." Er hielt inne und seine Stirn legte sich in Falten. „Und wie er mir jetzt doch so fremd erscheint."

„Das hier ist Westen", sagte Anna und drückte fest seine Hand. „Du darfst aufwachen, Alex." Er versuchte, in ihren Augen, in denen sich das ferne Abendrot spiegelte, zu lesen und glaubte, erkennen zu können, dass sie ihn verstand.

„Es ist einfach unglaublich", staunte Alexander und Anna nickte. „Wir sind wohl weiter nach Westen gewandert als je ein Mensch zuvor, so zumindest fühlt es sich für mich an."

„Das ist die Bergkette von Erenor", erklärte Askaya nüchtern, ohne den Blick ihren Freunden zuzuwenden. „Wir nennen sie auch ›Die brennenden Berge‹."

„Es wirkt wirklich so, als würden die Gipfel in Flammen stehen", bestätigte Alexander ehrfurchtsvoll.

„Sieht so der Ring aus Feuer aus, der die Einaren zurückhalten soll?", wollte Anna wissen.

„Nein", entgegnete Askaya und wandte sich dem Mädchen zu.

„Der Ring ist ein Feuer, das so hell lodert, dass man es kaum sieht, ist wie ein unsichtbares Band, das die Einaren bis vor 2.000 Sommern nicht überschreiten konnten, ohne dem Leben entrissen zu werden."

Ein Geräusch lenkte sie ab und sie drehten ruckartig die Köpfe. Genauso schnell, wie der große Schatten über sie kam, wirbelte Askaya ihr Gewand durch die Luft und legte es über sich und ihre beiden Freunde.

„Duckt euch, rasch", rief sie, und schon versteckten sie sich unter dem blauschwarzen Umhang. Erneut staunte Alexander, dass man durch den dichten Stoff sehen, ja sogar alles noch klarer erkennen konnte. Er blickte zum Himmel, wo er sogleich die gewaltige Silhouette des Araaken entdeckte. Von weiten Schwingen getragen, segelte das gewaltige Himmelswesen dem Horizont entgegen. Die weiße Spitze seines mächtigen Horns leuchtete in der untergehenden Sonne, als wäre es aus einem jener schneebedeckten Gipfel gemacht, die in der Ferne rot schimmerten.

„Er wird uns nichts tun", stellte Anna fest, als sie dem Araaken hinterherschauten. „Ich fühle es, er ist auf unserer Seite." Um ihre Worte zu untermauern, befreite sich Anna von dem Umhang und erhob sich.

„Hüte dich", rief Askaya, „man weiß nie, welche Seite ein Araaken wählt, sofern er sich überhaupt für eine entscheidet."

Dann aber runzelte sie die Stirn und blickte dem Araaken

hinterher. „Dennoch muss ich eingestehen, dass das Handeln dieses Araaken seltsam war. In der Tat hat er uns geholfen."

Noch lange beobachteten sie, wie der gewaltige Schatten des großen Himmelsgeschöpfes immer kleiner wurde, zu einem winzigen Punkt zusammenschmolz, bevor er schließlich ganz verschwand.

Erst als der Araaken außer Sichtweite war, wurde Alexander bewusst, dass etwas ganz Außergewöhnliches geschehen war. Sie hatten soeben eine Grenze überschritten, die es nach ihrem Wissen gar nicht hätte geben dürfen. Es war eine Sache, merkwürdigen Wesen in der eigenen Welt zu begegnen, doch eine ganz andere, sich unvermittelt in einer fremden Welt wiederzufinden. Alexander holte tief Luft, verschränkte die Arme hinter dem Kopf und blies die Backen auf. Dann drehte er sich um. Vor ihm ragte eine mächtige Felswand auf, vor der sich eine gewaltige Felsnadel erhob, die ihn an den Old Man of Storr erinnerte. Das musste der Gemahnende Finger sein. Auch das Gelände, auf dem sie gerade standen, ähnelte dem Gebiet um den Storr in Schottland, war aber von weitläufigen Hügeln durchzogen, zwischen denen kleine Seen lagen. Die Hügellandschaft erstreckte sich ein ganzes Stück weit nach Westen hin, bevor sie in eine Heidelandschaft überging, die im Süden von einer Grasebene abgelöst wurde.

Im Westen hingegen erkannte Alexander im letzten Glanz des verblassenden Tages die dunklen Umrisse eines weitläufigen Waldgebietes, das vor den Bergen von Erenor lag und mit ihnen zu verschmelzen schien. Alexander wies mit der Hand in Richtung der

Wälder.

„Was für ein Waldgebiet ist das?", fragte er.

„Das sind die Kämpfenden Wälder", erklärte Askaya. „Die Ananeki nennen sie auch ›Sanduril‹, die Ewige Schlacht."

Anna schlang die Arme um ihren Körper, obwohl es hier deutlich wärmer war als eben noch in Schottland. „Das klingt aber sehr bedrohlich."

Askaya nickte. „Es sollte Frieden herrschen in allen Wälder. Doch nicht so in Sanduril. Dieser Wald kennt nur den Kampf, die ewige Schlacht. Mit all seiner Macht wächst er den Bergen von Erenor entgegen, versucht sie zu überwuchern und zu umranken. Nichts lebt dort in Frieden, weder Baum noch Fels noch Tier. Lange Zeit gelang es den Wäldern, sich die Bergkämme emporzuarbeiten. Irgendwann jedoch begannen die hohen Gipfel von Erenor sich des Angriffes zu erwehren. Felsen und Steine polterten hinab, entwurzelten Bäume und rissen sie ins Tal. Mittlerweile gibt es sogar eine Grenze im Wald, auf der Bäume stehen, die mit dem Fels verschmelzen, wie Feinde, die zu Liebenden geworden sind und sich nun in glühender Leidenschaft vereinen." Sie blickte Alexander an, und die Art, wie sie die Worte mit ihrer dunklen Stimme sprach, entfachte ein Prickeln in seinen Lenden. Dann nahm sie ihren Stock, hielt ihn vor sich und strich mit ihrer freien Hand über die dunkle, mit fremdartigen Zeichen verzierte Oberfläche. „Dieser Stab ist aus dem Holz Sandurils. Die letzte von vielen Prüfungen der Kriegerinnen der Sieben Feuer besteht darin, in die Kämpfenden Wälder zu ziehen, um den mächtigen Bäumen ein Stück ihres unbeugsamen Holzes zu entreißen und daraus eine Waffe zu machen. Doch nur wem es gelingt, Sanduril lebend zu verlassen, verdient sie auch."

„Was bedeuten die Zeichen auf deinem Stab?", wollte Alexander wissen und betrachtete das Holz zum ersten Mal eingehender. Die Linien formten weniger Buchstaben als vielmehr Symbole. Eines war einfach zu enträtseln, da es aussah wie ein Mensch. In einem anderen glaubte er Flammen, oder vielleicht waren es auch Wellen, zu erkennen, die emporschlugen und einen Gegenstand umrankten. Alle Symbole waren miteinander in verschlungene Linien verflochten, als hätte sie derjenige, der sie geschnitzt hatte, niemals abgesetzt.

„Askaya, Kriegerin der Sieben Feuer von Erenor, Hüterin des Wassers." Stolz blickte sie auf die Runen. „Das ist mein Name in den Schriftzeichen der Ananeki."

Auch Annas Hand näherte sich nun langsam dem Stab, dann strich sie bedächtig darüber. „Es fühlt sich glatt und kühl an, wie polierter Fels in einer kalten Nacht."

Sie schloss die Augen und Alexander konnte sehen, dass sich die feinen Härchen an ihren Armen aufstellten. Annas Finger begannen ganz leicht zu zittern, als sie noch einmal über das eigentümliche Holz strich. „Ich fühle Zorn und Wut, dennoch kann ich einen unterdrückten Wunsch nach Frieden spüren. Es ist wie ein Sehnen, ein Verlangen nach Erlösung und Besänftigung." Anna riss die Augen auf und zog rasch ihre Hand zurück, als hätte sie sich verbrannt.

„Was hast du?" Alexander betrachtete Anna besorgt, doch sie

schüttelte nur den Kopf und blickte auf ihre Hand.

„Dieses Holz ist so furchtbar zornig. Ich konnte es fühlen."

„Aber wie kann es sein, dass du das fühlen kannst?"

Anna zuckte mit den Schultern. „Ich weiß es nicht. Seit jenem Erlebnis im Fairy Glen, als meine Hand in dem Baumstamm festgesteckt hatte, spüre ich manchmal die Gefühle von dem, was ich berühre, als wären sie meine eigenen."

„Das ist eine seltene Gabe, Anna", bemerkte Askaya. „In der Tat ist es das, was man in den Kämpfenden Wäldern fühlen mag, wenn man sie wachsam und aufmerksam durchwandert, was man tun sollte, wenn man darin überleben will."

„Müssen wir denn durch diesen Wald?"

„Ja. Das Artefakt, in dem der Baum ruht, muss zurück in die Berge von Erenor gebracht werden, an einen Hang, der sich oberhalb der Kämpfenden Wälder befindet. Dort wächst der Baum der tausend Wurzeln. Er hält eine Öffnung in seinem Holz bereit, in die wir das Artefakt legen werden. Wenn wir dorthin wollen, müssen wir Sanduril durchqueren." Sie deutete mit dem Stab in die Richtung, wo die unheilvollen Bäume bereits unter dem Mantel der Nacht verborgen lagen.

Am Horizont zeugte nur noch ein schmaler roter Streifen davon, dass auch hier am Tag eine Sonne geschienen hatte.

„Es ist viel wärmer als in Schottland", meinte Alexander irgendwann. Er wollte nicht mehr von diesem Wald sprechen und Anna konnte er ansehen, dass ihr der Gedanke an diese Bäume ebenfalls nicht behagte.

„Stimmt", sagte sie verdutzt und blickte zum Himmel. „Man könnte meinen, es wäre eine milde Sommernacht."

„Das Ende des Sommers ist nahe hier", bestätigte Askaya, wobei ihre Augen zornig funkelten. „Dennoch herrscht Winter, seit die Einaren die Länder unterdrücken."

Askayas Worte erinnerten sie daran, dass diese Welt unter der Herrschaft der Einaren litt, die nur gebrochen werden konnte, wenn die Artefakte zurück an ihre angestammten Plätze gebracht wurden.

Unschlüssig zuckte Alexander mit den Schultern. „Und was tun wir jetzt?"

Askaya dachte nach, legte den Kopf zur Seite. Dann hatte sie einen Entschluss gefasst. „Wir werden die Nacht hier verbringen. Es hat keinen Sinn, in der Dunkelheit weiterzuwandern. Ich werde jagen, später werden wir essen und reden." Dann trat sie ein wenig näher an ihre beiden Freunde heran. „Wartet hier. Ich bin gleich zurück."

Damit wandte sie sich um und verschwand in der Nacht.

22) Offene Fragen

Esmarillion, Gemahnender Finger

Alexander und Anna blieben zurück. Sie fühlten sich allein und verlassen, verloren in einer fremden Welt. War Alexander noch ünerwältigt vom Anblick dieser neuen Welt, so spürte er nun, wie Panik in ihm hochkroch und ihre kalten Finger um sein Herz legte. Er glaubte, keine Luft mehr zu bekommen, wollte schlucken, doch es ging nicht. Er war in einer anderen Welt, hatte sich nach etwas gesehnt und hatte etwas bekommen. Doch war es wirklich Westen, wie er ihn sich vorgestellt hatte? Was, wenn Askaya etwas passierte, wenn sie nicht mehr zurückkam? Wo sollten sie dann hin? Würden sie jemals nach Hause kehren können oder – und das war wahrscheinlicher – wären sie für immer in dieser Welt hinter der Felswand gefangen? Was würde aus seiner Familie werden? Seinem Vater, seine Mutter?

„Was ist mit dir?" Annas Stimme riss ihn aus seinen Gedanken.

„Nichts", log er, schob seine Bedenken beiseite und wandte seine Aufmerksamkeit Anna zu. Immerhin war er der Mann, und der Wunsch sie zu beschützen und Mut zu zeigen, verlieh ihm ein wenig Antrieb. Sicherlich war ihr noch viel unwohler zumute als ihm selbst. Daher nahm er sie in den Arm und als er spürte, dass sie nicht zurückwich, zog er sie ein wenig näher an sich heran. Sie ließ es geschehen, schmiegte sich sogar noch enger an ihn. Er fühlte ihre Wärme, ihren Atem, der sanft ihre Brust zum Heben und Senken brachte. So hockten sie sich hin, mit dem Rücken an einen Felsen gelehnt. Alexanders Gedanken jedoch schweiften zurück zu den Ereignissen am Old Man of Storr.

„Woran denkst du?", fragte Anna.

Vorsichtig löste sich Alexander aus der Umarmung. „Kurz habe ich darüber nachgedacht, einfach wieder zurückzugehen, sofern das überhaupt möglich ist." Er legte den Kopf zurück an den kalten Fels, dachte nach, dann seufzte er. „Ich frage mich, was aus meinem Vater geworden ist.",

„Dein Vater? Was meinst du damit?" Anna wandte den Kopf zur Seite und sah ihn an.

Alexander erzählte ihr, was er gesehen hatte, kurz bevor sie durch den Felsspalt geflohen waren.

„Bist du sicher, dass es dein Vater war?", fragte Anna verblüfft.

„Ja."

„Aber wie hat er von der ganzen Geschichte überhaupt erfahren?"

„Das möchte ich auch zu gerne wissen. Und was er mit diesen Männern zu schaffen hat. Mein Vater hatte sogar ein Schwert in der Hand, und es sah nicht so aus, als ob er diesem Johannes freundschaftlich begegnen würde."

„Was, dein Vater? Ein Schwert? Bist du dir da sicher?" Anna richtete sich auf.

„Absolut sicher", bestätigte Alexander. „Ich kann mir nicht vorstellen, dass er überhaupt weiß, wie man eine solche Waffe hält. Sicher hat ihm Johannes seine Klinge ohne zu zögern in den Bauch gerammt." Alexander legte seinen Kopf in beide Hände. „Wie es meiner Mutter wohl geht? Sie muss wahnsinnig werden vor Angst. Bestimmt denkt sie ich bin tot."

Annas Brust hob und senkte sich schwer. „Und ich mache mir Sorgen um Sebastian. Ich weiß nicht einmal ob er noch ..." Anna brach ab, presste sich eine Hand vor den Munde und begann zu weinen.

Alexander strich ihr tröstend über den Kopf.

„Das ist alles so schrecklich", flüstere Anna, nachdem sie sich wieder halbwegs gefast hatte. „Wollen wir Askaya fragen, ob sie uns zurückbringen kann?"

Alexander schüttelte den Kopf. „Ich würde gerne bleiben. Ich fühle mich Askaya gegenüber verpflichtet. Immerhin hat sie uns das Leben gerettet."

„Das ist wahr", murmelte Anna. „Ohne sie hätten wir das Abenteuer nicht überlebt."

„Das Abenteuer, in das wir uns freiwillig begeben haben", ergänzte Alexander.

Anna nickte. „Ich fürchte, da hast du recht."

„Außerdem ist da noch Karas Stundenglas. Dass meine Schwester eines der geheimnisvollen Artefakte besaß, macht es so außergewöhnlich, und ich habe das Gefühl, dafür sorgen zu müssen, dass es an den richtigen Ort zurückkehrt."

„Irgendwie kann ich das verstehen, Alex", meinte Anna. Sie rückte etwas dichter an ihn heran. „Und um ehrlich zu sein, auch ich möchte nicht zurück. Zumindest nicht gleich, auch wenn mich einige Fragen quälen, die ich Sebastian stellen möchte – sofern er noch lebt."

„Tja, Anna, da gibt es wohl so einiges, was wir über unsere Verwandten nicht wissen."

Einige Minuten verstrichen ohne Worte, während ein leiser Wind um die Felsen säuselte. Irgendwann legte Alexander seinen Arm um Annas Schultern und zog sie näher an sich heran. So saßen sie schweigend da, bis ein Rascheln sie aufschreckte. Etwas bewegte sich am Rande von Alexanders Blickfeld, doch noch ehe er reagieren konnte, stand Askaya direkt vor ihm, ein Kaninchen in der ausgestreckten Hand vor sich hinhaltend. Ein Lächeln ließ ihre Zähne aufblitzen.

Als sie sah, wie Anna die Nase rümpfte und die Beute mit skeptischem Blick musterte, ging sie in die Hocke und blickte ihr ins Gesicht. „Mach dir keine Sorgen. Ich habe es gefragt, ob es bereit war, diese Welt zu verlassen."

Anna starrte Askaya entgeistert an. „Okay, und war es denn bereit?"

„Natürlich, sonst hätte ich es nicht erlegt", entgegnete Askaya entrüstet, setzte sich und legte das Blasrohr ab. „Wenn wir auf unsere Beute zielen, schließen wir die Augen vor dem Schuss. So können wir fühlen, ob das Tier bereit ist zu sterben. Wenn nicht, senken wir die Waffe und lassen es ziehen."

Alexander hörte schweigend zu, und Anna blickte Askaya eine Weile lang nachdenklich an.

„Was du sagst, klingt seltsam, Askaya", meinte sie schließlich. „Aber ich glaube dir."

Kurze Zeit später brannte ein kleines Lagerfeuer in einer geschützten Senke, und das Kaninchen briet über dem Feuer. Alexander betrachtete Askaya, wie sie das Fleisch über den Flammen drehte und Gräser oder Kräuter darüberstreute. Sie tat dies sehr andächtig und schien die ganze Welt um sich herum vergessen zu haben. Als hätte es keine Vergangenheit gegeben, in der sie gejagt und verfolgt worden waren, und als würde keine Zukunft auf sie warten, in der womöglich noch größere Gefahren lauerten. Vielleicht ist das ja ihre Art, sich von Sorgen freizumachen, dachte Alexander.

„Ist es denn nicht gefährlich, ein Feuer zu entzünden?", fragte Anna, die sich zurückgelehnt hatte und sich auf ihre Unterarme stützte.

„Wenn wir nichts essen, sterben wir ganz sicher. Entzünden wir ein Feuer, werden wir vielleicht nur entdeckt", antwortete Askaya. „Außerdem befinden wir uns in den Verbotenen Bergen, in einer geschützten Senke. Die Einaren kommen hier nicht her."

„Warum eigentlich nicht?"

„Weil es für sie an diesem Ort nichts von Bedeutung gibt. Sicher haben sie zu Anfang, kurz nach Verlassen des Einarenreiches, die Berge aufgesucht, besonders da es ein für viele verbotenes Gebiet war und noch immer ist. Nachdem sie jedoch nichts finden konnten, was sie hätten rauben oder beherrschen können, haben sie sich nicht mehr weiter um die Gegend gekümmert. Es ist viele hundert Sommer her, dass Einaren hier gesichtet wurden."

„Dann hoffe ich, es bleibt auch in dieser Nacht so", entgegnete Anna und spähte in die Dunkelheit."

„Wenn dem nicht so ist, braucht ihr nur zu winken und laut zu schreien. Dann lauft ihr davon."

„Das meinst du jetzt aber nicht ernst, oder?"

„Natürlich meine ich das ernst." Askaya drehte das Kaninchen am Spieß. „Die Einaren werden euch folgen und ich kann in Ruhe essen."

Anna erwiderte nichts. Sie neigte den Kopf zur Seite und musterte Askaya eingehend. Deren Mundwinkel begannen plötzlich zu zucken und schon lachte sie los. Anna und Alexander stimmten kurz darauf mit ein.

Alexander beobachtete die beiden Mädchen, die sich leise miteinander unterhielten. In Annas Augen tanzten die Flammen des Feuers, und ihre blonden Haare umrahmten ihr Gesicht, verliehen ihm einen weichen Ausdruck. Anna war so besonders, war einfach präsent wie die lebensnotwendige Luft, die einen umgab. Ihrer Anwesenheit wurde man sich erst im Nachhinein bewusst, wenn man sie zu vermissen begann.

Anna warf ihm ein Lächeln zu, blickte zu Boden, dann wieder zu ihm auf und strich ihm schließlich eine seiner langen Haarsträhnen aus dem Gesicht. Ihre Berührung war nur ein Hauch, nicht mehr als der Flügelschlag eines Schmetterlings.

Dann wurde sie ernst. Eine tiefe Traurigkeit legte sich auf ihr Gesicht und sie senkte den Kopf.

„Du machst dir Sorgen um Sebastian, nicht wahr?", fragte

Alexander.

Sie nickte, und Tränen traten in ihre Augen, als sie sprach. „Er war alles, was ich hatte. Ich hätte nie gedacht, dass er jemand anderes sein könnte als der fürsorgliche Bruder, der einen Whiskyladen betreibt. Meine ganze Welt ist zusammengebrochen, und jetzt ist Sebastian vielleicht …“, sie brach ab, presste die Lippen zitternd aufeinander und wischte sich dann über das Gesicht.

„Schon gut“, flüsterte Alexander und strich ihr über das Haar. „Sicher war es nur ein Streifschuss. Sebastian hat bestimmt überlebt.“

Er nahm Anna in die Arme. Endlich ließ sie ihren Tränen freien Lauf. Sie schluchzte an seine Brust gelehnt, während ihre Schultern zuckten.

Askaya sah sie mitfühlend an und legte dann eine Hand auf Annas Rücken. „Es tut mir leid, dass ich all das über euch gebracht habe.“

„Dich trifft keine Schuld, Askaya“, meinte Anna und löste sich aus Alexanders Umarmung. „Wir sind dir freiwillig gefolgt. Niemand konnte ahnen, wohin das alles führen würde und in welch eigenartige Verstrickungen wir hineingeraten werden. Ich war dumm und naiv, habe das alles anfangs nur für ein Abenteuer gehalten. Bis eben, als wir durch das Felsentor hergekommen sind, habe ich nicht einmal wirklich geglaubt, dass du aus einer anderen Welt stammst. Aber nur um ein Abenteuer zu bestehen, bin ich dir nicht gefolgt. Es …“, sie hielt inne und warf Alexander einen flüchtigen Blick zu, „… gibt da noch einen anderen Grund."

Askaya schmunzelte, sagte aber nichts. Stattdessen wandte sie sich dem mittlerweile durchgebratenen Kaninchen zu und schnitt etwas von dessen Fleisch ab, das sie verteilte.

Alexander nahm das Abendessen dankbar entgegen und dachte über Anna nach. Erst vor wenigen Tagen hatten sie sie an einer Tankstelle aufgelesen, und nun saß er mir ihr hier, in Esmarillion.

„Eigenartige Verstrickungen", wiederholte Alexander Annas Worte. „So könnte man es nennen. Beinahe könnte man sogar meinen, wir seien in eine große Verschwörung geraten."

„Wie meinst du das?", fragte Anna und blies dabei über das Fleisch, um es ein wenig zu kühlen.

„Na ja. Lass uns doch mal überlegen, was wir da alles an seltsamen Ereignissen haben." Er biss von seinem Fleisch ab, welches überraschend würzig schmeckte, und begann, laut nachzudenken. „Da sind diese Artefakte, die eine Ananeki einst in unsere Welt brachte."

„Eine Verräterin", warf Askaya ein und ihre Augen blitzten, während sie hungrig und eine Spur zu heftig in das Kaninchen biss.

„Wie auch immer", fuhr Alexander unbeirrt fort. „Die Stundengläser landen in Schottland und irgendwie gelangen sie in die Hände von Charles Edward Stuart. Dieser gibt sie während seiner Flucht über die Isle of Skye weiter an Flora MacDonald und flieht in diese Welt", Alexander machte eine ausladende Handbewegung, „anstatt nach Frankreich zu segeln, wie es die Geschichtsbücher lehren. Woher er das Weltenportal kannte, ist mir ein Rätsel. Flora wiederum wusste offenbar um die Existenz der Naturgeister und gab ihnen die Stundengläser, um Schutz vor dem Grauen Mann für ihre Überfahrt nach Amerika zu erbitten. So landeten die vier Gläser in der Welt der Geister, zwei von ihnen kehrten zu den Menschen zurück." Alexander hielt inne und dachte an seine Schwester. „Kara bekam eines vom Grünen Mann geschenkt, das andere wurde ausgegraben und landete im Skye-Museum."

„Stellt sich nur noch die Frage, was es mit unseren Verfolgern auf sich hat", warf Anna ein und blickte sich beim Gedanken an diese Männer suchend um.

„Sie sind uns nicht gefolgt", erklärte Askaya. „Die Portalwächter haben sie sicher nicht durchgelassen. Sonst hätten wir sie bereits bemerkt wie den Araaken auch."

„Nehmen wir mal an, diese Männer sind wirklich Tempelritter, obwohl es die ja eigentlich nicht mehr gibt", fuhr Alexander mit seinen Überlegungen fort. „Was wollten sie mit den Artefakten, wie konnten sie überhaupt von ihnen wissen?"

„Wenn es stimmt, was Johannes gesagt hat, dann gehören er und Gottfried gar nicht zu den Templern."

„Vielleicht haben sie sich ja auch nur als Tempelritter ausgegeben", überlegte Alexander. „Aber wozu?"

Anna schloss die Augen und seufzte. „Ich weiß es nicht. Sebastian steckt jedenfalls mit Gottfried und Johannes unter einer Decke. So viel steht fest. Ich habe gehört, wie er sagte, er habe die gleiche Order erhalten wie Johannes auch."

Alexander hielt mit dem Kauen inne. Dann nickte er. „Ja, aber ihm war nicht wohl dabei, so als würde er keineswegs hinter den Befehlen stehen."

Anna zuckte mit den Schultern. „Vielleicht", entgegnete sie wenig überzeugt und sah Alexander traurig an. „Alex, er hat mit dem Revolver auf mich gezielt. Die Anweisung, die er erhalten hat, war ganz sicher mich zu töten."

„Das mag sein, aber Sebastian wollte dich nicht töten, davon bin ich felsenfest überzeugt", versuchte er sie zu trösten. „Sonst hätte er nicht plötzlich auf Gottfried geschossen."

Anna schüttelte langsam den Kopf. „Ich weiß jedenfalls nicht mehr, wer gut und wer böse ist." Sie musterte Alexander. „Was, glaubst du, hat dein Vater mit der ganzen Sache zu tun?"

„Wie gesagt, Anna, ich habe nicht die leiseste Ahnung. Dennoch passt das alles nicht zu ihm, er ist doch eigentlich …" Alexander zögerte und suchte nach Worten.

Anna kam ihm zuvor: „… ein Bürolurch."

Alexander hätte sich beinahe verschluckt vor Lachen und auch Annas Mundwinkel zuckten, bevor auch sie losprustete. Askaya, die weder den Grund für den plötzlichen Sinneswandel der beiden kannte noch wusste, was ein Bürolurch war, sah ihre Freunde verständnislos an, grinste dann aber ebenfalls. „Ihr beide seid sehr seltsam", sagte sie fröhlich, schluckte einen Bissen Kaninchenfleisch hinunter und zuckte mit den Schultern. „Aber ich mag euch."

Nachdem sie gegessen hatten, lehnte sich Alexander zurück und blickte hinauf zum Himmel. Der Unterkiefer klappte ihm herunter, als er unzählige Sterne erblickte, die in den endlosen schwarzen

Weiten funkelten und blitzten, als würden Milliarden der leuchtenden Portalwächter am Himmel tanzen. Kein einziges Licht einer Stadt beeinträchtigte den Sternenglanz, und die Nacht wirkte viel lebendiger und heller, als er es gewohnt war. Lärm, Gestank und Hektik –in Deutschland allgegenwärtig, hier keine Spur davon. Bereits in Schottland hatte er dies bemerkt, doch hier, in Askayas Welt, trat diese Reinheit nochmals deutlicher hervor.

„Wie soll es nun weitergehen?", fragte er, als er endlich das Staunen überwunden hatte.

Askaya legte etwas Holz nach. „Die Artefakte müssen zurückgebracht werden, wo sie hingehören", sagte sie. „Allerdings ist dies kein einfaches Vorhaben. Die Wege zu den geheimen Orten sind beschwerlich, und es droht nicht nur von den Einaren Gefahr. Die Einaren wissen, dass die Stundengläser verschwunden sind, und wollen ihrer Habhaft werden. Zwar werden sie nach all der Zeit nicht mehr so wachsam sein, doch sobald die Kunde, dass die Artefakte gefunden wurden, ihre Ohren erreicht, werden sie uns jagen."

Askaya griff in ihren Umhang, holte die Stundengläser hervor und legte sie vor sich auf den Boden. Holz, Feuer, Erde und Wasser bewegten sich in den kleinen Gläsern auf geheimnisvolle Weise, als führten sie ein Eigenleben. Die Artefakte schienen mittlerweile noch lebendiger geworden zu sein, was Alexander auf die Tatsache zurückführte, dass sie nach so langer Zeit endlich in ihre Welt zurückgekehrt waren. Die Flammen züngelten wie wild, als wollten sie das Glas zum Schmelzen bringen; der winzige Baum bewegte sich, als würde ihn ein Herbststurm schütteln; die Erde rieselte auf und ab, sodass man meinen konnte, jedes einzelne Körnchen sei von eigenem Leben erfüllt; und das Wasser sprudelte in dem gleichen strahlendem Blau wie Askayas Augen. In einer schwungvollen Bewegung warf sich Askaya die Zöpfe samt Klingen auf den Rücken, dann sprach sie weiter.

„Dieses hier", sie hob das Glas in die Höhe, in dem sich der kleine Baum befand, „muss zurückgebracht werden in die östlichen Berge der großen Bergkette von Erenor. Dort müssen wir den Baum der Tausend Wurzeln aufsuchen. Dazu werden wir den Feuerweg beschreiten, der durch Sanduril, die Kämpfenden Wälder, führt." In Askayas Augen spiegelten sich die Flammen des kleinen Lagerfeuers wieder, als sie Alexander und Anna ansah.

„Und die anderen?", fragte Anna.

Askaya zögerte kurz, als überlege sie, ob sie die geheimen Orte preisgeben sollte. Dann deutete sie auf das Artefakt mit dem Wasser. „Im Süden des Bergringes, Im Tal der Seen, gibt es einen Platz, wo Wasser ruht auf Wasser. Im Westen, wo die sterbende Sonne das Land entzündet, jenes Land, welches wir ›Reich der Geysire‹ nennen, muss das Kleine Feuer der Feuer von Erenor in die flammenden Tiefen zurückgebracht werden."

„Jetzt fehlt nur noch Erde." Alexander beugte sich vor und nahm das Letzte der vier Stundengläser in seine Hände. Es war jenes, das einst seiner Schwester Kara gehört hatte. Er schloss die Augen. Kurz überlegte er, ob er es wirklich weggeben sollte, verwarf diesen Gedanken aber sofort wieder, denn er hatte sich längst entschieden.

„Du hältst den Bewahrer der Feste der Welt in deinen Händen. Erde muss zurückkehren nach Norden, wo das Eisreich nach den Bergen von Erenor greift." Askayas Worte drangen wie durch Watte gedämpft an seine Ohren. Dann fühlte er Annas Hand auf seiner Schulter, so leicht, so tröstend. Er öffnete seine Augen wieder und legte das Artefakt zurück zu den anderen.

„Wann brechen wir auf?", fragte er schließlich.

„Morgen. Und deshalb sollten wir jetzt schlafen", entgegnete Askaya und warf noch einige Scheite Holz ins Feuer. Dann legte sie sich nahe der Flammen auf den Boden und bedeutete Alexander und Anna, dicht an sie heranzurutschen, denn die Nacht würde kalt werden. Die beiden krochen mitunter Askayas Umhang. Obwohl der Stoff eine angenehme Wärme spendete, konnte Alexander nicht einschlafen. Die Heuschrecken in seinem Kopf waren schon längst von Araaken, Hubschraubern und Männern mit Schwertern vertrieben worden. Einer dieser Männer hatte das Gesicht seines Vaters. Unruhig wälzte sich Alexander hin und her, bis jemand schließlich einen Arm um seine Schulter legte. Es war Anna. Augenblicklich wurde sein Kopf leer, und er hörte das sanfte Rascheln der Blätter im Wind. Wie aus weiter Ferne drang ein glückliches Lachen an seine Ohren. Dass er dieses Lachen kannte, wunderte ihn genauso wenig, wie die Tatsache, dass es hier gar keine Blätter gab, die im Wind hätten rauschen können. So schlief er endlich ein.

*

Den Blick, den Susan ihm zuwarf, würde er wohl nie vergessen. Was er ihr an diesem Tag enthüllt und wie er heute Nacht gehandelt hatte, hatte nichts mit dem Mann zu tun, den sie kannte. Nichts, was er hätte tun können, wäre gegensätzlicher gewesen als der bisherige Schein und die in dieser Nacht offenbarte Wirklichkeit, die er so lange Zeit geheim gehalten hatte. Robert hatte ihr von dem Portal berichtet, hatte ihr erzählt, dass es seit geraumer Zeit bewacht wurde, und er hatte ihr sogar ein wenig von sich selbst offenbart, auch wenn er das letzte Geheimnis noch für sich behalten hatte. Nun stand Susan vor ihm, vom Regen völlig durchweicht, ihre langen Haare klatschnass. Robert machte erneut einen Schritt auf sie zu, streckte seine Hand nach ihr aus, doch abermals wich sie vor ihm zurück.

„Wo sind sie?", schrie sie verzweifelt. „Wo ist mein Sohn?"

Robert schüttelte den Kopf. „Es ist zu spät, Susan. Sie haben das Portal durchschritten." Er deutete hinauf zur Felswand.

Augenblicklich wandte Susan sich von ihm ab und stürmte den Berg hinauf.

„Warte!", schrie er ihr hinterher, doch vergebens.

Entsetzt sah Robert, wie sie stolperte, auf dem nassen, matschigen Boden ausrutschte und sich wieder aufrappelte. Sie rannte weiter, und Robert wusste, sie wollte jenes Tor finden, durch das Alexander und Anna vor wenigen Minuten mit dem fremdartigen Mädchen verschwunden waren.

Robert folgte ihr, das Schwert noch immer in der Hand. Susan hatte die Felswand bereits erreicht und tastete diese gerade mit ihren Händen ab. Immer wieder rannte sie hin und her, suchte hektisch und verzweifelt den Fels ab. Als Robert sie einholte, legte er ihr eine Hand auf die Schulter. „Sie sind in Sicherheit, glaub mir", versuchte er sie zu beruhigen. „Zumindest für den Moment."

„Für den Moment?" Susan schüttelte den Kopf. „Woher willst du das wissen? Du hast mir erzählt, du warst noch nie dort. Was für eine Welt ist das?"

Robert hob die Schultern. „Es ist nichts Schlechtes aus dieser Welt gekommen", versuchte er zu erklären.

„Nichts Schlechtes?", schrie sie ihn an. „Nennst du etwa das, was hier geschehen ist, nichts Schlechtes?"

Robert wollte etwas erwidern, doch ihm fiel nichts Passendes ein. Schnell verbarg er das Schwert unter seinem Mantel, als er bemerkte, dass Susan es entgeistert anstarrte. Dann wandte sie sich erneut der Felswand zu. Als sie diese berührte, raste plötzlich ein flackerndes Licht herbei und explodierte direkt vor den beiden. Helligkeit erfasste sie, und sie wurden zurückgeschleudert. Robert landete unsanft im nassen Gras, Susan direkt neben ihm. Das Licht verschwand.

Robert blickte in Susans weit aufgerissene Augen. „Wir können nicht hindurch", rief er. „Die Portalwächter verwehren uns den Zutritt."

Susan sah ihn an. „Warum konnten dann Alex und Anna durch? Warum, Robert, warum?"

„Ich weiß es wirklich nicht", gab er zu. „An diesem Portal sind Mächte am Werk, die jenseits unseres Verständnisses liegen. Wir haben es nur bewacht, zu beider Welten Sicherheit. Unsere Aufgabe ist das Bewahren und Hüten von Wissen. Wir vermuten, dass die Wächter nur diejenigen hindurchlassen, von denen sie sich einen bestimmten Nutzen für das Land jenseits erhoffen."

Susan sank auf die Knie und vergrub ihr Gesicht in den Händen. Robert ging zu ihr, ließ sich neben ihr nieder und legte beide Arme um seine Frau. Abermals wich sie zurück, wollte sich befreien, doch Robert hielt sie eisern fest, bis sie ihren Widerstand aufgab.

„Es tut mir unendlich leid." Er wiegte sie sanft hin und her. „Dennoch bin ich fest in meinem Glauben, dass es einen Grund geben muss, warum unser Sohn und Anna in diese Welt gelangt sind. Die Pforte hat sich nicht oft geöffnet, soviel zumindest wissen wir. Doch wann immer sie sich aufgetan hat, ist etwas Besonderes geschehen."

„Etwas Besonderes, ja so könnte man es auch nennen", sagte Susan verbittert.

„Ich meine das ernst, Susan, ich …"

„Und ich etwa nicht?", rief sie, sprang auf und wollte den Hang hinablaufen, doch Robert hielt sie fest.

„Bitte, hör mir zu!", bat er. „Alexander und seine Freunde haben Artefakte bei sich, die für die Welt jenseits vermutlich sehr wertvoll sind."

„Wertvolle Artefakte?" Susan packte ihn an den Schultern und schüttelte ihn. „Was redest du da?"

Robert wollte etwas sagen, als er Schritte hörte. Zwei Gestalten lösten sich aus der Dunkelheit und stützten eine dritte.

„Sebastian?", rief Susan und lief zu Annas Bruder. Rufus und Henry hatten Sebastian im Schlepptau; eine Hand hielt der junge Mann auf seinen Oberarm gepresst.

„Lassen Sie mal sehen", meinte Robert und löste Sebastians blutverschmierte Hand.

„Nur ein Streifschuss. Nicht weiter schlimm", quetschte Sebastian durch zusammengebissene Zähne hervor.

„Was haben *Sie* mit dieser Sache zu schaffen?", wollte Susan wissen.

„Was hab ich nur getan?", murmelte er nur vor sich hin, ohne auf Susans Frage einzugehen. „Wo bin ich da hineingeraten? Ich hab Anna in eine …"

„Schluss jetzt", unterbrach ihn Robert. „Wir reden später. Sie kommen mit zu uns und wir verbinden das."

„Sollten wir ihn nicht ins Krankenhaus fahren?", fragte Susan.

„Nein", entgegnete Robert sofort. „Die würden Fragen stellen. Wir machen das. Er wird überleben." Dann wandte er sich an Henry und Rufus: „Lasst alle Spuren verschwinden."

Die beiden Männer nickten und verschwanden. Robert wandte seine Aufmerksamkeit wieder Sebastian zu. „Sie haben eine Menge zu erklären, junger Mann."

„Ihr habt beide eine Menge zu erklären", stellte Susan klar, wischte eilig ihre Tränen weg und baute sich vor Robert auf. „Ich will alles wissen und …", sie schüttelte den Kopf, als Robert etwas erwidern wollte, „… keine Ausflüchte. Du hast mir noch nicht die ganze Wahrheit erzählt." Susan musterte ihn eingehend.

„Zumindest so gut kenne ich dich. Ich werde hier in Schottland bleiben und alles daran setzen, den Dingen auf den Grund zu gehen. Es ist mir völlig egal, wem ich dabei auf die Füße oder sonst wohin treten muss."

Dann holte sie tief Luft und seufzte. „Zuallererst werden wir uns eine andere Bleibe suchen müssen. Wir können nicht für längere Zeit in dem teuren Cottage wohnen."

„Doch, das können wir", meinte Robert und als Susan ihn fragend ansah, fügte er hinzu: „Es gehört mir."

Susan und Robert verließen den Old Man of Storr und fuhren zusammen mit Sebastian zurück zu dem strohgedeckten Cottage in der Nähe von Uig. Während der Fahrt herrschte Schweigen, jeder war mit seinen eigenen Gedanken beschäftigt. Susan mühte sich ab, das Chaos in ihrem Kopf so gut es ging zu ordnen. Die Ereignisse hatten sich überschlagen. Ihr Schottlandurlaub, der eigentlich dazu gedacht gewesen war, Abstand zu gewinnen und loszulassen, war vollkommen aus dem Ruder gelaufen. Jetzt hatte sie auch noch ihren Sohn verloren und wusste nicht mehr, wer der Mann, mit dem sie seit 18 Jahren verheiratet war, eigentlich war. Zumindest bestand die Hoffnung, dass Alexander noch lebte, und sie war nicht die Art Frau, die sich zu Hause verkroch, um zu jammern und zu leiden und in ihrem Schicksal womöglich auch noch die gerechte Strafe Gottes sah. Nein, Nichtstun war das Letzte, was sie jetzt gebrauchen konnte. Wenn sie schon nicht in die andere Welt hinübergelangen konnte, so würde sie wenigstens in dieser nach Antworten suchen. Vielleicht ist das ja Alexanders Prüfung für das

Erwachsenwerden, dachte sie, verwarf diesen Gedanken jedoch sofort wieder. So etwas würde sie ihren Protagonisten in einem ihrer fantastischen Romane zumuten, nicht jedoch ihrem eigenen Sohn. Es erschien ihr komisch, ja sogar absurd, aber sie hatte das Gefühl, dass ihr die intensive Beschäftigung mit fantastischen Dingen in ihren Büchern sogar half, diese absonderliche Realität leichter zu akzeptieren.

Es war bereits nach Mitternacht, als sie schließlich das Cottage erreichten, welches, wie sie gerade erfahren hatte, ihrem Ehemann gehörte. Wann immer sie ihn auf einer Geschäftsreise im Namen seiner Bank geglaubt hatte, war er in Wahrheit hier oben gewesen, um sich mit Männern seines – Susan schüttelte den Kopf, das Wort schien ihr zu absurd, zu fremd – ... seines Ordens zu kümmern. Eines Ordens, der die Zeit überdauert hatte und ein großes Geheimnis hütete; ein Geheimnis, welches sie Robert noch entlocken würde.

23) Die Täler des Wissens

Esmarillion

Alexander öffnete die Augen und blickte in den blauen Himmel. Eine leichte Brise strich durch die Gräser, brachte sie leise zum Rascheln.

„Gut geschlafen?", fragte Anna in diesem Moment. Er kniff die Augen zusammen und musterte sie eine Weile. Anna hielt seinem Blick stand, senkte dieses Mal nicht die Augenlider, warf ihm kein schüchternes Lächeln zu.

„Ja, tief und fest", flüsterte er und berührte unter der Decke ihre Hand. Dann beugte er sich langsam herab und gab ihr einen vorsichtigen Kuss. Sie ließ es geschehen. Es war eine Berührung ihrer Lippen nur, dennoch ging Alexander in Flammen auf.

„Verzeiht, wenn ich euch störe", ertönte da Askayas Stimme. In ihren Augen blitzte der Schalk. „Es ist Zeit. Wir müssen aufbrechen."

Erst jetzt senkte Anna schüchtern den Blick. Alexander ließ ihre Hand los, und so schälten sie sich schließlich unter Askayas Umhang hervor.

Die Ananeki nahm diesen entgegen und legte ihn sich um die Schultern. „Ich habe nachgedacht", begann sie. „Ihr müsst zurück. Diese Welt ist für euch zu gefährlich."

„Nein", entgegneten Alexander und Anna gleichzeitig.

Askaya stützte sich auf ihren Stock und wirkte verwundert. „Warum nicht?"

„Ich kann nicht", sagte Alexander. „Zumindest jetzt noch nicht. Zu viel ist dort geschehen und in gewisser Weise ist die Welt, die ich kannte, zerstört worden."

Anna nickte zustimmend. „Mir geht es da genauso."

Alexander wusste, es würde keinen Sinn haben, Askaya alles zu erklären. Deshalb verschränkte er entschlossen die Arme und hoffte, die Ananeki würde zustimmen.

Askaya neigte abwägend den Kopf. „Vielleicht hat es einen Grund, dass ihr hier seid", meinte sie schließlich. „Dieser mag sich uns noch verschließen, während die Portalwächter ihn erkannt und euch deshalb den Übertritt gewährt haben. Zudem haben die Ereignisse bereits vor vielen Tagen ihren Lauf genommen, und die Fügungen des Schicksals haben uns einander finden lassen und hierher gebracht."

„Das glaube ich auch", stimmte Anna ihr zu.

„Also ist es entschieden." Askaya wies mit dem Finger nach Süden. „Wir werden zunächst in die Einsamen Berge reisen. Dort werden wir die Eremiten in den Tälern des Wissens aufsuchen und den Winter verbringen."

„Warum nach Süden?", fragte Alexander verwundert. „Und weshalb einen ganzen Winter lang? Ich dachte, die Artefakte müssen so schnell wie möglich zurück an ihre Plätze."

„Ja, das müssen sie", entgegnete Askaya. „Aber sie müssen sicher dorthin gelangen. Ihr seid unvorbereitet, kennt diese Welt nicht und wisst euch nicht zu verteidigen." Sie packte ihren Stock und warf ihn Alexander zu. Im gleichen Augenblick sprang sie nach vorn. Zwar gelang es Alexander noch, ihren Stock ungeschickt aufzufangen, doch den Dolch, den er plötzlich an seiner Kehle spürte, hatte er nicht abwehren können.

„Das meine ich, Alexander vom Rabenstein." Sie lachte, steckte den Dolch weg und klopfte ihm auf die Schulter. „Das Schlimmste, was uns jetzt passieren kann, ist, dass uns die Einaren finden, uns alle töten und die Artefakte in ihre Gewalt bekommen. Dann wären sie womöglich für immer verloren. Im Tal der Eremiten, in den Einsamen Bergen, sind wir in Sicherheit. Dort werde ich euch das Kämpfen lehren, und beim nächsten Mal wird dieser Dolch nicht mehr deine Kehle erreichen." Sie blickte zu Anna hinüber, deren aufgerissenen Augen man den Schreck deutlich ansehen konnte. „Auch dich, Anna, werde ich lehren, dein Leben zu verteidigen."

„Ich weiß nicht, ob ich das kann", erklärte Anna und verzog zweifelnd den Mund. Askaya trat zu ihr und legte ihr beide Hände auf die Schultern.

„Mir ist bewusst, dass nicht der Kampf deine wahre Stärke ausmacht, denn diese liegt in anderen Dingen."

„Was meinst du damit?"

„Das weiß ich nicht wirklich, doch kann ich es spüren. Irgendetwas ist Besonders an dir." Askaya sah abwechselnd von Alexander zu Anna. „Es war ursprünglich nicht meine Absicht gewesen, euch mit in diese Welt zu nehmen, und noch am Abend des gestrigen Tages war ich entschlossen, euch beide zurück in eure Welt zu schicken und alleine loszuziehen. Doch nun, da ihr bleiben werdet, erachte ich es als meine Verantwortung, euch auf diese

Welt vorzubereiten und euch zu schützen. Die Länder werden seit 2.000 Sommern von den Einaren beherrscht, da scheint mir ein weiterer Winter ein geringes Opfer zu sein, wenn der Sieg am Ende uns gehört."

Das Mädchen mit den nachtschwarzen Haaren schwieg einen Augenblick und nur der Wind war zu hören. Dann fuhr Askaya fort: „Dennoch steht es euch frei, eure Entscheidung noch einmal zu überdenken und in eure Welt zurückzukehren, denn zwingen kann ich euch nicht – und ich möchte es auch nicht. Wie immer ihr euch entscheidet, ich werde euren Entschluss respektieren."

„Was geschieht, wenn die Artefakte erst einmal dorthin zurückgebracht sind, wo sie hingehören?", fragte Alexander. „Werden wir je in unsere Welt zurückkehren können?"

„Das kann ich dir nicht versprechen", war Askayas ehrliche Antwort. „Ednur, der Eremit, erzählte mir aber, dass der Übergang in andere Welten einst auch ohne die Artefakte möglich gewesen sei. Die Stundengläser bewachen die Grenzen zum Reich der Einaren. Dass sie etwas mit dem Portal am Gemahnenden Finger zu tun haben, ist lediglich eine Vermutung, wenngleich auch eine naheliegende." Askaya deutete in Richtung der Felswand, wo sich das Portal verbergen musste. „Die endgültige Entscheidung treffen letztlich immer die Portalwächter."

„Wir haben uns bereits entschieden", meinte Anna und stellte sich an Alexanders Seite.

Dieser nickte. „Wir kommen mit dir."

Alexander hörte seine eigenen Worte. In seinen Ohren klangen sie plötzlich laut und verhängnisvoll, als hätte er damit etwas besiegelt, was er nicht hätte besiegeln sollen. Er hob den Kopf und blickte hinauf zu der Felsnadel. „Irgendwann jedoch will ich zurückkehren in meine Welt. Ich will wissen, was aus meinen Eltern geworden ist und was es mit all den seltsamen Ereignissen auf sich hat.

„Dann soll es so sein", entgegnete Askaya, packte ihren Stock und marschierte los. Anna und Alexander folgten ihr.

Während sie gingen, fragte Alexander sich, wie weit Sehnsucht, wie er sie manchmal tief in seinem Inneren verspürte, einen Menschen gehen lassen konnte. Eine Weltengrenze hatte er bereits überschritten, konnte es da noch mehr geben? Und warum war Anna hier? Sicher, auch sie musste enttäuscht und schockiert sein wegen Sebastians Taten. Aber trieb sie darüber hinaus womöglich die gleiche Sehnsucht an wie ihn selbst? War auch sie auf einer Suche nach dem Westen, nach dem endgültigen und letzten Horizont? Oder war sie nur seinetwegen hier, weil sie ihn mochte – oder sich gar in ihn verliebt hatte?

So viele Gedanken wirbelten durch seinen Kopf, während sie in südliche Richtung wanderten und die Verbotenen Berge nach und nach hinter sich ließen. Lediglich der Gemahnende Finger blieb über lange Zeit sichtbar und erhob sich vor dem Felsmassiv wie der Old Man of Storr in Schottland. Im Schatten hoher Berge führte sie Askaya ein ganzes Stück lang durch versteckte Täler, entlang rauschender Flüsse und an kleinen Seen vorbei.

Irgendwann erreichten sie einen großen See, den die Kriegerfrau „Eissee" nannte. Obwohl es Spätsommer war und sich nur wenige Blätter rot und gelb gefärbt hatten, war der See eiskalt und es trieben sogar Eisberge darauf umher, was der spätsommerlichen Szenerie etwas Bizarres verlieh.

Askaya deutete mit ihrem Stock auf die weißen Riesen, die gemächlich über das Wasser trieben. „Die Eremiten sind der Meinung, es müsse einen unterirdischen Fluss geben, der von dem Eisreich hoch im Norden bis an diesen Ort fließt. Sie nehmen an, dass die Eisberge auf diesem Wege hierher gelangen. Manchmal tauchten sie einfach auf, schießen urplötzlich aus den Tiefen des klaren Wassers empor und schnellen, begleitet von gewaltigen Wasserfontänen, in die Höhe. Dann treiben sie auf dem See dahin, bis sie wieder geschmolzen sind."

„Wie ein Friedhof für Eisberge", bemerkte Anna und trat näher ans Ufer heran, um auf den faszinierenden See hinauszuschauen.

„Irgendwie schon", stimmte Alexander ihr zu, auch wenn er die mit Friedhöfen verbundene Endgültigkeit nicht mochte; eine Endgültigkeit, wie sie hier aber auch nicht zutraf. „Wenn man es recht bedenkt", meinte er, „hat es eher etwas mit ewiger Wiederkehr zu tun."

„Wie meinst du das?", fragte Anna.

„Ganz einfach. Die Eisberge schmelzen und werden zu Wasser. Dieses verdunstet und fällt als Regen oder Schnee auf die Erde, um vielleicht wieder zu Eis zu werden, irgendwann, irgendwo. Der Eissee kommt mir eher so vor wie ein Ort, an dem Anfang und Ende sich treffen und vereinen."

Anna musterte Alexander nachdenklich, dann wandte sie sich

wieder den Eisbergen zu, die in der Sonne glitzerten und funkelten. „Diese Vorstellung gefällt mir."

„Und entspricht auch der Meinigen", stellte Askaya fest und stützte sich auf ihren Stock. „Wenngleich derartige Gedanken für einen jungen Mann wie dich eher sonderbar sind."

„Wie alt bist du denn eigentlich, Askaya …, äh, also ich meine, wenn ich fragen darf?" Alexander betrachtete die Ananeki unsicher.

„Weshalb solltest du nicht fragen dürfen? 28 kalte Winter zähle ich", Askaya grinste, „auch wenn man mir diese gewiss nicht ansieht." Sie richtete sich auf und ging großen Schrittes voraus.

Die nächsten Tage verliefen eher unbeschwert. Sie trafen auf niemanden. Askaya versorgte sie mit Fisch- oder die Kaninchenfleisch, natürlich nicht ohne die Tiere vorher zu fragen. Alexander und Anna beobachteten tatsächlich mehr als einmal, dass sie ihr Blasrohr wieder senkte und so dem ein oder anderen Tier das Leben schenkte.

Die Ananeki bestand darauf, ihre beiden Begleiter in der Kunst des Kampfes zu unterweisen. Daher übte sie mit ihnen hin und wieder Stockkampf oder brachte ihnen grundlegende Dinge bei.

Eines Nachmittags, sie machten gerade eine längere Rast, schnitzte sie einen einfachen Stock zurecht und warf ihn Alexander zu, den er als Schwert benutzen wollte, da er mittlerweile der Meinung war, dass ein Schwert als Waffe besser für ihn geeignet sei.

„Wehr meinen Schlag ab", rief Askaya und ließ daraufhin ihren Stock von oben auf Alexander herabsausen. Es gelang ihm gerade noch, seine eigene Waffe hochzureißen und Askayas Schlag abzuwehren. Sofort folgte ein weiterer Angriff von der Seite, den er zwar abfangen konnte, der sich aber bereits zu dicht an seinem Körper befand. Askaya senkte ihren Schwerpunkt ab und stieß Alexander kraftvoll von sich, sodass er zurückstolperte und auf seinem Hinterteil landete.

„Merke dir, Alexander, jenseits deiner Zehenspitzen wirst du kein Gleichgewicht finden", sagte Askaya ernst und mit erhobenem Finger. Anna, die etwas abseits im Gras saß, kicherte vor sich hin.

„Anna, bitte!", flehte er und setzte einen mürrischen Gesichtsausdruck auf. Es war ihm peinlich, dass ihn Askaya wieder einmal zu Fall gebracht hatte. Schnell rappelte er sich auf.

„Bereit?", fragte Askaya.

„Immer!" Entschlossen umfasste Alexander sein hölzernes Schwert mit beiden Händen. Askaya verlor keine Zeit und attackierte ihn erneut. Sie zielte auf seinen Kopf, einmal von links, einmal von rechts oben. Alexander streckte sich weit in die Höhe, um die Schläge abzufangen. Irgendwann tauchte Askaya rasch unter ihm hindurch und rammte ihn mit der Schulter. Erneut fiel er zu Boden. Anna hielt sich eine Hand vor den Mund und mühte sich ab, ernst zu bleiben. Doch vergeblich, denn schon prustete sie los.

„Bleib tief, auch wenn die Schläge von oben kommen", erklärte Askaya. „Sei stets verbunden mit der Erde und halte deinen Kopf frei. Auch schwere Gedanken können dich in die Knie zwingen."

Alexander presste die Kiefer zusammen und nickte widerwillig.

„Lassen wir es genug sein für heute", meinte Askaya schließlich und strich mit der flachen Hand über ihren Stab. „Wir werden noch viel üben, Alexander, aber ich bin zuversichtlich, dass aus dir ein guter Krieger wird."

„Dann lass uns doch gleich weitermachen und nicht reden", forderte er und stellte sich kampfbereit vor Askaya.

„Diese Einstellung gefällt mir", rief Askaya und griff ihn erneut an.

So verging die Zeit, während sie nach Süden wanderten. Irgendwann durchquerten sie ein Sumpfland, durch das sich der Fluss Oranor zog. Askaya erklärte ihnen, dass der Oranor durch seine vielen Verästelungen das umliegende Land in ein Moor verwandelt hatte und zugleich die nördliche Grenze von Erenor bildete. Weiter westlich grenzte Erenor an den südlichen Teil der Bergkette und noch weiter im Westen erstreckte es sich durch die Eichenwälder bis hin zum Weltengrat. Im Süden stieß Erenor auf Tryskan.

Askaya führte ihre Freunde östlich des Sumpflandes vorbei, und bald schon wanderten sie im Schutz weißer Sanddünen entlang eines Ozeans, dessen Wellen unermüdlich an die endlosen Sandstrände rollten. Der Herbst hatte bereits begonnen, sein buntes Gewand über das Land zu werfen; Bäume schillerten in verschiedensten Rot-, Gelb und Grüntönen.

Am nächsten Tag, das Wetter hatte umgeschlagen und es regnete, bogen die drei Gefährten in südwestliche Richtung ab und marschierten über offenes Grasland, was Askaya offensichtlich wenig behagte. Immer wieder gebot sie ihren Freunden sich zu ducken und spähte in alle Richtungen. Schließlich deutete sie nach Süden. „Dort liegen die Einsamen Berge. Es ist nicht mehr weit. Würde es heute nicht regnen, könnten wir die Gipfel bereits erkennen."

Tatsächlich ergoss sich ein sehr heftiger Regen aus dunklen Wolken, die tief und grau über dem Land hingen. Alexander und Anna waren froh, nicht gleich in die Berge von Erenor aufgebrochen zu sein, sondern den Winter zunächst bei den Eremiten verbringen zu können, auch wenn sie sich noch keine Vorstellung von dem Leben dort machen konnten. Ihre Regenjacken schützten sie zwar vor dem Gröbsten, doch ihre Beine wurden klatschnass. Missmutig stapften sie durch das hohe Gras, und bald begann sich die Dämmerung über die grasbewachsene Landschaft herabzusenken. Schließlich schlugen sie ihr Nachtlager in einer Senke auf, wo ein kleines Gebüsch und ein verhutzelter Baum dürftigen Schutz vor den Unbilden des Wetters boten. Ein strenger Wind war aufgekommen, und im letzten Licht des verblassenden Tages beobachteten sie, wie der Sturm graue Regenschleier über den Rand der Senke peitschte.

Plötzlich richtete sich Askaya auf, drehte den Kopf in den Wind und lauschte.

„Was ist los?", fragte Alexander.

Die Ananeki hielt sich einen Finger an die Lippen und horchte weiterhin in die Dunkelheit hinein.

Anna saß mit angezogenen Beinen neben ihnen und folgte

Askayas Blick. „Kannst du irgendetwas erkennen, Alex?", wisperte sie.

Er schüttelte den Kopf.

„Irgendwer ist da draußen", flüsterte Askaya. „Verbergt euch!"

Sofort krochen Alexander und Anna tiefer in das Gebüsch hinein, während Askaya sich an den Stamm des knorrigen Baumes presste.

Da erschien auch schon eine dunkle Gestalt am Rand der Senke, kurz darauf tauchte eine weitere auf. Alexander wusste nicht, um wen oder was es sich handelte, aber die Wesen waren auffallend groß.

„Einaren!" Askayas Worte waren nur ein leiser Hauch. Erschrocken blickte Alexander die Ananeki an, während Anna seinen Arm umfasst hielt, ihr Griff war erstaunlich fest. Wasser rann Askayas Haare herab, sammelte sich an den Spitzen ihres Dolches, von wo aus es auf den Boden tropfte.

Die drei Gefährten hielten den Atem an, während sie die nächtlichen Besucher beobachteten, die am Rande der Senke verharrten. Dann winkte einer von ihnen in die Dunkelheit, brüllte etwas, und kurz darauf erschienen zwei weitere, nicht minder große Silhouetten.

Und sie stiegen hinab in die Senke, offenbar auf der Suche nach einem Lager.

Askaya ergriff ihren Stock, ihre Lippen pressten sich fest aufeinander. Zu Alexanders Überraschung schnellte Annas Hand nach vorn und legte sich auf Askayas. Anna schüttelte leicht den Kopf, ein stummes Flehen lag in ihren Augen.

Askaya zischte etwas in ihrer eigenen Sprache, in Alexanders Ohren klang es wie ein unterdrückter Fluch.

„Zurück!", meinte sie schließlich. Sie drückte ihm und Anna die Hand auf die Brust und schob sie rückwärts noch tiefer ins Gebüsch hinein. Dann folgte sie. „Wir sollten versuchen, auf der anderen Seite des Gebüsches die Senke zu verlassen."

So krabbelten sie auf allen vieren durch das Gestrüpp. Alexander hoffte inständig, es würde ihnen genug Deckung für ihren Rückzug bieten. Langsam kletterten sie im Dunkeln weiter, bis sie wieder aus dem Gebüsch heraustraten. Auf der anderen Seite liefen sie rasch den Abhang hinauf, um die Senke zu verlassen. Hinter sich hörten sie dumpf gesprochene Worte in einer Sprache, derer sie nicht mächtig waren.

Anna drehte sich mehrfach ängstlich um, Askaya schob sie einfach weiter. Als sie endlich den ersehnten oberen Rand der Vertiefung erreicht hatten, wollte Alexander sich aufrichten und trat dabei auf einen Ast. Es knackte laut, und das Geräusch war lauter als der Regen, lauter als der Wind.

Askaya und Anna erstarrten mitten in der Bewegung und blickten in die Senke hinab. Schon tönten Rufe von unten; sie waren entdeckt worden. Das kleine Gebüsch erzitterte, als zwei Einaren hindurchbrachen und hinter ihnen herstürmten.

„Lauft", schrie Askaya und schnellte wie ein Raubtier davon, Alexander und Anna folgten wie aufgescheuchte Vögel.

Der Regen schlug ihnen kalt ins Gesicht, während sie mehr voranstolperten als dass sie liefen. Alexander kniff die Augen zusammen und hielt schützend eine Hand vor sich, denn der Wind pfiff ihnen entgegen. Mit der anderen schnappte er Annas Hand und zog das Mädchen mit sich. Askaya war nur ein schemenhafter Umriss, der vor ihnen hereilte. Von hinten näherten sich trampelnde Schritte. Plötzlich trat er in ein Loch und stürzte, Anna stolperte über ihn, konnte sich aber gerade noch auf den Beinen halten.

„Schnell, Alex, weg hier!" Anna half ihm auf, doch es war zu spät, einer der Verfolger bewegte sich auf sie zu.

„Askaya!" Annas Schrei gellte laut in seinen Ohren, Alexander ergriff sein Holzschwert, stolperte rückwärts weiter und zog Anna mit sich. Der Hüne – noch immer nicht mehr als ein grauer Schemen hinter der Regenwand – kam näher.

Aus dem Augenwinkel sah Alexander etwas heranstürmen. Es war Askaya, die sich auf den Einaren warf. Kurz darauf krachte ihr Kampfstock gegen den Schädel ihres Verfolgers. Sofort schraubte sich die Ananeki in die Luft und Alexander konnte hören, wie sich ihre Haardolche in den Hals des Gegners gruben. Doch damit nicht genug, der Feind taumelte vorwärts, Askaya trat ihm mit aller Macht seitlich gegen das Knie. Der Riese brüllte auf und brach zusammen.

„Weiter!"

Sie setzten ihre Flucht fort, die wütenden Schreie der Einaren im Nacken. Immer wieder stolperten Alexander oder Anna, lediglich Askayas Füße fanden sicheren Halt auf dem unwegsamen Gelände. Irgendwann tauchte vor ihnen ein kleiner Wald auf.

„Dort hinein", gebot Askaya.

Schnell flüchteten sie sich in den Schutz der Bäume und kauerten sich unter die tiefhängenden Äste eines Nadelbaumes.

„Können wir uns nicht unter deinem Umhang verstecken?", schlug Anna vor. Ihr Atem ging heftig.

Askaya schüttelte den Kopf. „Er bietet nur Schutz vor dem Araaken. Aber schweigt jetzt."

Sie verhielten sich still, glaubten irgendwann schon, ihre Verfolger abgeschüttelt zu haben, als sie laute Schritte hörten. Äste knackten in dem kleinen Wäldchen, die Einaren versuchten erst gar nicht, leise zu sein. Die Schritte kamen näher, direkt auf sie zu. Askaya legte ihren Stock zur Seite und schob einen kleinen Pfeil in ihr Blasrohr.

Alexander spähte durch die Äste hindurch, versuchte etwas zu erkennen, doch es umfing sie undurchdringliche Schwärze. Es roch nach Wald, Moos und Tannennadeln.

Abermals knackte ein Ast, näher dieses Mal. Es raschelte im Unterholz, Stimmen unterhielten sich miteinander. Langsam schoben sich die drei tiefer unter die Äste des Baumes zurück, kauerten sich auf der anderen Seite des Stammes dicht aneinander. Irgendetwas streifte über die Nadeln des Baumes, so als liefe jemand dicht daran vorüber – oder wusste, wo er suchen musste.

Alexander spürte sein Herz bis in den Hals schlagen, als ein Ast langsam zur Seite geschoben wurde. Askaya hob ihr Blasrohr an die Lippen, und Alexander fragte sich, ob sie mehr sehen konnte als er.

Dann ertönte ein Schrei, der Ast schnellte zurück, die Schritte entfernten sich.

Die drei jedoch harrten aus, warteten eine lange Zeit, aber es war nichts mehr zu hören.

Schließlich atmete Anna erleichtert aus. „Vielleicht sollten wir die Nacht hier verbringen", schlug sie vor.

„Ein guter Vorschlag Anna, das werden wir auch." Askaya breitete eine Decke aus und so ließen sie sich nieder. Um Alexanders Schlaf war es allerdings nicht sehr gut bestellt und er bezweifelte, dass es den beiden Mädchen anders erging.

Am nächsten Morgen krochen Askaya, Alexander und Anna unter ihrem Nachtlager hervor. Die Sonne war zurückgekehrt, ihre Strahlen kämpften sich durch den Dunst, der über dem Boden lag. Nebelschwaden zogen durch den Wald und es sah aus, als trieben die Bäume auf dem wabernden Weiß umher.

„Heute werden wir die Einsamen Berge erreichen", versprach Askaya und lief in südlicher Richtung los. Alexander und Anna folgten ihr und kurz darauf erreichten sie den Rand des kleinen Wäldchens. Bevor sie dessen schützende Deckung verließen, vergewisserten sie sich, dass sie keine Überraschung erleben würden. Doch von ihren Verfolgern war nichts zu sehen.

„Das waren also die Einaren?", fragte Anna.

„Ja", entgegnete Askaya knapp.

„Viel konnte ich von ihnen nicht erkennen."

„Vielleicht ist das auch besser so, Anna", meinte Alexander und blickte zurück in den Wald, der eine Oase der Stille zu sein schien.

„Du wirst sie noch häufiger zu Gesicht bekommen", erklärte Askaya. „Heute Nacht hatten wir Glück. Kommt jetzt weiter."

Sie eilte voran und bald schon ragten in der Ferne die Einsamen Berge auf. Da am Vorabend alles unter einem grauen Schleier gelegen hatte, kam es Alexander so vor, als hätte irgendwer die Berge über Nacht dorthin gestellt.

Noch am Nachmittag desselben Tages erreichten sie unbehelligt die nördlichen Ausläufer und folgten Askaya schließlich über einen geheimen Pass, der in die Täler des Wissens führen sollte.

„Wo ist denn nun der Pass?", wollte Alexander wissen, als er sich durch enges Gestrüpp und tiefhängende Äste fremd anmutender Bäume zwängte.

„Unter deinen Füßen, denn du wanderst bereits auf ihm." Askaya schmunzelte, da Alexander seine Verwunderung ins Gesicht geschrieben stand. „Der Pass ist weniger ein sichtbarer Weg als vielmehr ein Pfad in den Köpfen derer, die ihn zu beschreiten wissen", entgegnete die Ananeki geheimnisvoll.

Eine Antwort, die Alexander nicht mehr wirklich verwunderte, und daher ließ er es auf sich beruhen.

Als sie den Pass überquert und bereits ein Stück des Weges auf der anderen Seite hinter sich gebracht hatten, erhaschten sie einen Blick auf die fernen Täler. Askaya hielt an und deutete nach unten. „Weit unter uns, verborgen zwischen den einzelnen Bergen, liegen die Täler des Wissens."

Alexander und Anna stiegen auf einen Findling und schauten hinab. Vor ihnen lag ein riesiges Tal umgeben von den Einsamen Bergen. Das Erstaunliche jedoch war, dass sich um das Tal selbst wiederum kleine Gebirgsketten zogen, die den Talkessel in viele kleine Bergtäler unterteilten. Viele der Berghänge waren bewaldet; in den Tälern breiteten sich Wiesen aus, die hier und da von Flüssen und kleinen Seen unterbrochen waren.

Sie marschierten weiter, folgten Askaya zwischen Felsen und vereinzelt stehenden Bäumen mit ausladendem Blätterwerk bergabwärts. Es gab keinen Pfad, keinen Weg, nichts, was auf die Anwesenheit von Menschen hindeutete. Sofern es überhaupt weitere Menschen hier gab, dachte Alexander. Während die Sonne nach und nach im Westen versank und zu einem rotgoldenen Streifen dahinschmolz, stiegen immer weiter hinab in die Täler des Wissens, die zu einem farbenprächtigen Spielplatz von Licht und Schatten geworden waren. In der Ferne plätscherte ein Bach, der bald schon das Vogelgezwitscher übertönte, das sie bis dahin begleitet hatte, und überall hing der Duft von Harz und Moos in der Luft. Es war eine friedvolle Idylle, die so mächtig und allgegenwärtig war, dass Alexander glaubte, nichts könne diesen Frieden, dieses Gleichgewicht der Natur stören. Mit einem Mal hielt Anna jedoch inne.

„Was hast du?", fragte Alexander und sie sah ihn verwundert an.

„Hörst du es nicht?"

Alexander schüttelte den Kopf.

„Das verstehe ich nicht", meinte Anna. „Ich höre es ganz deutlich."

Askaya trat zu ihr. „Was hörst du?"

Anna bewegte unschlüssig den Kopf hin und her. „Ich kann es kaum beschreiben. Es ist wie ein Gesang, der eigentlich eher in mir erklingt als in meinen Ohren. Er ist traurig und fröhlich zugleich und andauernd wie das Plätschern des Baches." Sie deutete auf den kleinen Wasserlauf, der sprudelnd und gluckernd seinen Weg über Felsen hinweg in das Tal suchte.

„Du kannst den Gesang hören?", rief Askaya laut und starrte Anna mit aufgerissenen Augen an.

Anna schluckte und nickte zögernd. „Ist das …", sie stockte, „ist das etwas Schlimmes?"

Plötzlich begann Askaya zu lachen und ihre hellblauen Augen blitzten. „Nein, Anna, das ist etwas Großartiges. In der Tat gibt es wenige, die in der Lage sind, dem zu lauschen, was allgegenwärtig ist. Für ein Wesen deiner Welt scheint mir das noch wundersamer zu sein, zumal selbst ich die Geister des Wasser nur ganz selten hören kann."

„Geister des Wassers?", fragte Anna.

„Ja, sie hauchen dem Wasser Leben ein, treiben es voran, lassen es sprudeln, schäumen oder gischten." Askaya beugte sich nach vorn. „Alles lebt, alles atmet!", flüsterte sie. Dann wurde sie ernst. „Vielleicht wirst du bei den Eremiten Antworten finden." Die Ananeki wandte sich ab und lief weiter, drehte sich aber noch mal zu Anna und Alexander um, als diese nicht gleich folgten.

„Kommt, die Täler des Wissens warten auf uns", rief sie fröhlich.

Alexander hatte den Eindruck, Askayas Stimmung wurde umso beschwingter und unbeschwerter, je weiter sie sich den Tälern des Wissens näherten.

Als die Sonne bereits hinter den Berggipfeln im Westen

versunken war und nur noch ein roter Schimmer am Firmament an sie erinnerte, erreichten sie endlich den Boden des Tals. Askaya hielt auf ein Wäldchen zu, das sich in eines der vielen kleinen Seitentäler schmiegte. Einige der großen Laubbäume trugen bereits rot gefärbte Blätter. Als die drei sich dem Waldrand näherten, begann es in den Bäumen zu rascheln. Askaya hielt inne und beobachtete ihre Umgebung, wobei sie sich lässig auf ihren Stock stützte. Alexander und Anna stellten sich neben sie und ihre Blicke wanderten suchend am Waldrand entlang. Das Rascheln wurde lauter, etwas Großes schien sich auf sie zuzubewegen. Äste knackten, dann trat das Wesen endlich aus dem Schatten des Waldes heraus: groß, stolz, majestätisch. Erstaunt betrachteten Alexander und Anna den großen, braunen Hirsch, der am Rande des Waldes verharrte und mit erhobenem Kopf zu ihnen herübersah. Kurz darauf trat ein zweiter und dann sogar noch ein dritter aus dem Wald hervor. Letzterer war gänzlich weiß, mit einem gewaltigen schwarzen Geweih auf dem Kopf und wie Alexander feststellte, versetzte dieser sogar Askaya in Verwunderung. Sie richtete sich auf und starrte mit gerunzelter Stirn auf das weiße Tier.

Reglos standen die Hirsche da und spähten aus wachsamen Augen zu ihnen herüber.

„Kommt", meinte Askaya und lief den mächtigen Tieren entgegen, bis sie direkt vor ihnen stand. Alexander hielt es für besser, einige Schritte Abstand zu wahren, Anna blieb neben ihm.

„Sie sind wunderschön, meinst du nicht?", fragte Anna.

Alexander entgegnete nichts, denn schon kamen die Tiere

näher. Die beiden braunen gingen zu Askaya und Alexander, während der weiße Hirsch sich vor Anna aufbaute.

Als der große Hirsch seinen Kopf senkte und Alexander ansah, lief ihm ein Schauer über den Rücken. Er hatte das Gefühl, etwas würde in seinen Körper eindringen, oder besser gesagt in ihn hineinfließen wie eine klare Flüssigkeit in ein leeres Glas. Für einen Moment lang rasten Bilder an seinem inneren Auge vorbei. Ganze Wälder und schattige Täler breiteten sich vor ihm aus, in Fels gehauene Schriftzeichen schimmerten in halbdunklen Höhlen, und fremde Wesen rannten über Wiesen oder schlichen durch tiefe Wälder. Dann zog sich die Flüssigkeit aus ihm zurück. Der Hirsch wandte sich von ihm ab und kehrte heim in den Wald, gefolgt von dem zweiten Braunen.

Der weiße Hirsch hingegen stand noch immer vor Anna. Es dauerte eine Weile, ehe auch er sich umdrehte und auf den Waldrand zu stolzierte. Obwohl die Sonne bereits weit hinter den Bergen stand, leuchtete sein Fell, ja es glitzerte sogar, als sei es mit winzigen Diamantsplittern bestickt. Als er unter die Bäume trat, schien es dann, als würde er sogleich mit den Schatten des Waldes verschmelzen.

„Das waren die Wächter der Täler", erklärte Askaya. „Immer wenn jemand diesen Ort aufsucht, erscheinen sie, um ihn zu prüfen."

„Was geschieht, wenn sie jemanden nicht mögen?", wollte Alexander wissen, wobei er weiterhin den Waldrand im Auge behielt.

„Sie bewegen ihn entweder zur Umkehr oder begegnen ihm."

Alexander, der wusste, was Askaya mit „begegnen" meinte, holte tief Luft und stieß diese dann langsam und geräuschvoll wieder aus. „Also wurden wir von den Hirschen soeben für würdig befunden", stellte er erleichtert fest.

„Nicht immer erscheinen die Wächter in Gestalt eines Hirsches", erklärte Askaya. „Sie sind von wandelbarem Wesen, manchmal schnellen sie als Vögel vom Himmel herab, ein andermal gleicht ihr Äußeres dem von Wildschweinen oder Wölfen. Doch niemals", Askaya stellte sich vor Anna, „niemals zeigen sie sich in der weißen Zeichnung."

„Sein Name war Wyndor", sagte Anna mit einem glücklichen Lachen auf dem Gesicht und Askaya bekam große Augen.

„Er hat dir seinen Namen verraten?"

„Ja."

„Noch nie hat ein Wächter seinen Namen offenbart. Behalte ihn für dich, Anna." Kurz noch bedachte Askaya Anna mit einem grübelnden Blick, dann führte sie ihre Begleiter weiter, hinein in den Wald.

„Eine seltsame Begegnung, nicht wahr?", bemerkte Alexander, während Anna gedankenverloren neben ihm her schlenderte.

„Ja", entgegnete sie. „Und es macht mir Angst."

„Was? Die Tatsache, dass du nun den Namen des Hirsches kennst?", fragte Alexander.

„Ja, aber nicht nur." Anna hob den Kopf und blickte nachdenklich in die Ferne. „Ich habe den Stamm im Fairy Glen berührt und sogar den Araaken. In beiden Fällen hatte ich tiefgehende Empfindungen von Ruhe und Frieden oder von Stärke und Macht. Ich höre den Gesang der Wassergeister und der weiße Hirsch verrät mir seinen Namen, was die Wächter anscheinend niemals tun." Sie blickte zu Alexander auf. „Findest du das nicht seltsam? Ich meine, ich komme mir irgendwie …", sie schien nach Worten zu suchen, „… so anders vor." Die plötzliche Traurigkeit in ihren Augen traf ihn unvermittelt, und deshalb legte er ihr einen Arm um die Schulter.

„Nein, Anna", versuchte er sie zu trösten, „du bist nicht anders, du bist etwas Besonderes."

Sie schmunzelte. „Es klingt nett, wie du das sagst", meinte sie und wurde gleich wieder ernst. „Trotzdem wäre ich lieber dieses stinknormale Mädchen geblieben, das ich bisher war oder für das die meisten mich immer gehalten haben."

„Haben sie das?", erwiderte Alexander. „Dann hast du wohl niemandem deinen Musikgeschmack verraten und hast auch nicht erzählt, dass du durch die schottischen Highlands getrampt bist."

Nun musste Anna doch lachen. „Nein, niemals!",„ gab sie zu. Dann seufzte sie. „Man kann sich wohl nicht immer aussuchen, wie man ist oder wer man ist, oder?"

„Nein, kann man nicht", sagte Alexander. „Und schon gar nicht, wie andere einen wahrnehmen."

Anna nickte nur kurz und schien erneut in ihre eigene Gedankenwelt zu versinken.

Daher folgten sie Askaya schweigend. Schnell und fast geräuschlos lief die Ananeki vor ihnen her, wobei die Dolche in ihren Haaren umherbaumelten. Der Wald wurde dichter, vereinzelt mischten sich moosbewachsene Findlinge in die Waldlandschaft.

Alexander musste zweimal hinsehen, dann erst bemerkte er, dass das Moos nicht nur wild über die Steine wucherte, sondern in Vertiefungen wuchs, die Schriftzeichen formten. Erstaunt sah er sich um, wollte Askaya nach der Bedeutung der Symbole fragen, als vor ihnen plötzlich ein Hämmern ertönte, so laut, als würde jemand mit Stahl auf Stein hauen. Sie erreichten eine Senke, und tatsächlich stand da ein merkwürdiges Wesen, das gerade dabei war, einen riesigen Felsblock mit einem Hammer und etwas, das einem Meisel ähnelte, zu behauen. Die Gestalt sah eigenartig aus. Ihre Arme und Beine schienen gänzlich aus verdrehten und knotigen Wurzeln zu bestehen. Der Körper glich einem kleinen Baumstamm, auch der Kopf ähnelte einem unrunden Stück Holz und war statt mit Haaren mit Moos bewachsen. Die Augen waren von dunklem Grün und traten groß und rund aus dem hölzernen Gesicht hervor. Borkige Augenlider zuckten auf und ab. Mit einer wütenden Geschäftigkeit drosch das kleine Wesen wieselflink auf den Fels ein, sodass immer wieder Funken sprühten. Es unterbrach nicht einmal seine Arbeit, als Askaya ihre beiden Freunde direkt an ihm vorbeiführte.

„Einer der Eremiten", meinte die Kriegerin der Sieben Feuer nur und lief weiter.

Alexander blickte auf das hölzerne Männlein. Er hatte eine andere Vorstellung von einem Eremiten gehabt.

Irgendwann lichtete sich der Wald. Vor ihnen erhob sich eine kleine Felswand, von der ein Bach in einen Teich herabstürzte.

Alexander und Anna wechselten fragende Blicke, als sie ein Kind entdeckten, das am Rande dieses Teiches auf einem Stein saß und die Füße im Wasser baumeln ließ. In den Händen hielt der Junge ein Buch und las. Im Gegensatz zu dem geschäftigen Wurzelwicht von eben drehte er sich um, winkte Askaya fröhlich zu und rief etwas in einer fremden Sprache. Nachdem ihm Askaya geantwortet hatte, blickte er erfreut drein. „Askaya, es ehrt uns, dass die Kriegerin des Wassers uns besucht."

Askaya lachte und nickte dem Jungen zu. „Auch mich ehrt es, in den Tälern des Wissens zu wandern, Nim."

„Ein weiterer Eremit?", fragte Alexander.

„Ja, sein Name ist Nim. Entweder liest er oder er zeichnet die Tiere und Wesen der Wälder und ihr Verhalten in seinen Büchern des Wissens auf. Im Moment ist er damit beschäftigt, die Sprache von Tryskan zu erlernen, und als ich ihm sagte, dass ihr diese Sprache sprecht, wollte er sein Wissen unter Beweis stellen."

Alexander war verwirrt, Eremiten sollten alt sein und weiße Bärte haben. Diesen Jungen schätzte er auf gerade mal zehn Jahre. „Sollte ein Eremit nicht etwas älter sein?", fragte er.

Askaya schüttelte entschieden den Kopf. „Nein", entgegnete sie. „Das Wissen und die Fähigkeiten der Eremiten, die verstreut in den Tälern leben, hat doch nichts mit ihrem Alter zu tun. Manche von ihnen waren bereits mehrfach alt."

„Mehrfach alt?", fragte Anna.

„Die Aufgabe der Eremiten ist es, Wissen zu sammeln, bestimmte Fähigkeiten zu entwickeln und diese zu erhalten. Von welchem Nutzen wäre dieses Wissen oder eben jene Fähigkeiten, wenn sie beim Übergang in die andere Welt oder bei der Rückkehr in diese Welt", sie breitete die Arme aus, „verloren gingen. Eine besondere Fähigkeit der Eremiten ist, dass sie in der Lage sind, in ihrem nächsten Leben etwas von jenem Wissen zu bewahren, welches sie in ihren vorherigen Leben erworben haben. Leider bleibt ihnen nicht alles erhalten, aber doch so manches. Dies kann eine Sprache sein oder auch eine Erinnerung an ein anderes Leben."

Alexander und Anna sahen einander verblüfft an. Für Askaya schien damit alles gesagt zu sein, denn sie wanderte zielstrebig weiter.

Je tiefer sie in die eigenartigen Täler des Wissens hineingingen, desto mehr hatte Alexander das Gefühl, nun wirklich in eine andere Welt vorzudringen. Die Täler verzweigten sich immer weiter, jedes Tal schien ein noch grüneres Seitental zu haben, das sich noch versteckter als das vorherige zwischen baumbewachsenen Berghängen dahinschlängelte. Von den hohen Felsen stürzten Bäche herab in kleine Teiche, über denen bunt schillernde Libellen summten oder andere Insekten, die Alexander oft nicht kannte. Auf grünen Wiesen grasten Pferdeherden, an Waldrändern äste Rotwild, und hier und da dösten zottelige Rinder, die ihn an Bisons oder Wisente erinnerten. Diese idyllische Szenerie stuften er und auch Anna als normal ein. Deutlich fremdartiger hingegen waren da die Wurzelwichte, die am Rande eines Teiches saßen, ihre Füße, die langen Wurzeln glichen, ins Wasser tauchten und sich angeregt unterhielten, während auf ihren

Köpfen Äste wuchsen, an deren Enden die unterschiedlichsten Blüten in die Höhe sprossen, die rasch verwelkten und dann wieder aufblühten.

Ebenso seltsam mutete ein Wesen an, das Alexander als ganz normalen Menschen bezeichnet hätte, wäre sein Körper nicht gänzlich mit grünem Moos bedeckt gewesen, welches sich bewegte, als würde es ein ständiger Wind zerzausen. Der Maamuk, wie ihn Askaya nannte, untersuchte eingehend einen beinahe faustgroßen Käfer, der von durchscheinendem Blau war. Dann kamen sie an einem katzenhaften Tier von der Größe eines Schäferhundes, mit weißem Fell, vorbei. Aus wachsamen runden Augen betrachtete es die drei Besucher. Als Alexander den Kopf ein wenig neigte, um seine langen Haare als Vorhang zu benutzen, hinter dem er verstohlen hinüberblicken konnte, entblößte das Wesen eine Reihe weißer und eher menschlich aussehender Zähne und grinste ihn regelrecht an. Rasch sah er weg und sein Blick fiel auf ein Birkenwäldchen, in dessen Schatten ein kleines Mädchen auf dem Bauch lag, während es etwas auf ein riesiges Blatt Papier kritzelte. Zu gerne hätte Alexander gewusst, was die Kleine da malte, doch er spürte, dass er beobachtet wurde. Sein Blick glitt an dem weißen Stamm einer Birke empor, und er riss erstaunt die Augen auf, als er in der Krone des Baumes ein Gesicht ausmachte, das ihn schlagartig an den Grünen Mann erinnerte, doch eindeutig weibliche Züge aufwies. Vielleicht war das ja die Grüne Frau, dachte er sich, die Green Woman sozusagen.

Alexander schüttelte den Kopf, all das hier war unglaublich.

Auch Anna sah sich mit großen Augen um, während Askaya die beiden mit einem Grinsen bedachte. Für sie waren diese Täler natürlich nichts Ungewöhnliches.

„Sind all diese Wesen, also ich meine der Maamuk, die Bäume und das Mädchen, ebenfalls Eremiten?", fragte Alexander.

Askaya lächelte nur und nickte.

Nach einer Weile bogen sie abermals in eines der unzähligen Seitentäler ab, in dessen Mitte ein großer See lag, der von auffallend hohen Felsen und hier und da von gewaltigen Eichen umsäumt war. Schon von Weitem konnten sie die Öffnung einer großen Höhle erkennen, vor der zwei Gestalten standen, die Askaya ähnelten.

Als die drei sich dem Höhleneingang näherten, stellte Alexander fest, dass die beiden Mädchen tatsächlich Kriegerinnen der Sieben Feuer von Erenor sein mussten, war die Ähnlichkeit zu Askaya doch zu frappierend. Auch diese zwei trugen blauschwarze Umhänge, schwarze Hosen, die Lederstiefel nahezu verdeckten, und dunkelrote Blusen. Etwas jedoch war anders, vollkommen anders. Rotes Haar ergoss sich über die Schultern der jungen Frau links. Alexander musste dabei an die Farbe einer Kastanie im Sonnenlicht denken. Ungewöhnliche, smaragdgrüne Augen blickten ihnen wachsam entgegen. Die andere Frau hatte dunkelblonde Haare und wunderschöne bernsteinfarbene Augen.

Nun erinnerte sich Alexander auch wieder an Askayas Worte, dass die Augenfarbe einer jeden Kriegerin auf das Artefakt hindeutete, welches sie bewachen oder im Falle der gestohlenen suchen sollte. So musste das Mädchen mit den grünen Augen eine

Kriegerin des Holzes sein, während die bernsteinfarbenen Augen der zweiten Ananeki auf Erde hindeuteten; sein Stundenglas, Karas Stundenglas. Alexander bemerkte auch, dass die Frau mit den roten Haaren einen halben Kopf größer war als Askaya, die andere hingegen ein oder zwei Fingerbreit kleiner. Beide trugen die schlanken Dolche in den Haaren.

„Askaya!", riefen sie fast gleichzeitig. Der ernste Ausdruck auf den Gesichtern der Mädchen verschwand und sie stürmten auf Askaya zu. Sofort umarmten sich die drei, dann küssten sie einander auf die Stirn. Weder Anna noch Alexander verstanden, was sie sagten, da sie in ihrer eigenen Sprache redeten.

„Askaya", ertönte es erneut und ein Schatten erschien im Dunkel des Höhleneingangs. Kurz darauf trat eine weitere Frau daraus hervor. Alexander staunte nicht schlecht, denn sie überragte die anderen Kriegerinnen nochmals deutlich. Er schätzte sie auf 1,85, und damit war sie sogar ein wenig größer als er selbst. Sie hatte wie Askaya schwarze Haare, doch ihre Augen waren von gelbroter Farbe, was ihr einen intensiven Blick verlieh und sie gefährlich erscheinen ließ. Ihre Dolche waren länger als die der anderen, jedoch genauso schlank. Mit zwei großen Schritten war sie bei Askaya, musterte sie kurz, während ihre Zöpfe bedrohlich hin und her baumelten. Dann lachte auch sie, fasste Askaya an den Schultern und küsste sie auf die Stirn. Als sie sprach, klang ihre Stimme, ähnlich der von Askaya, volltönend und dunkel.

Schließlich wandten sich alle Köpfe Anna und Alexander zu. Die drei Fremden musterten die beiden von oben bis unten. Mit seinen abgerissenen Jeans, der schmutzigen Regenjacke und den schlammbespritzten Wanderschuhen kam sich Alexander im Gegensatz zu den stolzen Kriegerinnen fast schon schäbig vor. Auch Anna wirkte ein wenig nervös und trat von einem Fuß auf den anderen.

Askaya warf ihnen einen aufmunternden Blick zu. „Das sind Alexander vom Rabenstein und Anna, deren voller Name in unseren Ohren seltsam klingt", sagte sie. Die drei fremden Kriegerinnen sahen sie nach wie vor aufmerksam an.

„Alexander, Anna", fuhr Askaya fort, „das ist Ebenih, eine der Kriegerinnen der Flamme der Eroberung, des Holzes, das der Erde entwächst und mit seinem Grün nach der Sonne greift." Sie deutete auf das Mädchen mit den roten Haaren und den grünen Augen. Ebenih hatte helle Haut und lustige Sommersprossen auf der Nasenspitze. Sie lächelte und nickte ihnen zu.

„Das ist Min, eine Kriegerin des Bewahrers der Feste der Welt, der Erde, in der alles wächst." Sie deutete auf das Mädchen mit den dunkelblonden Haaren und den bernsteinfarbenen Augen. Mins Haut war von haselnussbrauner Farbe und ihre Gesichtszüge im Gegenzug zu Askayas eher fein, fast schon filigran.

Nun wies Askaya auf die Frau mit den flammenden Augen, die alle überragte und der es gelang, sowohl Alexander als auch Anna mit ihrem Blick gefangen zu halten.

„Das ist Fynja. Sie gehört zu den Kriegerinnen des Feuers der Feuer von Erenor. Sie lehrt uns den Kampf mit den Dolchen in den Haaren, den Systóras, wie wir sie nennen. Ihr müsst wissen, es ist eine hohe Kunst, die Begegnung mit den Systóras herbeizuführen, ohne sich selbst dabei den Kopf abzuschneiden. Dafür bedarf es einer guten Lehrerin."

Das konnte Alexander gut nachvollziehen, denn immer wenn Askaya die sonderbaren Haardolche im Kampf einsetzte, wunderte es ihn, dass sie sich nicht selbst damit verletzte. Stattdessen bewegte sie sich äußerst geschickt und setzte die tödlichen Systóras auf perfekte Weise ein.

Schließlich wandte sich Askaya an die drei Kriegerinnen und redete in ihrer Sprache. Alexander konnte des Öfteren seinen oder Annas Namen hören, also vermutete er, dass Askaya den anderen erzählte, wer sie waren und woher sie kamen. Je länger Askaya sprach, desto interessierter wirkten ihre Zuhörerrinnen. Immer wieder warfen sie Alexander und Anna neugierige Blicke zu. Doch noch etwas änderte sich. Hatten sich die drei anfangs ihren neuen Gästen gegenüber sehr reserviert verhalten, so wirkten sie nun zunehmend offen und freundlich.

Als Askaya endlich geendet hatte, trat Fynja nach vorn. „Erenor, das Reich des Volkes der Ananeki grüßt euch. Seid willkommen in den Tälern des Wissens. Mögen lehrreiche Tage euch durch den Herbst begleiten, und möge immer ein wärmendes Feuer am Ende eines jeden Tages auf euch warten."

Verdutzt zog Alexander die Augenbrauen hoch. Auch Fynja redete in diesem seltsamen gebrochenen Englisch.

„Nicht alle Ananeki sprechen die Zunge eurer Welt, doch viele der Kriegerinnen der Sieben Feuer lernen sie in den weiten Tälern", erklärte Askaya stolz. „Wir werden den Winter hier verbringen und erst losziehen, wenn der Schnee schmilzt. In der Zwischenzeit werdet ihr vieles erfahren."

„Hast du den dreien *alles* erzählt, was wir erlebt haben?", fragte Anna und betonte dabei das Wort „alles" besonders. Alexander wusste, dass sie damit die Artefakte meinte.

„Heute Abend werden wir uns mit Ednur und Fynja treffen. Ebenih und Min werden ebenfalls dabei sein, auch wenn die beiden gerade erst ihre Zeit des Lernens beendet haben. Sie werden hören, was zu enthüllen wir gekommen sind."

Anna nickte und Alexander deutete auf den Höhleneingang, an dessen Seiten sich Ebenih und Min wieder postiert hatten.

„Was ist das?", fragte er.

„Das ist das Eremitenherz. Eine Höhle, in der der größte Teil des Wissens der Eremiten aufbewahrt wird."

Alexander zögerte einen Augenblick. Zu gerne hätte er die Höhle betreten, doch er bezweifelte, dass man ihm Einlass gewähren würde. Dennoch nahm er all seinen Mut zusammen. „Dürfen wir hinein?"

Askaya wirkte ein wenig unschlüssig und warf Fynja einen fragenden Blick zu.

„In Begleitung einer von uns könnt ihr eintreten", sagte die hochgewachsene Kriegerin.

„Das Eremitenherz ist der wichtigste Ort in den Tälern des Wissens", erklärte Askaya. „Deshalb bewachen es immer zwei der Kriegerinnen, auch wenn es in diesen Tälern keine Eindringlinge gibt."

„Was ist mit den Einaren?", wollte Anna wissen und strich sich einige Haarsträhnen aus dem Gesicht. „Haben sie noch nie versucht, hierher zu gelangen?"

„Doch, das haben sie. Aber die Täler haben ihre eigene Art sich ungebetener Besucher zu erwehren." Askaya schmunzelte und blickte hinauf zu den umliegenden Bergen, ließ ihren stolzen Blick über die hohen Gipfel schweifen. „Es gibt hier viele Wesen. Nicht nur Wölfe und Bären streifen durch die Wälder. Felslinge verwandeln den Stein, bilden Schluchten, in die Wanderer hineinstürzen oder in denen sie sich verirren. Flüsse verändern ihren Lauf, Bäume schlagen ihre Wurzeln in den Feind. Vergesst nicht", sagte sie mahnend zu Anna und Alexander, „alles atmet, alles lebt. Die Einaren finden hier nichts, nur die große Begegnung ist ihnen gewiss. Die Täler sind voller mächtiger Magie. Schon einmal haben die Einaren versucht sie zu überrennen. Damals gab es noch zahlreiche Ananeki, und zusammen mit Kriegern aus Tryskan stellten wir uns dem Feind entgegen. Viele von uns starben, doch wir rissen die Einaren mit in den Tod. Jene, die unsere Reihen durchbrachen, begegneten der Kraft der Einsamen Berge und erreichten die Täler nicht. Dennoch weiß ich nicht, was geschehen würde, würden die Einaren mit einem gewaltigen Heer erneut hier auftauchten. Vielleicht gelänge es einigen, zum Herzen der Täler vorzudringen."

„Haben sie es denn niemals mehr versucht?", fragte Anna.

„Nein. Sie scheinen Angst zu haben oder sich einfach damit zu begnügen, weite Teile Esmarillions bereits unterdrückt zu haben. Offenbar haben sie das Interesse an dieser Gegend verloren.

Dennoch trachten sie uns nach dem Leben, wann immer sie außerhalb dieser Täler auf uns treffen."

Alexander verstand. Wie Anna ließ auch er seinen Blick über die umliegenden Berge und Wälder schweifen, ihm fiel jedoch nichts Außergewöhnliches auf.

24) Ednur

„Kommt", sagte Askaya schließlich und führte sie in die große Höhle. Als sie das Innere des Felsen betraten, bemerkten sie, dass die Höhle deutlich größer war, als sie von außen angenommen hatten, und weit in die Erde hineinreichte.

An den Wänden leuchteten Fels und Gestein in einem bläulichen Licht, das umso kräftiger war, je höher man schaute. Die sich hoch über ihnen erstreckende Höhlendecke strahlte derart intensiv, dass man meinen konnte, sich unter freiem Himmel zu befinden. Es roch nach feuchtem Stein, wenngleich Alexander den Geruch nicht als unangenehm empfand. Eine respektgebietende Stille erfüllte das Innere der Grotte. Als Askaya sie tiefer in die Höhle führte, erkannte Alexander Zeichnungen an den Höhlenwänden. So gab es Darstellungen von Wesen, die ihm in den Tälern hier schon begegneten, aber auch solche, die ihm gänzlich fremd waren. Ebenso zierten die Wände Bilder unterschiedlicher Landschaften und Szenerien, die wohl historische Ereignisse darstellten, mit denen er nichts anfangen konnte. In der Ferne ertönte ein Hämmern, und bald schon schälte sich aus dem endlosen Blau der Höhle eine Gestalt heraus, die aussah wie ein mannshoher Stein, der Arme und Beine hatte. Auf dem grauen Kopf wuchsen Flechten, Augen so blau wie die Höhlendecke funkelten die Besucher grantig an, bevor das Wesen seine

Aufmerksamkeit wieder einem Hammer zuwandte, mit dem es etwas in eine Steintafel meißelte.

Eine Frau mittleren Alters sortierte Pflanzen, die sie auf einem weißen Tuch ausgebreitet hatte und anschließend in kleine Körbe warf.

Je tiefer sie in die Höhle vordrangen, desto häufiger trafen sie jemanden an, der an irgendetwas arbeitete. Manche schnitzten Holz, behauten Stein, andere webten Stoffe, untersuchten etwas oder schrieben Dinge nieder.

Oft trafen sie auch Ananekimädchen an, die sich noch in ihrer Ausbildung befanden. Alle trugen sie die Systóras in den Haaren, doch ihnen fehlte die außergewöhnliche Augenfarbe jener, die ihre Zeit des Lernens durchlaufen und Sanduril überlebt hatten.

Alexander fragte sich, welche dieser jungen Kriegerinnen wohl nicht aus den Kämpfenden Wäldern zurückkehren würde.

Sie kamen in eine weitere, verblüffend große Höhle, in der sogar ein kleiner Wald wuchs, durch dessen hohe Bäume ein Wind rauschte. Weder Anna noch Alexander hatten die leiseste Ahnung, wie hier Wind entstehen konnte. Auch Askaya zuckte nur mit den Schultern. In einer anderen Höhle war die Decke eher schwarz als blau, und unzählige Steine, die an einen Sternenhimmel erinnerten, funkelten im Gestein.

Eine weitere Höhle folgte, und hier zog eine aus dem Fels herausgehauene Miniaturlandschaft Alexanders Aufmerksamkeit auf sich. Er kannte die Gegend.

„Der Gemahnende Finger und die Verbotenen Berge", bestätigte Askaya seine Vermutung.

Anna rannte auf die andere Seite. „Hier drüben ist der Old Man of Storr, das passende Gegenstück sozusagen", meinte sie, beugte sich ein wenig nach vorn und strich mit der Hand über die Spitze der kleinen Felsnadel.

Alexander suchte die dahinterliegende Felswand des steinernen Modells nach dem Portal ab, durch das sie hierhergekommen waren.

„Du wirst es nicht finden", ertönte eine tiefe Stimme hinter ihm und er wirbelte herum.

Ein Mann mit langen weißen Haaren und langem weißem Bart musterte sie aus dunklen Augen. Sein schwarzer Umhang schleifte über den Boden, als er nähertrat.

„Ednur", rief Askaya erfreut und begrüßte ihren ehemaligen Lehrmeister überschwänglich, indem sie ihm um den Hals fiel.

Ednur nahm sie an den Schultern und küsste Askaya auf die Stirn. Danach fiel sein Blick auf Alexander und dann auf Anna, wobei er die buschigen weißen Augenbrauen zusammenzog. „Wen hast du denn mitgebracht?", fragte er.

„Alexander und Anna", sagte sie und sah Ednur vielsagend an, während sie flüsterte. „Aus der Welt hinter dem Portal."

Erstaunlicherweise wirkte Ednur gar nicht überrascht, sondern nickte bedächtig. Plötzlich zuckten seine Mundwinkel und er lachte los. „Wenigstens trägst du keine Frauenkleider." Er deutete auf Alexander, der irritiert an sich herabsah.

„Bonnie Prince Charlie", erklärte Anna, und Alexander erinnerte sich an die Geschichte des schottischen Thronanwärters, der als Flora MacDonalds Bedienstete verkleidet über die Isle of Skye geflohen war, um seinen englischen Verfolgern zu entgehen.

„Charles", bestätigte Ednur. „Er muss damals für viel Verwirrung gesorgt haben, als er hier bei Kasmiel in seiner eigenartigen Gewandung und unserer Sprache nicht mächtig aufgetaucht war, doch", er deutete auf den Old Man of Storr, „zumindest konnte Kasmiel mit seiner Hilfe dieses Model anfertigen. Ich habe es erst kürzlich in einer Höhle unweit von Kasmiels Hütte gefunden. Er war ein merkwürdiger Eremit. Während die meisten *hier* arbeiten", er machte eine weitläufige Handbewegung, „hatte Kasmiel manchmal die Angewohnheit, seinen Tätigkeiten in abgelegenen Höhlen nachzugehen."

Das Lachen aus Ednurs Gesicht verschwand plötzlich, und er wurde wieder ernst. „Bist du …", Ednur zögerte, „… fündig geworden?"

Askaya schwieg, dann zuckten ihre Mundwinkel, bis sich schließlich ein blitzendes Lächeln auf ihrem Gesicht zeigte. Sie nickte erneut.

Ednur sah das Mädchen lange Zeit an, dann holte er tief Luft und beugte sich nach vorn. „Lasst uns nach Einbruch der Dunkelheit darüber beratschlagen. Wir treffen uns vor meiner Hütte."

Kurz schien Ednur nachzudenken, dann hob er den Finger. „Vorher möchte ich euch beiden noch etwas zeigen. Folgt mir."

Während Askaya die Höhle verließ, führte Ednur Anna und Alexander tiefer hinein, bis sie vor einem großen Tor aus dunklem Holz standen, das den Zugang zu einem weiteren Hohlraum bildete. Die mit Ornamenten verzierte Tür bestand aus zwei Hälften, die geräuschlos aufschwangen, als Ednur zwei quer über dem Tor angebrachte Metallriegel öffnete. „Tretet ein."

Langsam ging Alexander durch die Tür, Anna folgte ihm leise. Alexander wusste nicht, was er erwartet hatte, aber sicher nicht so etwas. Sie befanden sich keineswegs in einer Höhle, sondern in einem gewaltigen rechteckigen Raum, dessen Decke sich weit über ihren Köpfen befand. Getragen wurde sie von einer Vielzahl spitz zulaufender Bögen sowie zwei weiteren Säulenreihen, die längs des Raumes verliefen. Das Gebäude selbst war aus Stein, und Alexander fühlte sich an eine Kirche erinnert. An jeder Seite befanden sich hohe Fenster, die zwar aus Glas zu bestehen schienen, jedoch in einem dunklen Grün leuchteten, so als würden sich hinter den Fenstern phosphoreszierende Steine befinden, was in der Eremitenhöhle nicht außergewöhnlich war, denn leuchtende Steine hatte Alexander an den Wänden der Höhle mehrfach gesehen. An vielen Stellen entdeckte er Verzierungen, die meist Tiere zeigten, verschiedenartige Blätter oder auch ganze Bäume darstellten. Je mehr sie das Innere des Raumes erforschten, desto häufiger erblickten sie solche kunstvollen Steinmetzarbeiten. Zweifellos handelte es sich um ein besonders bemerkenswertes Bauwerk, welches sicher eine architektonische Meisterleistung war.

„Wer baut so etwas in eine Höhle?", fragte Anna verwundert, während sie mit der flachen Hand über eine der verzierten Säulen strich. Sie zuckte zusammen, als ihre Stimme unnatürlich laut in der Stille des riesigen Raumes widerhallte.

Ednur schmunzelte. „Karamos."

„Karamos?" Anna runzelte erstaunt die Stirn. „Karamos war doch Elumiels Eremit. Askaya hat uns von ihm erzählt."

Ednur nickte.

„Aber wozu?", warf Alexander ein. „Ich meine, bei uns gibt es jede Menge dieser alten Gebäude, aber niemand baut sie in eine Höhle."

„Karamos war kein gewöhnlicher Eremit. Er verfügte über einen großartigen Wissensschatz und war immer darauf bedacht, noch mehr zu lernen. Er war äußerst erfinderisch und mit Worten ebenso gewandt wie die Ananekikriegerinnen im Umgang mit ihren Stöcken und den Haardolchen. So war es ein Leichtes für ihn, andere mit sich zu reißen und für sein Vorhaben zu begeistern. Dass er dieses Bauwerk in einer der Eremitenhöhlen errichtete, war lediglich ein Versuch gewesen."

Alexander erinnerte sich an Askayas Beschreibung von Karamos. Immerhin war es ja auch Karamos gewesen, der von dem Portal am Gemahnenden Finger gesprochen hatte.

„Karamos baute dieses Gebäude, weil er einen Ort der Stille errichten wollte", fuhr Ednur fort, trat einige Schritte nach vorn und breitete seine Arme aus. „Er wollte Raum schaffen für die Ruhe des Augenblicks, um sich dem Sein ohne jegliche Ablenkung hingeben zu können."

Ein wenig konnte Alexander Karamos sogar verstehen, denn tatsächlich war es hier still. Dieser Ort bot eine hervorragende Gelegenheit, sich zurückzuziehen. „Ein Ort also, um seinen Gedanken nachzuhängen", sagte er laut.

Ednur neigte den Kopf Seite. „Nicht ganz, Alexander, ein Ort, um seine Gedanken ziehen zu lassen, um sich von ihnen zu befreien und sich dem reinsten Sein hinzugeben."

Eine Weile lang sah sich Alexander schweigend um, dann nickte er bedächtig. „Ich glaube, ich verstehe."

„Ich weiß nicht", meinte Anna, „ich finde es erdrückend hier. Kein Himmel, keine Bäume und kein Vogelgezwitscher. Ich hätte immer das Gefühl, meine Gedanken würden sich dort oben sammeln", Anna blickte hinauf zu dem imposanten Deckengewölbe, „anstatt wirklich davonzuziehen."

„Gewiss, auch das ist eine Möglichkeit, diesen Ort zu betrachten", stellte Ednur mit einem Schmunzeln fest. „Für die Ananeki ist es ebenfalls vollkommen unverständlich, wie man Derartiges errichten kann. Sie empfinden es sogar als Beleidigung der Natur. Bisher hat es keine von ihnen länger als drei Atemzüge in diesem Raum ausgehalten." Mit einem Mal lachte Ednur laut auf, und sein Lachen hallte von den steinernen Wänden wider.

„Ich hatte einst versucht, Askaya Karamos Sichtweise dieses Bauwerkes näherzubringen", erklärte er, als er die fragenden Gesichter seiner beiden Besucher bemerkte. „Ich erzählte ihr, dass Karamos versucht hatte, mittels dieses hohen und himmelwärts strebenden Daches die Weite und die Herrlichkeit des Himmelsgewölbes darzustellen. Sie hat nur geantwortet, dies sei so, als gieße man etwas Wasser des Meeres in ein großes Becken und stelle es auf den Grund des Ozeans, um darin dessen Weite einzufangen."

Ein wissendes Schmunzeln zeigte sich auf Annas Gesicht. „Ja, das hört sich nach Askaya an und irgendwie hat sie doch recht, oder?"

„Nun, wie schon gesagt, es ist alles eine Frage der Sichtweise. Dennoch muss auch ich eingestehen, dass mir die Art, wie die Ananeki die Welt betrachten, eher entspricht als dieses Gebilde aus kaltem Stein, so kunstvoll es auch sein mag."

„Gibt es noch mehr dieser Bauwerke?", wollte Alexander wissen.

„Nein. Selbst Karamos verfolgte dies nicht weiter. Soweit wir wissen, ist er nach vielen Gesprächen, sowohl mit den Ananeki als auch mit sich selbst, zurückgekehrt zu natürlichen Dingen. Kurz danach ist er verschwunden und wurde nie wieder gesehen."

Anna strich sich die Haare aus dem Gesicht und lehnte sich an eine der Säulen. „Was wohl aus ihm und Elumiel geworden ist?"

„Ich fürchte, das werden wir nie erfahren", meinte Ednur. Man sah ihm an, dass er diesen Umstand bedauerte.

„Lasst uns nach draußen gehen", sagte er schließlich und führte die beiden aus der Höhle heraus. Ednur lief schnellen, leisen Schrittes voran, wobei sein schwarzer Umhang über den felsigen Boden strich. Als Alexander und Anna wieder ins Freie traten, war das letzte Licht des Tages bereits verloschen.

Lange nachdem es dunkel geworden war, trafen sie sich in Ednurs Hütte. Genauer gesagt sie saßen davor, denn noch waren die Abende mild. Ebenih, Min und Fynja hatten sich bereits um ein kleines knisterndes Feuer herum niedergelassen und unterhielten sich leise. Ednurs Hütte befand sich im gleichen Tal, in der auch die Eremitenhöhle neben dem großen See lag. Allerdings verbarg sich die Behausung des weißhaarigen Mannes im Schatten einiger großer Eichenbäume am hinteren Ende des grünen Tals.

Nun war es an Askaya, die Einzelheiten ihrer Reise zu enthüllen. Sie berichtete von dem Portal, erzählte, wie sie Anna und Alexander kennengelernt hatte und wie sie nach und nach in den Besitz der Artefakte von Erenor gekommen waren. Die anderen hörten schweigend zu.

„Du hast sie also wirklich bei dir?", fragte Fynja irgendwann. Die hochgewachsene Kriegerin beugte sich nach vorn und ihre rotgelben Augen strahlten mit dem Lagerfeuer um die Wette.

Askaya hob stolz den Kopf. „Ja, das habe ich. Alle vier."

„Damit stehen uns goldene Zeiten bevor", meinte Ebenih, die Kriegerin mit den smaragdgrünen Augen. „Die Herrschaft der Einaren wird bald ein Ende finden." Wie um ihre Worte zu untermalen, packte sie ihren Stock und klopfte mit einem Ende auf die Erde. Fynja nickte zustimmend.

„Dennoch ist Vorsicht geboten", gab Min zu Bedenken und strich mit beiden Händen ihre dunkelblonden Haare zurück. „Wir müssen die Artefakte gut bewachen, die Einaren dürfen von der Rückkehr dieser machtvollen Gegenstände nicht erfahren." Sie schaute in die Runde und Alexander hatte den Eindruck, der Blick ihrer bernsteinfarbenen Augen würde auf ihm einen Deut länger haften als auf den anderen. Dann jedoch sah sie rasch weg.

„Euch ist doch niemand gefolgt?", wollte Fynja wissen.

„Wir sind auf einige Einaren getroffen, doch im Dunkel der Nacht konnten wir uns vor ihnen verbergen", erklärte Askaya. „Niemand außer uns weiß von den Artefakten."

„Können wir sie sehen?", fragte Ebenih plötzlich.

Augenblicklich breitete sich Schweigen aus, nur die Flammen loderten und knisterten in der Stille der Nacht.

Alexander blickte in die merkwürdige Runde. Auch wenn er mittlerweile mit all den außergewöhnlichen Ereignissen ein wenig mehr vertraut war, so hatte er dennoch wieder das Gefühl, in einem der fantastischen Romane seiner Mutter gelandet zu sein. Eine nach der anderen betrachtete er die vier Kriegerinnen, deren stechend blaue, bernsteinfarbene, smaragdgrüne oder gelbrötlichen Augen im Schein des Feuers pure Lebenskraft verströmten und für eine Hauch von Magie sorgten, von den Klingen in den langen Haaren ganz zu schweigen.

Dann war da Anna, die neben ihm saß, ganz dicht und mit ihren großen, braunen Augen in die Runde sah. Alexander hatte den Eindruck, ihre Anwesenheit nahm selbst den vier Kriegerinnen etwas von ihrer Gefährlichkeit.

Ednur, dessen weiße Haare im Schein der Flammen die Farbe von Blut angenommen hatten, gab Askaya ein Zeichen. Nach kurzem Zögern griff sie unter ihren Umhang und holte die Artefakte hervor. Sogleich ertönte aufgeregtes Gemurmel und Getuschel, die Frauen reckten neugierig die Köpfe nach vorn und musterten die Artefakte.

„Seit 2.000 Sommern hat sie keine Ananeki mehr zu Gesicht bekommen", flüsterte Ebenih und strich mit ihren langen, schlanken Fingern über das Stundenglas mit dem Bäumchen im Inneren. „Der Schlüssel zur Befreiung der Länder liegt nun in unseren Händen."

„Endlich können die Stundengläser an ihre rechtmäßigen Plätze zurückgebracht werden", freute sich Fynja.

„Beinahe ist es so, als sei eine Legende wahr geworden", meinte Min und legte Askaya eine Hand auf die Schulter. „Es ist schön, dass du wieder hier bist."

Askaya nickte und ein Lächeln zierte ihr Gesicht.

Ednur nahm die Stundengläser an sich. „Ich werde sie an einem geheimen Ort verwahren", erklärte er und warf Askaya einen Blick zu. „Es war eine weise Entscheidung, den Winter in den Tälern des Wissens zu verbringen und erst im Frühjahr die gefahrvolle Reise anzutreten. Alexander und Anna bekommen so die Möglichkeit, vieles über diese Welt zu lernen."

Es musste bereits nach Mitternacht sein, unendlich viele Sterne und ein halber Mond standen am Himmel, als sie ihr Gespräch beendeten. Die Ananeki wiesen Alexander und Anna zwei Schlafplätze in einer kleinen Hütte unweit von der Ednurs zu. Die Kriegerinnen selbst schliefen im Freien.

Da der Abend an diesem Spätsommertag außergewöhnlich warm und mild war, beschlossen Alexander und Anna, ein wenig spazieren zu gehen. Sie schlenderten durch das lange Tal und ließen sich schließlich am Ufer des stillen, großen Sees im weichen Gras nieder.

„Ist schon komisch, oder?", begann Anna nach einer Weile und schlang die Arme um ihre angewinkelten Beine.

„Was denn?"

„Na ja, das alles hier." Sie legte ihren Kopf auf die Knie und blickte Alexander von der Seite her an. „Erinnerst du dich, als wir noch vor Kurzem im Gras auf dem Felsen am Old Man of Storr saßen?"

„Ja, wir kannten uns kaum." Ein Lächeln umspielte Alexanders Lippen.

„Manchmal kommt es mir so vor, als wäre das 1.000 Jahre her", meinte Anna. Alexander betrachtete sie unablässig, ohne etwas zu erwidern.

„Was ist?", fragte sie nach einer Weile, doch als er sie nur angrinste und weiterhin schwieg, gab sie ihm schließlich einen Stups. „Hey, alles in Ordnung?"

Er nickte. „Ja, es ist nur, dass ich manchmal das Gefühl habe, dich tatsächlich schon seit 1.000 Jahren zu kennen."

Alexander fühlte ihren Blick auf sich ruhen; sie sah ihm lange in die Augen, doch nicht so, als hätte er etwas Verrücktes gesagt, sondern als würde sie verstehen.

Ein Platschen in der Ferne und anschließendes Gelächter lenkte ihre Aufmerksamkeit ab. Im Glanze silbrigen Mondscheins sahen sie, wie jemand weit drüben auf der anderen Seite des Sees schwamm, während am Rande des großen Gewässers sich gerade eine zweite und dann eine dritte Gestalt ihrer Kleider entledigte und ins Wasser sprang. Ein verirrter Lichtstrahl des Mondes ließ Klingen, die in Haare geflochten waren, aufblitzen.

„Glaubst du, das Wasser ist warm genug?", fragte Alexander nach einer Weile.

„Lass es uns ausprobieren", entgegnete Anna, erhob sich und tauchte ihre Hand in den See.

„Es ist angenehm", stellte sie überrascht fest. Dann grinste sie schelmisch, zog sich rasch aus und glitt ins Wasser. Alexander beobachtete sie einige Atemzüge lang fasziniert, dann folgte er ihr. Eine Zeit lang schwammen sie auf und ab, alberten herum und bespritzten sich gegenseitig mit Wasser. Irgendwann, sie standen an einer seichten Stelle nahe des Ufers, trafen sich ihre Blicke.

„Mir geht es genauso", sagte Anna plötzlich leise und Alexander blickte sie fragend an.

„Was geht dir genauso?"

„Ich habe das Gefühl, dich seit 1.000 Jahren zu kennen."

Sie sah ihn an und er versank in ihren braunen Augen. Dann strich er ihr die nassen Haare aus dem Gesicht. Ihre Brust hob und senkte sich, deutlicher als sonst, gerade so, als müsste sie einen besonders schweren, süßen Duft einatmen. Langsam näherte sich Annas Hand der seinen. Allein diese Berührung reichte aus, dass seine Sinne verrücktspielten. Annas Lippen öffneten sich, ganz leicht nur und doch so verführerisch. Alexander konnte nicht anders, er beugte sich vor und hatte den Eindruck, als würden noch einmal 1.000 Jahre vergehen, ehe sich ihre Lippen sachte berührten. Endlich küssten sie sich, vorsichtig zunächst, dann leidenschaftlicher. Nackt und eng umschlungen lagen sie nebeneinander unter freiem Himmel, küssten sich oder betrachteten die Sterne. Es bedurfte keiner Worte, denn die würden den Zauber dieser Nacht nur stören und könnten nichts wiedergeben, was die Stille dieses Augenblicks nicht schon in sich barg. Erst kurz vor Morgengrauen zogen sie sich an und legten sich in der kleinen Hütte schlafen.

Am nächsten Morgen weckte Askaya die beiden. Bereits am Vortag hatte die Ananeki ihnen frische Kleider angeboten, und so trugen sie nun bequemere Hosen als ihre Jeans, während ihre Füße in Stiefeln aus weichem Leder steckten. Alexander hatte sich ein helles Hemd aus einem baumwollähnlichem Stoff übergeworfen, Anna hatte sich für eine rötliche Bluse entschieden, passend zu ihrer hellen Hose.

Askaya zeigte ihnen mehr von den Tälern des Wissens, führte sie durch Wälder und zu versteckten Lichtungen mit geheimen Quellen. In den folgenden Tagen unterwies sie die beiden im Stockkampf, was Askayas Lieblingsbeschäftigung zu sein schien, und ärgerte sich dabei ein wenig über Anna, die die Waffenkunst nicht immer ernst nahm.

Auch an diesem Tag, etwa eine Woche später, hatte Anna entschlossen, den Unterricht ausfallen zu lassen und stattdessen Ednur aufzusuchen. Als sie die Hütte betrat, die im Schatten uralter Eichen lag, fand sie diese leer vor. Während sie über den knarrenden Holzboden schlenderte, sah sie sich um. Es gab nicht viel, was einem das Leben hier angenehmer machte. Ein Bett, ein

Stuhl, ein Tisch und ein Schrank zählten zur spärlichen Einrichtung von Ednurs Behausung. Lediglich in einem kleinen Nebenzimmer gab es Regale, die mit unzähligen Schriftrollen und Büchern gefüllt waren. Alles war sehr einfach gehalten, reduziert auf das Wesentliche, dennoch erschien es Anna ausreichend. Die Ananeki schliefen im Freien – offenbar galt dies für Eremiten nicht.

Dann fiel ihr Blick auf eine Tür, die nicht ganz geschlossen war. Die Helligkeit, die durch den Spalt in der Tür drang, machte Anna neugierig und so betrat sie dieses Zimmer. Sofort riss sie ungläubig die Augen auf, doch nicht die beiden bequem aussehenden Stühle oder der kleine Kamin waren es, was sie in Erstaunen versetzte, sondern die hintere Wand des Zimmers. Diese war nämlich nicht aus Holz gefertigt, sondern komplett aus Glas, das den Blick in die hinter der Hütte liegenden Wälder freigab und alles noch deutlicher und strahlender erscheinen ließ. Annas Aufmerksamkeit wurde plötzlich regelrecht angezogen von den kleinen Dingen des Waldes. Sie sah nicht nur die großen Eichen und deren borkige Rinde, sondern auch die winzigsten Käfer auf den gelben und roten Herbstblättern der Bäume. Sie bemerkte Insekten mit schillernden Flügeln, hörte sogar ihr Summen, erspähte weit hinten, versteckt in den Tiefen des Waldes einen Tausendfüßler, der eilig unter einem Blatt verschwand. Ihr Blick wanderte über Gräser und Blüten und Pilze, die in mannigfaltiger Pracht einen Wald bevölkerten, der in den unterschiedlichsten Farben erstrahlte und leuchtete. Immer hatte sie gedacht, Wälder wären einfach nur grün, doch das waren sie nicht. Sie waren braun, rot und gelb, blau, orangefarben oder violett. Es gab Weiß und Schwarz und unendlich viele Schattierungen von Grün. Alles bewegte sich, Werden, Sein und Vergehen vereinten sich zu einer perfekten Symphonie des ständigen Wandels. Anna fühlte den tiefen Frieden des Waldes und musste an Askayas Worte denken: „Alles lebt, alles atmet." Askaya hatte recht.

„Gefällt es dir?"

Anna wirbelte herum und blickte in Ednurs dunkle Augen, die sie amüsiert betrachteten. Sie hatte ihn nicht kommen hören, hatte weder seine Schritte noch das Knarzen des Holzbodens vernommen.

„Diese Wand aus Glas", erklärte er und trat neben sie, „ist aus besonderem Glas, das in den Tiefen der Eremitenhöhle gefunden wurde. Es schärft den Blick für die kleinen Dinge des Lebens, wenigstens für jene, die sie sehen wollen."

„Kann denn nicht jeder diese Schönheit und all ihre leuchtenden Farben erkennen?"

„Nein, leider nicht. Für viele ist es nur ein Wald, manche sehen ein wenig mehr als andere, doch nur wenige erkennen und erfühlen ihn in seinem ganzen Sein." Er blickte zu Anna hinab. „Ich glaube du gehörst zu den Wenigen, nicht wahr?"

Anna zögerte und blickte nachdenklich zu Boden.

„Verzeih mir, Anna", sagte Ednur und wies auf einen der Stühle, die vor der gläsernen Wand standen. „Bitte, setz dich doch."

Gedankenverloren ließ sich Anna in einen der Stühle sinken. Ednur nahm ebenfalls Platz.

Ednur beobachtete sie und zog dabei seine buschigen weißen Augenbrauen zusammen. „Ich sehe, dass dich etwas bewegt. Möchtest du es mir sagen?"

Anna blickte wieder durch des Fenster in den Wald, dann begann sie, Ednur von ihren Erlebnissen in Schottland zu erzählen und von ihren Begegnungen mit Wesen, die es eigentlich gar nicht geben durfte oder bestenfalls nur in alten Legenden. Sie berichtete ihm von dem Ereignis am Fairy Glen, als ihre Hand in dem Baum gesteckt hatte. Sie erzählte von ihrer Verbundenheit mit dem Baum, aber auch von den Gefühlen, die sie durchflutet hatten, als sie damals den Araaken berührt hatte. Sie offenbarte Ednur, dass sie häufiger solche Empfindungen hatte, wenn sie etwas berührte. Zum Schluss vertraute sie ihm an, dass einer der Wächter, ihr seinen Namen verraten hatte.

Ednur schwieg und betrachtete Anna eine Weile lang. Sie konnte nicht sagen, was in ihm vorging. Dann lächelte er und beugte sich nach vorn. „Das ist eine besondere Gabe, Anna", begann er schließlich. „Dein Herz hat sich geöffnet für die Geheimnisse, die den meisten verwehrt bleiben. Es ist gut möglich, dass dies ausgelöst wurde, als deine Hand in dem Baumstamm feststeckte. Doch wenn sich all diese Wesen dir und Alexander in eurer Welt offenbart haben, ist anzunehmen, dass es dafür einen tieferen Grund gibt. Euch beiden ist ein Segen zuteilgeworden." Ednur lehnte sich in den Stuhl zurück und blickte hinaus in den Wald.

„Aus den Erfahrungen, die ich in all meinen Leben gemacht

habe, weiß ich, dass nichts vergessen, nichts wirklich verloren ist. Auch wenn die Artefakte bis zu eurer Ankunft seit mehr als 2.000 Sommern verschwunden waren, so habe ich immer daran geglaubt, dass sie eines Tages wieder auftauchen werden. Vielleicht war es ja eure Bestimmung, sie zusammen mit einer Kriegerin dieser Welt zurückzubringen und das Gesetz, dass nichts verloren und vergessen sein darf, zu erfüllen."

Anna schwieg und dachte über Ednurs Worte nach. Besonders als er gesagt hatte, ihr und Alexander sei ein Segen zuteilgeworden, hatte sie aufgehorcht. Erklärte das etwa ihre Verbundenheit mit Alexander? War es etwa gar kein Zufall, dass sie damals an der Tankstelle gestanden hatte und von den Rabensteins aufgelesen worden war? Geschah all dies, damit etwas, das nicht verloren sein durfte, wiedergefunden werden konnte? Sie versuchte zu verstehen, wollte begreifen, welche Kräfte hinter all dem stecken mochten, doch je mehr sie sich abmühte, desto eher entglitten ihr jegliche Ansätze einer Erkenntnis, die sie gefunden zu haben glaubte.

„Weshalb hat der Hirsch mir seinen Namen verraten?", fragte sie plötzlich. „Und warum tun die Wächter der Täler dies sonst nicht?"

Ednur zuckte mit den Schultern. „Ich kann dir nicht sagen, warum sie ihre Namen nicht enthüllen. Es hat zumindest noch nie jemand davon berichtet, dass sie es täten. Die Wächter erscheinen in unterschiedlichen Gestalten, sind verbunden mit allem. Aus diesem Grund glaubte ich stets, sie sehen keine Notwendigkeit darin, sich an einen Namen zu binden. Vielleicht hat der weiße Hirsch bemerkt, dass dich etwas Sonderbares umgibt, und dir deshalb seinen Namen genannt."

„Etwas Sonderbares?" Anna runzelte die Stirn und blickte den Eremiten mit den langen, weißen Haaren an.

„Du hast so eine Aura, Anna." Ednur hob die Schultern. „Ich vermag es kaum in Worte zu fassen, aber es ist, als ob etwas tief in dir verborgen liegt."

Anna wurde eine wenig unwohl zumute. „Das macht mir Angst."

„Muss es nicht, muss es nicht", versuchte der Eremit sie zu beruhigen. „Ich glaube nicht, dass es etwas Schlimmes ist. Denk nicht weiter darüber nach. Wenn der richtige Zeitpunkt kommt, werden sich dir die Dinge offenbaren." Ednur strich sich über den Bart. „Vielleicht hat der Hirsch dir seinen Namen verraten, damit du ihn eines Tages rufen kannst, wenn du ihn brauchst", flüsterte er. „Das ist ein großes Geschenk." Dann legte er ihr eine Hand auf den Arm, als wollte er seinen Worten Nachdruck verleihen.

„Vergiss nie seinen Namen, Anna", sagte er langsam und betonte dabei jedes Wort.

Anna sah ihn an. „Das werde ich nicht", sagte sie schließlich wie hypnotisiert.

Ruckartig und äußerst schwungvoll erhob sich Ednur, dann warf er Anna ein Lächeln zu. „Gut, dann wäre das geklärt und ich kann uns jetzt endlich einen Tee zubereiten, vorausgesetzt, du magst einen und möchtest hoffentlich noch bleiben."

Anna holte tief Luft und nickte. „Ja, gerne."

Es dauerte nicht lange und Ednur kehrte mit einem hölzernen

Tablett und einem dampfenden Kessel voll Tee zurück, von dem er erst Anna und dann sich selbst etwas in eine tönerne Schale goss.

„Erzähl mir vom Volk der Ananeki", bat Anna, wobei sie vorsichtig in die Schale mit dem heißen Tee blies. „Sind es nur die Frauen, die kämpfen?"

„Die Ananeki sind ein durch und durch freiheitsliebendes Volk. Sie lassen sich nirgends nieder, streifen durch die Weiten Erenors, leben im Einklang mit der Natur. Sie lehren ihren Kindern, Männern wie Frauen gleichermaßen das Kämpfen, nicht um zu erobern oder zu unterdrücken, sondern lediglich um ihr angeborenes Recht auf ein freies und ungezwungenes Leben zu verteidigen. Allerdings hat es sich im Laufe der Zeit zu einer Tradition entwickelt, dass nur Frauen der Ananeki zu Kriegerinnen der Sieben Feuer ausgebildet werden, um die Artefakte zu bewachen oder eben jene zu suchen, welche vor langer Zeit gestohlen wurden. Die Männer und die anderen Frauen streifen als Nomaden durch das Land."

Anna nahm einen Schluck von dem Tee und nickte dann. „Irgendwie kann ich die Ananeki verstehen. Den Kampf zu erlernen, um Leben und Freiheit des eigenen Volkes zu verteidigen, finde ich nachvollziehbar." Anna sah Ednur an. „Und die Einaren wollen ihnen diese Freiheit nehmen, richtig?"

„Gewissermaßen ja. Auch die Einaren haben ihre eigene Lebensweise und versuchen, diese durchzusetzen. Damit unterscheiden sie sich zunächst nicht von den Ananeki. Sie befolgen strenge Regeln und Gesetze und setzen diese mit äußerster Brutalität durch, selbst bei ihrem eigenen Volk. Das

Schlimmste jedoch ist, dass sie unter einer schrecklichen Krankheit leiden."

Anna warf Ednur einen fragenden Blick zu. Von einer Krankheit hatte Askaya nichts erwähnt. „Ein schreckliche Krankheit?"

„Ja, ich weiß nicht, wie ich es anders benennen könnte." Ednurs Miene verfinsterte sich, als er weitersprach. „Es ist, als ob die Einaren von irgendetwas getrieben würden, als müssten sie etwas suchen, wissen aber selbst nicht, was es ist. Auf ihrem Weg töten sie oder bürden den Überlebenden ihre eigene Lebensweise auf."

Anna blickte in ihre Teeschale, in der sich ihr eigenes Gesicht spiegelte. „Wie sieht diese Lebensweise denn aus?", wollte sie wissen.

Ednur zuckte mit den Schultern. „Das Wort ›Lebensweise‹ ist nicht sehr klug von mir gewählt. Am Ende bedeutet es für die Gefangenen Versklavung, denn die Einaren lassen sie Holz oder Metalle für Waffen abbauen und auch Felder bestellen. Hierbei herrscht eine strenge Ordnung. Wer sich in diese Ordnung einfügt, darf darauf hoffen, am Leben gelassen zu werden. Ansonsten sind die Einaren kriegerisch organisiert, besonders natürlich die Männer, wobei es solche gibt, die sich nur dem Kämpfen und Töten hingeben, und solche, die auch andere Aufgaben übernehmen, wie beispielsweise das Kundschaften, oder das Bewachen von Sklaven.

„Und was tun die Frauen dabei?"

„Nun, die Frauen treten seltener in Erscheinung, zumindest nicht als Kriegerinnen. Aber sicher haben auch sie ihre Aufgaben zu erfüllen.“

Anna schüttelte den Kopf. „Das klingt sehr geordnet, und ich nehme an, die ungezwungene und freie Lebensweise der Ananeki ist ihnen ein Dorn im Auge.“

Unerwartet musste Ednur lachen. „Ein Dorn im Auge, dieser Vergleich gefällt mit. Sicher eine schmerzhafte Angelegenheit.“

Ednur wurde wieder ernst und schenkte sich Tee nach. „Ganz genau so ist es, Anna“, fuhr er fort. „Da sich die Ananeki nirgends niederlassen, keine Dörfer oder Siedlungen haben, können die Einaren ihrer meist nicht habhaft werden. So ziehen sie durch die Länder, unterdrücken, töten und bringen die Welt aus dem Gleichgewicht.“

„Dabei wirkte eigentlich alles, was wir bisher gesehen haben, sehr friedlich“, entgegnete Anna. „Nur einmal sind wir nachts auf Einaren getroffen, konnten ihnen aber entkommen.“

„Ihr hattet Glück und eine gute Führerin. Askaya ist mit euch auf sicheren Wegen gewandert und die Täler des Wissens sind ohnehin eine Ausnahme“, erklärte Ednur und goss seiner jungen Gesprächspartnerin Tee nach. „Zudem magst du eine falsche Vorstellung von Esmarillion haben. Genau genommen befindet sich Esmarillion nicht in einem Krieg, denn diesen hat es bereits verloren. Völker wie die Loki im Nordwesten wurden ausgerottet, andere leben in Unterdrückung und wurden schon vor langer Zeit dezimiert. Du musst bedenken, Anna“, er hob seinen Zeigefinger in die Luft, „es sind mehr als 2.000 Sommer vergangen, seit die Einaren begonnen haben, sich auszubreiten.“

Anna hob den Kopf und lauschte aufmerksam.

„Da Esmarillion unterdrückt ist und kaum jemand mehr aufbegehrt, sind die Einaren nicht immer wachsam. Dies verschafft euch einen Vorteil, wenn ihr die Artefakte zurückbringt. Es mag dauern, ehe unsere Feinde begreifen, was vor sich geht."

Anna nippte an ihrem Tee, der intensiv nach Kräutern schmeckte. „Verstehe. Und eine kleine Gruppe werden sie kaum bemerken."

„So ist es", pflichtete ihr Ednur bei.

„Wer hat eigentlich die Artefakte erschaffen?", wollte Anna wissen.

„Nun, das war vor langer Zeit. Ich kann dir nicht genau sagen, wann, aber vor fast 3.000 Sommern lebten die Einaren in ihrem Reich. Nichts außer der Bergkette von Erenor, die auch Feuerberge genannt wird, bewachte die Grenzen. Das war auch nicht nötig, denn niemand überschritt diesen Gebirgszug, der sich um das gesamte Einarenreich windet. Irgendwann wanderten schließlich die ersten Einaren über die Berge, taten dies aber ohne feindliche Gesinnung. Es kam sogar zum Tausch von Waren von ihnen mit einzelnen Völkern."

Anna stützte ihren Kopf auf ihre Hand und lauschte aufmerksam.

„Viele Sommer später jedoch war alles getauscht worden, was getauscht werden konnte, und die Einaren hatten den anderen Ländern ohnehin nicht viel zu bieten, was diese nicht schon selbst besaßen. Einer der Einaren soll sogar den heiligsten Gegenstand seines Volkes ohne dessen Wissen getauscht haben, und zwar allein deshalb, um den Handel aufrechtzuerhalten."

„Was für ein Gegenstand war das?", fragte Anna.

Ednur schüttelte den Kopf. „Leider weiß ich das nicht. Viel Wissen ging in all der Zeit verloren. Wenn ich die wenigen Aufzeichnungen von Karamos richtig gedeutet habe, so hat er auf diesen Gegenstand immer sorgsam Acht gegeben. Doch wenn dies der Wahrheit entspricht und es wirklich ein bedeutender Gegenstand war, so hat Karamos ihn wohl gut versteckt oder damals, als er verschwand, sogar mit sich genommen." Ednur seufzte und räusperte sich. „Wie auch immer", fuhr er fort, „der Versuch jenes Einaren, mit der Reliquie den Handel am Leben zu halten, misslang und er zog nicht nur den Zorn seines eigenen Volkes auf sich, sondern hatte auch noch diese Reliquie verloren. Bald kam es zu den ersten Streitigkeiten zwischen den Einaren und den Völkern Esmarillions. Diese sahen nämlich keinen Sinn mehr darin, Handel mit den Einaren zu treiben, und jagten sie zurück hinter ihre Berge. Viele Sommer lang geschah nichts, doch dann schlugen die Einaren zu. Niemand hätte erwartet, dass der Abbruch der Tauschgeschäfte sie derart erzürnt haben könnte. Eine Armee von Einarenkriegern überquerte die Bergkette von Erenor. Sie fielen über die anderen Völker her. Zunächst kämpften sie mit den Eismenschen im hohen Norden, später wanderten sie nach Süden, überfielen die Stämme der Ananeki und das Land Tryskan. Tryskan selbst hatte ein starkes Heer, zerstritt sich aber mit den Ananeki in Erenor, da sich beide Länder nicht darüber einigen konnten, wie man den Angriff der Einaren am besten zurückschlagen sollte."

Ein Schmunzeln breitete sich auf Annas Gesicht aus. „Wenn ich da so an Askaya denke, kann ich mir das bei den Ananeki ganz gut vorstellen."

Ednur nickte bestätigend. „Nun, es hat einige Zeit gedauert, aber letzten Endes gab es dennoch eine Übereinkunft. Erenor, Tryskan und die Eismenschen konnten die Einaren gemeinsam zurückdrängen. Anschließend wurde der Bannring der Stundengläser errichtet."

„Ich verstehe nicht, wie es die Völker anfangs geschafft haben, die Einaren zurückzutreiben, und warum es ihnen später dann misslang."

„Das ist eine gute Frage. Ich nehme an, die Einaren waren beim zweiten Mal besser vorbereitet und haben die Länder einzeln und mit geballter Macht überfallen, ehe diese sich gegen sie organisieren konnten."

„Esmarillion wurde sozusagen überrumpelt."

„Ja, so könnte man es bezeichnen."

„Wie sind die Stundengläser entstanden?", wollte Anna wissen. „Und wie halten sie die Einaren zurück, ich meine, wie entsteht der flammende Ring, den man Askayas Worten zufolge kaum sieht und der damals die Einaren in ihrem eigenen Reich eingeschlossen hat?"

„Langsam, Langsam. Eine Frage nach der anderen", entgegnete Ednur und nippte erst einmal betont bedächtig an seinem Tee.

„Die Artefakte sind in diesen Tälern entstanden. Die Eremiten, die zu jenen Zeiten hier gelebt hatten und es heute noch in anderer

Gestalt tun mögen", er zwinkerte Anna zu, „wussten damals bereits, dass die Natur sich selbst im Gleichgewicht hält. Sie hat das Holz erschaffen, um das Feuer zu entfachen; das Feuer, um mit seiner Asche die Erde zu nähren; die Erde, um Metall hervorzubringen, auf dessen Oberfläche bei Nacht Wasser entstehen kann." Anna wollte etwas fragen, doch Ednur hob die Hand. „All dies gaben sie in die Stundengläser, die das Verrinnen der Zeit und den Wandel, also das Leben an sich, repräsentieren. Als Letztes hauchten sie einen Teil ihres Geistes in ein weiteres Stundenglas. Der Geist ist es nämlich, der alles durchdringt und umfasst, er bedarf keines Gegenstückes."

„Ich erinnere mich. Askaya hat uns von den Stundengläsern erzählt", meinte Anna schließlich und legte dann nachdenklich die Stirn in Falten. „Aber eines fehlt noch. ›Dunkelheit ist der Nächte einsamer Gast‹ oder so ähnlich waren ihre Worte." Sie sah Ednur an.

„Du hast Askayas Ausführungen gut gelauscht, Anna", bestätigte er. „In einem weiteren Artefakt ruht ein Teil der Nacht, eingefangen auf einem der hohen Gipfel der Einsamen Berge. Wie ich schon erwähnte, versinnbildlichen Stundengläser die Vergänglichkeit. Die Zeit verrinnt in der Nacht ebenso so wie am Tage."

Anna überlegte kurz, worauf Ednur hinauswollte, dann ging ihr ein Licht auf. „Askaya erklärte uns, es gäbe insgesamt sieben Artefakte. Fünf für die Elemente, eines für den Geist, der alles durchdringt, und eines für die Nacht. Was ist mit dem Tage?"

„Ganz richtig, der Tag ist der Gegenpart zur Nacht."

„Aber müsste es denn nicht noch ein weiteres Artefakt geben, ein achtes für den Tag?"

„Gibt es auch."

Anna schüttelte den Kopf. „Aber, ich verstehe nicht …"

„Den Eremiten der alten Tage ist aufgefallen, dass die Einaren eigenartigerweise den Tag lieben, nur selten verbreiten sie bei Nacht ihren Schrecken."

„Das finde ich seltsam. Normalerweise treiben die bösen Kreaturen ihr Unwesen doch in der Nacht."

„Nicht alle", meinte Ednur. „Die Einaren haben eine Vorliebe für den Tag, das heißt nicht, dass sie nicht auch bei Nacht angreifen, doch hat die Erfahrung uns gezeigt, dass Übergriffe der Einaren nur selten nachts stattfinden. Sie verneigen sich am Morgen sogar vor der Sonne und huldigen deren Erscheinen. Selbst im Kampf tun sie dies, und wenn sie nur für die Dauer eines Lidschlages eine Verbeugung andeuten, die der Gegner kaum wahrnimmt."

„Verstehe ich das richtig?" Anna starrte Ednur ungläubig an „Dann sind die Einaren …?"

Ednur nickte bedächtig. „Das Achte Artefakt", bestätigte er Annas Vermutung.

Anna blickte verwundert in den Wald. „Ich befürchte, das ist zu hoch für mich. So ganz kapier ich das nicht."

„Was meinst du?"

„Ich meine, das verstehe ich nicht."

„Nun, es ist ganz einfach", fuhr Ednur fort. „Die Eremiten

bannten den Tag nicht in ein Stundenglas und schlossen ihn damit aus. Indem sie aber die anderen Artefakte um das Einarenreich herum legten, bildeten alle Artefakte zusammen ein stabiles Gleichgewicht, welches die Einaren, die – weshalb auch immer – den Tag repräsentieren, mit einschließt und dem sie nicht entrinnen können, weil sie eben ein Teil davon sind."

Anna ließ sich zurück in den Stuhl sinken, wobei sie sich mit beiden Händen die Haare zurückstrich. Sie war ehrlich überrascht, dass so etwas funktionieren, ja dass es sogar die Einaren in ihr von Bergen umschlossenes Reich verbannen konnte.

Ednur schien Anna ihre Gedanken anzusehen, als er weiter sprach. „Sicher ist das für dich nicht einfach nachzuvollziehen, doch es gibt eine energetische Welt, deren Kräfte man sich zunutze machen kann, sobald man sie verstanden hat." Nun beugte er sich abermals nach vorn und blickte Anna verschwörerisch an. „Du selbst hast diese Kräfte bereits fühlen können, wie du mir erzähltest."

Anna dachte an ihr Erlebnis im Fairy Glen und daran, als sie den Araaken und den Grünen Mann berührt hatte. Ednur hatte recht. Irgendwie schien sie Zugang zu dieser Seite des Seins zu haben. So beeindruckend sie das Ganze fand, so sehr machte es ihr auch Angst. Nachdenklich ließ sie ihren Blick über den Wald wandern. Mittlerweile war hinter dem großen Glasfenster die Nacht hereingebrochen und die mannigfaltigen Grünschattierungen waren zunehmend dunkler geworden. Glühwürmchen und Leuchtkäfer schwirrten zwischen den Bäumen umher, als wollten sie der Nacht den Weg weisen. Zwischen den

Baumkronen war das dunkle Blau des Abendhimmels zu sehen, und ein Halbmond blitzte zwischen den Wipfeln auf. Seine silbernen Strahlen fielen zu Boden, so als würde funkelnder Sternenstaub sich einen Weg durch die Wälder ertasten. Eine Zeit lang erfreute sich Anna an den Farben der Nacht, dann wandte sie sich wieder an Ednur. „Du sagtest, den Ländern war es gelungen, die Einaren zurückzutreiben. Wie kam es dann dazu, dass die Artefakte überhaupt nötig waren?"

„Nun, in der Tat konnten die Einaren zurückgetrieben werden, doch die Herrscher der Länder waren dennoch besorgt. Sie wollten Vorkehrungen treffen, um zu verhindern, dass die Einaren jemals wieder die Berge überquerten. Anfangs zog man in Betracht, einen Ring aus Wachposten aufzustellen, doch dann zweifelte man an dessen Wirksamkeit und so wandten sich die Länder an die Eremiten. Während vieler Mondzyklen des Nachdenkens reifte in den Köpfen jener Männer und Frauen schließlich die Idee mit den Artefakten heran. Sie erschufen sie in der großen Eremitenhöhle, und der reine Gedanke wurde zur Tat."

„Was geschah mit Einaren, die noch in den Ländern Esmarillions umherstreiften?", wollte Anna wissen.

„Diese Frage kann ich dir nicht beantworten, Anna." Ednur runzelte die Stirn. „Damals waren es, wenn überhaupt, sicher nur wenige. Vermutlich wurden sie irgendwann getötet. Zumindest stellten sie keine Gefahr mehr da, denn es waren nur wenige, da die Hauptarmee hinter die Berge zurückgetrieben wurde."

„Aber wenn die Stundengläser jetzt zurückgeben werden,

bedeutet das doch auch, dass sich viele der Einaren noch außerhalb der Bergkette von Erenor befinden. Nur dass es dieses Mal weitaus mehr sein könnten als damals."

Ednurs Blick wurde ernst und Anna erahnte schon seine Antwort. „Das ist eine kluge Frage. Glaub mir, nicht nur ich, sondern viele andere haben sich darüber bereits den Kopf zerbrochen. All die Feinde, die in den Ländern unterwegs sind, stellen nach wie vor eine Bedrohung dar, doch hoffen wir, dass wir dieser Bedrohung nach und nach Herr werden können, sobald die Einaren von ihrem Heimatreich abgeschnitten sind."

„Das hoffe ich auch", entgegnete Anna, „doch könnten die Einaren nicht einfach die zurückgebrachten Artefakte stehlen oder gar zerstören?"

Ednur legte abwägend den Kopf zur Seite. „Das kann ich nicht mit Sicherheit sagen, doch soweit ich aus alten Quellen weiß, können die Artefakte nur von den Eremiten und den Kriegerinnen der Ananeki entwendet werden. Von Letzteren auch nur dann, wenn sie von einem der Stundengläser erwählt worden sind."

Anna seufzte und blies die Backen auf. „Das sind aber viele Unsicherheiten."

„Ja. Das ist wohl wahr", er legte den Kopf zur Seite und grinste schief, „aber niemand hat gesagt, dass es einfach werden wird. Doch jetzt, da die Stundengläser zurück sind, können wir zumindest handeln. Veränderung liegt in der Luft und deshalb lass uns das Beste erhoffen." Er strich Anna über die blonden Haare und lächelte sie an. Ein Lächeln, das Anna erwiderte. Dann richtete sie sich auf und streckte sich.

„Ich denke, ich sollte jetzt aufbrechen und nach Alexander und Askaya sehen."

„Sicher werden sie dich schon vermissen", meinte Ednur und hob seinen Zeigefinger in die Höhe. „Askaya ist meist nicht sonderlich erfreut, wenn man ihren Kampfunterricht umgeht."

„Sie kämpft gut, nicht wahr?", meinte Anna.

„Ja, wie alle Ananeki, doch sie war immer etwas eifriger dabei als die anderen, wenn es um den Kampf und ...", Ednur verzog das Gesicht, „... die Kunst der Begegnung geht, wie es die Ananeki nennen. Doch auch meinen Geschichten hat sie immer gerne gelauscht."

Anna nickte. „Ich auch." Sie legte Ednur eine Hand auf den Arm, dann verließ sie seine Hütte.

25) Verwirrende Gespräche

Schottland heute, Isle of Skye, Uig

Als Susan zusammen mit Robert und Sebastian im Schlepptau das strohgedeckte Cottage betrat, war alles ganz anders. Plötzlich war es nicht mehr ihr angemietetes Urlaubshäuschen, in dem Susan eine beschauliche Zeit in der Abgeschiedenheit des schottischen Hochlandes verbringen wollte, nein, es war das Eigentum ihres Mannes, der heute Geheimnisse über sich selbst gelüftet hatte, die sie niemals für möglich gehalten hätte. Am liebsten hätte sie sich irgendwo anders einquartiert, doch das hätte zu viel Zeit in Anspruch genommen und die hatte sie nicht. So blieb ihr nichts anderes, als die äußeren Umstände zu akzeptieren.

Robert half Sebastian aufs Wohnzimmersofa und verschwand dann im Garten. Da es mitten in der Nacht und daher stockdunkel war, sah Susan nicht, wohin er ging, hörte ihn aber in dem kleinen Schuppen hinter dem Haus herumkramen. Kurz darauf kam er zurück und hatte einen Verbandskoffer in der Hand.

„Am besten ziehst du das Hemd aus", sagte er kurz angebunden. „Richte dich auf, damit die Blutung gestoppt wird."

Sebastian tat, wie ihm geheißen. Dann begann Robert die Wunde, die sich glücklicherweise nur als Streifschuss entpuppte, unsanft mit einer Flüssigkeit abzutupfen. Sebastian biss die Zähne aufeinander und unterdrückte einen Schmerzensschrei. Danach legte Robert einen Verband an. Die Geschicklichkeit, mit der er dies tat, ließ Susan vermuten, dass es sich hier nicht um die erste

Schusswunde handelte, die er versorgte. „Ist halb so schlimm, das wird bald wieder", erklärte er. In diesem Augenblick klingelte es an der Tür und Susan öffnete, nachdem ihr Robert zugenickt hatte. „Das wird Dr. Guthrie sein", erklärte er.

Während Susan ihren Gatten und Annas Bruder vom Old Man of Storr zum Cottage gefahren hatte, hatte Robert einige Telefonate geführt und unter anderem diesen Arzt angerufen, der, wie Robert versichert hatte, zu ihnen gehörte. Noch immer glaubte Susan im falschen Film zu sein. Diese völlig irrwitzige Situation überforderte sie ziemlich, auch wenn es ihr sonst sicher nicht an Fantasie mangelte.

Dr. Guthrie, ein stattlicher Mann mittleren Alters mit rotem Vollbart, nickte ihr freundlich zu, wobei er seinen Hut lüftete. Er stapfte geradewegs ins Wohnzimmer – der Weg schien ihm vertraut zu sein – und kümmerte sich gleich um Sebastian. Nachdem er dem jungen Mann einige Fragen gestellt und auch Roberts Verband nochmals kontrolliert hatte, nickte er zufrieden und kramte einige Tabletten aus seiner Tasche, die er Sebastian gab.

„Du hast wirklich Glück gehabt, Junge. Die Kugel hat deinen Arm genau auf Herzhöhe gestreift. Etwas weiter rechts und", er winkte ab, „na, vergessen wir das einfach. Hier, nimm die dreimal am Tag und schone dich."

„Danke", sagte Sebastian, doch Dr. Guthrie wandte sich bereits an Robert.

„Ich werde während der nächsten Tage noch einmal nach ihm

sehen. Nutzt die Zeit bis dahin."

Mit ernstem Blick verabschiedete sich der Arzt. Robert begleitete ihn noch zu seinem Wagen. Als er zurückkehrte, nahm er sich einen Stuhl und stellte ihn neben das Sofa. Susan lehnte mit verschränkten Armen an der Wand und beobachtete die beiden gespannt. Roberts Hand wanderte zu Sebastians Brust, wo er nach dem Amulett mit den zwei Reitern auf einem Pferd griff und es zwischen den Fingern hin und her drehte.

„Pauperes commilitones Christi templique Salomonici", sagte er. „Die arme Ritterschaft Christi und des salomonischen Tempels. Das Zeichen der Tempelritter. Der finstere Kerl, dem ich heute den Kopf von den Schultern getrennt habe, trug auch dieses Siegel."

„Johannes."

Robert zuckte mit den Schultern, dann seufzte er und lehnte sich zurück. „Wie auch immer sein Name gewesen sein mag. Im Herzen war weder er ein Tempelritter noch sind Sie es, Sebastian. Dennoch tragt ihr das echte Templersiegel um den Hals."

„Woher wollen Sie wissen, dass es ein echtes Siegel ist?", fragte Sebastian.

„Ich kenne mich ein wenig damit aus. Hat man die Templer nicht ausgelöscht?"

„Wie könnte es dann ein echtes Siegel sein?", provozierte Sebastian.

„Sagen Sie es mir", forderte Robert ihn auf, doch Sebastian schwieg.

„Hat es denn nicht auf der Rückseite eine Prägung?" Robert beugte sich nach vorn und betrachtete Sebastian aus seinen dunkelbraunen Augen. „Sind dort nicht ganz filigran und kaum erkennbar ein Tatzenkreuz und der Begriff ›Temple‹ eingeprägt?" „Vielleicht habe ich es ja in einem dieser schottischen Touristenläden gekauft." Ein Schmunzeln machte sich auf Roberts Gesicht breit. „Das hier", er deutete auf das Siegel, welches um Sebastians Hals hing, „bekommt man in keinem Laden." Plötzlich wurden Roberts Gesichtszüge ernst und er betrachtete sein Gegenüber aus zusammengekniffenen Augen. „Sebastian, das ist kein Spaß, sondern eine ernsthafte Angelegenheit. Sie sollten mir jetzt sagen, was ich wissen will."

„Allerdings", fuhr Susan dazwischen, bevor Annas Bruder etwas erwidern konnte. Schwungvoll setzte sie sich auf den Wohnzimmersessel und verschränkte die Arme vor der Brust. „Also, was soll das gegenseitige Belauern. Mal abgesehen davon, dass die Geschehnisse heute an der Felsnadel sogar meine Vorstellungskraft ein wenig übersteigen, wurden mein Sohn und Ihre Schwester Anna", sie tippte mit dem Finger auf Sebastians verletzten Arm, sodass er aufstöhnte, „von diesen Typen verfolgt, die die beiden, wie ich vermute, wegen irgendwelcher Artefakte sogar töten wollten. Robert gehört zu diesen Templern und wie mir scheint weiß er, dass Sie es nicht tun."

Robert verzog missbilligend das Gesicht und rieb sich dann mit den Fingern über die Schläfen. Susan wusste, ihrem Mann gefiel es nicht, dass sie Sebastian eben so viel verraten hatte, doch das war ihr gleich.

„Tut mir leid, Robert, aber die Templer kümmern mich nicht im Geringsten, mal ganz davon abgesehen, dass ich an die Existenz dieses Ordens im 21. Jahrhundert noch immer nicht glauben mag. Ich will nur wissen, warum diese Leute hinter Alexander und Anna her waren." Sie wandte sich wieder Sebastian zu. „Also, ich höre!"

Sebastian starrte Robert verblüfft an. „Ich glaube es nicht", murmelte er, schüttelte den Kopf und runzelte die Stirn. „Sie – ein Tempelritter? Wer hätte das gedacht."

Sebastian zuckte zusammen, als Susan mit der flachen Hand derart heftig auf den Tisch schlug, dass die Mineralwasserflasche in die Höhe hüpfte und umkippte. Ehe sie vom Tisch rollen konnte, fing Susan sie auf, ohne jedoch ihren Blick von Sebastian zu nehmen. „Anna hätte sterben können!" Susan verlieh ihrer Stimme so viel Schärfe wie möglich und tatsächlich, es half. Sebastian starrte sie eine Weile lang an, dann senkte er den Blick, holte tief Luft und seufzte.

„Ich weiß", begann er, „und glauben Sie mir, wenn ich sage, dass dies das Allerletzte ist, was ich wollte."

Susan nickte. „Das glaube ich sogar. Weiter!"

„Wenn Sie die wahren Geheimnisse der Templer erfahren wollen, sollten Sie besser Ihren Mann fragen. Wenn er wirklich einer von ihnen ist, weiß er mehr als ich." Sowohl Sebastian als auch Susan blickten Robert erwartungsvoll an.

„Wer in den Templerorden aufgenommen werden will, muss zunächst drei Jahre als Novize bei verschiedenen Aufgaben dienen, die ihm der Marschall des Ordens auferlegt." Roberts Blick ruhte auf Sebastian, als er weitersprach. „Danach entscheidet der Marschall, ob er den Novizen dem Senneschall zur Aufnahme in den Orden vorschlägt oder ob er ihm weitere Aufgaben zuweist. Wird er in den Orden aufgenommen, erhält er das Siegel der Templer. Erst nach drei weiteren Jahren wird er dem Großmeister zum Ritterschlag empfohlen, sofern der Neuling dies wünscht. Ich habe den Ritterschlag erhalten, Sebastian Wittmann, Sie und Ihre Kameraden hingegen nicht."

Susan zog fragend eine Augenbraue in die Höhe und überlegte, was Roberts letzte Bemerkung wohl zu bedeuten hatte.

„›Kameraden‹ ist zu viel gesagt", stellte Sebastian fest. „Na schön." Sebastian zuckte mit den Achseln und bedeckte kurz sein Gesicht mit den Händen, ehe er fortfuhr. „Johannes, Gottfried und ich haben unser Novizenjahr durchlaufen und, wie Sie schon sagten, vom Senneschall das Siegel erhalten."

„Ein Umstand, der mir nicht im Geringsten gefällt", unterbrach Robert ihn. Eine Zornesfalte hatte sich über seinen wütend funkelnden Augen gebildet.

„Zumindest mussten wir nicht das Kreuz bespucken und Christus verleugnen".

„So ein Ritual gibt es nicht und hat es nie gegeben, auch wenn manche Kreise das behaupten." Robert winkte ab. „Wie auch immer, vergessen wir die Aufnahmerituale. Ich werde mich ein anders Mal darum kümmern", meinte er und nickte dann Sebastian zu. „Ich hatte heute nicht das Gefühl, dass Sie mit dem einverstanden waren, was Ihre Männer vorhatten. Während ich diesen Johannes verfolgt habe, sah ich den Schusswechsel zwischen euch beiden. Sie wollten ihn unbedingt aufhalten, nicht wahr?"

„Ja, das wollte ich. Ich würde nie zulassen, dass jemand Anna etwas antut." Sebastian senkte den Kopf und auf Susan wirkte er plötzlich fast wie ein geprügelter Hund. Die selbstbewusste Fassade schien zu bröckeln. „Ich gehöre einer Organisation an, deren Bestreben es ist, den Menschen Gott nahezubringen", erzählte Sebastian und sowohl Susan als auch Robert hörten interessiert zu. „Durch einen einfachen und geordneten Tagesablauf soll der Geist der Mitglieder in Friede und Gottesfürchtigkeit gestärkt werden, um auch im alltäglichen Leben Heiligkeit zu erfahren."

„Das klingt mir verdächtig nach Kirche", bemerkte Susan, hegte aber Zweifel daran, dass dies alles sein sollte.

„Nach Friede und Heiligkeit hat mir das heute allerdings nicht ausgesehen", stellte Robert fest.

„Dennoch sollte es dem Frieden dienlich sein", entgegnete Sebastian.

Robert betrachtete ihn aus zusammengekniffenen Augen. Dann zeichnete sich ein süffisantes Lächeln auf seinen Lippen ab.

„Gehorche wie ein Werkzeug in der Hand eines Künstlers, das nicht nach dem Warum fragt. Sei überzeugt, dass man dir nie etwas auftragen wird, was nicht gut ist und nicht zur Ehre Gottes gereicht."

Sprachlos sah Susan ihren Gatten an. „Robert? Was soll das bedeuten, wovon redet ihr da?"

„Sie kennen sich gut aus", meinte Sebastian mit anerkennendem

Nicken. Robert ließ diese Bemerkung unkommentiert.

„Sie und diese anderen", fragte er stattdessen, „ihr scheint mir keine normalen Vertreter eurer Organisation zu sein, zumal dieser Johannes ein Schwert trug und auch ganz gut damit umzugehen wusste."

„Nicht gut genug, wie es scheint."

Robert schwieg, blickte Sebastian nur auffordernd an, sodass dieser rasch fortfuhr.

„Wir gehören zu einer Splittergruppe, deren Aufgabe es ist, die Interessen der Kirche zu wahren. Das Geheimnis der Templer würde genau diese Interessen verletzen und den Frieden der ganzen Welt gefährden."

„Das Geheimnis der Templer?", fragte Susan. „Du meinst das Portal in diese fremde Welt? Ich kann mir gut vorstellen, dass es die Weltordnung erschüttern würde, wenn es bekannt werden würde, aber das rechtfertig es nicht, dafür zu töten."

„Nun, eigentlich geht es um ein wenig mehr als nur um das Portal", erwiderte Sebastian, dann bildete sich ein spöttischer Zug um seinen Mund. „Wie ich schon erwähnte, es geht um den Frieden."

„Ich kann nach wie vor mit euer Vorstellung von Frieden nichts anfangen", stellte Robert klar. „Ein Kampfhubschrauber dürfte nicht gerade geeignet sein, die Herrlichkeit Gottes zu repräsentieren, zumal dieser Hubschrauber genauso wenig erfolgreich war wie Johannes."

Sebastian hob die Schultern und legte eine Hand auf die Wunde an seinem Arm.

„Weiß Anna von Ihrem Tun?", wollte Susan wissen.

Sebastian zuckte zusammen und seine Gesichtszüge verdunkelten sich schlagartig. „Nein, sie hat nicht die geringste Ahnung und hätte es auch niemals erfahren sollen." Er schlug die Hände vor das Gesicht und schüttelte sorgenschwer den Kopf. „Für sie ist heute sicher eine Welt zusammengebrochen und jetzt habe ich sie verloren."

„Mein Gott, wie sind Sie da nur hineingeraten?" Ein wenig tat Sebastian Susan sogar leid. Seine Liebe für Anna und seine Sorge um das Mädchen erschien ihr aufrichtig, und das ganze Getue um diese geheime Organisation mochte irgendwie nicht recht zu ihm passen. Sie hatte das Gefühl, dass er in diese Sache verstrickt worden war, ohne wirklich eine Wahl gehabt zu haben, oder vielleicht war er aufgrund seines jungen Alters einfach nicht in der Lage gewesen, sich der Geschehnisse um ihn herum zu erwehren. Wie ihr Alexander erzählt hatte, hatten sich Sebastians und Annas Eltern sehr früh getrennt. Während Anna in ihrem Bruder eine Art Vaterersatz gefunden hatte, hatte Sebastian selbst wohl nie jemanden gehabt, der ihm diese Anlehnung, diesen Halt geboten hätte. Dass Sebastian Robert nun von seinen Aktivitäten erzählte, bestätigte ihren Verdacht.

„Nachdem sich Annas Vater von unserer Mutter getrennt hatte, ich war damals 14, musste sich unsere Mutter allein mit uns herumschlagen."

„Moment mal", Susan richtete sich auf, „heißt das etwa, Sie sind…",

405

„Annas Halbbruder, genau", beendete Sebastian den Satz und Susan ließ sich wieder zurückplumpsen.

„Ich schätze, die Zeit war nicht einfach für Anna", fuhr Sebastian fort. „Sie war eher ein ruhiges Kind." Einen Moment lang blickte Sebastian vergnügt drein, als er in Erinnerungen an seine Schwester schwelgte, doch rasch wurde er wieder ernst. „Ich hingegen war ein wenig schwieriger. Ich war trotzig, streunte meist durch die Stadt und wusste nicht so recht, wohin mit meiner Energie. Als ich 16 war, meldete mich meine Mutter bei einer christlichen Pfadfindergruppe an. Sie hoffte wohl, ich würde dort einen Halt im Leben finden. Anfangs war ich von diesem Einfall nicht begeistert, mit der Zeit allerdings gefiel mir das Pfadfinderdasein sogar. Dort gab es einen Priester, der die Jugendlichen betreute und meinte, sich meiner annehmen zu müssen. Er brachte mir viel über die Pfadfinder bei und flocht recht geschickt in unsere Unterhaltungen seine Lehren ein. Dass ich nach und nach die Denkweise einer Organisation annahm, war mir nicht bewusst."

„Die Froschmethode also", stellte Susan fest und Sebastian warf ihr einen fragenden Blick zu. Auch Robert wandte sich zu ihr.

„Setzt man einen Frosch ins heiße Wasser", erklärte Susan pragmatisch, „hüpft er wieder heraus. Gibt man ihn hingegen ins kalte Wasser und erhitzt es langsam, kann man ihn kochen."

Robert entglitten die Gesichtszüge und Sebastian konnte sich ein Grinsen nicht verkneifen.

„Schätze, ich war der Frosch im kalten Wasser, ja", gab er zu, wobei er sich den Nacken rieb. „Die Lehren waren nicht schlecht, es gab einfache Regeln für den Tag, die Welt wurde überschaubarer, und so kam eins zum anderen. Am Ende habe ich einen Vertrag unterschrieben und bin damit der Organisation beigetreten, nicht ahnend, wohin dies alles führen würde." Er seufzte schwer. „Letzten Endes hat es mich damals auch nicht wirklich interessiert, und jetzt will ich nur noch raus, bevor mich der Fanatismus noch in den Wahnsinn treibt."

„Mit wem haben Sie den Vertrag geschlossen?", hakte Susan ein.

Es war Robert, der antwortete, ehe Sebastian etwas sagen konnte: „Opus Dei."

Susans Unterkiefer klappte herunter. „Opus Dei? Diese Kirchenheinis?" Sie blies die Backen auf und verschränkte die Arme hinter dem Kopf. „Ich werd verrückt. Das wird ja immer bunter. Ich fasse es einfach nicht." Sie schüttelte den Kopf. „Wo bin ich da nur hineingeraten? Das kann doch alles nicht wahr sein! Opus Dei, Tempelritter, ein Portal in eine andere Welt und meine Familie mittendrin." Sie warf Robert einen vorwurfsvollen Blick zu, den dieser jedoch geflissentlich ignorierte.

„Mir war klar, dass Opus Dei mehr ist als ein Verein, der es sich zur Aufgabe gemacht hat, verirrte Schäflein nach Hause zu führen und die Heiligkeit in die Welt zu tragen." Robert goss sich und Susan sowie ihrem nicht ganz freiwilligen Gast ein Glas Wasser ein. „Aber dass ihr Wahn derart weit geht, hätte ich nicht gedacht, auch wenn es mich nicht überraschen sollte."

„Nun, innerhalb des Opus Dei hat sich mit der Zeit eine

radikale Splittergruppe herausgebildet."

„Derer Sie angehören", mutmaßte Susan. Sebastian nickte.

„Wie sind Sie überhaupt in diese Splittergruppe gekommen?",
bohrte Robert nach.

„Ich konnte mich nicht mit allen Gebräuchen von Opus Dei
anfreunden", erklärte Sebastian und trank einen Schluck Wasser.
„Viele der Mitglieder, wie die Numerarier beispielsweise, leben im
Zölibat, pflegen eine wöchentliche Selbstgeißelung und geben
einen Teil ihrer Einkünfte an die Obrigkeit ab. Ich erfuhr, dass es
so eine Art Beobachtergruppe gibt, die es sich zur Aufgabe
gemacht hat, den Orden der Templer zu überwachen und die von
Zölibat und Selbstgeißelung befreit war, um ein möglichst
normales und damit unauffälliges Leben zu führen. Dieser Gruppe
anzugehören, erschien mir verlockend."

„Verlockender als Praktiken auszuüben, vor der selbst
Hardcore-Masochisten zurückschrecken würden", ergänzte Susan.

„Wissen Sie, auf wessen Geheiß hin diese Splittergruppe ins
Leben gerufen wurde?", wollte Robert wissen.

„Das hat man uns natürlich nie verraten, aber es gibt Gerüchte,
die besagen, dass das Ganze von höchster Stelle aus initiiert
wurde."

„Dem Vatikan also", stieß Susan hervor.

„Richtig. Doch der leugnet dies natürlich."

„So wie er auch die Selbstgeißelung leugnet", meinte Robert.

„Aber wie kommen die an einen Kampfhubschrauber?", wollte
Susan wissen.

„Ich denke, das ist ganz einfach", entgegnete Robert. „Nicht nur Sebastian ist einem Leben im Zölibat abgeneigt. Wer Selbstverunstaltung und strenge Keuschheit ablehnt, wird einfach Supernumerarier. Für diese Gruppe hat sich das Opus Dei unseres Wissens nach vorwiegend nicht nur wohlhabende, sondern auch einflussreiche Leute ausgesucht. Somit haben sie ein regelrechtes Netzwerk der Macht erschaffen, auf das dann wohl diese Splittergruppe mit Vorliebe zurückgreift."

„Geld stellt das geringste Problem dar", bestätigte Sebastian und starrte auf das Wasserglas in seinen Händen. „Mir hat man zum Beispiel zur Tarnung die nicht ganz billige Erstausstattung zu meinem Whiskyladen in Hamburg finanziert." Er blickte zu Robert. „Die geheimen Schriften der Templer hingegen scheinen Opus Dei da schon deutlich mehr zu plagen."

„Moment mal", rief Susan aus. „Welche Schriften? Ist denn das Portal als das große, sagenumwobene Geheimnis der Templer nicht genug?"

Roberts Schweigen verriet Susan, dass es da offensichtlich noch mehr gab. „Und warum existiert der Orden eigentlich noch? Wurde er nicht irgendwann ausgerottet?"

Robert schüttelte den Kopf. „Zu Beginn des 14. Jahrhunderts waren die Tempelritter die größte Militärmacht in ganz Europa. Sie kontrollierten den Großteil des Vermögens im europäischen Raum. Glaubst du da wirklich, sie haben sich einfach ausrotten lassen?"

Robert sagte dies so trocken und so selbstverständlich, dass sie geneigt war, ihm Glauben zu schenken.

„Ich werde es dir erklären, sobald Alexander zurück ist."

Susan betrachtete ihren Ehemann, der ihr heute so fremd geworden war und durch die gemeinsamen Jahre doch so vertraut. „Ich hoffe sehr für dich, dass er zurückkehrt."

„Das wird er", entgegnete Robert. „Ganz bestimmt", sagte er etwas versöhnlicher. Dann wandte er sich erneut an Sebastian. „Ich nehme an, ihr habt von dem Portal erfahren, nachdem ihr drei euch bei uns eingeschleust hattet."

Sebastian nickte. „Ja, so ist es. Einige von uns wurden dann beauftragt, das Portal als Touristen getarnt zu bewachen. So wie die Templer dies ebenfalls tun. Unser vorrangiges Ziel waren jedoch die alten Schriften. Doch da scheint man auch innerhalb der Templer wenig gesprächsbereit zu sein."

„Wie kommt ihr überhaupt darauf, dass es solche Schriften gibt?"

„Es ist dem Opus Dei nicht unbekannt, dass die Templer etwas unter dem Tempelberg gefunden haben."

„Das ist ja auch kein Geheimnis, da sind sich die meisten Historiker einig. Das weiß sogar ich", warf Susan ein.

„Eben, das ist kein Geheimnis", bestätigte Sebastian. „Was die Schriften jedoch genau besagen dagegen schon."

„Wenn Opus Dei oder die Kirche ohnehin nicht wissen, was auf dem alten Papier steht, verstehe ich immer noch nicht, weshalb man dann Jagd auf harmlose Teenager macht." Susan breitete die Hände aus und hob die Schultern. „Vielleicht gibt es diese Schriften nicht einmal."

„Nun, ich weiß zwar letzten Endes nicht warum, aber die

Kirche ist von der Existenz dieser Dokumente und deren brisantem Inhalt überzeugt."

„Verstehe", meinte Susan und verzog das Gesicht, „kaum glaubt man, Perlen gefunden zu haben, sind die Säue nicht mehr weit."

Ein Grinsen zeigte sich auf Sebastians Gesicht, Robert jedoch blieb ernst. Zu ernst, für Susans Geschmack. Schweigend musterte sie ihren Gatten eine Zeit lang. „Du weißt von den Schriften, nicht wahr?", fragte sie.

Robert erhob er sich und legte noch etwas Holz in den Kamin. Eine Weile lang starrte er in das Feuer und beobachtete, wie eine einzelne Flamme zaghaft um die Scheite zu züngeln begann und sich dann rasch und knisternd in das Holz fraß. „Feuer ist schon etwas Erstaunliches", meinte er. „Die winzige Flamme eines Streichholzes genügt, um ganze Wälder niederzubrennen." Er erhob sich und setzte sich wieder auf den Stuhl. Mit ernster Miene sah er Susan und Sebastian an. „Diese Schriften sind ein solches Streichholz. Sind sie erst einmal enthüllt, beenden sie die Macht der Kirche auf der Stelle; selbst Glaubenskriege könnten die Folge sein. Dagegen wäre selbst der Tod einzelner Jugendlicher ein akzeptabler Kollateralschaden."

Robert sagte dies so nüchtern und aufgeräumt, dass Susan das Blut aus dem Gesicht wich.

„Was steht dort geschrieben?", fragte sie leise. „Na, komm schon, am besten du holst die Schriften gleich her, das Feuer brennt noch", fügte Susan hinzu.

„Schluss jetzt", Robert erhob sich ruckartig. „Es ist schon spät.

Wir reden ein andermal weiter." Damit wandte er sich ab und ging nach draußen.

Es war eine feuchtkalte Nacht. Der heftige Regen hatte längst nachgelassen. An vielen Stellen hatten sich große Löcher in den Wolken gebildet, durch die die leuchtenden Sterne zu sehen waren. In Gedanken versunken ging Robert den Weg entlang, der von der kaum befahrenen Hauptstraße zum Cottage führte, und zog seinen Mantel fester um sich. Die frische Luft tat ihm gut, er hatte das Gefühl, sie würde seine Sinne klären. Außerdem wollte er Susan die Gelegenheit geben, Sebastian in seiner Abwesenheit einige Fragen zu stellen. Seiner Frau war viel zugemutet worden während der letzten Tage, und er würde alles dafür geben, wenn er es rückgängig machen könnte, Susan und Alexander mit hineingezogen zu haben, auch wenn es nicht wirklich seine Schuld war. Niemals hätte er ahnen können, dass ausgerechnet jetzt jemand das Portal durchschreiten würde.

Dennoch bewunderte er Susan dafür, mit welcher Souveränität sie mit dieser Situation umging, und war froh, dass sie ihn nicht Hals über Kopf verlassen hatte. Natürlich hatte sich das Verhältnis zwischen ihnen verändert. Es war eine gewisse Distanz entstanden, was aber der Dinge wegen, die sie über ihn erfahren hatte, nicht verwunderlich war.

Doch das, was Susan nun wusste, war noch nicht alles. Noch kannte sie nicht das wahre Geheimnis der Templer, das sich weder um die Existenz des Portals noch um die Stundengläser drehte.

Als er wenig später zurück zum Cottage ging, sah er eine schlanke Gestalt auf sich zukommen. Es war Susan. Nur ganz leise knirschte der Kies unter ihren Füßen. Die Arme um ihren Oberkörper geschlungen ging sie auf ihn zu, stellte sich vor ihn und sah in einfach nur an. Robert konnte nicht einmal ahnen, was in ihr vorging.

„Wenn Alexander zurückkehrt, werde ich euch beiden über die Schriften und auch über die Templer erzählen", sagte er, auch wenn es ihm irgendwie unpassend erschien.

Susan schwieg, ihre Miene war starr wie ein zugefrorener See. Dann hob sie den Blick und betrachtete seine dunklen Locken, die ihm wirr ins Gesicht hingen. „Haben Templer nicht kurzgeschorenes Haar und sollten sie nicht ein zölibatäres Leben führen?"

„Jeder Organismus, der sich dem Wandel der Zeit nicht beugt, ist dem Untergang geweiht", erwiderte Robert pragmatisch.

Endlich blitzte etwas in Susans Augen auf und ihre Mundwinkel zuckten leicht. Sie wirbelte ihm mit den Fingern durch das Haar und ergriff schließlich seine Hand. „Du hast recht, es ist spät. Lass uns ins Bett gehen."

26) Winter in den Tälern des Wissen

Esmarillion, Täler des Wissens

Anna schritt am Waldrand entlang, Ednurs Hütte hatte sie bereits hinter sich gelassen. Sie umrundete den See und schon bald hörte sie das Aufeinanderprallen von Stöcken und das Klirren von Metall. Sie näherte sich den Übenden und sah, wie Askaya Alexander, der nun mit einem Schwert trainierte, eine Abwehr zeigte. Beim Anblick von Alexanders Waffe musste sie unwillkürlich an ihre erste Begegnung mit den fremden Männern am Old Man of Storr denken.

„Sei niemals dort, wo die Waffe deines Feindes dich sucht", hörte sie Askaya sagen. „Bring deine eigene Waffe dorthin, während du selbst zur Seite gleitest."

Anna sah Askaya angreifen, Alexander sprang weg und blockierte ihren Schlag, nicht ganz ungeschickt, wie sie fand.

„Du darfst nicht springen wie ein junger Bock", rügte ihn Askaya. Plötzlich zeigte sich ein Grinsen auf ihrem Gesicht. „Auch wenn du noch einer bist."

Anna musste lachen, hielt dann aber inne, als Askaya sie auffällig lange beäugte und hoffte plötzlich, die Ananeki hätte nicht mitbekommen, wie sie vor einigen Nächten nackt am Seeufer gelegen und sich geküsst hatten. Anna blickte kurz zu Boden, lächelte in sich hinein und ging dann auf Alexander zu.

„Hallo, Anna", rief er, als er sie sah. Seine langen Haare hingen ihm zerzaust vom Kopf und seine Stirn glänzte feucht. Er nahm sie in die Arme.

Askaya hingegen legte zornig ihre Stirn in Falten. „Du bist spät, Anna, die Nacht hat den Unterricht soeben beendet."

Anna zog fragend ihre Augenbrauen hoch und blickte Alexander verdutzt an, doch der zuckte nur mit den Schultern.

„Ich war bei Ednur", erklärte sie, „ich habe ihn …"

„Ednur wird dir den Umgang mit der Waffe nicht zeigen", unterbrach Askaya sie scharf, griff nach einem dunklen Tuch und putzte übertrieben heftig ihren Kampfstock.

„Deswegen war ich auch nicht bei ihm." Anna löste sich aus Alexanders Umarmung und machte einen Schritt auf Askaya zu.

„Ednur hat mir Wissenswertes über die Einaren und die Artefakte erzählt und wie sie erschaffen wurden." Während Alexander ihr einen interessierten Blick zuwarf, presste Askaya die Lippen aufeinander.

„Ich dachte du magst Ednur?", fragte Anna und legte Askaya einen Arm auf die Schulter, nachdem diese sich abgewandt hatte.

„Das tu ich auch", erwiderte Askaya zornig, trat einen Schritt zurück und widmete sich erneut der Reinigung ihres Stockes, auf dem keine einzige Kerbe zu sehen war, obwohl er schon in vielen Kämpfen zum Einsatz gekommen war, wie Anna mittlerweile wusste.

Anna schüttelte den Kopf, sie verstand Askayas Reaktion nicht. „Warum bist du dann so wütend auf mich?"

„Weil du nicht überleben wirst, wenn du dich nicht zu

verteidigen weißt", rief Askaya und deutete mit ihrem Finger auf die Gipfel der Einsamen Berge. „Dort draußen liegt eine Welt, in deren Schatten vielerlei Gefahren lauern. Und, Anna, die Sonne wirft dort viele Schatten. Hier in den Tälern mag es friedlich sein, weil uns Schutz gewährt wird, aber …", Askaya schob ihren Unterkiefer hervor und schüttelte den Kopf, „… hinter diesen Bergen liegt eine tödliche Welt und nur das hier …", sie packte ihren Stock und hielt ihn Anna vor die Nase, „… nur das hier wird zwischen dir und deinen Feinden sein. Also freunde dich besser mit einer Waffe an."

Bevor Anna etwas erwidern konnte, rauschte Askaya davon und ihre langen, schwarzen Haare verschmolzen mit der Nacht.

„Mir ist klar, dass sie uns unbedingt beibringen will zu kämpfen", sagte Alexander. „Aber musste sie gleich so heftig reagieren?"

Anna blickte ihr lange hinterher. „Ich denke, sie hat Angst, dass wir während der Reise getötet werden könnten, und will sichergehen, dass wir im Frühling bereit sind. Für diese Welt steht viel auf dem Spiel."

Alexander nickte. „Ich weiß. Deswegen lerne ich zu kämpfen, und du solltest es auch tun." Er legte ihr seine Hände auf die Schultern und drehte sie zu sich herum. „Nicht um der Artefakte willen, sondern deiner eigenen Sicherheit wegen."

Anna sah ihm in die Augen. Sie erkannte aufrichtige Sorge in seinem Blick. „Ich mag das Kämpfen und Töten nicht, Alex."

Er strich ihr eine Haarsträhne aus dem Gesicht und klemmte

diese mit einem Lächeln hinter ihr Ohr. „Das weiß ich doch. Dennoch solltest du üben, mir zuliebe."

Anna schürzte die Lippen. „Dir zuliebe würde ich vieles tun", flüsterte sie und wollte ihm einen Kuss geben, doch er zog eine Augenbraue kritisch in die Höhe.

„Vieles?"

Sie lächelte, wurde dann aber ernst. „Alles", wisperte sie und kleine Wölkchen ihres Atems verflüchtigten sich im Dunkeln. Die Nächte waren mittlerweile kälter.

Sie küsste ihn, zärtlich, dann leidenschaftlich. Arm in Arm gingen sie zu ihrer kleinen Hütte zurück, entzündeten ein Feuer und entflammten dann jenes ihrer Herzen. Auch in dieser Nacht schenkten sie einander ihre Liebe, verloren sich an sich selbst, 1.000 Jahre lang.

Am nächsten Morgen bestand Askaya darauf, wieder möglichst frühzeitig mit dem Kampftraining zu beginnen. Alexander verspürte sogar eine gewisse Begierde darauf, sein Können, sofern man bei ihm überhaupt schon davon sprechen konnte, zu verbessern. Immerhin hatte er mehrfach leidvoll erfahren müssen, dass er Askaya im Kampf keineswegs gewachsen wäre; eine Erkenntnis, die schwer an seinem Stolz nagte, und daher trachtete er danach, diesen Umstand rasch zu ändern.

Dass Anna weniger Gefallen am Kampftraining fand, wussten er und natürlich auch Askaya mittlerweile nur zu gut. Dennoch war auch Anna heute rechtzeitig aufgestanden. Gemeinsam suchten sie eine abgelegene Stelle im Tal, wo sie in Ruhe üben konnten. Eine kalte Brise wehte von den Gipfeln der Einsamen Berge herab, ein zuverlässiger Vorbote des nahenden Winters, der sein glitzerndes Weiß bereits auf einigen Bergspitzen hinterlassen hatte.

Abwechselnd trainierte Askaya mit Alexander und Anna, die zu einem einfachen Langstock gegriffen hatte. Obwohl Alexander weder Askaya noch eine der anderen Ananeki, die er hier im Tal getroffen hatte, je mit einem Schwert gesehen hatte, war die Kriegerin im Umgang mit dieser Waffe nicht minder geschickt. Somit stellte Alexanders Wahl, ein Schwert zu verwenden, kein Hindernis für ihren Unterricht dar. Auch heute zeigte sie ihm neue Abwehrtechniken, die für einen Stock wenig sinnvoll wären, mit einer Schwertklinge hingegen umso effektiver waren. So griff ihn Askaya mit einem Hieb von oben an, und er sollte zur Seite ausweichen, dabei die Klinge über seinen Kopf bringen, um das Schwert seitlich daran abgleiten zu lassen.

„Beweg dich schneller aus der Bahn meiner Waffe heraus und versuche deinen Oberkörper mit deinen Beinen in Einklang zu bringen", riet ihm Askaya, und kaum hatte sie gesprochen, griff sie auch schon an. Dieses Mal schritt er ein wenig schneller zur Seite, brachte aber die Klinge nicht rechtzeitig nach oben.

„Versuch es noch einmal."

Askaya schlug abermals zu, er parierte.

„Besser, aber nicht gut genug", rief sie. Erneut sauste ihr Übungsschwert auf ihn herab, Askaya schonte ihn nicht. „Noch einmal."

Abermals erfolgte ihr Angriff, abermals parierte er. Es dauerte eine Weile, ehe Askaya zufrieden nickte, sie attackierte ihn wieder und immer wieder. Ständig führte er die gleiche Bewegung aus, mittlerweile ohne Kommentare seitens der Ananeki. Langsam taten ihm die Arme weh und die Luft ging ihm aus. Aus dem Augenwinkel nahm er wahr, dass Anna ihnen neugierig zusah, und es fiel ihm zunehmend schwerer, sich zu konzentrieren. Ständig schweiften seine Gedanken ab. Allmählich wurde er immer gereizter. Plötzlich schleuderte er sein Schwert zu Boden. „Ich denke, das reicht jetzt." Alexander war zornig und genervt.

Askaya brach ihren Angriff ab. Verdutzt blickte sie ihn an. „Was meinst du damit?"

„Was ich damit meine? Seit heute Morgen üben wir immer nur die gleiche Aktion. Es ist mittlerweile Mittag."

„Weder der Morgen noch der Mittag haben mit dieser Übung etwas zu tun", entgegnete Askaya mit ernstgemeinter Verwunderung.

„Ich spreche auch nicht von Morgen oder Mittag", beschwerte sich Alexander und rieb sich die Schulter. „Ich meine die ständigen Wiederholungen.

Mit einem Mal zeichnete sich ein Lächeln auf Askayas Gesicht ab. „Du missverstehst das, Alexander", erklärte sie. „Es geht nicht darum, die Übung zu wiederholen. Es geht darum, dass du, nachdem die Übung dir besser von der Hand ging, mit den Gedanken davongeeilt bist. Du warst zornig, und dein Geist verweilte irgendwo anders. Du warst nicht mehr bei der Sache."

„Und darüber wunderst du dich auch noch?"

„Nein, aber es ist nicht richtig und bringt dich in Gefahr." Sie ging einen Schritt auf ihn zu und fasste ihn an der Schulter. „Wie ich schon sagte, es geht nicht darum, die Übung zu wiederholen, sondern darum, dich selbst wieder zu holen." Sie bedachte Anna mit einem stechenden Blick. „Euer Geist muss mit der Waffe verschmelzen, denn ist erst die Einheit von Körper und Geist zerstört, folgt meist die Begegnung."

Fragend betrachtete Alexander Anna, die ihm zulächelte und ihm dann einen Kuss auf die Wange drückte.

„Ich glaube, ich verstehe, was sie meint. Lass uns weiterüben. Ich erkläre es dir heute Abend."

Anna warf ihm ein verführerisches Lächeln zu und übte demonstrativ konzentriert einzelne Kampfbewegungen, die sie gegen einen imaginären Gegner ausführte. Alexander wusste, dass sie das nur tat, um ihn ein wenig zu necken. Er zuckte mit den Schultern und stellte sich Askaya kampfbereit gegenüber. In diesem Augenblick sauste ihr Stock bereits heran und er glitt zur Seite.

So übten sie den Rest des Tages, bis sie glaubten, ihre Arme würden vor Erschöpfung abfallen. Endlich ließ es Askaya genug sein.

27) Das Mädchen und der kalte Mann

Esmarillion

Rasch eilten die Tage in den Tälern des Wissens dahin. Der Herbst färbte die Wälder zunehmend rot und gelb, orange und braun. Nach und nach wurden die Blätter von kalten Herbststürmen von den Bäumen gerissen, sofern sie nicht von einer letzten warmen Brise sachte zu Boden getragen wurden. Doch letzten Endes gewann der Winter die Oberhand, und hatte er anfangs nur auf den hohen Gipfeln Einzug gehalten, so breitete er nun sein weißes Tuch auch über die Täler aus. Es war kalt und trocken; selbst in den tieferen Lagen türmte sich der Schnee mehr als kniehoch auf.

Ungerührt der weißen Pracht unterrichtete Askaya Alexander und Anna weiterhin im Kampf mit Stock oder Schwert.

Anna ließ es sich nicht nehmen, auch mit Ednur viel Zeit zu verbringen. Der alte Eremit wies sie in die Geschichte Esmarillions ein oder teilte mit ihr Wissenswertes über die Pflanzen und Tiere dieser Welt. So zogen die Monate dahin. Alexander und Anna hatten ihr Zeitgefühl weitestgehend verloren. Für sie zählte nur der Augenblick, bestenfalls der morgige Tag. Alexander wusste lediglich, dass er mittlerweile 18 war, und Anna meinte, kürzlich 17 geworden zu sein. Zumindest vermutete sie dies, dass es zu Hause bereits März sein dürfte, sofern die Zeit in beiden Welten überhaupt ähnlich verlief.

An diesem sonnigen Tag, an dem nur wenige Wolken den

blauen Himmel trübten, wanderten Anna und Alexander durch ein nahe gelegenes Tal. Es war einer der wenigen Tage, an denen Askaya nicht mit ihnen übte, und so genossen sie die Zeit miteinander und die Stille, die sich mit dem weichen Mantel aus Schnee über dem Land ausgebreitet hatte.

„Freust du dich schon auf den Frühling?", fragte Alexander irgendwann.

Anna blickte zu Boden und betrachtete die funkelnden Schneeflocken, die ihre Füße aufwirbelten. „Einerseits schon."

„Und andererseits?" Alexander legte ihr eine Hand um die Schultern, während Anna ihre Arme um den Körper schlang.

„Andererseits bereitet es mir auch ein wenig Unbehagen."

„Ich weiß, was du meinst." Alexander blickte auf einen entfernten Gipfel, über den sich gerade eine dunkle Wolke schob. „Wir wissen nicht, was uns wirklich erwartet. Bislang hatte ich meist eine Ahnung oder eine Vorstellung von dem, was der neue Tag bringen würde. Dieses Mal ist es anders. Es kommt mir so vor, als wäre alles hinter einer dicken Nebelwand verborgen."

„Da geht es mir ähnlich", meinte Anna und seufzte. Auch ihr Blick wanderte hinauf zu der düsteren Wolkenfront. „Dennoch ist da noch etwas anders."

„Was meinst du?"

Anna hob ein wenig unschlüssig die Schultern. „Es ist so, als warte in dieser Wolke etwas auf mich, das auf niemanden sonst wartet."

„Wie meinst du das?"

„Ich kann es dir nicht erklären, Alex. Es ist so ein Gefühl, nicht mehr als eine dumpfe Ahnung", sie schüttelte den Kopf, „ich kann es nicht richtig greifen."

„Wahrscheinlich ist es einfach die Ungewissheit. Bislang kennen wir nur diese Täler hier und selbst die nicht wirklich. Alles, was außerhalb der Einsamen Berge liegt, ist uns unbekannt. Da ist es doch kein Wunder, dass uns Zweifel plagen, wenn wir von der Welt da draußen nicht die geringste Vorstellung haben."

„Vielleicht hast du recht." Anna presste die Lippen aufeinander. Dass sie sich über die Zukunft ihren hübschen Kopf zerbrach, war unverkennbar.

Schweigend wanderten sie noch ein Stück weiter und das Blau des Himmels wurde zusehends von dunklen Wolken verdrängt. Zudem kam ein frischer Wind auf, der den Schnee, den ihre Füße aufwirbelten, rasch davontrug.

„Ich glaube es zieht ein Schneesturm auf", meinte Anna nach einer Weile und deutete zum Himmel. „Vielleicht sollten wir umkehren."

Alexander hob den Kopf, betrachtete die gewaltigen Wolkenmassen, die sich wie ein zweites Gebirge über die Berggipfel schoben. „Du hast recht. Lass uns zurückgehen."

Sie stapften in einem großen Bogen durch den Schnee und geradewegs auf ein Waldstückchen zu, das einen lang gezogenen Hügel bedeckte. Diesen Weg waren sie schon einmal gegangen. Er würde sie direkt zurück zu ihrer Hütte führen. Der Marsch durch den Schnee war beschwerlich. Alexander hatte das Gefühl, der Anstieg würde niemals enden. Im Wald selbst war es ziemlich dunkel, da der Himmel mittlerweile gänzlich zugezogen war. Durch die Bäume trieben vereinzelte Schneeflocken, wenige zunächst, dann immer mehr. Sie erinnerten Alexander an verirrte Irrlichter, die sich dicht zusammendrängten und am Ende doch vom Wind zwischen den Stämmen hindurchgepeitscht wurden. In den Wipfeln der alten Eichen und Buchen rauschte es, und das Holz knarrte und ächzte unter der Schneelast.

„Es klingt wie das höhnische Lachen eines alten Mannes", rief Alexander.

„Irgendwie finde ich es schaurig", entgegnete Anna und zog sich die Kapuze ihres Umhanges tief ins Gesicht.

Als wollte das Wetter ihre Unterhaltung unterbinden, fauchte der Sturmwind von hinten heran, hüllte sie ein in herumwirbelnde Schneeflocken und trieb die beiden Wanderer regelrecht den Berg hinauf.

„Ich kann überhaupt nichts mehr erkennen." Anna musste schreien, damit Alexander sie verstehen konnte.

„Einfach nur dem Anstieg folgen", brüllte er zurück und nahm Anna an der Hand. Die Welt um sie herum versank in undurchdringlichem Weiß und Grau, selbst die Stämme der Bäume waren mittlerweile Weiß vom Schnee, den der Wind durch die Wälder jagte.

Plötzlich geschah etwas Seltsames. Zwischen den Bäumen vor ihnen blitzte es auf, wie ein einsamer verirrter Sonnenstrahl.

„Was war das?" Anna blieb stehen. Ihre Wangen waren rot von der Kälte und an einigen ihrer Haarsträhnen hingen Eiskristalle.

„Ich weiß nicht." Alexander sah sich unschlüssig um, dann hob er die Hände. „Lass uns weitergehen."

Sie kämpften sich voran durch den tiefen Schnee, und nach wenigen Schritten leuchtete es abermals vor ihnen auf. Wie ein gleißender Sonnenstrahl fuhr das Licht durch die Bäume, Alexander glaubte sogar einen Hauch von Wärme zu spüren. Die tanzenden Schneekristalle schienen dem Licht auszuweichen oder schmolzen darin. Dann kehrte die Dunkelheit zurück. Alexander und Anna blickten einander ungläubig an und eilten weiter den Berg hinauf. Als sie den höchsten Punkt des bewaldeten Hügels erreichten, erkannten sie vor sich ein Leuchten, das sich in den wirbelnden Schneemassen ausgebreitete hatte.

Bedächtig schlichen sie einige Schritte weiter und irgendwann verspürten sie ein Gefühl von Wärme.

„Was ist das nur?" Anna schien verwirrt und sah sich suchend um. „Ich kann nichts erkennen."

„Lass uns weitergehen. Der Waldrand ist nicht mehr weit."

Sie stapften voran, nun wieder den Hang hinab, schneller jetzt. Je näher sie dem Rand der Bäume kamen, desto wärmer wurde es. Die letzten Meter stolperten sie mehr, als dass sie liefen, dann blieben sie ruckartig stehen. Beinahe wären sie aus dem Wald herausgestürmt, doch der Anblick, der sich ihnen auf der Senke bot, ließ sie innehalten. Alexander packte Annas Hand und zog sie zurück in die Deckung des Waldes. Gleichzeitig gingen sie in die Hocke und starrten wie gebannt hinunter.

„Wer ist das?", flüsterte Anna. Alexander schüttelte den Kopf. Er konnte nicht glauben, was sich dort unten abspielte. Inmitten eines hellen Sonnenstrahls, der sich seinen Weg durch die schwarzen Wolken am Himmel gebahnt hatte, kniete ein Mädchen auf einem Fleck mit grünem Gras und strich über kleine, violette Blumen. Um das Mädchen herum türmte sich der Schnee mehr als kniehoch auf. Es trug ein langes, eng anliegendes Gewand, das seinen Körper sanft umschmeichelte. Für Alexander sah es so aus, als führte der feine Stoff ein Eigenleben und wallte wie feiner Nebel um den Körper der jungen Frau herum. Ihre Haare waren hell wie das Licht der Sonne und flossen über ihren Rücken wie ein goldener Fluss, der auf Höhe ihrer schmalen Hüften mit dem Kleid zu verschmelzen schien. Bunte Blumen zierten ihre Haare, als würden sie direkt daraus hervorsprießen. Das Gesicht des Mädchens wirkte jugendlich, seine Züge waren fein, als könnte sie der leiseste Windhauch zerstreuen. Die grünen Augen konnte Alexander bis hierher leuchten sehen. Sie verströmten eine Urkraft an Leben, und Alexander hatte das Gefühl, alles, was diese Augen betrachteten, müsste jeglicher Vergänglichkeit entrissen werden und ewig leben.

„Spürst du die Wärme, die von ihr ausgeht?" Wie aus weiter Ferne drangen Annas Worte an sein Ohr und er nickte nur. Auch Anna schien von dem Anblick überwältigt zu sein.

Das Mädchen erhob sich und wo immer es hinsah, begann der Schnee zu schmelzen. Langsam schritt es über den Boden, und wo seine nackten Füße die Erde berührten, verschwand der Schnee und grünes Gras begann zu sprießen.

Dann blieb es unvermittelt stehen und starrte in die Ferne.

Augenblicklich fuhr ein kalter Windstoß heulend durch die Bäume und hätte Anna beinahe in den Schnee geworfen, wenn sie sich nicht rechtzeitig an einem Ast festgehalten hätte. Der Wind blähte das Gewand des Mädchens auf, rollte ihm mit aller Macht entgegen, doch es wich keinen Schritt zurück. Im Gegenteil, es senkte den Kopf und blickte der Sturmbö trotzig entgegen.

Anna hob eine Hand und wies auf eine Stelle am anderen Ende des Tales. Grausiges Entsetzen packte Alexander, als er sah, was sich dort rasend schnell durch den Schnee bewegte. Es war eine wirbelnde Wolke, ein Tornado aus Eis, der brüllend wie ein Untier durch das kleine Tal raste, direkt auf das Mädchen zu. Alexander erkannte Wesen mit hässlichen Fratzen im Inneren des Wirbelsturms: raubtierhafte Gesichter und gewaltige Pranken, an deren Enden sich zu Klauen geformte Eiszapfen bildeten, die aus dem Schneewirbel herausschnellten.

Das Mädchen verharrte nach wie vor, dann hob es die Hand, während der Wirbelsturm sich vor ihm aufbaute. Langsam beruhigte sich das Tosen und die weißen Massen wurden zu einem großen Mann, der das Mädchen um mehr als das Doppelte überragte, obwohl er von gekrümmter Gestalt war. Ein Mantel aus Schnee umhüllte ihn, auch sein Bart war wie dichter Schnee, der ihm bis zu den Knien reichte. Seine Augen waren weiß und kalt wie Eis. Weiße Haare, an deren Enden lange, spitze Eiszapfen baumelten, fielen über seine Schultern bis zum Boden. Er hob eine seiner riesigen Hände, deren Finger ebenfalls an lange, gekrümmte Eiszapfen erinnerten, die in tödlichen Spitzen endeten. Eine davon wies auf das Mädchen.

„Deine Zeit ist noch nicht gekommen, noch ist es *mein* Atem, der Wiesen und Wälder beherrscht und sie in Eis bannt." Seine Stimme klang wie berstendes Eis, doch das Mädchen schien ungerührt.

„Deine Zeit geht dem Ende zu", sagte es lediglich und seine Stimme klang so klar und rein und warm wie ein plätschernder Bach im Frühling. „Betrachte deine Hand, kalter Mann, und du wirst verstehen."

Die eisigen Augen des Mannes wanderten zu seinem Finger, der im Lichtschein des jungen Mädchens glänzte. Tropfen fielen von der Fingerspitze auf den Boden, die Fingerkuppe war bereits weggeschmolzen. Als hätte er sich verbrannt, zog der Mann seine Hand zurück. Sein Gesicht verzerrte sich und erstarrte zu einer Maske aus hellblauem Eis. Dann hob er die andere Hand, um die eine kleine, graue Wolke wirbelte, die sich immer mehr vergrößerte. Ein Fauchen ertönte, das zu einem Heulen anschwoll. Die Wolke aus Schnee und Eis wirbelte immer heftiger um ihn herum, bis sie ihn komplett einhüllte. Die blonden Haare des Mädchens flatterten im kalten Wind, das grüne Kleid drohte ihm vom Körper gerissen zu werden, dennoch wich es keinen Schritt zurück. Der Sturmwind ebbte ab, und schon kam der kalte Mann erneut zum Vorschein, sein geschmolzener Finger war wieder vollständig. Ein hämisches Lachen breitete sich auf seinem verwitterten, bleichen Gesicht aus.

„Du siehst, meine Macht ist ungebrochen, noch herrsche ich."

Dann breitete er die Arme aus und mit ihnen seinen weißen Mantel. Erneut schoss eine Sturmbö daraus hervor, mächtiger als jene zuvor, und nun wankte das Mädchen zurück. „Komm in meine Arme und stirb", brüllte er. „Koste deine Vergänglichkeit und erliege meiner Macht für immer. Lass mich herrschen in allen Jahreszeiten."

Das Mädchen wirkte keineswegs eingeschüchtert, ungerührt blickte es den alten Mann an, dann lächelte es ebenfalls, doch es war ein warmes Lächeln, so als ob die Strahlen der Frühlingssonne einem bis ins Herz hineinreichten. „All dein Bemühen ist vergebens, denn am Ende wirst du es sein, der in meinen Armen liegt und dahinschmilzt. Und wie immer, wenn deine Zeit des Vergehens gekommen ist, wird es dich erfreuen, und du wirst Frieden finden."

Der kalte Mann starrte das Mädchen eine Weile lang an. Alexander erschien es wie eine Ewigkeit, und genau wie Anna, die ihren Kopf unter ihrer Kapuze verborgen hatte, konnte er seine Augen nicht von der eigentümlichen Szenerie abwenden.

Langsam schüttelte der Kalte Mann den Kopf. „Dieser Tag wird nicht heute sein", ereiferte er sich, und sein uraltes Aussehen Lügen strafend, schnellte er urplötzlich nach vorn. Annas Aufschrei ging im Tosen des Windes unter, als der Kalte Mann das Mädchen von den nackten Füßen riss. In einem Wirbel aus Schnee und Eis rollten sie über den Boden. Immer wieder blitzte es Grün auf, bohrte sich ein Sonnenstrahl in das Gewand des kalten Mannes oder sprossen Gräser aus seinem Bart hervor, doch stets brachte er es rasch zum Verwelken. Das Mädchen schlang seine Arme um den Körper des Mannes und der Alte brüllte auf. Schließlich gelang es dem Mädchen sogar, sich aufzurichten. Es legte eine Hand an die Wange des kalten Mannes, die sich daraufhin Hellgrün verfärbte. Der Alte bog sich zurück, erstaunlich weit sogar, nur um wieder nach vorn zu schnellen. Ein Sturm kam auf, fegte Schnee in immer dichteren Wirbeln um die Kämpfenden herum, und mit einem Mal schien der Alte zu wachsen. Seine Arme schossen nach vorn, packten das Mädchen an den Hüften und warfen es in die Luft. Dann ging alles sehr schnell. Kaum war die junge Frau auf dem Boden aufgeprallt, war der Alte auch schon über ihr. Eine Hand griff nach ihrem schlanken Hals und zerrte sie heftig nach oben, die andere holte zum tödlichen Schlag aus. Tief fuhren die gewaltigen, spitzen Eiszapfen an den Händen des Mannes in den Leib des Mädchens. Die junge Frau warf den Kopf nach hinten und ihr markerschütternder Schmerzensschrei hallte durch das Tal.

„NEIN!", Anna konnte nicht mehr an sich halten und sprang los. Entsetzten packte Alexander und er stürmte hinter her.

Der Kalte Mann riss seine eisige Hand aus seinem Opfer und der erschlaffte Körper des Mädchens fiel in den Schnee.

Der Kopf des Alten fuhr herum. Als sein Blick auf Alexander und Anna fiel, brüllte er auf und schien regelrecht zu bersten. Ein gewaltiger Windstoß warf beide in den Schnee. Schnell half Alexander Anna auf die Beine. Hastig sahen sie sich um, doch der Kalte Mann war verschwunden, der Sturm ebbte ab. Nur ein leichter Wind säuselte über den Schnee hinweg. Schnee begann auch das grüne Fleckchen Gras zu bedecken, auf dem die junge Frau lag. Langsam gingen Alexander und Anna darauf zu. Das

Mädchen lag auf dem Boden, seine Brust hob und senkte sich langsam. Noch immer blieb es von dem kalten Weiß unberührt, noch immer fühlte Alexander die Wärme, die die junge Frau verströmte. Anna sank auf die Knie, achtete nicht auf ihre Tränen und drehte den Kopf des Mädchens vorsichtig zu sich. Leuchtend grüne Augen wandten sich ihr zu, und trotz allem, was geschehen war, hatte das Mädchen ein Lächeln auf den Lippen.

„Wer bist du?" Auch Alexander beugte sich zu ihr herab und half Anna, den Oberkörper des Mädchens aufzurichten. Das grüne Kleid war auf Brusthöhe zerfetzt und von dunklen Flecken durchtränkt. Alexander war sich nicht einmal sicher, ob es sich wirklich um Blut handelte. Anna betastete vorsichtig die Wunden des Mädchens.

„Wir müssen ihr irgendwie helfen." Alexander sah sich um und versuchte die Entfernung bis zu ihrem Tal und Ednurs Hütte abzuschätzen. Vorsichtig schob er seine Arme unter den Körper des Mädchens, der sich erstaunlich warm, weich und auch sehr leicht anfühlte. Als er sie hochheben wollte, blickte sie ihm in die Augen. „Lass mich", bat sie. „Was immer ihr tut, es würde nichts ändern. Den nächsten Kampf gewinne ich."

Alexander sah zu Anna und runzelte die Stirn. Anna zuckte nur mit den Schultern. „Wer bist du?", wiederholte sie Alexanders Frage. „Wer war dieser grausame, alte Mann und warum sprecht ihr unsere Sprache?"

„Du stellst viele Fragen für Geschehnisse, deren Antworten du bereits kennst." Sie sog die Luft ein, und als sie ausatmete, hatte Alexander das Gefühl, eine warme Brise streiche durch seine Haare. „Ich bin das Erwachen der Natur. Der alte Mann, – er mag euch grausam erscheinen – ist lediglich der Schlaf, den sie zur Erholung benötigt."

„Aber der Kerl hat dich ...", Alexander zögerte, „schwer verletzt."

Wieder erschien ein Lächeln auf dem Gesicht der jungen Frau. „Es ist nicht, wie es scheint. Vertraue dem Wandel der Jahreszeiten, dem ureigensten Wesen der Natur. Ihr seid ein Teil davon, und ihrer Sprache ist unser aller Sprache." Damit schloss sie die Augen und sank in sich zusammen.

Anna strich ihr über die Wange, ließ dann ihre Finger durch die langen, blonden Haare des Mädchens gleiten, woraufhin einige Blüten herausfielen. „Ich glaube, ich weiß, wer sie ist und um wen es sich bei dem Alten handelte", meinte Anna.

Alexander wusste nicht, wovon sie sprach. „Aber ich ..."

„Sieh nur!", unterbrach ihn Anna plötzlich und deutete zum Himmel.

Ein Sonnenstrahl brach durch die Wolken und fiel auf das Mädchen, dessen grünes Gewand in einem hellen Licht erstrahlte. Dann erfasste sie eine milde Brise, ihr Kleid bauschte sich auf, hüllte sie gänzlich ein, und plötzlich wuchsen Blumen und wogendes Gras aus dem Gewand hervor. Alexander und Anna traten zurück, betrachteten voller Verwunderung das Schauspiel. Nach und nach verwandelte sich das Mädchen. Schließlich hob ein Windhauch das, was nun an einen gräsernen, mit Blumen bewachsenen kleinen Hügel erinnerte, empor. Kurz darauf stoben Tausende von Blüten auseinander, nur um sich wenige Augenblicke später wieder zusammenzuschließen, ehe der Wind das Blütengebilde, welches eben noch ein junges Mädchen gewesen war, davontrug.

Annas Hand klappte Alexanders Unterkiefer nach oben, und es dauerte, ehe er seinen Blick vom gegenüberliegenden Waldrand nehmen konnte, wohin die Blütenpracht soeben verschwunden war. „Ich kann nicht fassen, was wir da gesehen haben. Auch wenn wir hier in einer anderen Welt sind, Anna. Ich kann es einfach nicht glauben."

„Ich weiß, aber es ist fantastisch, meinst du nicht?"

„Ja, fantastisch, so könnte man es nennen."

„Dennoch haben wir es schon häufiger erlebt."

„Wie meinst du das?", wollte Alexander wissen.

Anna stellte sich vor ihn und nahm sein Gesicht in ihre Hände. „Alex, wir sind soeben Zeuge des Kampfes zwischen Winter und Frühling geworden", erklärte sie und drückte ihm einen Kuss auf die Lippen.

Alexander musterte Anna verständnislos, doch dann, ganz allmählich, sickerte die Erkenntnis in ihn und er begann zu verstehen. „Du hast recht. Das Mädchen und der Kalte Mann", er schüttelte den Kopf, „Ich hätte es erkennen müssen."

Anna strahlte ihn an und nahm seine Hand. „Komm jetzt. Lass uns zurückgehen. Der Frühling kommt bald."

So stapften sie weiter durch den tiefen Schnee. Am späten Nachmittag erreichten sie jenes Tal, in dem sich die Eremitenhöhle befand. Auf dem Weg zu ihrer Hütte liefen sie Min, der Ananeki mit den großen, bernsteinfarbenen Augen und den dunkelblonden Haaren, über den Weg und erzählten ihr von ihrem Erlebnis.

Aufmerksam lauschte Min Alexanders und Annas Ausführungen. „Das Mädchen und der Kalte Mann!" Sie schüttelte erstaunt den Kopf. „Nur selten geschieht es, dass man die beiden sieht, auch wenn ihrer beider Kampf zu dieser Jahreszeit beständig um uns herum tobt." Min breitete die Arme aus, dann schloss sie die Augen und schnupperte. „Ja", meinte sie schließlich und öffnete ihre Augen wieder, „der Duft der jungen Frau liegt bereits in der Luft. Der kalte Mann wird ihr erliegen, auch dieses Mal." Zufrieden nickte sie, dann zog sie von dannen, Alexander und Anna sahen ihr hinterher.

„So, und jetzt möchte ich deinen Duft schnuppern“,
lachte Alexander und schob Anna vorwärts in Richtung ihrer
kleinen Behausung.

„Hey“, empörte sich Anna und grinste. „Vielleicht solltest
du erst mal deinen Duft von dir waschen. Nachdem es hier
keine Deos gibt, riechst du nach unserer kleinen Wanderung
nicht sonderlich gut.“

Ehe Alexander etwas entgegnen konnte, formte Anna mit
ihren Händen eine Schaufel, nahm Schnee auf und warf ihn
Alexander ins Gesicht.

„Na warte“, zischte er, schüttelte sich das kalte Weiß aus
den langen Haaren und hielt geradewegs auf Anna zu. Die
rannte lachend davon, und kurz darauf tobte eine
Schneeschlacht zwischen den beiden, wie es sie wohl in den
Tälern des Wissens noch nicht gegeben hatte.

Als die kalte Nacht anbrach und Sterne mit dem Schnee
um die Wette glitzerten, huschten Alexander und Anna in
ihre Hütte, wo sie ein Feuer im Kamin entzündeten. Es
dauerte nicht lange, bis es in ihrer Behausung angenehm
warm geworden war.

„So gemütlich ich unsere Hütte auch finde, ein Dusche
wäre nicht schlecht“, meinte Anna, während sie sich in dem
Waschzuber wusch. „Das Wasser ist schon wieder fast kalt.“

Zwar hatte Alexander einen Kessel Wasser über den
Flammen erhitzt, doch viel hatte das in der hölzernen Wanne

nicht bewirkt. Das eiskalte Wasser, dass sie vorher dort hineingegossen hatten, konnte man nun bestenfalls als lauwarm bezeichnen, und weiteres Wasser zu erwärmen dauerte zu lange.

„Dann solltest du dich beeilen und unter meine Decke kommen", sagte Alexander. Er hatte sich bereits gewaschen und hatte Anna bei ihrem Bad beobachtet.

Langsam stieg Anna aus dem Waschtrog, trocknete sich ab, dann legte sie sich zu ihm ins Bett.

„Ich liebe dich", flüstere sie.

Alexander strich ihr zärtlich über die Wange. „Ich liebe dich auch."

Anna betrachtete ihn, und etwas in ihrem Blick war heute anders. Alexander spürte, wie sie ihren nackten Körper an ihn schmiegte, wie ihre Hände an seinen Beinen aufwärtsglitten. Seine Männlichkeit regte sich, sein Atem ging schneller. In dieser Nacht ließen sie ihrer Leidenschaft freien Lauf. Nie hätte Alexander es für möglich gehalten, dass Anna, die immer diese Schüchternheit und Unschuld umgab, zu einem alles verzehrenden Feuer, zu einem Strom glühender Lava werden konnte, die jeden Teil seines Körpers, den sie berührte, wieder und wieder entflammte. Sie atmete heftig, als er langsam über ihre kleinen Brüste strich, wand sich in endloser Lust, als er mit den Lippen das höchste Zentrum ihrer Weiblichkeit küsste, das sich daraufhin öffnete wie eine Blume in der warmen Frühlingssonne. Seine Hände, sein Mund

und seine Blicke glitten über ihren zarten Körper, auf dem der Schein des Feuers ein feines Kunstwerk aus Licht und Schatten zeichnete. Er genoss das wohlige Schaudern, das in ihr auf- und abzuströmen schien, das Zucken ihrer Bauchdecke, als er mit dem Finger darüberstrich. Annas Atem wurde heftiger und schneller, ein leichtes Seufzen und Stöhnen kam über ihre Lippen. Sie begann, auffordernd und flehend zugleich, die Beine zu öffnen, und Alexander legte sich auf sie. Anna bäumte sich auf, als er sich schließlich mit ihr vereinte. Etwas in seinem Herzen explodierte, sein Atem raste, Hitze durchflutete ihn. Er fühlte ihren Puls, konnte ihr Herz sogar schlagen hören, als seine Bewegungen schneller und tiefer wurden. Zeit hatte längst ihre Bedeutung verloren, als Anna plötzlich ihren Kopf nach hinten warf und tief Luft holte. Ihre Brüste streckten sich ihm entgegen, süß und verheißungsvoll. Einen Lidschlag lang verharrte sie still, dann brach es aus ihr heraus. Vehement und unaufhaltsam bahnte sich die lang ersehnte Erlösung ihren Weg ins Freie, forderte ihn auf, ihr zu folgen, lud ihn ein, sich fallen zu lassen, weit und tief und endlos wie diese Nacht. Er tat es, gab sich hin, verschmolz mit ihr, vollständig und 1.000 Jahre lang. Nachdem sie sich geliebt hatten, dauerte es eine beträchtliche Zeit, ehe sich ihr Atem beruhigt hatte und ihre schlagenden Herzen zu einem langsameren Takt zurückgefunden hatten. Als Anna ihm nach langer Zeit der Regungslosigkeit sanft in den Hals biss, entflammte ihre Leidenschaft erneut.

Die Tage zogen dahin. Der Winter hielt das Tal fest in seiner Gewalt und Alexander fragte sich des Öfteren, wie viele Kämpfe das Mädchen noch gegen den Kalten Mann ausfechten musste, wie oft es sterben musste, ehe es endlich die Oberhand gewann.

Dennoch genossen Alexander und Anna ihre gemeinsame Zeit, und während sich das Verhältnis zwischen den beiden immer weiter vertiefte, war Annas Beziehung zu Askaya zeitweise schwierig.

„Ich habe das Gefühl, Askaya respektiert mich nicht wirklich", beklagte sich Anna eines Tages, als sie wieder einmal zum Kampftraining gingen.

„Warum glaubst du das?", wollte Alexander wissen.

„Askaya scheint die Sympathie, die sie jemandem entgegenbringt, nur daran zu bemessen, wie gut er oder sie im Kampf ist."

Alexander konnte ein Lachen nicht unterdrücken, bereute es jedoch sofort, als sich eine Zornesfalte auf Annas Stirn bildete.

„Ich denke schon, dass sie dich respektiert", entgegnete Alexander schnell. „Hast du nicht selbst gesagt, sie verhält sich so, weil sie um uns besorgt ist und nicht will, dass uns etwas geschieht?"

„Habe ich, ja. Aber mittlerweile bin ich mir da nicht mehr so sicher."

Alexander legte einen Arm um Anna. „Ich mir schon.

Außerdem gehst du mit dem Stock mittlerweile ganz geschickt um, wie ich finde."

„Mag sein, aber in Askayas Augen übe ich noch immer viel zu wenig."

„Na ja", Alexander zuckte mit den Schultern und grinste, „so kann ich dich wenigstens noch ein wenig beschützen."

„Askaya wartet schon", sagte Anna plötzlich und deutete nach vorn. Tatsächlich stand die Ananeki auf ihren Stock gestützt am Ufer des Sees und harrte ihrer Schüler. Sie nickte nur kurz zum Gruß und griff dann unvermittelt und ohne Vorwarnung an. In einer schnellen Bewegung warf sie Alexander den Stock zu. Im gleichen Moment stürmte sie nach vorn und zielte mit einem Messer auf seine Kehle. Rasch fing Alexander den Stock auf und schlug Askaya damit ihren Dolch aus der Hand. Die Ananeki nickte anerkennend.

„Du bist gut geworden, Alexander. Deine Waffe führst du schnell, du bewegst dich im Gleichgewicht und dein Körper ist nun weitaus stärker."

Alexander lächelte zufrieden. „Aus deinem Mund ist dies ein großes Lob."

„Werde nur nicht zu übermütig", warnte Askaya und blickte sich um. Der Winter wird bald schon dem Frühling begegnen, und das ist für uns die Zeit loszuziehen. Dann wird es sich zeigen, ob ihr beide genug gelernt habt." Mit kritischem Blick sah sie zu Anna, doch das Mädchen stellte sich an Alexanders Seite und nickte entschlossen.

„Wir sind bereit."

Auch bei Anna zeigte das harte körperliche Training Wirkung. Ihre Schritte und Bewegungen waren während all der Zeit ausbalancierter geworden, ihr Körper war fester und hatte zudem etwas von der kindlichen Weichheit verloren. Dennoch hatte sie sich ihr sanftes Wesen bewahrt, das Alexander so sehr liebte.

„Gut", entgegnete Askaya knapp. Sie trat zurück, nickte Anna zu und griff an. Beinahe hätte Alexander über Annas trotzigen Blick gelacht. Seine Freundin presste die Lippen aufeinander, ihre Augenbrauen zogen sich zusammen und wieder zeigte sich diese kleine Zornesfalte. Askayas Angriffe waren anfangs einfach abzuwehren, dennoch gelang es der Kriegerin häufig, Annas Deckung zu umgehen, was die Ananeki meist mit einem wütenden Schnauben quittierte. Doch je mehr Askaya die Geschwindigkeit ihrer Schlagabfolgen steigerte und Anna unter Druck setzte, desto geschickter verteidigte sie sich und desto weniger Treffer konnte Askaya anbringen. Erstaunt beobachtete Alexander den Kampf der beiden ungleichen Mädchen, die durch den Schnee wirbelten, als würden sie tanzen.

Erst am späten Nachmittag beendeten sie ihre Übungen. Askaya tat dies ebenso plötzlich, wie sie am Morgen begonnen hatte. Wie so oft zog sich die Ananeki aus und sprang ins eiskalte Wasser. Diese Angewohnheit war etwas, was sowohl Alexander als auch Anna nach wie vor einen Schauer über den Rücken jagte. Dass sich das Mädchen vor ihnen ungeniert entkleidete, daran hatten sie sich gewöhnt, dass sie aber, wie viele andere Ananekikriegerinnen auch, selbst im tiefsten Winter in das eisige

Wasser sprang, ohne mit der Wimper zu zucken, versetzte sie jedes Mal in Staunen.

Anna und Alexander verabschiedeten sich und kehrten Hand in Hand zu ihrer kleinen Hütte zurück. Dennoch war es heute anders. Bevor sie durch die Tür trat, wandte Anna sich noch einmal um und ließ ihre Augen langsam, fast schon liebevoll, über das weitläufige, schneebedeckte Tal schweifen. In der Ferne, auf der anderen Seite des Sees, fielen die letzten Strahlen der Sonne wie tastende Finger auf die Erhebung, unter der die gigantische Eremitenhöhle lag.

„Der Abschied von den Tälern des Wissens steht bevor, Alex." Anna schlang ihre Arme um den Körper und sog langsam die kühle Luft ein. „Zu schön war die Zeit hier. Wir werden nicht gerade leichten Herzens aufbrechen."

Auch in Alexander machte sich ein Gefühl der Traurigkeit breit und so legte er seine Arme von hinten um ihren Körper. „Ich weiß. Ich glaube, nichts wird je wieder so sein wie es in den letzten Monaten gewesen war."

Anna nickte, schwieg aber. Gemeinsam beobachteten sie, wie die letzten Strahlen der Sonne verblichen und sich die Dunkelheit über die Täler des Wissens legte.

28) Fremde Welt

Isle of Skye, Schottland, 9 v. Chr.

Die rauen Winde einer fremden Welt, die sie vor wenigen Tagen empfangen hatten, waren mittlerweile verstummt, und der Spätherbst zeigte sich von seiner schönen und stillen Seite. Wenngleich sie das Land hier an die Umgebung der Verbotenen Berge erinnerte, so war es ihr dennoch fremd. Hügelige Wälder erstreckten sich weitläufig und wechselten sich hier und da mit purpurfarbenen Heidekrautfeldern ab. Obwohl immer wieder Rotwild ihren Weg kreuzte, hielt sie sich dennoch an Pflanzen, die sie kannte, oder fing in den klaren Flüssen dieses Landes Fische. Die Jagd war zu beschwerlich, hatte sie doch ein Kind an ihrer Seite und ein weiteres unter ihrem Herzen. Die stechende Verletzung an ihrem rechten Oberschenkel, die ihr ein herabstürzender Fels bei der Durchquerung des Portals zugefügt hatte, quälte sie zunehmend. Wenigsten gelang es ihr mit Kräutern zu verhindern, dass sich die Wunde entzündete. Viel schlimmer als der körperliche Schmerz war das Wissen, in ihrer Welt jetzt eine Verräterin genannt zu werden, denn sie hatte verraten, was zu bewachen sie geschworen hatte. Einer Kriegerin der Ananeki war es nicht gestattet, Kinder zu bekommen, dies war ein unausgesprochenes Gesetz, und die ungewöhnliche Liebe aus der sie entstanden waren, hätte Unverständnis hervorgerufen und das gesamte Volk der Ananeki gegen sie aufgebracht. Ihre oberste Lebensaufgabe war es gewesen, die Artefakte von Erenor zu bewachen, und mit Kindern wäre sie dazu nicht mehr in der Lage gewesen. Sie wäre entehrt gewesen, und unter diesem Ehrverlust hätten ganz besonders ihre Kinder leiden müssen. So hatte sie den einzigen Ausweg darin gesehen, einige der Artefakte zu entwenden und hierher zu flüchten, hoffend, dass der Verlust der wertvollen Gegenstände auch Gutes nach sich ziehen würde. Zumindest hatte der Mann, den sie liebte, dies versichert. Sie hatte ihm geglaubt, und gleich vier der Stundengläser entwendet, um sicherzugehen, dass der Bannring, der um das Einarenreich gelegt worden war, gebrochen wird. Alle Völker sollten die Möglichkeit erhalten in Frieden leben zu können, hatte ihr Geliebter gesagt. Ein Volk, auch wenn es sich dabei um ein Kriegerisches handelte, würde in Gefangenschaft niemals den Weg zum Frieden finden. Sie hatte ihm geglaubt, die Artefakte gestohlen und war dann hierher geflüchtet.

Gewiss hätte sie in Esmarillion bleiben können, hätte ein Leben in Abgeschiedenheit führen können, doch ihre auffallend blauen Augen hätten sie als Ananeki verraten. Ganz sicher wäre ihr nur ein Leben auf der Flucht geblieben, und das wollte sie ihren Kindern nicht zumuten. Daher hatte sie sich entschlossen, ihre Welt zu verlassen und ein neues, friedliches Leben beginnen zu können. Karamos, der Eremit, hatte ihr schon vor längerer Zeit die Vermutung anvertraut, dass, wenn die Artefakte gestohlen werden würden, wahrscheinlich nicht nur der Ring um das Einarenreich an Kraft verlieren würde. Auch die Grenze zu dieser Welt, die zu Füßen des Gemahnenden Fingers in den Verbotenen Bergen liegen sollte, könnte dann womöglich leichter überwunden werden.

Die anderen Eremiten hatten entweder nicht an die Existenz des Weltenüberganges geglaubt oder – sollte er tatsächlich existieren – davor gewarnt, eine solche Grenze zu überqueren.

Sie selbst jedoch hatte sich an diese winzige Hoffnung geklammert und letzten Endes das Portal gefunden. Die Portalwächter hatten sie passieren lassen. Es war eine verzweifelte Tat gewesen und mittlerweile bereute sie sie, sie machte sich Vorwürfe, Karamos' Wissen für ihre Zwecke benutzt zu haben, aber nun war es zu spät. Es gab kein Zurück mehr.

So kämpfte sie sich weiter nach Süden und erreichte schließlich eine Höhle im Südwesten der großen Insel. Rasch musste sie feststellen, dass dieser Ort keine geeignete

Möglichkeit zum Verweilen darstellte, doch war er ein gutes Versteck für die Artefakte. Sie musste sich ihrer entledigen, zu sehr erinnerten sie die kleinen Stundengläser an ihre Tat, bezeugten den Verlust von Ehre und Stolz. Langsam kramte sie den Lederbeutel hervor, öffnete ihn und lugte hinein. Tränen schossen ihr in die Augen, sie presste die Lippen aufeinander und schüttelte verzweifelt den Kopf. Dann schloss sie den Beutel wieder und schob ihn in eine Vertiefung, nahm ihr Kind auf den Arm und rannte davon.

Sie hatte ein hartes Leben gewählt, dessen Einsamkeit und Beschwerlichkeit sie besonders zu spüren bekam, als der Winter einsetzte und die Geister des Windes Schnee und Eis gnadenlos durch die Täler peitschten. Sie beobachtete Männer und Frauen, die umherstreiften und auf die Jagd gingen. Anfangs vermied sie es, gesehen zu werden, doch nach und nach wurde der Wunsch nach Gesellschaft, nach einer Gemeinschaft, in der vielleicht sogar ihre Kinder aufwachsen konnten, immer stärker. Irgendwann näherte sie sich vorsichtig einer Gruppe von Männern und Frauen, die sie wachsam und interessiert musterten. Um nicht feindselig zu wirken, hatte sie die Dolche aus ihren Haaren entfernt und ihren Kampfstock zur Seite gelegt. So hielt sie sich in respektvollem Abstand der Fremden auf, bis diese sich langsam an sie gewöhnten und ihre Anwesenheit duldeten.

Eine der Frauen dieses Stammes beobachtete sie besonders neugierig und interessiert, ohne auch nur die geringste Spur von Feindseligkeit zu zeigen. Ihr fiel auf, dass diese Frau die Spitze eines Hirschgeweihs um den Hals trug. Eines Tages legte sie ihr sogar etwas zu essen auf den Stamm eines umgefallenen Baumes, eine Gabe, die sie lediglich ihrer Kinder wegen dankbar entgegennahm. Sie verstand die Sprache der Bewohner dieses Landes nicht, doch war sie froh, nicht verstoßen, nein, sogar geduldet zu werden.

Die Zeit half eine Verbindung zu den Männern und Frauen aufzubauen und bald schon lebte sie mit ihnen in einer Höhle, froh, eine neue Gemeinschaft gefunden zu haben, die ihr und vor allem ihren Kindern Sicherheit bot. Zwar mutete sie vieles der Lebensweise dieser Männer und Frauen fremdartig an – beispielsweise die Opfergaben, die sie darbrachten –, doch wann immer sie eines ihrer merkwürdigen Rituale durchführten und Hirsch oder Wildschwein opferten, lenkte sie dies zumindest von ihrer eignen schrecklichen Tat ab.

Nach und nach wurde sie mehr in die Gemeinschaft integriert, wurden sie und ihr Kind, ja selbst jenes, das sie noch unter ihrem Herzen trug, akzeptiert. Sie begann ein neues Leben, und wenn sie alle an manchen Tagen feierten, selbstgebraute, berauschende Getränke zu sich nahmen und

Musik machten, die aus einem dieser Kästchen mit den vielen darüber gespannten Saiten ertönte, vergaß sie für wenige Momente sogar, wer sie gewesen war.

Schließlich brachte sie ihr zweites Kind zur Welt, es war wieder ein Junge, dessen Haare nicht mehr als ein goldener Flaum waren.

Später wandte sich ihr einer der Jäger zu, sein Name war Aratok, und sie erwiderte seine Zuneigung, auch wenn es für sie mehr eine zweckdienliche Gemeinschaft war, von der sie sich Sicherheit erhoffte. So kam es, dass sie von ihm ein weiteres Kind erwartete und damit endgültig in die Gemeinschaft dieser Männer und Frauen hineinwuchs.

Eines Tages jedoch wurde das Wetter noch grausamer als sonst. Obwohl es bereits Frühling war, heulte ein wütender Sturm wie ein gepeinigtes Tier um die Höhleneingänge, trieb tage- und nächtelang Eis und kalten Regen über das Land und bereitete den Bewohnern der Höhle große Sorgen.

Unruhe machte sich breit, hektische Gespräche brachen aus, deren Inhalt sie nur zum Teil verstand. Die Männer wechselten nervöse Blicke, die, wie sie mit wachsender Besorgnis feststellte, ihr galten und zunehmend bedrohlicher wurden. Bald ahnte sie, dass viele das Unwetter mit ihrer Anwesenheit in Verbindung brachten. Streit brach aus.

Aratok versuchte das Schlimmste zu verhindern, da wurde er von zwei Kriegern niedergeschlagen. Der Angriff kam überraschend, auch für eine geübte Kriegerin wie sie. Da sie weder ihre Dolche in den Haaren noch ihren Stock griffbereit hatte und zudem ein Kind im Bauch trug, war sie den Schlägen hilflos ausgeliefert. Etwas traf sie hart am Kopf, sie sackte zusammen, versuchte dennoch sich und ihr zweites Kind zu schützen. Das Kleine in ihren Armen schrie auf, ein Schrei, der ihr ein letztes Mal Kraft gab. Sie erhob sich, trat zu, traf einen Mann im Unterleib, sodass dieser stürzte. Jemand wollte sie greifen, doch sie drückte einen Arm ihres Widersachers nach unten und schlug ihn hart mit der Faust ins Gesicht. Etwas sickerte warm ihren Rücken herab und bald schon merkte sie, dass es das Leben war, welches in pulsierenden Strömen aus ihr herausfloss. Ein Speer hatte sie getroffen, geworfen von jenem Mann, dem sie eben in den Unterleib getreten hatte. Sie öffnete den Mund, wollte schreien, doch kein Wort kam über ihre Lippen. Sie war wie erstarrt, nur ihre Gedanken rasten. Eine Kriegerin des Wassers war sie gewesen, Bewahrerin des Hüters der Lebenskräfte. Sie hatte nicht nur einen Fehler, sondern auch Verrat begangen, und ihr eigenes sowie das Leben ihrer Kinder verwirkt. Nie würde ihr die Ehre erwiesen werden, im Tode von einem Araaken in die andere Welt getragen zu werden, nie würde ihr Geist Ruhe finden. Dann stürzte sie zu Boden. Es kam ihr langsam vor, aber unaufhaltsam, unabwendbar. Aus dem Augenwinkel sah sie ihren erstgeborenen Sohn, der sich im hintersten Winkel der Höhle in Sicherheit gebracht hatte. Zwei Frauen hatten sich schützend vor ihn gestellt. Hoffentlich würde wenigstens er überleben. Sie griff nach dem kleinen Bündel, welches erschreckend reglos war, zog es an sich und drehte sich langsam auf den Rücken. Männer zerrten jene Krieger zurück, die sie angegriffen hatten. Eine große Unruhe war in der Höhle ausgebrochen, doch dies trat für sie immer weiter in den Hintergrund. Das Gesicht einer Frau beugte sich über sie, und zu ihrem Erstaunen waren die Augen der Frau vor Entsetzen geweitet und Tränen rannen über ihr Gesicht. Es war jene Frau, die ihr als Erste etwas zu essen angeboten hatte. Die Welt um Elumiel herum begann zu verschwimmen und das Licht ihrer strahlend blauen Augen brach für immer.

Tränen rannen ihre Wangen hinab, tropften ihr auf die Brust, wo die Spitze des Hirschgeweihs hing, die sie sich vor langer Zeit um den Hals gebunden hatte.

Sie konnte die schreckliche Tat nicht fassen, die drei junge Männer ihres Clans begangen hatten. Sie hatte die fremdartige Frau wegen ihrer auffällig blauen Augen stets „Himmelsfrau" genannt. Die beiden Männer waren blind gewesen, hatten in einem plötzlichen Anfall machtlosen Zornes und hilfloser Wut die schwangere Frau und ihren Zweitgeborenen getötet,

weil sie glaubten, sie hätten das schlimme Wetter
herbeigerufen. Die Männer waren der Meinung, die
Fremdartigkeit der Himmelsfrau habe die Geister des Windes
und der Erde erzürnt, doch kaum war das Leben aus ihr
gewichen, tobten die Stürme nur noch heftiger. In jeder der
folgenden Nächte brach das Unwetter über sie herein. Jedes
Mal erhellte ein einzelner Blitz das Land für die Dauer eines
Herzschlages erhellt, gefolgt von einem gewaltigen
Donnerschlag, der die Welt aus den Angeln zu reißen drohte.

Heftiger Streit war wegen des Mordes an der Himmelsfrau
entbrannt, und sie selbst hatte sich auf die Männer gestürzt,
welche die Tat begangen hatten, hatte mit ihren Fäusten
wütend auf sie eingedroschen. Selbst die Ältesten unter ihnen
waren entsetzt gewesen. Einer der Mörder wurde von Aratok
niedergestreckt, und da manche behaupteten, die grauenvolle
Tat hatte den Unmut des Wetters nur noch verstärkt, hatte
man auch den anderen des Stammes verbannt. Als die
tobenden Stürme dennoch nicht nachlassen wollten,
beschlossen sie, diesen Ort für immer zu verlassen und der
Getöteten ein ehrenvolles Begräbnis zu erweisen. Genau an
diesem Tag verschwanden endlich die mächtigen, dunklen
Wolken und die große, glühende Kugel am Himmel schickte
wieder ihre lebensspendenden Strahlen auf das Land. Blumen
blühten auf, Wasserlilien, Weidenkätzchen und Pechnelken

erwachten zum Leben, wurden von den Männer und Frauen gepflückt, um darauf den Leichnam der Himmelsfrau zu betten. Aratok legte das Kind mit Tränen im Gesicht zwischen den Beinen der Toten nieder.

Sie, die der Himmelsfrau einst zu essen gegeben hatte, löste das lederne Band mit der Spitze des Hirschgeweihs von ihrem Hals und legte es zu der fremden Frau. Dabei überlegte sie, wer diese Frau eigentlich gewesen war. Noch nie hatte sie sich darüber Gedanken gemacht, hatte sie einfach angenommen, so wie sie gewesen war. Doch heute fragte sie sich zum ersten Mal, wer diese Frau gewesen sein mochte, woher sie gekommen war oder wer der Vater ihrer Kinder war. War sie eine Ausgestoßene, eine Geächtete, oder war sie die letzte Überlebende eines Clans gewesen? Vielleicht stammte sie aus einer anderen Welt, aus der Welt der Geister des Windes und der Erde, die sie geschickt hatten. Sie wusste es nicht und würde es auch nie erfahren. Dieses Geheimnis wurde für immer begraben, als die Männer den Höhleneingang verschlossen. Laut polternd fielen die Steine herab, blockierten die Öffnung, dann wurde es still. Der Wind, der hier immer wehte und der der Atem dieses Landes war, säuselte sein ewiges Lied. Heute jedoch klang es trauriger als jemals zuvor, denn eine weitere Melodie hatte sich mit ihm verwoben. Es war das leise Weinen eines Kindes, der Erstgeborene der Himmelsfrau, der an Aratoks Seite stand und als Einziger der kleinen Familie überlebt hatte. Sie betrachtete ihn voller Mitleid, und zum ersten Mal bemerkte sie, dass dieses Kind anders war als die anderen Kinder, die sie kannte. Der Junge war größer, seine Haare waren wie dunkles Gold und seine Gesichtszüge deutlich feiner. Dennoch lag ein entschlossener Zug um seine Mundwinkel, der einer gewissen Härte nicht entbehrte. Inständig hoffte sie, dass ihm genau diese Entschlossenheit und Härte die Kraft zum Überleben geben würde.

Am Nachmittag desselben Tages verließen sie alle ihr Heim, welches nun zu einer Grabstätte geworden war.

Niemals würden sie hierher zurückkehren.

Ein allerletztes Mal wandte sie sich um und blickte zurück.

Vielleicht würden in einer fernen Zukunft Menschen wieder hierherkommen, die Höhle freigraben und sich ebenfalls fragen, wer diese Frau gewesen war, deren Augen blauer als der Himmel gewesen waren.

Danksagung

Es ist ein langer Weg, bis ein Buch geschrieben, lektoriert und veröffentlicht ist. Am Ende dieses Weges ist man dankbar, weil man es geschafft hat und man zugleich einem Neubeginn gegenübersteht, denn das Buch wird in die Welt entlassen.

Mein Dank gilt meiner verstorbenen Frau Claudia für Anregungen und Tipps, der Agentur „Schmidt & Abrahams" für die Vermittlung des Buches und der Lektorin Katja Ernst vom Gmeiner-Verlag für die kompetente und freundliche Zusammenarbeit. Nicht zu vergessen die Archäologen Steven Birch und Martin Wildgoose für die Infos und die Führung durch die „High Paster Caves" auf der Isle of Skye, Schottland. Den Leserinnen und Lesern sei ebenfalls gedankt, denn in ihren Köpfen beginnt die Geschichte zu leben.

Die Feuer von Erenor – Das letzte Artefakt.

Vorschau auf Band II, Das letzte Artefakt

Bara'Ondur musterte die brennenden Bäume, die Flammen
schimmerten rot auf seinem Haar. Seine Krieger
verschwanden zwischen den Stämmen, und gerade als der
Einarenkönig glaubte, die kämpfenden Frauen seien seinen
Männern zum Opfer gefallen, stolperte ein Einar aus dem
Wald, stürzte zu Boden und rappelte sich wieder auf. Mit
Entsetzen sah Bara´Ondur, dass er brannte.
Direkt hinter dem Krieger sprang eine hochgewachsene
Ananeki zwischen den Bäumen hervor. Ihre Augen
leuchteten wie das Feuer selbst, ihre Haare, ihre Kleider
glänzten nass und schwarz vom Blut seiner Männer. Bis
hierher konnte Bara´Ondur die Knochenreste und
Hautfetzen erkennen, die an ihren Haardolchen und dem
verhassten Holz ihres Kampfstabes klebten.
Fordernd breitete die Kriegerin ihre mit Brandblasen
übersäten Hände aus. »Gebt uns mehr!«, brüllte sie, stieß
einen markerschütternden Schrei aus und verschwand im
Wald.
Der Einarenkönig wandte sich wieder dem brennenden
Krieger zu, der, einer lebenden Fackel gleich, auf ihn zu

rannte. Entsetzen hatte sich in die Augen des Einaren gebrannt und er schrie, wie nur jemand schreien konnte, dessen Haut von hungrigen Flammen verzehrt wurde.

Bara'Ondur rammte ihm seinen Speer mitten durchs Herz und erlöste so die unglückselige Kreatur von ihren Qualen.

Dann hob er den Kopf, blickte zum Waldrand, während sein Körper vor Zorn bebte.

»Gebt, wonach sie verlangt!«, schrie er und das Heer der Einaren vergaß jegliche Ordnung, missachtete alle Disziplin. Wutentbrannt folgten sie ihrem Anführer und stürmten den Hang hinauf.

Doch heute trug der Tod den Namen Ananeki. Die Raubkatze hatte Blut geleckt und ihr Durst war unersättlich.

ÜBER DEN AUTOR

In Stephan Lössl wurde in Erlangen geboren und wuchs in Kunreuth in der fränkischen Schweiz auf. Einer Lehre als Industriekaufmann folgte eine Ausbildung zum Lehrer für Tai-Chi-Chuan und Qi-Gong, sowie zum TCM-Ernährungsberater. Schon als Kind entwickelte er großes Interesse für Pferde, Kampfsport und Fantasyliteratur. Diese Begeisterung führte schließlich dazu, dass er mit dem Schreiben begann, Schreibseminare besuchte und derzeit an mehreren Buchprojekten arbeitet. Neben einer im UB-Verlag erschienenen Novelle "Jäger im Zwielicht" wurde ein Gemeinschaftsroman mit seiner Frau Claudia, "Der Kampf der Halblinge", bei Bastei Lübbe unter dem Pseudonym C.S. West veröffentlicht. Ein weiterer phantastischer Roman, der Elemente der schottischen Mythologie mit historischen Begebenheiten verbindet, erschien unter dem Titel "Die Feuer von Erenor" im August 2015 im Gmeiner Verlag als E-Book und 2017 im Cuillin-Verlag als Printausgabe. Band II von „Die Feuer von Erenor" ist für die zweite Jahreshälfte 2017 geplant, weitere Romane sind in Vorbereitung.